U0819012

世界华文文学研究

第十辑

SHIJIE HUAWEN WENXUE YANJIU

DISHIJI

朱文斌 刘红英◎主编

APGTIME 时代出版

时代出版传媒股份有限公司
安徽文艺出版社

图书在版编目(CIP)数据

世界华文文学研究. 第十辑/朱文斌,刘红英主编. —合肥:安徽文艺出版社,2017.6

ISBN 978-7-5396-6073-8

Ⅰ. ①世… Ⅱ. ①朱… ②刘… Ⅲ. ①华文文学-文学研究-世界-文集 Ⅳ. ①I106-53

中国版本图书馆 CIP 数据核字(2017)第 094156 号

出 版 人: 朱寒冬
责任编辑: 秦 雯　　　　装帧设计: 徐 睿

出版发行: 时代出版传媒股份有限公司 www.press-mart.com
　　　　　安徽文艺出版社 www.awpub.com
地　　址: 合肥市翡翠路 1118 号 邮政编码: 230071
营 销 部: (0551) 63533889
印　　制: 合肥创新印务有限公司 (0551)64456946

开本: 700×1000 1/16 印张: 17.75 字数: 300 千字
版次: 2017 年 6 月第 1 版 2017 年 6 月第 1 次印刷
定价: 35.00 元

(如发现印装质量问题,影响阅读,请与出版社联系调换)

版权所有,侵权必究

《世界华文文学研究·第十辑》编委会

学术顾问:胡柏藩　徐真华　费君清　饶芃子　刘登翰　杨匡汉
寿永明　陈　辽　陈贤茂　白舒荣　王建华　曹惠民

编委会主任:朱文斌

主编:朱文斌　刘红英

编委:(以姓氏笔画为序)

王慧开　计红芳　朱文斌　朱双一　刘红林　刘红英　刘家思
刘毅青　庄伟杰　李先国　李　良　李卓然　许文荣　周保欣
张卫东　陈蘅瑾　胡贤林　邹贤尧　潘海军　潘碧华　燕世超

目 录

作家专题

理论阐释

史海钩沉

新书快评

写在前面

▶朱文斌　刘红英

自从2016年年初出版《世界华文文研究》第九辑以来，收到世界各地的信息，各地文友都已知《世界华文文研究》丛书改由浙江越秀外国语学院华文文学与华人文化研究中心编辑出版了。该研究中心成立两年多以来，已颇有一些建树，比如2015年拿到1项国家社科基金项目“文化伦理视域下的新移民女作家小说研究”，2016年还拿到了2项省部级项目等；两年来共发表学术论文20余篇，其中权威期刊1篇、一级期刊4篇、核心期刊近10篇；还获得厅市级及以上科研成果奖3项。当然，未来的路还很长，需要“不忘初心，砥砺前行”。编辑《世界华文文学研究》丛书将是该中心每年的常规工作，这就更加需要各位文友的大力支持，希望大家多多赐稿并多提宝贵意见和建议，与我们一起将这块华文文学研究阵地打造成学术精品高地。

《世界华文文学研究》第十辑的栏目设置基本上承继了原来的编排思路，总体来说没有多大改变。但在微观上因来稿类型不同，有些许变动。整体设置上有“学术视野”“文本解读”“理论阐释”“史海钩沉”等，与以往相比较，去除了“比较之窗”，增加了“作家专题”与“新书快评”等栏目。

“学术视野”栏目中共选入4篇论文，其中3篇是关于台湾新文学的论述，可以看作是关于台湾新文学的一个专题研究。在政治背景下催生的台湾新文学，具有鲜明的文学性与深远的文化延续性，一直是学界关注的话题。王丹丹的《论台湾现代主义小说的五四精神渊源与中华文化情结》对台湾现代主义小说进行深入辨析，指出现代主义虽然是西方的舶来品，但受到了台湾本土社会性的改造和作家的主体性创造，凝固承载了中国的传统文化。在技巧美学上，台湾作家追慕西方艺术手法，但在精神内容上，却渗透着东方的情调与意蕴，呈现出浓郁的中国传统文化气息，具有鲜明的中华文化情结。田文兵的《当代台湾乡土文学发展异变探析》认为，“台湾乡土文学”虽然1980年以来有着明显的“台独”倾向，但“台湾文学”并不是独立于中国文学之外的文学形态，而是“文化‘台独’”在文学上的反映。他指出当代台湾乡土文学的发展异变既是全球化语境中台湾本土文化的自觉应对，也和它与生俱来的政治意识形态息息相关，当代台湾乡土文学的发展异变并没有隔断与中国新文学传统的联系。吴鷗的《从“乡土”到“后乡土”——论“现代性”意义在台湾乡土文学中的嬗变》对日据时期以来的台湾乡土文学、20世纪80年代及90年代以来的台湾乡土文学进行了比较，认为日据时期以来，台湾乡土文学一直以对“民族”与“民主”的诉求作为表现其现代性价值的鲜明标识，但这种“审美现代性”与“启蒙现代性”的高度重合为台湾乡土文学在20世纪80年代以后走向僵化埋下了隐患。90年代以后，台湾后乡土文学的出现才真正实现了两种现代性的分离，以宗教书写的复归、传统精神的再现、现代性的在地化、现实批判的差异化等审美表现完成了对以往乡土文学的超越，从而真正具备了某种“对立和谐”的现代性品格。除此3篇关于台湾文学的论文之外，另一篇是蔡明宏的《闽风东渐与地缘人文图景——溯源当代印尼华裔沿承中华传统思想的文化根脉》。文章认为东南亚华裔群体在文化传播场域中承担着桥梁作用以及中国国家形象的直接表述功能，他们是构建文化软实力不可忽略的一个特殊群体。文章通过实证调查对印尼华族继承中华传统思想的文化根脉进行溯源，发现他们对于中华传统思想的认知体现出异质多元、稳定闭合、自强奋进的闽式地缘人文图景。这一文化探析，将有助于厘清印尼华裔与母国正本清源的传承关系，了解中华文化母体与分支的联系，从而在纵深性意义上增进对中华思想文化的清晰感知，同时亦有助于以一种崭新的文化视角来透悟东南亚“中华文化带”的文化心理效应，探究在当今全球多元化文化趋势的驱动下，文化交融、和谐共处这一必然的世界民族历史前进方向。该论文虽在选题上是关于印尼华文的论述，但与前三篇文章有着一致之处，它们都体现出世界华文文学范畴中对文化资源的追溯，深层次上体现出中国传统文化在中国大陆以外地区的延续与传播。此4篇论文皆观点鲜明，问题意识强，跨度大，逻辑结构严密，且富有理论思辨色彩。

“文本解读”仍然是所收录论文最多的一个栏目，共8篇论文。这些论文虽然都是针对某一作家的单篇或几篇作品的论析，但总体上几乎涵涉了台港澳暨海外华文文学的每个区域与板块，内容非常丰富，而且有的论文分析极其细致入微,体现出世界华文文学研究的广度与深度。该组论文大致又可分为4个小类型:第一,台湾作家作品论析。张晓利的《台湾作家李昂笔下的女性群像》、邱婧的《女性的原乡想象与身份认同之重构——从三部小说看台湾华语新书写》是两篇关于台湾女性作家作品的论述,张晓利选择台湾作家李昂作品中的女性形象作为分析对象,指出1979年到1999年的台湾处于转型期,岛内女性文学的发展较为突出。李昂塑造了众多女性形象,将女性生存空间作为一种叙事手段,她的作品呈现出了对处于乡村/城市中的女性生存状态的讲述,在探讨女性意识觉醒的同时,通过独特的叙事方式对男性中心叙事进行了无声的消解。论文层层剖析,逐层深入,构思独特。邱婧的《女性的原乡想象与身份认同之重构——从三部小说看台湾华语新书写》认为,女性、家族史、台湾历史是台湾华语文学中不可或缺的部分,该议题分析对象为近期的3部台湾华语小说:陈玉慧的《海神家族》、施叔青的《行过洛津——台湾三部曲之一》和蔡素芬的《烛光盛宴》,展现了女性的国族意识和原乡想象之新型历史书写。借此议题的展开,还分析了离散对于台湾外省人的身份建构与民族认同的影响。第二,美国华裔作家作品论述。徐福增的《边际性书写——汤亭亭〈中国佬〉中的话语叙事》、胡严艳的《颠覆与重构:任璧莲小说中的异族婚姻伦理观》、杨亚丽和王东洁的《谭恩美〈灶神之妻〉中的空间原型意象与创伤存在》是对华裔移民经典之作的论析,分别从话语叙事、婚姻伦理与原型意象切入。徐福增选择汤亭亭的小说《中国佬》作为分析对象,他强调了《中国佬》的叙事方式与一般通过对抗或屈从主流话语的权威,将话语作为商品展示给西方读者是不同的。他认为该小说以边际性身份展开创作,将华裔族群从美国历史的边缘位置推到了主体地位,试图在文化、性别、历史之间游走,由此完成了个体化的华裔叙事、对文化归属的思考以及对民族寓言的书写。胡严艳通过对任璧莲的小说《梦娜在希望之乡》《爱妾》《谁是爱尔兰人》等分析,反思中西文化及其婚姻伦理思想,认为现代家庭伦理的重构只有秉持儒家的"和"原则,在"和而不同"的基础上才能获得和谐和发展。观点有点偏颇,但从伦理观来透析中西文化,该选题的角度具有一定的深刻性。杨亚丽和王东洁通过空间原型意象与创伤存在的视角,以空间表征创伤的研究范式,展开对谭恩美《灶神之妻》的分析,探析空间原型意象隐含在美华裔移民过程中创伤存在的产生,以及他们在创伤移情作用下所承受的异化和心理伤害,但内在性的精神创伤却又在广阔空间中得到治愈。该论文理论性较强,文本分析也较为透彻。第三，留学生文学阐释。曾丽华、马财财的《聂华苓小说中的美国形象探析》分析了聂华苓小说中的空间意象及精神层面下的美国形象，探究了作家笔下的美国形象从冷漠、蛮横到温情与希望的形象变化及其原因，揭示出时代环境变迁下作家个体的身份认同情况。第四，新移民文学论。包括刘红英的《虹影小说〈英国情人〉中"革命+恋爱"的叙事模式与伦理诉求》和陈莉的《张翎小说中的重复叙事分析》。陈莉的《张翎小说中的重复叙事分析》针对张翎小说创作中关于人物形象与情节方面的重复现象展开分析，对把这种重复认定为抄袭的论断进行反驳，认为这种重复叙事可能是文际关系的体现和审美的必然，最后得出张翎小说中的重复现象"不是复制，而是生产力"。观点鲜明，论述层层递进，细致入微。

与以往不同，"作家专题"是一个新增设的栏目，收录了3篇关于作家综论的论文，论述比较全面而深入。它们分别是林琳、刘汉波的《"独"来"独"往的远行人——苏炜留学生文学创作思想的再解读》，林秀琴的《从林耀德城市叙事看台湾现代主义文学的发展》和朱文斌、岳寒飞的《在虚无中存在——论陈映真小说的"虚无"书写》。林琳、刘汉波认为被冠以"边缘人"与"望乡者"的头衔的作家苏炜，他的小说创作体现出浓重的乡愁，但这种乡愁并非感性回望，而是独立且理性的反思。论文首先对以往苏炜留学生文学创作做了评述，又从"独"的个性形成、独立个人思想与独特的文学观三方面详细解析，层层推进、环环相扣，对苏炜创作的论述详尽而入微。林秀琴指出台湾现代主义作家林耀德的城市文化叙事，通过对社会世相的观察、对自我与存在的拷问，反复书写现代性的批判主题，并从中捕捉到晚期资本主义混乱失序时代自我的悲剧性，他对"集体潜意识"的叙述，言明现代社会个体的迷失与苦闷、焦虑与分裂，正是社会空间失序的产物，分裂的个体与畸变的社会空间形成了互为因果的关系。林耀德及其所代表的新世代作家群，对以城市为载体和焦点的现代社会生活的观察，提供了台湾现代主义文学发展的一种形式与美学。该论文理论性强，思想深刻，逻辑严密，分析透彻。朱文斌、岳寒飞在文章中认为作为台湾左翼文坛的旗手——陈映真，将自己独特的人生体验与感受投射到其小说创作中，与流行于20世纪文坛的存在主义思潮产生某种精神暗合，找到某种契合点，塑造了一批孤独的"虚无者"形象，对人的存在问题、存在的荒诞性以及沉沦与焦虑等进行了揭露与阐释，从而揭示世界本真的荒谬性与虚无性。陈映真的"虚无"书写显示了人在虚无世界中顽强地寻求自我和存在，这是一种正视现代人的不安、危机和沉沦的积极人生态度，值得关注。2016年11月22日，陈映真在北京逝世，这篇文章带有一定的纪念意义。

“理论阐释”栏目收录了3篇论文。徐诗颖的《20世纪90年代以来港人身份认同研究批判——以本土性与中国性的内在矛盾为核心》、李竹筠的《日据时期台湾小说“反殖民”质素考辨——以三个选本为中心》、陈永的《“亚裔感性”之悖论：兼谈任璧莲的叙事策略》分别从身份认同、殖民视角、“亚裔感性”等几种理论视角来对不同区域、不同作家做出分析论证，理论性与逻辑性十分突出与显著。徐诗颖认为自20世纪90年代以来，香港及海外不少学者利用或借鉴“第三空间”理论来探究香港人的身份认同问题，产生了建立在以“本土性与中国性的内在矛盾”为根基进行论述的“边缘论”“夹缝论”和“北进想象论”三种典型看法。为突破“本土/中国”讨论框架的局限，朱耀伟试图把视野转移到“东西方，本土和全球以至东方主义/后殖民性和全球资本主义之间”进行。然而，它们在阐释理论的过程中均暴露了学术缺陷和意识形态立场。要想真正建构港人的身份，就需要把讨论建立在正视“香港人是中国人”这一政治身份的前提之下。否则，无论在学理还是现实上都无法让人信服。李竹筠以日据时期台湾小说的3个选本为主要考察对象，通过文本细读辨识出“用功”与“成功”的意象、“日本女性”的意象以及乱世爱欲的写作主题，认为这一时期小说作品的“反殖民”质素固然不容忽视，同时亦呈现出“反殖民”无以统摄的多重指向。而台湾学者对“反殖民”大张其帜，或表征了近年台岛“殖民”扩大化与“殖民”焦虑症的症候。陈永针对亚裔美国文化界的“赵汤之争”的做出分析，一般认为，此争议折射出赵建秀如何建构“亚裔感性”的不断深入思考和此理念的斯皮瓦克式的“策略本质主义”实质，但陈永提出了自己的观点，认为这场论战双方事实上处于共谋关系，双方的争论是文化表演，它以奇特的方式促进了美国亚/华裔文学的长足发展。另外，此论文还以任璧莲为个案说明该华裔美国作家在“赵汤之争”的大背景下寻找第三条更具包容性的“想象共同体”亚裔文学建构道路的努力。最后，明确了本论文的结论是：“亚裔感性”的悖论在于它是临时性的“策略本质主义”口号，它是种族歧视的对抗话语，它的提出最终目的是为了取消其本身。

“史海钩沉”栏目注重史料性与创新性，突出整理与研究的能力。本栏目收录3篇文章，分别是王文强的《残雪作品海外传播研究》、赵颖的《跨文化视域下的新加坡华文旧体诗的创作特质》、陈蘅瑾的《浙江省中国当代文学研究会第十届年会暨“当代文学文化地理与域外空间的拓展”学术研讨会会议综述》,3 篇论文各有特色,各自独立。王文强对残雪作品的海外译介情况进行了梳理,进而分析海外学者对残雪作品的分析和评价,之后从三个方面——对残雪作品翻译的赞助人、残雪作品本身的中西文化合璧观以及翻译者的纯文学观,探析残雪作品在海外受关注的原因。赵颖认为新加坡有大量的华文旧体诗的文本,这些文本是我们研究中国文学在海外传播的重要依据,然而,在现有的东南亚华文文学研究范畴内,我们对新加坡华文旧体诗的论述很少。她进一步指出,华文旧体诗的创作表现出跨文化的特质,对这些文学现象的研究需要尊重文化差异,这类作品以特殊的“异族叙事”实现对后殖民主义的反悖,是对海外华文文学研究的有益补充。陈蘅瑾对浙江省中国当代文学研究会第十届年会暨“当代文学文化地理与域外空间的拓展”学术研讨会会议情况及相关会议论文进行了整理编辑,而且深入论述了此次会议的重要性与会议论文的学术价值。她指出本次会议由浙江省中国当代文学研究会主办、浙江越秀外国语学院承办,共有 130 余位专家学者参加了本次研讨会,会议规模宏大。大家共同就“当代文学文化地理与域外空间的拓展”这一主题进行了深入的交流。会议提交的论文有文学空间拓展与文学史梳理的意义、文化地理学视域下的当代文学与文化、多元文学空间的审美视野和中外文学对话与当代文学批评等 4 个方面。该论文虽是会议综述,但具有重要的史料价值与学术意义。

最后一个栏目是“新书快评”。虽然只有一篇论文,但有一定的类型意义。陈爱华的《跨文化视野下不同自我观的碰撞与融合——评任璧莲的〈虎书:艺术、文化与互依型自我〉》对任璧莲的《虎书》做了详细的评价,是一篇较为成功的书评。论文认为任璧莲的新作是一部充满睿智思考的思想性自传。该书从跨文化的比较视角探讨了“互依型”自我和“独立型”自我两种不同的“自我观”在艺术与文学领域的体现,以及这两种不同的自我观在对身为第二代华裔作家进行小说创作的影响。这部自传将家族回忆录、认知研究、文学分析以及自己创作道路的反思编织在一起,多层次、多方位地展现了由不同自我观碰撞与融合织就的精彩画卷,具有重要的学术研究和应用价值。

每次编完一辑我们总觉得如释重负。确实,虽然《世界华文文学研究》限于各种原因每年只能出版一辑,但这么多年坚持下来本身就非常不容易,现在在海内外各地具有了一定的影响力,也鞭策着我们一定要坚持精品意识和韧性精神，将这块学术阵地坚守好。现在窗外已是春光满园，梅花正在绽放，红梅白梅争奇斗艳，“从来不见梅花谱，信手拈来自有神。不信试看千万树，东风吹着便成春。”（徐渭《题画梅》）希望读者诸君翻阅我们这辑《世界华文文学研究》有着如沐春风、如赏梅花之感，收获良多。

写于绍兴镜水湖畔

2017 年 2 月 2 日

学术视野

论台湾现代主义小说的五四精神渊源与中华文化情结

▶王丹丹

现代主义文学思潮是伴随着西方社会工业化与机械文明带来的变迁与异化而出现的一种影响全球的文学潮流。它虽然流派纷呈,但其基本宗旨却是一致的。即思想上是站在解构理性、反思进步、质疑文明、批判主体性基础上的感性张扬和非理性主义;内容上描写现代人如何逃避现实社会,"朝着内向性、技巧表现和自我怀疑的倾向,不断省视自己,以找寻生存的意义"①;艺术上则在语言、结构、形式等作品的外在形式上采用特殊的、异乎寻常的表现手法。20 世纪 50 年代,这股现代主义文学思潮以排山倒海的强劲势态席卷了整个台湾文坛,并不断生发下去,声势浩大,影响深远。虽然现代主义是舶来品,但是,台湾文坛对这一西方艺术思潮并非是原汁原味地接受和表现,而是带有主体性的思考和判断,经过了台湾本土社会性的改造。同时,台湾与大陆母体一衣带水,有着一母同胞千丝万缕的关系,从而使得台湾现代主义文学从诞生之日起就具有中华文化的深厚背景。

一、自由反叛的人性呐喊:五四精神的重燃

五四新文化运动是20 世纪中国文化发展历程中最具有划时代意义的文化革新和思想解放运动。五四精神则在这一中国社会历史现代化的进程中应运而生。对于何谓五四精神,刘中树先生给予了鞭辟入里的提要钩玄:"作为体现这一新的历史阶段的现代化追求的时代精神和实践目标的'五四

① 袁可嘉等编:《现代主义》,北京:中国社科院出版社,1989 年版,第 10 页。

精神’，是融合着思想启蒙、政治救亡和走向世界的深刻内涵的；思想启蒙、政治救亡和走向世界的终极目标，就是人的解放、人的全面自由发展、人的现代性的实现。”[①]五四先贤们在启蒙与救亡、自由与解放的精神引领下，站在人的立场上，对愚昧、保守、落后、畸形的丧失独立自主人格的国民性进行了彻底的解剖和严厉的鞭挞；对摧残个性的藩篱禁锢、压制人性的封建权威给予了大胆的否定和无情的批判；实现了以白话取代文言的语言工具的根本性变革，提出并实践了“人的文学”“个性的文学”的创作，取得了显著的不朽实绩。五四时期对人的精神文化问题的关注、对人的主体精神的重构，毋庸置疑地成了五四最重要的历史贡献之所在，也使五四成为一种“精神”。这个“精神”跨越历史，激励着一代代为之奋斗的中国人，它在20世纪50年代的台湾知识分子身上重新映现。

1949年，国民党退败台湾，在台湾社会推行高度的镇压政策，推出代表官方意识形态的文艺运动。在政治控制与文化支配的双重阴影下，知识分子无论是本省人，还是外省人，都不能自由发声，精神状态大多陷入消极悲哀的深渊，台湾文坛一片苍白而死寂。对此，作家杨逵愤然写下：“目前我们濒临于饥饿，这就因为台湾文艺界不哭不叫，陷于死样的寂静。如果这样的状态再继续下去，我们除掉死灭之外是没有第二条路的。为什么我们一直在沉默着等待死亡？难道还有比这更悲惨的事吗？”[②]欣慰的是，潜藏在官方文艺政策下的一股充满生机的新的文学力量正在酝酿发酵，蓄势待发。

（一）自由民主理念的再次显现

自由民主是西方国家的主流政治思想，清末民初传播至中国，以一种社会变革的工具价值被中国知识分子所倚重，不仅对新文化和新文学产生重大影响，而且成为五四精神的重要形塑部分。迁台初期，国民党在文艺方面的严酷的政治规约引发了秉持创作自由观念的作家们的抵制和背离。创办于1949年11月20日，由胡适发行、雷震主持、殷海光为主要撰稿人的政论刊物《自由“中国”》率先冲破种种禁锢，再次发出了“自由”“民主”的先声。

《自由“中国”》视胡适为其精神领袖，殷海光撰写了一系列纪念五四的社论，重新标举五四运动的民主自由精神。“本刊创刊至今，曾经表现了相当一贯的立场与态度；……本刊同仁未尝以什么主义者自居。现在一般论

---

① 刘中树：《五四精神与中国新文学》，《社会科学辑刊》2008年第2期。

② 杨逵：《如何建立台湾新文学》，《台湾新生报》副刊1948年3月29日。

者,都说本刊代表自由主义。……如果人们判断我们那些立场与态度,就是自由主义,我们感觉也没有否认的必要。”[①]并直言“五四是我们的灯塔”,“我们找不到任何理由来罢黜百家,独尊一家之言”[②]。一方面,在民主自由的精神圭臬下,刊物将批判的矛头指向国民党政府“定于一尊”的独裁专制;另一方面,刊物大力阐释、鼓吹西方的自由民主理念。“一个国家的最后目的,不是统制人民,而是引导人们过一个有自由理性的生活”[③],在近代民主学说中“最基本的预设”乃是“人尽是人,人人都为‘目的’,而不是‘工具’……有此‘人当人’原则,方有自由平等可言”[④],因此,自由的基础乃是基本人权,“个人尊严是民主政治中最关紧要的原则”[⑤]。

继《自由“中国”》率先发出民主自由的强音之后,其同盟刊物《文学杂志》持续发力,与《自由“中国”》联手,共同推举胡适为诺贝尔文学奖候选人,此举不仅标识了战后台湾文学与五四自由主义传统的续接,同时为现代主义的盛行提供了精神的养料,并最终在《现代文学》中得以全面的体现。

(二)“人的文学”的理论承续

与自由、民主理念相呼应的是以“人”“人生”“人性”等概念为基石的文艺理论的建构和倡导。1958 年 5 月 4 日,胡适在“中国”文艺协会八周年会上以《“中国”文艺复兴 · 人的文学 · 自由的文学》为题做公开演讲,再次重申了五四文学革命的使命,提出了文学的目标和标准,即“人的文学、自由的文学”[⑥]。“人的文学”是五四时期周作人的文学理念,在这,胡适将其与“自由的文学”并举,对人性解放给予了完整的诠释。“人的文学”“自由的文学”“文艺复兴”共同构成了台湾自由主义精神的核心价值,并深刻影响着台湾文学的发展。

聂华苓接掌的《自由“中国”》文艺栏应合着胡适的文学思想,显现出“人的文学”的耀眼光芒。她要求作家任意发挥和表达,创作与官方文艺政策相悖离的、题材多元化的作品。随着一篇篇细腻描绘情感心绪、尽情释放

---

① 社论《我们的答辩》,台湾《自由“中国”》第 16 卷第 2 期。

② 社论《五四是我们的灯塔!》,台湾《自由“中国”》第 22 卷第 9 期。

③ 徐道邻:《福利国家的科学意义》,台湾《自由“中国”》第 12 卷第 11 期。

④ 张佛泉:《言论自由与“百家争鸣”》,台湾《自由“中国”》第 15 卷第 7 期。

⑤ 殷海光为吴鲁芹《美国去来》写的书评,发表于台湾《自由“中国”》第 8 卷第 6 期。

⑥ 胡适:《“中国”文艺复兴 · 人的文学 · 自由的文学》,台湾《文坛》第 2 号。

文学想象的佳作的发表，文艺栏“纯文艺”的气息日益浓郁。作为主编的聂华苓，更是率先垂范，与司马桑敦、彭歌、徐訏等作家以西方现代主义小说技巧对人性进行了大胆地探寻与剖析，“人的文学”的版图渐趋扩展。

另一具有影响力的《文学杂志》也表现出对人性议题的重视。有学者指出，《文学杂志》“也正是秉承这种‘人的文学’‘自由的文学’精神所创办的文学性刊物”①。创办者夏济安服膺于自由主义精神，积极引进挖掘人性、解放人性的西方现代主义文论，尤其在“评论作品时，以西方现代主义的技巧作为标尺”②。他的《评彭歌的〈落月〉兼论现代小说》，就以新批评理论分析《落月》写作上的得失，提出了“心理写实”的观点以及对象征笔法的采用等现代主义的思考。《文学杂志》的另一撰稿人——夏济安的胞弟夏志清，对“人的文学”也用力颇著。他将人性描写的广度和人性挖掘的深度二者的结合作为批评标准，指出中国现代小说心理刻画的缺失，肯定了张爱玲小说的迷人。这既体现出人的文学之要义，又显示出现代主义的重要特征。他们对“人的文学”的承续与再理解，为“胡适的主张下了一个有利的注脚：则文学应该是人的文学、自由的文学，作家必须在自由的环境下自由创作，不需任何机构的辅导”③。同时，“不被束缚、自由、异质的文学理论和主张”“刺激了20世纪60年代‘横的移植’的浪潮的汹涌起伏”④，“间接助长了现代主义的声势”⑤。

《自由“中国”》《文学杂志》不仅成为当时精英知识分子寻找文学话语权的突破口，而且培养了一大批文学创作的新生力量，并终于绽放出现代主义的璀璨花朵——《现代文学》。最重要的是，批判现代文明的西方现代主义在台湾的社会境遇中转变为批判戒严体制下被压抑、压制的人性。这既是对五四“人的文学”的理论的接续和深化，又与西方的现代主义有了清晰的分野。

---

① 褚昱志：《五〇年代的〈文学杂志〉与夏济安》，《台湾文学观察杂志》第4期。

② 江宝钗：《论〈现代文学〉女性小说家：从一个女性经验的观点出发》，台湾师范大学国文研究所博论，发表于1994年6月。

③ 叶石涛：《台湾文学史纲》，高雄：文学界杂志社出版，1987年版，第107页。

④ 叶石涛：《台湾文学史纲》，高雄：文学界杂志社出版，1987年版，第107页。

⑤ 江宝钗：《论〈现代文学〉女性小说家：从一个女性经验的观点出发》，台湾师范大学国文研究所博论，发表于1994年6月。

（三）创新求变的反叛精神的彰显

在自由民主精神理念的烛照下，在“人的文学”的创作思想的指引下，五四新文化运动以睥睨一切的气势，向两千余年的封建礼教传统说“不”，在凝固僵化的时代拘囿中不断求新求变。无论是思想界革命，还是文学界革命，都显示出了前所未有的无畏勇气和叛逆精神。同样在台湾高压统治下孕育而生的现代主义文学也表现出对新内容、新形式、新手法的追求。诚如张诵圣所言：“一批有理想的年轻知识分子由于不满当时俗陋的文化生态环境，以提倡由英美引进的现代主义文学来达到提升本国文化的目的。”[①]这些与现存体制相疏离的艺术异端分子以激烈前卫的艺术创新来抒发压抑与反叛的心灵，“可说是一个较为纯粹的文化精英分子的前卫艺术运动”[②]。“在国家戒严，政府威权鼎盛的冰封时期，现代主义文学以疏离孤绝之姿，于官方文艺政策外，发展并建立了一套对立于体制，且不妥协于现状的书写模式”[③]。作家们有感于旧有的艺术形式和风格不足以表达作为现代人的艺术情感，所以决定用实验、摸索和创新的艺术形式和风格[④]，以“否定”“反叛”“荒谬”来抵制统治权威和官方文艺政策，以实现自己对人的思考、对社会的批判、对自由的追求。《现代文学》异常鲜明地实践了这一点。作为《现代文学》的创办人、台湾现代主义文学的核心人物之一，白先勇曾多次精辟而深刻地谈到台湾现代主义文学与五四精神之间的内在联系。[⑤]

> ……五四运动对我们来说，仍旧有其莫大的吸引力。五四打破传统禁忌的怀疑精神，创新求变的改革锐气，对我们一直是一种鼓励，而我们的逻辑教授殷海光先生本人就是这种五四精神的具体表现。台大外文系当年无为而治，我们乃有足够的时间去从事文学活动。……
>
> 《现代文学》创刊的成员背景相当复杂多元，……我们虽然背景各异，但却有一个重要的共同点，我们都是战后成长的一代，面临着一个大乱之后曙光未明充满了变数的新世界。……我们正站在台湾历史发

---

① 张诵圣：《文学场域的变迁》，台北：联合文学出版社，2001 年版，第 8－9 页。

② 张诵圣：《文学场域的变迁》，台北：联合文学出版社，2001 年版，第 8－9 页。

③ 梅家玲：《性别论述与战后台湾小说发展》，台湾《“中”外文学》第 29 卷第 3 期。

④ 《现代文学·发刊词》，1960 年第 1 期。

⑤ 白先勇：《〈现代文学〉创立的时代背景及其精神风貌》，《第六只手指》，台湾：华汉文化视野公司，1988 年版，第 105－109 页。

> 展的转折点上，面临着文化转型的十字路口。经过十年惨淡经营，台湾正开始从农业社会转向工商社会，而战后的新文化也在台湾初度成型，我们在这股激变的洪流中，探索前进，而我们这一代，无论士农工商，其实都正在参与建造一个战后的新台湾。五四运动给予我们创新求变的激励，而台湾历史的特殊发展也迫使我们着手建立一套合乎台湾现实的新价值观。这一切都是在不自觉的情况下进行着，我们成长的心路历程也有其崎岖颠簸的一面。

白先勇的这段回忆和自述相当清晰地表述了台湾现代主义与五四精神的渊源。20世纪50年代的台湾处于一个历史过渡时期，也是一个社会转型时期，更是一个文化冲突时期，这样的时代特质与五四时期有着高度相似性。身处两个时代的知识分子面对着强大的专制权威思想，尽管内容不同，但渴望打破思想桎梏并引领一种新的艺术风尚的创新求变的反抗精神是一致的。陈芳明对此曾说："现代主义者的集结，无疑是为了抗拒官方文艺政策的领导。充分追求高度自由的文学想象，是具有自由主义倾向的作家，无论本省、外省，都一致憧憬的。"①因此，五四打破传统禁忌的怀疑精神、改革锐气、无畏勇气无疑在台湾现代主义作家身上得到了共鸣与传扬。他们的创作不仅使自由主义传统发展得更充分，进一步丰富了人的文学，拓展了书写的自由空间，而且其本土化的特色也鲜明地迥异于西方的现代主义精神。

二、割舍不断的中国情：中华传统文化的浅吟低唱

杨牧曾将台湾文学与中国传统文学的关系形容为"虽然隐而不显，却比血还浓；生为中国人，绝不能在意识上甩弃这一份传统文学的遗产"②，台湾现代主义文学亦是如此。在技巧与美学上，台湾作家追慕西方艺术，从现代主义汲取丰富的资源，但在精神与内容上，则注入了台湾的生活与感觉，渗透着东方的情调与意蕴，呈现出浓郁的中国传统文化气息。这种气息弥漫在不同世代、不同族群、不同性别的现代主义作家群中，萦萦不绝。

---

① 陈芳明：《台湾新文学史》，台湾《联合文学》2001年第8期。

② 李欧梵：《中国现代文学的现代主义》，台湾《现代文学》复刊第14期。

(一)内蕴丰富的中华文化精神

中国文化源远流长，博大精深。在漫长的本土学派与外来学说不断吸收融合的历史发展过程中，逐渐形成了以儒家为主体，儒道佛三家鼎足而立、相互交融的中国文化基本格局。中华文化泽被台湾始于16世纪的明郑。自斯三百余年以来，台湾作为中国的一部分，一直处在特殊的境遇中。多次被殖民的屈辱、长期脱离母土的悲哀，多舛的命运激起了台湾历代遗民和移民数千年中华文化的积淀和基因，在受到外来殖民文化的浸淫与影响下仍然葆有着“中国人在历史上特有的宇宙观、道德观、价值观，体现中国人传统的思维方式、知识方式、生活方式与风俗习惯等”①。台湾现代主义代表作家白先勇的身上就印刻着中华文化的烙印，尤其是他对中国儒、道、佛传统哲学的理解淋漓尽致地在其作品中抒发出来。

白先勇的创作浸透着命运的坎坷与生活的苦痛，呈现于世人面前的是他以悲悯的儒家情怀唱尽没落贵族的挽歌、平民百姓的哀歌、异乡漂泊者的离歌、风尘女子的怨歌以及“同志爱情”的悲歌，倾诉着人生无常的道家感慨和因果宿命的佛家嗟叹。小说集《台北人》中的众多人物，尽管年轻时叱咤风云，有着“修身治国平天下”的积极入世的儒家精神，但终究敌不过命运的无常，最终或退隐山林、修身养性，或浪迹天涯、皈依佛门，只能以“出世”之道抚慰自己落寞的灵魂，舔舐内心滴血的伤口。这无常的“命运”，白先勇将其与“孽”联系在一起。“人性里面生来不可理喻的一些东西，姑且称之为‘孽’——一种人性无法避免、无法根除的，好像前世命定的东西。”②《永远的尹雪艳》“八字带着重煞，沾上的人，轻者家败，重者人亡”；《游园惊梦》里钱夫人“长错了一根骨头”，是“前世的冤孽”，孤独终老；《思旧赋》的两位仆人把李家的家破人亡归咎为“造孽”；《孤恋花》中娟娟的悲惨遭遇似乎是五宝的轮回；《孽子》中阿凤和龙子的故事，被解释为“前世注定”。无法掌控自己命运的宿命观使白先勇的作品笼罩上一层神秘的色彩，如同佛教所言：“万物的变化都是各自随着因缘的；而万化随缘就意味着不能摆脱宿命，这

---

① 张卫中:《新时期小说的流变与中国传统文化》,上海:学林出版社,2000年版,第2页。

② 刘俊:《文学创作:个人·家庭·历史·传统——访白先勇》,桂林:广西师范大学出版社,2011年版,第455页。

就是‘报应’的依据。”①其中,死亡就是命定的一劫。白先勇的笔下有为情而殇的金大奶奶(《金大奶奶》)、玉卿嫂(《玉卿嫂》)、阿凤(《孽子》)、卢先生(《花桥荣记》)、王雄(《那片血一般红的杜鹃花》);有深陷文化困窘而自戕的吴汉魂(《芝加哥之死》)、李彤(《谪仙记》);有因病而殁的静思(《月梦》)、弟娃(《孽子》)、蒋将军(《游园惊梦》)、李浩然(《国葬》)、华将军(《秋思》)、王孟养(《梁父吟》);还有相对于肉体的灭亡,精神的空虚更让人感到无尽伤感的依萍(《安乐乡的一日》)、朱青(《一把青》)、幽灵化身的尹雪艳(《永远的尹雪艳》)等等。欧阳子认为白先勇对待死亡是“抱一种‘生即是死,死即是生’的类似道家哲学的思想,同时,又有着佛家‘一切皆空’的思想”,“‘人生是虚无’,潜流于底层”②。但是,白先勇在死亡的叙写中展露出的是悲悯情怀下的人性关怀。儒家的“仁者爱人”、佛家的慈悲使白先勇拥有了一颗纯净慈悲的悲悯之心。“悲悯的前提是同情,而同情的前提则是爱心。”③虽然佛教的色空、道教的无常,使白先勇看透了人生的无奈与命运的桎梏,但他却以一颗仁爱之心,一种“对社会、对人生、对人深沉、执着和毫无保留的爱”④去描写世间百态,在死亡中体认和升华生命的意义,以实现对人类的终极关怀,对生命整体的理想构建。

作为“台湾作家中的异数”,七等生及其创作一直备受争议。从文学“天才”的赞誉到文学“怪人”的讥讽,面对诸多褒贬不一、毁誉参半的议论,七等生宣称:“我宁可独自自信,而不盼望万众的赞扬。”他甘愿做一个“隐遁的小角色”,将文学作为自己的救赎之路,追求内在精神世界的宁静和平衡。如同带有暗示意味的笔名一样,中国古代士人竹林七贤的隐逸或许是七等生所向往的。而古时的隐逸理论在儒道学说中也皆能觅其踪迹。儒家的“出世”之道使其推崇“隐士”的高风亮节、韬光养晦。而道家更注重珍视个体生命,追求精神的绝对自由。七等生在面对污浊的现实时,“他隐于嘲弄,白眼,屈辱之中”,“不来呐喊,不去抗议,不把痰吐在别人脸上,他只依照自己选定的方式生活着”⑤。他就是如此的卓尔不群,独立于世。他的作品也同

① 汤一介:《佛教与传统文化》,北京:宗教文化出版社,1999年版,第115页。

② 白先勇:《台北人》,上海:上海文艺出版社,1999年版,第10页。

③ 刘俊:《悲悯情怀:白先勇评传》,广州:花城出版社,2000年版,第1页。

④ 刘俊:《悲悯情怀:白先勇评传》,广州:花城出版社,2000年版,第1页。

⑤ 尉天骢:《隐遁的小角色》,田锐生:《台湾文学主流》,开封:河南大学出版社,1996年版,第178页。

样表现出人物心象与外在世界的对立。如《精神病患》中的主人公佯装有病住院，以求远离人群，远离社会，因为“这个社会显露着一片自私”。《隐遁者》中的鲁道夫因不满现实的丑恶，而不得不“由一个城镇流浪到另一个城镇，寻获不到自适的感觉，最后自我放逐，涉过沙河，来到与人类的城镇对立的彼岸森林”。《我爱黑眼珠》的李龙第，从思想到言行，也是一个不折不扣的、与众不同的特殊身份的隐居者。尽管现实无情，但七等生的小说世界里仍潜伏着积极的因素，在残酷的现实中生发出了希望。在《憧憬船》《白马》等作品中，作者创造了“白马”意象，以白马的出现象征最为和美、富庶的人间乐园的到来。老庄哲学遗世独立的气韵、屈原上下求索的执着，流淌在七等生的创作生命中。

以描写人性著称的欧阳子，尽管笔锋大胆、赤裸，但仍无法逾越人伦道德的要求。《秋叶》中年轻的继母宜芬与她的混血儿继子敏生产生了暴风骤雨般的爱恋，在几近肉欲缠绵的刹那，宜芬猛然警觉伦常观念和母子名分是不能违反的而断然拒绝。小说固然反映了中西方文化的心理冲突，但最终还是归降于中国传统的伦理道德秩序。小说《近黄昏时》《觉醒》也表现出类似的“恋母情结”。虽然西方的“俄狄浦斯情结”是所谓的“恋母情结”的原型，但是中国母性崇拜的文化传统也会影响作者的写作。在中国，“母性崇拜”是一种根深蒂固的文化现象，尤其是女性的神话传说为中国的“母性崇拜”奠定了坚实的文化基础。正是由于原始母权的影响，中国文化形成了偏于女性化的特色，其阴柔之美迥异于西方文化中的阳刚之美。欧阳子的“母子之恋”和对女性形象的塑造有其明显的中国文化浸染。

新世代作家李昂，笔锋锐利前卫，作品颇受争议，然而在鲜明的西方现代意识背后，依然透露出传统文化的气息。《迷园》中朱祖彦的人生困境与精神追求鲜明地体现了中国传统精神对他的影响。朱彦祖是台湾 20 世纪 50 年代知识分子悲剧命运的代表。在经历了一次次的身心重创后，他将自己幽禁于菡园之中以求逃离尘世，在佛家的因果、道家的虚无中一遍遍哀伤着自己无可奈何的生命。尽管如此消极避世，但他却坚持让女儿回到家中振兴家业，这无疑又是他内心深处对积极入世的向往。

在台湾的现代主义作品中，不仅可以追溯作家精神思想的源头——中华民族的传统文化精神，而且也能深见作家对“小传统”，也就是乡风民俗的挖掘和描绘。“民俗是民间社会生活中传承文化事象的总称，是一个国家或地区、一个民族世世代代传袭的基层文化，通过民众口头、行为和心理表现出来的事象。这些事物和现象,既蕴藏在人们的精神生活里,又表现于人们的物质生活传统中。”①对民俗文化的书写,不仅使人能生动地感受到中华文化的源远流长,而且具有强烈的民族归属感。舞鹤的《拾骨》就是一篇典型的对民间习俗的描写之作。拾骨是台湾民间的一种丧葬习俗,由移民带入台湾。小说以为亡母拾骨为核心,铺染了亡灵托梦、神汉扶乩等民间说法,刻画了众多与民间信仰有关的器具、寺庙与场景。这些都是最重要的民间精神生活内容。这个特殊的丧葬礼俗蕴含了庶民文化对死亡的认识和理解。有的是寄托生者对亡灵的哀思和敬仰,有的是为了落叶归根、回归故里。总之,拾骨是台湾民间一个重要的慎终追远、敬天畏祖的生命礼俗,凝聚着人们关于祖先的历史记忆、关于生命的共同体认。

(二)诗意的传统古典文化表达

中国古代文论以追求诗意的呈现为价值目标。这种诗意的表达最先起肇于《易经》与老庄哲学的“言意之思”,兴盛于魏晋时期以王弼为首倡导的“言意之辨”,随后陆续有钟嵘的“滋味说”、刘勰的“隐秀论”、皎然的“意境说”、严羽的“妙悟说”、袁枚的“性灵说”、王国维的“境界说”。无论何种言说,都强调诗意的“韵外之旨”“味外之味”“言不尽意”以及“象外之象”。因此,中国的文学作品多传神写意,含而不露,从整体上给人以含蓄蕴咏的艺术感受。这种诗意的传统古典文化表达在台湾现代主义小说创作中也有所昭示。

翻开白先勇的作品,浓郁的古典气息扑面而来。古诗词的借用在白先勇的小说中可谓俯拾皆是。他的两本小说集分别以两首脍炙人口的唐诗作为开篇,其诗意与小说主题内容、情感表达完美契合。还有取自汉乐府曲名的《梁父吟》,将杜甫的《登楼》《蜀相》、赵孟顺的《岳鄂王墓》暗含小说当中,以诸葛亮、岳飞这些历史人物影射政治现实、人物命运,无形中增强了文本的象征性和隐喻性,丰富了小说的多样性解读视角,使小说具有了一种历史的重叠感。经典作品《游园惊梦》改编于汤显祖的《牡丹亭》,在似真似幻的梦的境界中道出了“原来姹紫嫣红开遍,似这般都付与断井颓垣,良辰美景奈何天,赏心乐事谁家院”的人生如梦、世事无常的感叹,带来震撼人心的冲击力。除了对中国古典诗词的考究善用之外,白先勇又将意象融入其中。“意象作为一种审美形象携带着丰富的文化密码,往往是一种文化意象。这

① 王甲辉、过伟:《台湾民间文学》,上海:上海文艺出版社,2005年版,第16页。

些意象，无论是物还是人，都被赋予了相对固定的美学品格。”[①]在中国古典意象中，“柳”意味着离愁的别绪，“梅兰竹菊”是高洁的代表，“鹧鸪”唤起了羁旅的乡愁……这些已成共识的意象是中国文化的积淀和载体，是中华民族共同文化心理和审美情怀的体现。白先勇将这些意象直接化用在他的小说里：衰败的菊花、不屈的竹兰、啼血的杜鹃、凄凉的苦雨、日薄西山的残阳、变幻莫测的月亮、古色古香的家居、地方特色的饮食……无论是日月星辰、飞禽花卉这些自然意象，还是衣食住行、娱乐把玩的生活意象都被白先勇“立象以尽意”，既“借景抒情”“托物言志”，又引发所有炎黄子孙的文化共鸣，烙上了中国传统文化的寄寓和象征。夏志清先生也因此将白先勇的小说归属为“道地的中国文学的宗嗣”[②]。

以用典来深化主题、寄托情感、表露情致的还有聂华苓的《桃红与桑青》。小说以《帝女雀填海》作跋，借用了这篇神话的人类生存危机和猛志常在的寓意。回溯到《桃红与桑青》文本中来，小说描写了主人公桑青在动乱的生存困境中不断放逐、不断逃亡，最终精神分裂的悲剧。倾诉了漂泊海外的中国人有家难归的精神苦闷、有国难投的苦楚辛酸。然而，这种坎坷的生活经历和苦难的生命体验激起的是漂泊者强烈的求生意志，正是有了这种原始生命力，20世纪里的中国人“经历战争、革命、家庭悲剧”[③]，仍然能活下来，奋力前行。就像桑青，之所以更名桃红，是因为它“光艳鲜丽，代表青春与希望”[④]，这不仅是桑青的期盼，也是作者对新生活的期待和渴望。同样始终追寻着心中乌托邦的还有陈若曦。东晋陶渊明曾写下一篇脍炙人口的传世佳作《桃花源记》，文章描绘了一个自给自足、人人自得其乐的理想社会。虽是虚构，但安宁和乐、自由平等的生活却是人人心向往之。旅居国外的陈若曦以《重返桃花源》为题，足以见其心志：中国本土文化是自己生命的“根”，台湾岛淳朴的人情、人性亦是她心目中的桃花源。

集古典风格与现代体验于一身的外省第二代作家朱天文，她早期的作品就多以古典诗词作为小说的文题。如《陌上花》与苏轼的《陌上花三绝》同

---

① 胡经之、李健：《中国古典文艺学》，北京：光明日报出版社，2006年版，第130页。

② 夏志清：《台湾小说的两个世界》，北京：新星出版社，2010年版，第151页。

③ 梦花编：《最美丽的颜色——聂华苓自传》，南京：江苏文艺出版社，2000年版，第319页。

④ 梦花编：《最美丽的颜色——聂华苓自传》，南京：江苏文艺出版社，2000年版，第347页。

名;《怎一个愁字了得》直接撷取了李清照《声声慢·寻寻觅觅》中的结尾处"梧桐更兼细雨,到黄昏、点点滴滴。这次第,怎一个愁字了得!";《青青子衿》更易使人联想到曹操的《短歌行》。不仅如此,作品中"罗敷自有夫""白蛇娘娘""青蛇妹妹""龙王三太子""盗仙草"等文学典故的运用,足见朱天文对古典文学的熟稔。在语言炼字方面,朱天文善于使用古典词汇,不惜使文本变得聱牙诘屈,这样的刻意求工,被王德威谓之为"文字的炼金术"[①]。朱天文对语言文字的精雕细琢,其实传达的是她对于儒士的追求和对礼乐中国的向往。

本土作家李昂,在其《迷园》里建造了一座深具中国传统文化内涵的庭院——"菡园"。"菡园"得名于园中央的大荷花池。荷花,古称"菡萏",历来为文人墨客所咏叹。曹植的"览百卉之英茂,无斯华之独灵。结修根于重壤,泛清流而濯茎"(《芙蓉赋》),苏辙的"开花浊水中,抱性一何洁!朱槛月明中,清香为谁发"(《菡萏轩》),以及为世人熟知传颂的周敦颐的"予独爱莲之出淤泥而不染,濯清涟而不妖"(《爱莲说》),这些脍炙人口的名句都以荷花的清白、圣洁之美比喻知识分子的高洁人格。作者以此为名,加之"菡""汉"同音,其用心可见一斑。再如园内的"枕流阁",又隐含着孙子荆"漱石枕流"的典故(《世说新语·排调》)。李昂在表面的叙述下裹藏着意象的指涉,一方面使小说具有诗情画意,更重要的是借此来暗示人物内心深处的情感状态及隐秘变化,由此加深小说的主题意蕴,同时也隐隐地传递着作家的思考。

(三)感时伤怀的中国人文情怀

徐复观先生说:"忧患意识,乃人类精神开始直接对事物发生责任感的表现,也即是精神上开始有了人的自觉的表现。"[②]历史忧患意识是中国知识分子特有的道德意识和文化情结,中国文人自古便肩负着爱国兴邦、忧患为民的深沉的历史责任感,具有"先天下之忧而忧,后天下之乐而乐"的博大情怀。台湾现代主义作家在先锋式的话语形态下包裹着的是浓得化不开的感时伤怀的人文情怀。

---

① 王德威:《从〈狂人日记〉到〈荒人手记〉——论朱天文,兼及胡兰成与张爱玲》,王德威:《落地的麦子不死——张爱玲与"张派"传人》,济南:山东画报出版社,2004年版,第67页。

② 徐复观:《中国人性论史》,台北:台湾"商务印书馆",1969年版,第21页。

白先勇的小说反复言说着悲古伤今的哀痛、生命短促的无奈、人生长恨的凄楚。尤其是《台北人》中的14篇小说无一不是对历史的嗟叹。正如他在小说扉页的题词“纪念先父母以及他们那个忧患重重的时代”,对古往今来、朝露人生的咏叹氤氲着整部小说。白先勇作品强烈的历史感“与他个人的家国身世,与他个人的家庭出身,与他个人的生活经历与心灵历程,与中国近代历史的动荡变迁,与中国现实社会对他的影响,有着密切的关系”[①]。白先勇书写的不仅仅是“那个时代的流变沧桑和置身动荡年代的人物的悲剧命运”[②],而且再现了整个民国的历史变迁。袁良骏所言:“与其说白先勇唱出的是‘没落贵族的挽歌’,毋宁说是对中华民族悲剧历史的哀叹,它们迴荡着一股强烈的撼人心魄的历史兴衰感。”[③]可谓一语中的。

《现代文学》主要成员之一的陈若曦自认为是“一个关怀政治社会的台湾籍作者”、“为良心而写作”的台湾人。[④] 她的作品既有深厚扎实的历史感,又有鲜明浓烈的时代感。《钦之舅舅》《灰眼黑猫》《巴里的旅程》《收魂》《燃烧的夜》《最后夜戏》《妇人桃花》等短篇小说表达了对社会底层小人物,尤其是贫困妇女悲惨遭遇的同情,对不合理社会的鞭挞。小说中对人性的思考,充满了一种仁爱精神,表现了中国传统知识分子的使命感。

七等生的作品通过怪诞的方式渗透着一种浓厚的危机意识,表达的是作者对人类的关爱。他在《我年轻的时候》一文中吐露了他对于“爱”的深刻认识:人间的美好事物是我天性中所喜爱和追求的,但追求有“道”,“爱”不直接指物质的欲望,它是一种精神的责任感,不是单纯肉体渴欲的满足;“爱”不但是融合和喜悦,而且是苦痛和忧患的分担。因此,看似七等生和他笔下的主人公都给人以郁郁寡欢、沉重悲凉的感觉,但这正是他们热爱人类至深至切的表现。由一己的悲哀衍生到对全人类的悲悯,是一种包容世界苦恼的忧患,是与人类之心息息相通的超越封闭性自我的大爱。

施叔青的《行过洛津》是一部讲述清代闽台移民的历史巨著。在清朝嘉庆、道光、咸丰大的历史背景之下,面对着传统与现代、归属和转化的社会性

---

① 王晋民:《孤恋花·编后记》,北京:文联出版社,1992年版,第429页。

② 刘俊:《一把青·编后记》,南京:江苏文艺出版社,2009年版,第259页。

③ 袁良骏:《〈红楼〉海外放奇葩——论白先勇与〈红楼梦〉》,《红楼梦学刊》1990年第1期。

④ 陈若曦:《海外作家的困境》,台湾《九十年代》1985年5月号。

转折，台湾如何找到自己的存在，能否承载沉重的历史无奈与无根？即使是在当下，台湾人民该如何葆有自己的传统文化、生活方式？这些都是作者以一个知识分子的敏感，在作品给予世人的警示。

台湾当代重要作家武鹤，尽管行为上特立独行、创作上艰涩难懂，但是作为一个知识分子，他始终以审视和批判的眼光关注着台湾的历史变迁。在他的《微细的一线香》中，以一个家族的衰败暗喻了一段繁华历史的消逝，其中既有作者对中华文化的眷恋，又有对知识分子在特殊历史境遇中认同混乱、精神困窘、无奈心态的悲痛；既有对传统文化在现代经济入侵下逐步消逝的忧虑，又有对掠夺式的中饱私囊的“新殖民经济”买办的批判。这是武鹤基于强烈的民族情感写下的对社会发展的关怀和思考，闪烁着知识分子特有的省思精神和批判光芒。

李昂的《迷园》以一个家族的历史兴衰折射出台湾丰富的社会历史内涵以及生活在其中的人们的文化心理、地域归属的挣扎与努力，表现了自己对台湾社会政治的省思，对当下“浮华世界”的焦虑与伤感。“如果说台湾的历史是一部被殖民史，台湾文化自古以来就呈现一种‘跨文化’杂烩的特性，在不同文化的对立、妥协、再生的历史过程中演进。一个‘纯’乡土、‘纯’台湾的文化、语言从来不曾存在过”①。这是多么痛的感悟。

面对西方文化的疾风劲雨，朱天文这样形容她所处的时代：“进步的风暴刮来，旧的好东西已经瓦解为废墟，新天使决定记录这一刻……”②现代化的不断推进，日益冲击着人们的思维模式和生活方式，台湾如何在高度发展的现代化进程中延续优秀的传统文化、民族记忆，成为新世代作家思考和忧虑的问题。尤其是葆有儒家“士”之情怀的朱天文，无时不以敏锐的眼光注视着这个时代的结构巨变。《荒人手记》《巫言》，作者所追寻的不仅是精神家园，更是儒家“士”之责任意识的现代表达。

虽然以上论述未能涵盖所有台湾现代主义小说家的创作，但是以上不同世代、族群、性别的作家的文学书写却浓缩了台湾现代主义小说在地化后

---

① 邱贵芬：《发现台湾——建构台湾后殖民论述》，张京媛、王德威主编：《后殖民论述与文化认同》，台北：麦田出版有限公司，1995年版，第169－190页。

② 朱天文：《废墟里的新天使·荒人手记》，济南：山东画报出版社，2009年版，第236页。

的品格特征。台湾现代主义诗歌旗手痖弦指出，世上从未产生过一个没有脐带的作家。——任何人都有着他的血系。在台湾这个特殊的文学场域，现代主义受到了台湾本土社会性格的改造和作家的主体性创造，更凝固承载了中国的传统文化。“除去对西方文化艺术的追随之外，台湾现代主义文学从整体上疏疏密密地映照着中国文化的月光。”[①]一言以蔽之，台湾现代主义是在中华文化、台湾本土文化与西方异质文化的碰撞、交流中的一种再认识、再发现、再创造，是五四精神、民族传统文化心理和具有世界性意义的当代意识共同孕育的结晶。

本文为国家社科基金重点项目“华文作家的中华文化身份认同研究”（项目编号:14AZD079）、江苏省高校哲学社会科学基金项目“台湾现代主义小说研究”（项目编号:2015SJD424 ）成果。

（作者单位:中国矿业大学文法学院）

① 杨匡汉:《中国文化中的台湾文学》,武汉:长江文艺出版社,2001 年版,第 56 页。

当代台湾乡土文学发展异变探析

▶田文兵

20 世纪 70 年代在乡土派和现代派之间展开的"乡土文学论战"是当代台湾思想文化史上的一个重要的事件。在此次论战中，乡土派的获胜不仅确立了乡土文学在台湾文学界的主流地位，而且大量相关论著的发表为乡土文学的创作奠定了坚实的理论基础。台湾乡土小说被不少研究者认为是五四现代文学传统的自然延续，而且本应得到良好的发展，如"台湾文学是中国文学的一个组成部分，台湾乡土文学是'五四'新文学的一个分支"，并极为乐观地预示"台湾乡土文学黄金时代的幕已启开了"。[①] 然而自 20 世纪 80 年代以来，台湾乡土文学逐渐被"台湾文学"所取代，而且以往大力支持乡土文学的作家大多成了"'台独'文学"的始作俑者。当代台湾乡土文学的尴尬境况诚如台湾学者吕正惠所言："20 世纪 70 年代的乡土文学暴起暴落，以至最终被'台湾文学论'取代。"[②]为何发展势头强劲的台湾乡土文学会突然由"乡土"走向了与中华民族对立的"本土"文学？以往被普遍认同的台湾文学是中国文学的一部分的观点，是否会因乡土文学流派在当代台湾沦陷而遭到质疑？当代台湾乡土文学被"台湾文学论"取代是否能证明其为独立发展的文学形态？因此有必要对当代台湾乡土文学发展异变这一现象及其引发的诸多问题进行深入的探讨。

---

① 翁光宇：《台湾乡土文学简论》，《暨南大学学报》1982 年第 4 期。

② 吕正惠：《三十年后反思"乡土文学"运动》，《读书》2008 年第 7 期。

一、从乡土到本土:文化冲突与文学镜像

“乡土”和“本土”并非同一范畴,但是20世纪80年代的台湾乡土文学却因“本土论”思潮的影响而变为有着明显“台独”倾向的台湾本土文学。作为文化人类学内涵的“乡土”为何转变为带有政治意识形态色彩的“本土”?二者之间究竟有何联系?厘清台湾文学中的“乡土”与“本土”有助于我们对台湾乡土文学的当代异变深入的理解。

纵观台湾乡土文学的发展,其核心理念始终停留在“乡土”与“西化”这两个相悖的价值维度。台湾19世纪末沦为日本殖民地,在本土文化受到高压的情况下,台湾的进步作家并不愿意忍辱偷生,强烈的爱国热忱驱使他们持维护民族文化立场进行乡土文学创作。台湾现代乡土文学的诞生是在本民族文化受到外族文化的侵略和野蛮压制时,民族意识被唤起的结果。光复后的台湾采取了开放的经济政策,台湾城市化进程随着经济的高速发展快速推进。在由农业型经济社会向现代工业型社会转型过程中,台湾和其他后发现代化地区一样,不可避免地出现诸多社会矛盾和文化冲突。然而国民党败退台湾后,为加强思想文化统治,大力推行反共的“战斗文艺”,甚至禁绝了自现代以来中国文学的现实主义传统。以五四新文学运动“正统”自居,具有自由主义倾向的所谓“现代文学”逐渐成为战后台湾文学的主流。于是,不管是思想文化界还是文学艺术界,无病呻吟的西方现代主义思潮泛滥成灾,台湾文坛被日趋严重的西化之风笼罩。作家们深感缺乏本民族文化内涵的现代派文学没有生命力,而且因其完全沉溺于个人内心世界而导致脱离社会现实。现代派文学显然不能适应时代发展的实际需要,亦不能传达出知识分子对社会文化的思考,于是关注现实的乡土文学恰逢其时,立即就被推上文学舞台并一发不可收。

台湾乡土作家坚持用现实主义创作方法,真实反映城乡劳动人民的生活状况和内心世界,作品中有着浓郁的地方色彩和风土人情,给充斥着现代派风气的台湾文坛带来清新的乡土色调。20世纪70年代前后出现了一批以人道主义立场关怀底层民众,以回归乡土的创作倾向抵御西方现代文明的作品,如陈映真的《将军族》《夜行货车》《唐倩的喜剧》、王祯和的《嫁妆一牛车》、黄春明的《青番公的故事》《溺死一只老猫》《锣》等。这类作品既有对城市化进程中自然生态环境被摧毁的痛惜,也有对底层人民所遭受的苦

难的关怀,更有对现代文明冲击下民族文化未来的思考。尉天骢在《读陈映真、黄春明、王祯和乡土小说的随想》中认为:“在他们的小说中,都存在着两个世界,一个是台湾首善之区的台北,一个则是他们生于斯、长于斯的小市镇。这些小市镇与台北之间,原有着相距较远的风貌,人们的生活态度与意识形态更是有着显著的差异。但是在韩战、越战以后,受到美、日的强大介入,这些小市镇,愈来愈受到外来的资本社会的影响,生活的节奏也愈来愈加接近和相似。起先是莺歌,接着是宜兰,再接着便是花莲……就这样,到了六七十年代以后,整个台湾的面貌和节奏都成了美、日社会的另一版本。”①20世纪70年代的台湾乡土文学论战不仅使远离现实、疏离民族文化传统的现代主义文学思潮回到了中国文学传统上来,更是将台湾作为后发现代化地区对中西文化冲突的思考推向了高潮。

何为“乡土”?如果从历史的角度看台湾乡土文学的发生和发展,显然文化冲突是台湾乡土文学产生的根本原因。无论是揭示外来异质文化的弊端,还是批评现代化进程中的诸多社会问题,乡土小说传达了异质文化冲突中的知识分子对如何维护和传承本民族文化的自觉思考。因此,任何对乡土的界定,“地域性”和“民族性”都是其中不可缺少的两个维度,而且两者往往是统一的。正如台湾乡土作家陈映真所说的:“乡土文学是中华民族的,而不是属于某一个阶层和某一个地区的;拥抱台湾和热爱中国的情感统一,应视为民族性的最高体现。”②但20世纪70年代论战中处于同一阵营的乡土派对“乡土”的理解并非完全一致,有些乡土作家更注重的是乡土中鲜明的地域色彩,强调其独特性以区别于其他民族和地区。这一理解的分歧使乡土文学内部出现了“中国意识”论与“台湾意识”论的差异。持不同观点的作家在与现代派和体制内文人进行的论战中结成了统一阵营,而一旦论战结束,内部矛盾就开始暴露。于是20世纪80年代初,一致对外的乡土文学就逐步转为“中国意识”与“台湾意识”之间的对立,即以陈映真为代表的“统一左派”倡导的“第三世界文学论”与叶石涛为代表的“本土主义左派”提出的“台湾文学本土论”之间的激烈论争。

民族团结是大势所趋,分裂独立毫无出路,这是毋庸置疑的历史规律。

① 尉天骢:《读陈映真、黄春明、王祯和乡土小说的随想(代序)》,陈映真:《归乡》,北京:昆仑出版社,2001年版,第3页。

② 陈映真:《忠孝公园》,南京:江苏文艺出版社,2012年版,第41页。

但问题的关键是，为何具有左翼色彩的乡土文学会在论争中败给“台独”意识浓厚的“本土文学”并被后者取代？而且不可否认的是，“台湾文学”“本土”等概念逐步取代“乡土文学”和“乡土”，成为越来越为台湾文坛所接受的称谓。“台湾乡土文学”里的“乡土”是泛指“中国”还是特指“台湾”？台湾乡土文学论战中提出作家“应该关怀自己的土地”，但“自己的土地”到底指什么也无法明确。为了给台湾文学正名，强调台湾文学的“主体性”，作家们认为台湾乡土文学的乡土就是指台湾本土，包括了农村与城市。暂且不说“台湾文学”是“台独派”的文学论，至少“台湾文学”比20世纪70年代的乡土文学的指称似乎更明确，也更符合日益高涨的台湾民众的本土情怀。

“本土”概念的提出与经济和文化的全球化语境相关。越是民族的也就越是世界的，文学的民族特色和地域风格是走向世界的途径。但是，在“后殖民主义”文化体系中，民族性和地域性被“本土”所替换，而且作为文化身份标志的“本土”还隐含着抵御文化全球化之义。如果说全球化意味着某种价值体系的普遍认同，那么“本土”则强调地方性，以维护差异性来抵御全球化和普遍主义。这也是台湾“本土化”论调得到发展壮大的一个非常重要的因素。20世纪70年代“乡土文学论战”中的乡土理论普遍带有地方主义的狭隘性，因为过于强调台湾本土意识就会背离乡土的文化范畴从而带上鲜明的政治功利性。例如叶石涛的论著《台湾乡土文学史导论》中“台湾意识”就是其核心观念，以此为中心论述了台湾文学与大陆文学的不同特性。针对叶石涛“台湾的乡土文学”论中所隐含的“分离主义”意味和“台湾的文化民族主义”倾向，陈映真指出其“所谓‘台湾乡土文学’，其实是‘在台湾的中国文学’”。建立在所谓“台湾意识”基础之上的“本土化”，是与“外来化”相对的概念，但“台湾文学本土论所谓的‘本土文学’‘本土化’，除了相对于日本、西方等外来文学而成立以外，主要也是相对海峡对岸的‘中国文学’而言的”①。如果说20世纪70年代论战中的台湾乡土文学只是文学或者文化层面的讨论，那么在20世纪80年代，台湾乡土文学就被改造成了具有“台独”色彩的“台湾文学”，至此“乡土文学论战”时期建立的相对稳定的民族认同与社会意识形态合二为一的理论体系被破坏。

---

① 游胜冠：《台湾文学本土论的兴起与发展》，台北：前卫出版社，1996年版，第5-6页。

二、从中兴到式微:使命文学与意识形态

正如上文所述,有着良好理论和实践基础的当代台湾乡土文学为何最终式微?作为乡土文学本应该是对民族文化的认同,却如何走上了与大陆文学对立的"台独"文学之路?除了上文说的"乡土"向"本土"的转变是全球化语境中台湾本土文化的自觉应对外,台湾乡土文学自诞生起就不是纯粹的文学运动,其发生、发展与政治意识形态可谓休戚相关。台湾文化学者、小说家张大春在凤凰卫视《世纪大讲堂》谈到当代台湾乡土文学论战时就提到了这样一个观点,他认为:"乡土文学论战不是一个文学论战,是一个假借着文学,或者是文学手法、文学技巧,以及文学理念来遂行的政治论战。"①话虽绝对,但也不无道理。研究者们在谈到现代以来的台湾乡土文学历史演变时,总免不了与其所处的时代政治背景联系起来,一味强调社会政治对文学的制约。如吕正惠在其论著《战后台湾文学经验》中认为:"乡土文学的发展与演变,也跟七八十年代台湾政治气候的激化息息相关。"②文学本应该有自己的发展轨迹,但是台湾文学,尤其是台湾现代乡土文学自发轫就与社会时代和政治意识形态有着深远的联系,而这恰好就是台湾乡土文学最终走向"台独"文学的重要原因。作家们通常会用文学创作来反映现实,来表达某种意识形态的诉求,而当文学最终被意识形态所裹挟时,文学的衰败就会不可逆转。中国当代文学中20世纪50—70年代文学之所以屡遭诟病,主要原因就是文学服从了政治意识形态。同样,台湾乡土文学一旦被政治意识形态所绑架就不可避免地走向衰败。

我们知道,台湾现代乡土文学诞生于日据时期。为了反抗"皇民文学",以赖和为代表的台湾作家提出了用台湾本土语言进行创作的主张。这种出于民族归属意识的"台湾话文"创作热情直接开创了20世纪30年代台湾乡土文学创作的第一个高潮。而20世纪70年代以现实主义为主要创作手法的乡土文学不仅仅是对前20年现代主义思潮的反动,其以"回归传统、关怀现实"为主要内容的"乡土文学论战"更是对执政当局的不满以及对社会问

---

① 张大春:《从乡土文学看台湾文学与文化》,http://news.ifeng.com/opinion/phjd/sjdjt/detail_2011_02/28/4884914_0.shtml.

② 吕正惠:《战后台湾文学经验》,台北:新地文学出版社,2010年版,第68页。

题的揭示。这主要因为在20世纪70年代发生了一系列让台湾陷入处境孤绝的国际重大政治事件,如1970年的“钓鱼台事件”,1971年台湾当局被逐出联合国,1972年尼克松访华及《上海公报》发表,随后包括日本在内的许多国家纷纷与台湾“断交”等等。王拓发表在《仙人掌》上的文章《是“现实主义”文学,不是“乡土文学”》被认为是拉开了当代台湾“乡土文学论战”的序幕之作,文章里详细介绍了这些政治事件给台湾社会及广大知识分子所带来的极大的震撼和冲击。王拓在文中认为乡土文学其实就是现实主义文学,文学应反映现实状况,或者文学的高度技巧必须反射在,或者反映在这个作品能不能够忠实地描述人民处境的现况。[①] 然而,更有意味的却是同时刊登了银正雄和朱西宁的另两篇文章。说它有意味,一是作者身份,他们是国民党体制内的知识分子;再就是其观点处于对立面,认为乡土文学无论名目是现实主义或写实主义,都不应该减缩成为一个地方主义的代表,也就是只看到台湾的一部分现实。

如果说以上的论战尚带有文学创作的讨论,那么后来参与论战的言论就完全超出了文学和文化范畴,即便被称为人身攻击,煽动阶级矛盾也不为过。我们比较熟悉的就有余光中发表于《联合报》的《狼来了》一文。余光中在文中大喊“狼来了”,是因为他认为近年台湾的某些文艺批评和大陆的“工农兵文艺”“竟似有暗合之处”,并称“问题不在帽子,在头。如果帽子合头,就不叫‘戴帽子’,叫‘抓头’。在大嚷‘戴帽子’之前,那些‘工农兵文艺作者’,还是先检查检查自己的头吧”[②]。还有人指称乡土文学乃“作者有意在现实社会内,传播一种与这个社会的政治制度、生活方式和意识形态完全对立的思想愿望”,认为这场论战“在一定程度上,是国共斗争在文艺领域上的局部反映,是统战分子在文化阵地上的变相渗透”[③]。更有甚者,有人还给乡土文学强加上政治性的罪名,攻击乡土文学“甚至对国家从事破坏和颠覆”[④]。这些言论将此次论战加上了明显的意识形态色彩,由简单的文学问题的讨论演变成了官方意识形态与非官方意识形态之间的论战。因此,与

---

① 王拓:《是“现实主义”文学,不是“乡土文学”》,尉天骢:《乡土文学讨论》(第3版),台北:远景出版事业公司,1980年版,第110页。

② 余光中:《狼来了》,尉天骢:《乡土文学讨论》(第3版),台北:远景出版事业公司,1980年版,第264页。

③ 徐达文:《值得重视的文学论战》,台湾《万人日报》1977年9月10日。

④ 闻见思:《异哉!乡土文学?》,台湾《“中华”日报》1977年8月30日。

其说“乡土文学论战”是一个文学创作性质的论战,不如说它表面披着文学外衣而实质上是官方和民间意识形态的角逐。

如果说日据时期台湾的乡土小说创作出于一种高度自觉的民族意识,那么在当代的“乡土文学论战”中则更多是表达了国民党政权执政台湾时期的某种政治诉求在文学上的反映。台湾处境的孤绝使台湾作家们开始关注他们自身与台湾这片土地之间情感与共、血肉相连的本质,而这种民间生存状态的表达至少起了两个方面的作用:一是书写民间,着意与官方意识疏离或者抗衡;二则表现了乡土现实主义批判和抗争精神的左翼思想。作为一个埋伏着政治理念的文学论战,我们也不能寄望它从文学艺术上对乡土文学的创作技巧和理念有太多的发展。正如有研究者所言:“乡土文学作家固然坦率、公开宣扬‘使命文学’观,而另一方表面上强调文学是自由的创造,但又称‘创作的自由不是绝对的’,实际上仍是以政治标准来衡量文学,从而使论战双方都因政治观点的对立而趋于偏激,反而忽略了文学本体问题的讨论。”①乡土文学论战可能对台湾文学创作情况的改观没有起到立竿见影的作用,但却由此引发了一场关于台湾文学“主体性”的讨论,这直接导致乡土文学异变为“台湾文学”。

“台独”论者为何如此强调台湾文学的“主体性”?就台湾内部来说,省籍民众和败退来台的国民党执政党之间的矛盾激发了台湾省籍人的本土意识。从台湾所面临的国际社会环境来看,暂且不说近现代以来台湾被日本侵占,即便光复后的台湾也很难找到自己的合法身份。首先是1970年前后由留美学生发起的海外“保钓运动”,极大激发了台湾民众爱家护土的民族主义意识;紧接着由共产党执政的中国大陆取得联合国位置,并与美国、日本等国建交等等,更是让台湾民众感到自己是一个无所依靠的“孤儿”。一直接受外向型知识的自由主义知识分子产生了对一贯依赖的美国、日本等国际社会非常失望的情绪,因而转向反省自身和书写本土,强调台湾“主体性”来应对外交的挫败和危机。《亚细亚孤儿》正可谓将台湾的“孤儿”心态刻画得淋漓尽致。“孤儿”除了倍感失落之外,更多的可能会是一种受伤之后仅余的自尊。既然姑姑不疼姥姥不爱,那么干脆就自力更生,靠自己去发展。其实台湾乡土文学的“本土论”倾向在论战时期就已经埋下伏笔,只是到了20世纪80年代才开始在解严的政治环境中显露出来。反对殖民经济

① 朱双一:《台湾“乡土文学论战”述评》,《台湾研究集刊》1994年第4期。

下的乡土文学论战时期,两岸之间的矛盾尚未显现出来,台湾和大陆在民族主义乡土情怀下可以共存,而20世纪70年代末,台湾的受挫不仅仅体现在殖民主义,更多的是台湾和大陆之间的矛盾,于是强调与大陆并立的"本土论"开始显露并甚嚣尘上。再者,带有左翼色彩的乡土文学被"台独"派攻击也是国民党政府乐于看到的情形,如果能对乡土文学造成打击或者压制,显然有利于舆论导向和执政的稳定。如果说乡土的中兴是知识分子和作家们的社会责任感所致,那么乡土的式微则是文学被政治意识形态绑架和利用的必然结果,其沦为"台独"论者宣扬政治立场的工具最终也不可避免。"台独"论者为了达到其目的,必须先在政治法理上提供台湾"主权"不属于中华人民共和国,国民党实际控制台湾是一个不可否认的事实;其次还必须从文化角度虚构一个独立于中华民族文化之外的"台湾文化",而"台湾文学"就是"文化'台独'"在文学上的反映,是"台独"分裂主义政治诉求强加于文学之上的政治意识形态,而非台湾文学自身运动的发展。

三、从民族到地域:国族情怀与文学传承

20世纪70年代乡土文学在论战中大获全胜,但让研究者大为不解的是,20世纪80年代台湾文学发生了质的转变,这种质变不仅表现为"台独"派倡导的"台湾文学论"在台湾文化界大行其道,而且原来乡土文学的支持者大多成了"台独"的拥护者。"台湾文学"这个称谓虽然已经被学界广泛接受和使用,但持不同政治立场的人对这一用语的内涵的解读却截然不同。"本土论"者认为"台湾文学"是一个独立自主的主体,和中国文学没有任何关系。而且该观念似乎在20世纪80年代以来的台湾更为盛行,甚至台湾所谓的"现代文学"都只包括台湾省籍作家和少数现代作家,许多现代作家都被排除在外,更不用说当代文学了。至于"大陆文学"则被台湾教科书归入"外国文学"部分。"台湾文学"这一命名由粉墨登场到大张旗鼓,再到被广泛接受,似乎在昭示"台湾文学"与中国文学毫无关联,那么"台湾文学"是否真的"独立"于大陆之外?

不可否认,"台湾文学"有其自身发展的特殊性。"台湾文学""本土论"的滥觞,就是因为"台湾文学"与大陆文学有诸多不同。如果说20世纪20年代台湾乡土文学的兴起是对日本"皇民文学"文化殖民的反抗,那么20世纪70年代乡土文学的中兴则是对西方现代派的反动,前者表现为对民族文

化的认同,后者表现为对写实主义的推崇,而且"台湾乡土文学"比大陆现代乡土文学在书写内容和取材范围上更为广泛。王拓对台湾乡土文学的定义是这样的:"所指的应该就是台湾这个广大的社会环境和这个环境下的人的生活现实;它包括了乡村,同时又不排斥城市。而由这种意义的'乡土'所生长起来的'乡土文学',就是植根在台湾这个社会的土地上来反映社会现实、反映人们生活的和心理的愿望的文学。"[①]由此可见,台湾乡土文学既不能理解为"国土文学",更不是一种"农村文学",而且与中国现代的乡土文学也有着很大的不同。如中国现代乡土文学的开创者鲁迅认为:"凡在北京用笔写出他的胸臆来的人们,无论他自称为用主观或客观,其实往往是乡土文学",这些作品大多是"回忆故乡的","只见隐现着的乡愁"[②]。如果仅从政治和地理环境的角度来比较两岸的乡土文学,那肯定是有很大的区别,也为本土论留下口实,但如果从文化的角度来理解海峡两岸的乡土文学,我们可以发现除了时代政治对文学的制约外,社会思潮和文学内在规律也会影响着文学的发展。

除了承认"台湾文学"因特殊的时代背景和地理环境所呈现出的独特风格外,也要认清"台湾文学"的源流和归属。但不能因为"台湾文学"是反映台湾的风土人情,用的是台湾方言就否认其与大陆乡土文学的渊源。以日据时期台湾乡土小说主张用台湾方言进行创作为例——而这也后来成为"台湾文学"独立生存发展的一个证据:日本占据台湾,为实行殖民统治,在台湾推行日本语。众多爱国人士对此极为愤慨。如连温卿自1924年10月1日起在《台湾民报》上连续发表了《言语之社会的性质》和《将来之台湾话》,从民族主义情怀出发,对殖民当局的言语压制政策表示强烈不满,强调设法保存、整理并改造"我们的台湾话"。接着,在20世纪30年代前后兴起了反对"皇民文学"、提倡"台湾话文"的乡土文学运动。虽然"台湾话文"运动与大陆五四以来的"白话文"运动并没有直接联系,但至少二者同处于中国新文学的发展阶段,而且"台湾话文"客观上也呼应着"文艺大众化"这一五四新文学运动的旨归。如果我们将"台湾话文"运动阐释为是对中国文学

① 王拓:《是"现实主义"文学,不是"乡土文学"》,尉天骢:《乡土文学讨论》(第3版),台北:远景出版事业公司,1980年版,第199页。

② 鲁迅:《小说二集·导言》,赵家璧:《新文学大系(第四集)》,上海:良友图书印刷公司,1935年版,第9页。

的有意区别和背离，显然并不符合历史的事实，更何况“台湾话文”运动仅仅只是乡土文学中的一个讨论层面。或者还有些“台湾文学”论者，在谈到日据时期的台湾文学时，只强调作家如何建立了“独特”的台湾文学传统，而忽视了其中反帝反压迫的民族精神。对此，林海音的观点可谓较为公允，她在《回顾台湾文学的启蒙与成长》的演讲中指出：“台湾虽然在日本割据下，可是文学界还是一脉相承地跟祖国一样进展”，“台湾的新文学运动，也就是中国新文化运动的一部分”①。

我们再以当代台湾“乡土文学论战”为例，论战的背景是光复后的台湾文坛日趋严重的西化之风，而导致这一现象的原因很大程度上是因为退守台湾的国民党政权经济和文化政策。因此这场论战看似不具普遍性，但实际上有更为深远的文化内涵。“乡土”书写其实是一种对文化传统的认同，当代台湾乡土文学的崛起是应对日益严重的异质文化思潮泛滥的一种文化的自觉。也就是说，乡土文学以反思现代化进程中的文化冲突为最终目的，体现了全球一体化与民族个性发展之间的文化矛盾，而如何解决这些矛盾冲突，人们的普遍选择是发展和保护本民族文化传统，维护世界文化的多样性，于是民族化和本土化成为一种应对异质文化冲突的共识。如果从这个层面理解，台湾乡土文学与现代派的论战，以及“本土化”的讨论其实都是一种维护台湾本土文化的体现。只不过当代台湾乡土文学被“台独”论者利用，但是这种在东西方文化冲突中寻找中华民族文化本源的自觉，其中蕴含着的文化乡愁与中国现代乡土文学是完全一致的。因此，无论大陆还是台湾，乡土文学创作高潮的出现都与文化失衡和社会不良现象的发生有关。强烈的文化反差自然会唤起作家们回归乡土，为民族文化代言，用创作来思考民族文化的未来的呼声。叶石涛曾给乡土文学下过这样一个定义：“所谓台湾乡土文学应该是台湾人（原住在台湾的汉民族及其原住种族）所写的文学。”但他也不能不承认：“从遥远的年代开始，台湾由于地缘的关系，在文学和社会形态上，承续的主要是来自中原汉民族的传统。”②因此，从台湾乡土文学的发展历史来看，因其扎根于台湾人民生活的土壤中，呈现出与大陆不同的地方特色和文化症候，而且独特的政治环境使其异变为似乎与中华民族文学母体隔绝了的“台湾文学”。但不可否认的是，台湾乡土文学承续了

① 何标：《林海音的两岸观》，台湾《台声》2000 年第 12 期。

② 叶石涛：《台湾文学史纲》，台北：台湾文学界杂志社，1986 年版，第 22 页。

中国新文学传统,源于统一母体文化的两岸文学都是以反思和认同民族文化传统以及弘扬现实主义批判精神的文化内核完全一致。

本文为福建省中青年教师教育科研项目"文化寻根与闽台文学整合研究"(项目编号:JA13033S)、"联校教育社科医学研究论文奖计划"项目"文化寻根与两岸三地文学比较研究"(项目编号:ZS14005)成果。

(作者单位:华侨大学文学院)

从"乡土"到"后乡土"

——论"现代性"意义在台湾乡土文学中的嬗变

▶吴 鷗

自19世纪中后期"现代性"的思维和逻辑进入人类视野之后,"现代性"毫无疑问地成为人类社会最重要的焦点性话题之一,"它在文学的、哲学的、政治学的、社会学的、法学的、经济学的争论话语中,都已经成为出现频率最高的核心术语之一。不同领域的研究者常常会突然意识到,我们研究的许多理论和实践方面的重大问题,实际上都直接地或间接地与现代性问题构成深刻的关联"①。由于现代性对时代发展与历史进步产生着如此重要的影响,因而20世纪以来西方众多思想家与评论家便从不同的角度关注现代性的表现与发展,也对现代性展开了不同层面的界定与讨论。如鲍曼认为:"我把'现代性'视为一个历史时期,它始于西欧17世纪一系列深刻的社会结构和思想转变,后来达到了成熟。"②与之相似的是吉登斯,他明确地把现代性理解为一种制度安排,"'现代性'指大约从17世纪开始在欧洲出现,此后程度不同地在世界范围内产生影响的社会生活或组织模式"③。而与他们不同的是卡林内斯库提出的对现代性的见解:"最广义的现代性,正如它在历史上标榜的那样,反映在两套价值观念不可调和的对立之中,这两套价值观念对应于:1. 资本主义文明客观化、社会性可测量的时间(时间作为一种多少有些珍贵的商品,在市场上买卖);2. 个人的、主观的、想象性的绵延,亦

---

① 衣俊卿:《现代性焦虑与文化批判》,哈尔滨:黑龙江大学出版社,2007年版,第291页。

② 周宪:《现代性的张力》,北京:首都师范大学出版社,2001年版,第5页。

③ 衣俊卿:《现代性焦虑与文化批判》,哈尔滨:黑龙江大学出版社,2007年版,第293页。

即'自我'的展开所创造的私人时间。后者将时间与自我等同,这构成了现代主义文化的基础。"[①]与这种观点相类似的还有哈贝马斯提出的"时代意识说"[②]以及利奥塔提出的"宏大叙事说"[③]等等。纵观以上有关现代性的诸多阐释,当今中西方学界较为流行和认可的是后一种对现代性的内涵域定,即作为一个具有特定历史意义的概念,现代性是指一种较为成熟的资产阶级性质的社会运行机制和以理性为核心的文化运行模式。

这种告别近代人类历史具有现代意义的社会机制与文化模式是伴随着17到18世纪西方启蒙运动的发生而出现的,它表征着人类社会由传统的农业生产阶段发展到现代的工业生产阶段,相对应的文化精神也随之突变,而这种具有断裂性质的跨越式发展就是现代化的过程。由此可见,现代性的范畴包含着两方面的内容:一是现代化的政治机制,二是现代化的文化形式,即某些学者笔下的"启蒙现代性"与"审美现代性"[④]。追本溯源,现代性的这两种基本构成要素均来自对西方启蒙运动中先进思想成果的继承与发展,其一就是启蒙思想家为了推翻封建社会制度和宗教黑暗统治,提出的一整套有利于新兴资产阶级发展的政治施政纲领和社会改革方案,这主要就是指以生产力进步带来的各项社会运行机制的自由化、公正化、理性化、技术化、工具化、科层化;其二则是启蒙思想家为了摆脱封建思想和宗教神学的思维控制而提出的各种文化学说,如"反封建""反禁欲""天赋人权""个性解放""法律面前人人平等"等,启蒙思想家希望通过重塑人的主体意识和公共价值取向来达到配合社会改革的目的。因此,在这些具有现代性的文化形式中就包含着诸如科学理性、自由平等、个体创造、批判精神等众多的价值维度,这也为现代性的自我批判与修补在脉络上提供了一种内在的精神根源。根据霍克海姆和阿道尔诺的说法,启蒙的目的是为了使人摆脱恐惧成为主人。但在启蒙的过程中,启蒙精神始终是赞同社会强迫手段的,被操纵集体的统一性就在于否定每个人的意愿。而用来操纵人的理性便成了

---

① 马泰·卡林内斯库著,顾爱彬、李瑞华译:《现代性的五副面孔》,北京:商务印书馆,2003年版,第11页。

② 尤尔根·哈贝马斯著,曹卫东译:《后民族结构》,上海:上海人民出版社,2002年版,第178页。

③ 谈瀛洲译:《后现代性与公正游戏——利奥塔访谈、书信录》,上海:上海人民出版社,1997年版,第167页。

④ 周宪:《现代性的张力》,北京:首都师范大学出版社,2001年版,第5-9页。

用来制造一切其他工具的一般的工具。[1] 据此来观察现代性的发生发展，当现代性作为一种历史进步标志且刚刚出现时，无论是侧重社会政治改革的启蒙现代性还是侧重改造国民性的审美现代性，它们的存在意义、抱持目标以及评判标准都是重合的、一致的，都是为了推翻旧的统治，进入新的时代。因而此时现代性的两种构成要素之间是互为支撑、相互促进、无矛盾的。但当这种以技术与工具为衡量生产标准的新的社会体系真正建立与运行之后，当“技术逻各斯被转化为持续下来的奴役的逻各斯。技术的解放力量——物的工具化——成为解放的桎梏”[2]之后，具有“人的解放”这一文化传统的审美现代性便开始对控制人、压迫人、异化人的启蒙现代性进行无情的批判。因此我们可以认为，有关现代性自身的矛盾与张力是其与生俱来的本质内涵中的异质性元素在起作用。一方面是启蒙与理性，用以摆脱中世纪神学的束缚，另一方面是反思与批判，用以彰显人的主体地位。当理想中的社会机制形成之后，它的负面作用就是人与物以及人与秩序的强制统一性和人的工具化，而一旦人的自我发展与自我创作无法与社会的发展理性相一致时，反思与批判的思想就会绽放光芒并对之进行剖析与反抗。只不过在不同的历史阶段，两者的历史身份和历史任务各不相同，从而展现出强弱相异、明暗有别的话语地位。

如果说现代性内涵中的启蒙现代性体现为社会运行机制以及社会生活的理性化和现代化，那么，现代性中的另一极审美现代性就主要表现为艺术形式上的现代主义。现代主义的发生要晚于启蒙现代性的出现，它是现代化的社会发展运行到某一历史阶段所带来的文化形态上的必然产物。正如周宪指出：“从总体上说，现代性自身的矛盾或张力，从历时的角度可以看作是前后期现代性之间的历史转变，是后期现代性（在一定程度上也包括所谓的后现代性或后现代主义）对前期现代性的否定。我们把 19 世纪下半叶以来现代主义文化当作后期现代性的典型形态，这就意味着，现代主义作为一种对抗文化或反文化，究其历史的脉络来说，乃是对前期现代性的工具理性

① 马克思·霍克海姆、西奥多·阿道尔诺著，渠敬东、曹卫东译：《启蒙辩证法》，上海：上海人民出版社，2006 年版，第 25 - 30 页。

② 郝伯特·马尔库塞著，左晓斯译：《单面人》，长沙：湖南人民出版社，1988 年版，第 136 页。

和绝对的形而上学的断然否定。"[①]从上文对启蒙现代性的分析中我们不难发现,资产阶级社会的现代化发展表现出对宏大叙事、精确统一、层级分明、物尽其用的追求与向往,它往往忽视甚至忽略人的差异、情感、矛盾,这就容易造成人的堕落和政治极权化的风险。正是由于看到了人类社会发展中的种种隐患,现代主义便以一种反抗的、拒绝的、否定的面貌出现了,它以艺术自律的形式表现出和启蒙现代性截然相反的思想内涵,它强调偶然、可能、混乱、多义,这其中的某些艺术因子也为后现代主义的出现提供了理论上的基础和思想上的准备,而现代主义的这种文化思维多表现在某些建筑风格和艺术作品之中。然而,现代主义的这种"自律性带有双重后果,一方面它为现代主义从包裹严实的资产阶级日常生活中解脱出来提供了可能(韦伯),正是这种与日常生活的'间离'(布莱希特语)使得现代主义艺术家可以站在社会的对立面(阿多诺语),进而否定现存的资本主义社会及其启蒙现代性所导致的极权主义、民族主义、科学主义和工具主义;但同时,它又在另一方面造就艺术与社会生活实践的分离,逐渐被现存的资本主义社会加以制度化,进而成为这个社会体制力量的一部分"[②]。现代主义被资本主义制度化的结果就是自身批判力量的削弱,进而由反文化的角色过渡到认同资本主义文化的地位。庆幸的是,由于审美现代性在思想源头中的反思传统,它的现实批判性由其内部的达达主义以及随后演化而出的超现实主义这两个流派所继承,表现出对现实社会制度的不满以及对理想社会的憧憬,而20世纪六七十年代出现的后现代主义也在这种对抗情绪中酝酿发展着。有学者指出,"早期的后现代主义(尤其是在美国),具有明显的欧洲先锋色彩,它的颠覆性和批判性完全是秉承了'审美现代性'精神,对日益制度化的现代主义进行质疑和批判",而"60年代的后现代主义虽然走的是一条'流行主义'的路子,但它正是通过这种'流行主义'来对抗制度化了的现代主义"[③]。由此可见,不论后现代主义在以后的发展中如何呈现千姿百态的多元化面目,它的发生发展都与现代主义存在着千丝万缕的关系,而不应是截然断裂的分离状态,这也从另一个方面印证了文化发展中的"谱系论"。

拆散话语中心、打破宏大叙事的后现代主义及其所表征的后现代性,担

---

① 周宪:《现代性的张力》,北京:首都师范大学出版社,2001年版,第8-9页。
② 周宪:《现代性的张力》,北京:首都师范大学出版社,2001年版,第30页。
③ 周宪:《现代性的张力》,北京:首都师范大学出版社,2001年版,第34页。

负起以往审美现代性颠覆与批判的任务。它以浪漫主义、个人主义为哲学基础对抗理性主义与现实主义,以以人为本的思想基调对抗效率优先与技术崇拜,以历史的个性化、自由化对抗物性的标准化、一体化。[①] 一方面,后现代主义批判被制度化后的现代主义保守、避世的惰性思想;另一方面,后现代主义依然反思与批判启蒙现代性带来的社会体制科层化、人的异化以及后工业时代背景下产生的种种新的社会性问题。总的来说,"后现代总是隐含在现代里,因为现代性,现代的暂时性,自身包含着一种超越自身,进入一种不同于自身的状态的冲动。现代性不但以这种方式超越自身,而且把自己变成一种最终的稳定性,……现代性在本质上是不断地充满它的后现代性的"[②]。因而,我们可以将后现代主义看作是现代主义的特殊表现形式,是现代性发展到一定历史阶段所产生的一种文化形体。纵观现代性自出现以来的发展历程,由于其自身的哲学基础与阶级属性而不断走向僵化,有时甚至会引起人类社会的种种悲剧。但正是因为现代性本身含有反思与批判的因素、颠覆和实验的精神,所以它才能始终在其内部保持相互矛盾斗争的对立两方,进而不断地修补自己、超越自己。正如鲍曼所说的那样:"现代性的历史就是社会存在与其文化的紧张的历史。现代存在使其文化站在自己的对立面。这种不和谐恰恰是现代性所需要的和谐。"[③]

之所以阐述现代性内涵中的矛盾属性及其自我批判的特征,是因为在台湾乡土文学演变至后乡土文学的过程中,也存在可资比较的发展轨迹。当然,现代性在台湾地区的发生发展较为特殊,而乡土文学所担负起的批判与建设的任务也随着时代的发展而不断变化。20 世纪 80 年代之后,台湾乡土文学因为被政治制度化而出现走向僵化的倾向,但由于其自身的批判传统以及各种西方"后"学思想的影响,90 年代之后终以后乡土文学的面貌重新出发,从而完成了对乡土文学的修补与超越。

现代意义上的台湾乡土文学出现于20 世纪20 年代,是台湾在祖国大陆的影响下开展新文学运动并与台湾社会实际生活相结合的产物。当时的台

---

① 伊哈布·哈山著,刘象愚译:《后现代的转向》,台北:时报出版社,1993 年版,第 1－5 页。

② 谈瀛洲译:《后现代性与公正游戏——利奥塔访谈、书信录》,上海:上海人民出版社,1997 年版,第 153－154 页。

③ 转引自周宪:《现代性的张力》,北京:首都师范大学出版社,2001 年版,第 11 页。

湾仍处于日本的殖民统治之中,在殖民当局的“共存共荣”和“善意提携”下,台湾经历了一场由近代社会向现代社会转型的资本主义现代化改造。政治方面,日本殖民当局在台湾实行总督制、警察制、保甲制三者结合的管理机制,建立起具有现代意义的法律体系并号称“台湾是日本内地的延伸”,意即日本人和中国台湾人无差别对待;经济方面,日本殖民当局主要通过颁布“货币法”、开展“土地整理”、实验推广先进农业生产技术、建立具有现代企业性质的株式会社、发展贸易与航运等一系列政策来推动台湾地区的生产力发展;教育方面,日本殖民当局建立起较为完善的现代教育体系,设有初等教育、中等教育、高等教育三种教育层级,并在台湾各地建立各种小学校、中学校,颁布并实施“台湾教育令”,标榜“内台一体”。表面上看来,日本对台湾的殖民统治确实为社会运行体系的各个层面都带来了具有现代性意义的变革,这也成为现在某些人数典忘祖发表亲日言论的历史依据。然而,在这些现代化建设风光表面的背后却有殖民当局不可告人的目的,政治上的专制统治带给日本殖民者和管理者以绝对的权力和权威,一方面可以以高压政策迫使殖民地人民放弃反抗、卑颜顺从,另一方面也可以保证宗主国的各类意识形态得以在殖民地地区顺利地传播、渗透,从而矮化、弱化殖民地人民的民族自尊心。而经济上的现代化改造,其目的就是使台湾成为日本经济发展的助推器,成为其原材料的生产基地和产品的倾销地,实际上此一时期台湾生产的米、糖、木材等大部分生活必需品都被日本殖民者以极低的价格强行收购与侵占。至于教育上的“内台一致”更是一种愚弄大众的无耻谎言,以初等教育为例,台湾儿童基本上只能就读办学质量较差的小学校,而无论是配套设施还是师资力量都远好于小学校的公学校只供日本儿童就读,更高层次的中学校、高等学校主要就是日本人接受教育的专利了。时任日本外务大臣的陆奥宗光在《关于台湾岛屿镇抚策》一文中毫不掩饰地承认:“我们占领台湾之要旨,不外乎在于二端,即:一以本岛作为将来展弘我版图于对岸之中国大陆及南洋群岛之根据地;一则在开拓本岛之富源,移植我工业制造,垄断工商权利。”①因而,日本殖民当局对台湾进行的现代化改造在本质上不同于西方社会发展中的现代性裂变,它是一种自外向内的、强迫式的、具有殖民压榨性质的“伪现代性”,实施这种现代性的目的就是维持

① 刘红林:《论日据时期台湾文学的现代性与特殊性》,《台湾研究》2008 年第 2 期。

殖民统治、同化异族人民、掠夺经济资源。而台湾社会中这种“伪现代性”的出现则为台湾乡土文学现代性的生成提供了最具体的批判对象和最核心的本质内涵。吉登斯曾在其著作《现代性的后果》一书中就现代性的出现提出了“脱域机制”论，认为现代性的产生是一种社会运动，它从原有地域的情境中脱离，然后以“人为的”抽象体系“再嵌入”，从而完成对该地域的现代化改造。由“脱离”到“嵌入”的过程中，人们摆脱了时空一体的自然生存方式，从时空分离的理性思考中获得对社会运行机制的再认识再创造，这其中活跃在社会生活各个层面的象征系统和专家系统发挥了极其重要的控制与协调作用。[①] 由此可见，在某种意义上，现代性的出现在人类社会的发展历程中意味着一次断裂，是人类由传统社会跨越至现代社会的标志。如果我们把现代台湾乡土文学的出现看作是文化发展中的一次重要“脱域”行为，那么上文中提到的日本殖民政府实行的“伪现代性”就是促成这种结果的重要因素之一，而另外一个重要因素就是彼时海峡对岸祖国大陆所开展的五四新文化新文学运动带来的重要影响。通过比照两种“脱域机制”的背景不难发现，西方现代性的生成是由社会生产力（包括物质的和精神的）的巨大进步所促成，而台湾乡土文学的现代性意义则是在殖民统治的压迫下以及五四运动精神的烛照下所产生的，所谓的象征系统和专家系统也演变成了台湾乡土作家的文学创作和价值反思。

对这一时期台湾乡土文学的现代性而言，虽然其所处的社会现实也发生了一些现代性的变化，但它与西方现代主义所代表的审美现代性却存在巨大的差异。相对于西方审美现代性对启蒙现代性的反思与批判，台湾乡土文学的现代性则表现得更为复杂与特殊。一方面，由于接受了五四新文学运动启蒙思想的影响，这一时期的台湾乡土文学要担负起反封建、反传统的历史任务，同时促成台湾文学的创作形态由古典文学向现代文学的转型；另一方面，针对殖民政府实施的种种“伪现代性”社会制度，台湾乡土文学还发挥着揭露殖民统治的丑恶嘴脸，批判残酷剥削的丑恶本质，维护与弘扬中华民族精神，重新唤醒人们心中的民族自尊等开启民智的启蒙作用。以上两点在台湾乡土文学中均有所表现，有时是分别表述，更多的是相互交错、互为支撑。由于台湾所处的殖民地现状，后者的历史意义对台湾乡土文学

① 安东尼·吉登斯著，田禾译：《现代性的后果》，南京：译林出版社，2000 年版，第 18－19 页。

更为重要,进而成为凸显其现代性意义的重要本质构成,这也是此一时期台湾乡土文学有别于大陆乡土文学的重要原因。与此同时,虽然乡土文学中对民风、民俗、风土人情的描绘看来并不和以理性、契约、法律为表征的现代社会合拍,但由于20世纪20年代的台湾仍处于传统农业社会的现状,从大众传播学和接受美学的角度来说,文化现象中的现代性也只能由乡土文学来承担。这就决定了台湾乡土文学无法像西方现代主义艺术那样,为了反思与批判现代化社会运行机制中的弊端而表现出强烈的艺术自律性和启蒙对抗性。在这一阶段的台湾乡土文学这里,启蒙现代性和审美现代性并不是分裂的、对抗的,而是一致的、重合的,它的现代性意义就在于表达对理想社会和制度的要求与想象,即“启发省民的思想,提高本省的文化,以期争取省民的政治的自由,而脱离异族的支配”①。正是在这些现代性思想的支配下,台湾文坛爆发了第一次乡土文学论战。第一次乡土文学论战的焦点矛盾是白话文和台湾话文之争,即乡土文学的创作语言究竟是使用来自于祖国大陆的白话还是使用流行于当地的台湾话,论战的代表人物有黄石辉、郑坤五、郭秋生、廖毓文、朱点人、张我军等人。虽然这是台湾新文学运动以来的第一次较大规模的文学论争,论辩双方也是各执己见互不相让,但从论战整体的指导思想来看,这次文学事件无疑是此一时期乡土文学现代性的最好体现。由于论战双方分别坚持白话和台湾话,而将文言与日语排斥在外,这就说明台湾乡土文学一方面已经告别了文言的古典文学时代,在文学表现形式上彻底告别了传统,步入了现代;另一方面它也在想方设法地抵御日本殖民当局强制推行日语的同化政策,为保存民族精神和民族血脉做出了巨大的贡献。除去文学语言论争之外,台湾乡土文学的现代性当然还主要表现在文学创作以及作品所反映出的主旨思想等方面。以台湾乡土文学的创始人之一赖和为例,他在这一时期创作了《一杆秤仔》《不如意的过年》《惹事》《丰作》《善讼人的故事》等一系列乡土小说。在这些乡土文学作品中,赖和时而满怀关爱和同情之心地描述下层劳动人民的悲惨生活,如《丰作》中安分守己、勤劳朴实却仍遭日本制糖会社压榨盘剥的农民添福,《可怜她死了》中命运多舛、结局悲惨的女主人公阿金等;时而揭露统治者的凶恶嘴脸、控诉殖民者的卑劣行径,如《一杆秤仔》中逼得秦得参自杀的日本巡

① 廖毓文:《台湾文字改革运动史略》,李南衡主编:《日据下台湾新文学(明集5)·文献资料选集》,台北:明潭出版社,1979年版,第413页。

警,《不如意的过年》中横行霸道的查大人等;时而通过塑造时代英雄形象来振奋省民之心,号召同胞团结一致、奋起反抗,如《惹事》中不断发动群众、痛斥殖民者罪行的青年知识分子"我",《善讼人的故事》中胸怀祖国、刚正不阿的林先生等都属于这一类型。除赖和之外,还有如杨逵的《模范村》《鹅妈妈出嫁》、杨守愚的《升租》《凶年不免于死亡》、杨云萍的《光临》《秋菊的半生》、蔡秋洞的《保正伯》《理想乡》等,都是揭示殖民本质、呼唤民族自强的力作,也是能够体现乡土文学现代性意义的代表之作。

随着中日战争的爆发,日本殖民政府于1937年开始在台湾施行"皇民化"政策,在社会生活的各个层面展开高压管控,一直坚持民族解放信念的台湾乡土文学也受到极大冲击,不得不暂时退出历史舞台或转入潜隐状态,而此时由日语创作的一些乡土文学,由于其多为对殖民政府的迎合之作,便也丧失了其现代性的意义,沦落为亲日文学或汉奸文学。1945年日本战败投降,国民政府进驻台湾,台湾文坛进入文学创作过渡期与重建期。1949年国民政府败退台湾以后,开始在台湾实行戒严政策和威权统治,文学创作自然也被纳入官方的意识形态范围之内,高压之下的台湾文坛由此逐渐步入现代主义文学创作的主潮之中。在此需要指出的是,纵横台湾文坛近20年的现代主义文学思潮,在由一批现代诗人引入台湾之后,主要表现为对艺术自律性的追求和对人的精神世界的观照,这在文学表现上和西方的现代主义文学颇为相似。但从价值旨向来讲,台湾现代主义文学与西方现代主义文学的现代性意义却有着本质上的不同。上文已提到,西方现代主义文学作为审美现代性的代表是对启蒙现代性的种种僵化与弊端展开积极的反思与无情的批判,是以资产阶级现代制度的诤友形象出现,虽然它也表现为艺术形式上的自律和审美内涵上的"内转"倾向,但这是以与启蒙现代性决绝的一种姿态而出现的,是为了更好地表现自身的反抗诉求与价值批评。反观台湾的现代主义文学,其出现的背景则是政治上的高压统治、经济上的依赖外援、文学上的反共八股,这必然促使台湾文学的发展一方面不能触碰意识形态禁区,一方面逐渐崇尚西方文艺思潮,另一方面就是对宣传文学的反感与背离,而现代主义文学的种种表现恰好符合这些时代要求,一时间在台湾文坛蔚为可观。由此可见,现代主义文学在台湾的出现是作家们在各种机缘巧合下不得已的选择,是他们能够回归文学本体,以正常渠道表达审美情思的唯一途径。威权高压下,台湾现代主义文学只能在个体内心无意识的深处试图寻找反思与批判现行体制的机会与勇气,这一点可以从台湾各个现代主义文学团体的宣言中一见端倪。如果讨论台湾现代主义文学所涵纳的现代性意义,恐怕也只能从其政治性的削弱、文学性的凸显这一曲线救国式的策略中去寻找了。

20世纪70年代以后,随着国际形势的巨大变化和岛内一系列社会事件的发生,台湾政治形势出现松动迹象,台湾文坛爆发第二次乡土文学论战。这一时期的台湾乡土文学要求回归现实主义传统,对前一时期现代主义文学所表现出的虚无、颓废、彷徨进行抨击与驱逐,而对乡土写实文学中所蕴含的启蒙思想、人道精神以及民族民主意识予以充分的推崇与肯定,提出了"文学来自社会、反映社会"①的口号。再出发后的台湾乡土文学,其现代性意义可以看作是对20年代乡土文学的继承与发展,虽然此时异族的殖民统治已宣告结束,也即意味着上文中提到的"伪现代性"的社会环境彻底瓦解,但国民党政府的威权专制统治仍然存在,而以西方资本输入为代表的新的经济殖民形式也已在台湾社会基本形成,由此带来的民主缺失、民族压迫、人的奴化等社会问题就成为乡土文学关注的焦点。"自觉的理性化的文化精神如果不通过制度安排而成为社会运行的内在图式和机理,也会成为某种无根基的浮萍,这种情况在许多后发展中国家的现代化进程中常常出现。"②西方资本的侵入推动了社会经济的发展,而为台湾带来了一些现代化的面貌,但台湾政治体制的固守却将这种"现代化"贬斥为表面现象,使之只能成为没有根基的浮萍,同时台湾人民还要接受西方经济殖民带来的种种负面后果。这就决定了这一时期的台湾乡土文学无法像西方现代主义所代表的审美现代性那样对已经较为成熟的现代资产阶级社会体制进行反思与批判,而还是如前代乡土文学那样将"审美"与"启蒙"的维度重合,一方面通过描绘传统与现代的尖锐矛盾以及人在资本输入后的种种异化表现等现象来揭示后殖民的压榨本质,呼唤民族自强与自尊、人性的本真与善良;另一方面也通过对社会性、阶级性等具有左翼色彩的内容的强调以及乡土文学的现实批判特性或潜或隐地触及台湾社会现状,隐晦地表达出建立一个自由民主社会的政治理想。李欧梵指出:"在中国,现代性这个新概念似乎在

① 陈映真:《文学来自社会反映社会》,尉天骢主编:《乡土文学讨论集》,台北:远景出版事业公司,1980年版,第53页。

② 衣俊卿:《现代性焦虑与文化批判》,哈尔滨:黑龙江大学出版社,2007年版,第304页。

不同的层面上继承了西方‘资产阶级’现代性的若干常见的含义,进化与进步的思想,积极地坚信历史的进步,相信科学和技术的种种益处,相信广阔的人道主义所制定的那种自由和民主的理想。”①由于台湾乡土文学所处的历史背景和社会环境所限制,它无法将体制完善、技术进步、理性流行与人性异化的矛盾冲突作为自身的观照中心,而是必然要在文学创作与审美想象中憧憬一种真正具有现代性特征的社会运行机制,并以此来改善不尽如人意的生存现实,这就是为什么台湾乡土作家从不在作品中拒斥理性与启蒙,也不会在艺术自律中湮灭自己对现代性社会的渴望的原因。纵观这一阶段的台湾乡土文学创作,涌现出了诸如陈映真的《将军族》《唐倩的喜剧》《夜行货车》《上班族的一日》、黄春明的《锣》《青番公的故事》《溺死一只老猫》《儿子的大玩偶》、王祯和的《嫁妆一牛车》、洪醒夫的《黑面庆仔》、宋泽莱的《打牛腩村》《变迁的牛眺湾》、王拓的《金水婶》、杨青矗的《绿园的黄昏》《在室女》、郑清文的《庞大的影子》、季季的《拾玉镯》,等等作品。在这些文学作品中,台湾乡土作家秉持着现实主义的创作方法,或从社会现实的变迁,或从人的精神世界的变异等不同方面去关注不同职业、不同身份、不同阶级的下层劳苦大众,揭示出在封建威权统治和西方经济殖民的双重压迫下台湾民众的生活现状与人生困境,表现出鲜明的人道主义和民族民主主义思想。曾有学者根据尉天骢、陈映真等人的论战文章对台湾乡土文学做出如下的总结:“(一)贯彻着反帝反封建的基本精神,特别是‘强烈表现了整个近代中国抵抗帝国主义的历史场景’,着眼于激发民族意识;(二)‘这些作家表现了勇于面对当时最尖锐的政治、经济、社会和文化诸问题’,尤其关注社会底层普通人民的苦难和命运,反对压迫和剥削,具有民主主义倾向;(三)‘他们毫不妥协地采取具有强烈革新意识和倾向的现实主义,作为他们的文学表现的工具’;(四)他们摒弃颓废、消沉、虚无的思想情绪,要求具有前进、奋斗、乐观的精神;(五)这个文学植根于台湾乡土,富有地方特色,但绝不是狭隘的地方主义,而是注入全中国的历史潮流,带着与祖国相结合的强烈愿望。”②这或许就是对这一时期台湾乡土文学现代性的最好阐释。

随着国民党统治当局的打压以及随后“高雄事件”的发生,20 世纪 80 年

---

① 李欧梵:《现代性的追求》,北京:三联书店,2000 年版,第 236 页。

② 白少帆、王玉斌、张恒春、武治纯主编:《现代台湾文学史》,沈阳:辽宁大学出版社,1987 年版,第 580 页。

代以后台湾乡土文学的发展逐渐走向误区,其现代性意义也由于被过度“制度化”而逐渐丧失了独立性与先锋性。曼海姆在谈到现代性的典型文化模式时认为,理性化的现代性文化形式主要表现为“总体的意识形态概念,……指的是一个时代或者一个具体的历史——社会群体所具有的意识形态”[①],即所谓的“宏大叙事”。毫无疑问,80 年代以后的台湾乡土文学依然具有宏大叙事的惯性,在威权体制尚未解体、后现代风潮还未登陆的背景下,它的文学精神还是以启蒙与理性为标榜,它的审美诉求还是对民族民主意识的强调。但乡土文学的这种现代性意义却随着乡土文学领导权的更迭而发生了变化。高雄事件以后,台湾本土派从左统派手中接过了乡土文学的大旗,“乡土文学”也逐渐被“台湾文学”所代替。表面上看,“台湾文学”的提出仍然要求民族的独立与自强,同时也要求政府解除极权统治并还政于民,符合以往乡土文学的文学精神。但从本质上看,“台湾文学”口号的实质是分裂主义的变相载体,是以脱离祖国为前提来实现一小部分既得利益者的个人图谋,他们打着民族与民主的幌子试图在台湾建立一个有利于实现个体利益最大化的“现代性”社会,他们的最终目的是制造国家、民族的永久分裂,两岸人民的永久分离,而这种倒行逆施、背离历史潮流的行为是与现代性自身的进步意义相去甚远的。然而,由于国民党统治当局对本土意识的长期打压以及不公平对待,经由一批台湾本省籍知识分子鼓吹后,“台湾文学”的理念逐渐在台湾文坛确立,尤其在 80 年代中后期以后,甚至成为一种文学潮流。哈贝马斯曾对“公共领域”的内涵做出过经典阐释:“资产阶级公共领域首先可以理解为一个由私人集合而成的公众的领域;但私人随即就要求这一受上层控制的公共领域反对公共权力自身,以便就基本上已经属于私人,但仍然具有公共性质的商品交换和社会劳动领域中的一般交换规则等问题同公共权力机关展开讨论。”[②]由此可见,公共领域是相对独立于政治权力之外的公共空间,它更多地表现为一种文化上的舆论形态,可以有助于政治权力的运行,使其更为通畅与稳定,也可以制衡政治权力的运

① 卡尔·曼海姆著,艾彦译:《意识形态和乌托邦》,北京:华夏出版社,2001 年版,第 66 页。

② 尤尔根·哈贝马斯著,曹卫东等译:《公共领域的结构转型》,上海:学林出版社,1999 年版,第 32 页。

行,使其迫于某种压力做出改变。如果我们将这一时期的台湾乡土文学视为一种公共领域资源,那么乡土作家对它的争取与塑造就是为了获得一条与主流意识形态对话与交流的途径,并以此表达自己对社会政治权力的思考与意见。但需要指出的是,这种公共领域的开放性使其极易受到国家政权或大众传媒等因素的影响,从而出现"受迫转型"的情况。台湾"解严"前后,民族与民主的诉求终于可以光明正大地在乡土文学中表达,而作为"利益专门化"的文化集团的台湾本土派也充分利用这一时机,以报纸、杂志、新闻媒体、学术团体等传媒形式,人为操纵乡土文学的转型,使其出现了鲜明的本土化趋势,随后"解严"政策施行、民进党成立,由此带来的后果就是"以工具理性为特征的系统对以交往理性为基础的生活世界的侵入,即'生活世界的殖民化'"①。如果说西方审美现代性被启蒙现代性制度化的过程是随着资本主义社会意识形态的广泛渗透表现出对现行社会制度的认可与依赖,从而消解了自身的颠覆性与批判性,那么台湾乡土文学被制度化的过程就表现为在民族民主的理想得到基本满足后却被"本土化"的意识形态所绑架,成为"台独"政治势力的文化附庸,从而失去了对祖国统一以及现代化人类社会的美好想象。

上文已提到,西方后现代主义的出现源于现代性自身构成中的异质性元素,是现代性自我超越、自我修补的一种表现,而台湾后乡土文学的出现无疑也是对以往乡土文学的反思与修补。20 世纪 90 年代以后,由于"解严"带来了较为自由的创作氛围以及各种西方"后"学思想带来的"解构"风潮,台湾乡土文学原有的启蒙精神和人文关怀开始在后乡土文学中复苏,只不过随着时代背景的变化,以往乡土文学中的宏大叙事已逐步由启蒙的差异性、人道主义的世俗性、后乡土的虚构性等后现代叙事所取代,正是由于这些新的文学元素的融入,才使得乡土文学能够打破"体制化"的拘囿,以"后乡土"的身份再次出发。台湾后乡土文学主要是指一种基于具有文化象征意蕴的乡土时空之上的人文主义文学现象,它既接受后现代思潮的影响又具有现实关怀的精神,其乡土空间意识带有具体位置的限定性、空间经验的特殊性和结构的同一性等特点。如果说以往的台湾乡土文学是从本体意义

---

① 衣俊卿:《现代性焦虑与文化批判》,哈尔滨:黑龙江大学出版社,2007 年版,第 307 页。

上寻找“乡土”一词的本源意义，并在这种带有鲜明农业社会色彩和乡村气息的地域结构中发掘推动历史发展的前进动力，并以此实现知识分子的社会责任与道德良知，那么，台湾后乡土文学则更多是从方法论的角度，以“乡土”作为自己的观察视角来反映与思考大千世界中的人与物，创作者彻底摆脱了原本加诸在作家身上的种种期望与焦虑，无论是以轻松抑或严肃的态度面对审美对象，他们都能以“参与者”而不是“教育者”的心态泰然处之，从而形成乡土文学的某种“民间立场”。正是由于后乡土文学将它的审美落脚点域定在“怎么办”而不是“是什么”，其多元化的艺术风格更加丰富与开放，使得它能够不再重蹈以往乡土文学因为过于纠结“乡土”的内涵而走向僵化的覆辙，表现出不可估量的延展性和未来性。

台湾乡土文学对民族与民主这一体现现代性意义的价值目标展开持续追求，当这种目标发展成为一种“绝对理念”而变成某些政治力量攫取利益的工具时，其现代性内涵必然遭遇矛盾与危机。但由于乡土文学自身所具有的乡土传统以及现实批判的动力机制，在后现代主义思潮的引导下，其最终具备了超越与修补这些矛盾与危机的能力。我们知道，后现代主义关注的重点是“那些被许多古典社会理论所忽视的微观现象和边缘现象，肯定了常常被过去宏大理论所压制的差异性、多元性和异质性”①，微观视域与边缘视角的引入很好地分散了以往乡土文学中太过集中的国族想象，而这种过分膨胀的国族想象已经伤害了乡土文学现代性中的其他维度。与此同时，后乡土文学对公共领域话语权的争夺造成了众声喧哗的多元发展现象，这也很好地阻止了“体制化”乡土文学所带来的文化领域权力结构的过度集中化与同一化，从而消解了人们对台湾社会发展的单一性盲点与短视行为，诱发了人们的发散性思维，使乡土文学再次具备了反思与批判的力量。

具体而言，台湾后乡土文学对以往乡土文学的修补与超越主要体现在两个层次。首先在文化层面，它通过去政治化、艺术自律等审美精神对被台湾本土派所制度化的乡土文学进行反思与修补，主要表现在宗教描写、传统回归、现代性的在地化三个方面；其次在社会体制层面，正如杰姆逊对历史与艺术所作的分期那样：国家资本主义—现实主义、垄断资本主义—现代主

① 道格拉斯·凯尔纳、斯蒂文·贝斯特著，张志斌译：《后现代理论——批判性的质疑》，北京：中央编译出版社，1999 年版，第 332 页。

义、晚期资本主义—后现代主义[1]，后乡土文学所面对的社会现实和以往已有了天壤之别，此时的台湾在政治上实行典型的资本主义多党轮流执政，经济上也逐渐迈入后工业社会，消费社会的时代特征鲜明而突出。可以说，以往乡土文学所向往的民族自强、民主理政的社会发展模式基本得以实现，这也就从根本上消除了审美现代性与启蒙现代性在台湾乡土文学中始终重叠一致的重要外因，于是现代性的两种构成要素在此分道扬镳，也使后乡土文学真正能够担负起类似西方现代主义那样的文化批判任务，站在社会运行机制的对立面对其进行观察、反思与批判。只不过在后现代思潮的影响下，这种文化制衡更多地带有多元化的表现特征，主要体现在现实批判的差异化这一方面，针对诸如人的异化、生态危机、文化霸权等社会现象。

第一，宗教内涵的复归。从本质上来说，西方现代性的出现源于对中世纪宗教神学统治的反抗与背叛，它试图建立一种以科学与理性为价值核心的社会体系，并力图将宗教因素完全排斥在这种体系之外。这样做的结果一方面可以使人通过重视自身价值意义而代替神的位置，在现实生活中将世俗社会的维度无限放大，从而摆脱精神上的束缚，实现有利于新兴资产阶级发展的“人的本位”；另一方面由于对宗教采取了决绝的断裂态度，导致原本在宗教体系中具有人性价值的积极因素，如克己、友爱、宽容、同情、慈悲等都被摒弃在现代性的启蒙内涵之外。经过不断的社会发展和文化积淀之后，越是现代化程度高的社会体系越是崇尚技术与理性，而这种片面重视制度化、科学化却忽视人文精神的社会机制就会导致现代性的僵化和人的异化。有关现代性的这种积极和消极并存的传统也被台湾乡土文学所继承。譬如，关于宗教与鬼神的描写是中国文学的传统，但发展到追求现代性价值的台湾乡土文学这里，为了彰显其启蒙与理性的新文学精神，表达对现代化社会制度的崇尚，这种宗教内容要么消失不见要么成为批判封建迷信思想的对象，这一点可以从众多的乡土文学作品中得到印证。但在台湾后乡土文学中，有关宗教内涵的描述得以复归，我们可以从宋泽莱的《血色蝙蝠降临的城市》、伊格言的《龟瓮》《鬼瓮》《瓮中人》三部曲、童伟格的《驩虞》、舞鹤的《余生》等文学作品中一见端倪。尽管后乡土作家进行宗教叙事的思想

---

① 弗雷德里克·杰姆逊著，唐小兵译：《后现代主义和文化理论》，西安：陕西师范大学出版社，1987 年版，第 115－118 页。

主旨五花八门，描写手段也多种多样，但不管目的为何，他们至少为台湾乡土文学在以往的民族民主维度之外加入了更具人性内容的审美因素，让人们在不断追求社会进步、物质丰富的当下重新思考“人”的价值体现与情感诉求。

第二，传统精神的再现。历史发展中，台湾地区与祖国文化传统至少存在三次较大规模的断裂。第一次是在1895年台湾被日本割据后，日本在台推行本岛文化和日语教育，虽然中国文化传播并未完全禁止，但已不在主流意识形态中占据主导地位；第二次是在20世纪20年代之后，台湾新文化运动接受了大陆五四新文化运动的影响，为了启蒙和自强，与中国传统文化划清了界限；第三次是在1937年日本殖民当局实行“皇民化”政策之后，由于汉语语言与汉语书籍等传承途径的完全隔绝，中国文化传统在台湾再次断裂。这其中，第一次与第三次的文化断裂是在日本殖民政府管控下的被迫行为，第二次的文化断裂则是为了彰显现代性意义的主动行为。无论主动抑或被动，曾经台湾地区的文化发展与祖国文化传统的断裂都是现实存在的。与宗教一样，对传统的排斥也是现代性一贯秉持的态度，因为在中西方的社会文化传统中，由于封建社会的本质要求，其对个性解放、自由平等思想的压制与束缚都较为严格与普遍。然而，在现代性反传统并凸显个性、自由、公平的同时，也忽略了传统文化中的有益因素，如西方传统文化中的浪漫精神，中国传统文化中的和谐精神等等。台湾乡土文学显然也继承了现代性的这一文化特征，在文学创作中主要表现出对成熟现代化政治体制的期盼以及对阻碍这种社会理想实现的传统文化的批判。应当说，彼时的历史背景规定了台湾乡土文学的发展方向，国家和民族的现状制约着它无法在追逐现代性的同时又去思考传统文化的价值意义。但随着时代条件的改变，中国文化传统终于在台湾后乡土文学中得以再现。具体而言，正是由于后乡土作家们看到了由工具理性、技术理性以及人类中心主义带来的社会发展中的灾难，才转而向中国传统文化资源取法，以期弥补乡土文学中对启蒙现代性过度推崇的缺憾。以中国传统文化中的儒家思想为例，它曾在两岸的新文化运动中作为落后、保守、封建、守旧的代名词而被大加鞭挞与彻底拒斥，然而正如杜维明所说：“虽然从发生学上来看，儒家与农业经济、官僚制度、家族社会有密切关联，深深扎根于传统中国的经济、政治和社会，但既不能把儒学简单还原为家族主义、官僚主义、反商主义，而且也不能认为社会根基被摧毁，儒家思想就因此丧失了它作为人文关怀和伦理宗教的意义，这些关切和意义与现代世界仍然相关。”①台湾后乡土作家们关注到儒学学说中的天人合一、道德规范、和谐圆融、终极关怀等这些在现代社会发展中极有现实意义的思想要素，便以艺术审美的手段有选择性地将其吸收进后乡土文学的创作实践中，如在吴丰秋的《后山日先照》中，我们能发现对道德品格的推崇；在黄春明的《放生》中，我们能发现对家庭观念的重视；在吕则之的《寻找一座岛屿》中，我们能发现天人合一的痕迹，等等。正是由于对中国文化传统的重视，后乡土文学也为自身赢得了超越乡土文学的思想力量。

第三，现代性的在地化。以往台湾乡土文学中所追求的现代性主要借鉴西方社会较为成熟的现代性形态而忽略了台湾地区自身的地域特点和本土资源，这就使西方现代性既无法成功地整体嫁接到台湾社会中来，也会在学习模仿的过程中将其消极因素继承并放大，台湾乡土文学的僵化与“被绑架”就是很好的例证。“在地感”是对一个地理空间的经验与情感，主体通过累积在内心深处的印象混合体建构出符合主观意识期盼的在地形象，它既是客体景观在主体心理投射的映像，也是主体情感在客体景观上外化的结果。“在地感”的凸显是台湾后乡土文学一种非常重要的艺术风格，在接受现代化的同时，后乡土文学能够将在地的物质资源、人文资源、精神资源与之相融合，使现代性的意识真正融入日常生活的机理和图式之中，这就使以往的西方制式得到了在地化的改造，从而更容易推动地区的全面发展；同时由于经过了现代性的浸染，在地的改造经验也更容易被世界所接受，成为新的尺度与标杆。与此同时，现代性的在地化还是传统的“中国情调”与现代全球意识碰撞交融的结果。一方面，后乡土作家通过对在地乡土的呈现反映出对自我价值与在地身份的思考，试图在差异化书写中寻找人类世界能够共享的精神资源和文化资源；另一方面，后乡土作家希望通过文学创作释放出区域生命因子，向世界传递出区域人民的情感与心理，以此寻求在多元化的世界格局中生命共同体的和谐发展与互敬互爱。而在舞鹤的《悲伤》、童伟格的《无伤时代》、陈淑瑶的《地老》等文学作品中我们便不难发现这种

① 转引自张文彪：《儒学与当代台湾》，福州：福建人民出版社，2010年版，第144页。

现代性与在地感相结合的审美企图。

第四，现实批判的差异化。在对乡土文学现代性意义进行超越与修补的同时，台湾后乡土文学还注意到了现行社会体制的种种变化，并自觉地以矛盾对立的视角对其进行反思与批判。曾有学者指出："90 年代以来，随着后现代主义和新儒学思潮的兴起，不论在哲学层面还是文学层面，都出现了从启蒙思想撤离的过程。"[①]而在文学层面，这种"撤离"的过程主要表现为反思精神的弱化和批判力量的消解，这似乎也成为文学发展中的一种趋势。但到目前为止，后乡土文学作为一种纯文学形态虽然也有通俗化的倾向，但其仍然没有放弃启蒙这一文学维度，而是将启蒙的宏大叙事转型为现实批判的差异化表现。虽然摆脱了民族解放与民主诉求的沉重压力，但面对人口膨胀、资源短缺、环境污染、战争威胁等现代化社会带来的人为灾难，台湾后乡土文学始终坚持自己的文化启蒙立场，希望以"不和谐"的反叛精神来促进现代社会的和谐发展，这也是"现代性"内涵中的应有之义。以台湾作家陈淑瑶的短篇小说《吹灰》为例，文中反映了当下存在于台湾乡村之中的一个较为普遍的问题——外籍新娘的生活现状。小说名为"吹灰"，隐喻了外籍新娘就像空中的灰尘一样弱小与无根，而主人公元章不费吹灰之力就能得到这些女人青睐的事实，更加映衬出外籍新娘的卑微与无助。毫无疑问，作者在小说中并没有从国家或民族的层面对现实展开批判，而是取一乡土生活横截面做出深刻的呈现与思考，从而使其现实批判性更加真实生动并富于现实意义。

从城乡二元对立的结构来看，以乡风民情为描写对象的乡土文学与强调"现代化"的现代性似乎应该保持一种悖反关系。但在拥有悠久农业社会传统的中国，有关农业文明的社会形态和文化模式早已深入人心，成为整个中华民族的心理烙印。因而无论来自于西方的现代性意识怎样进步与流行，它都必须扎根在中国的文化传统之上并与之相融合才有可能顺利地开展或实施。与此同时，乡土文学作为一种文学形态，自然具备文学自身的模糊性、整体性、前瞻性、精神性等一般审美特征，尤其是台湾后乡土文学，虽

---

① 衣俊卿、黄万盛：《在启蒙的地平线上——关于中国语境中的现代性问题的对话》，衣俊卿：《现代性焦虑与文化批判》，哈尔滨：黑龙江大学出版社，2007 年版，第 348 页。

然仍具备"乡土"的地域性特征,但其更多地表现出一种方法论的思考视角,从而使得"现代性"的融入成为可能。

本文为江苏省高校哲学社会科学基金项目"台湾后乡土小说研究"(项目编号:2013SJB750009)的阶段性成果、江苏高校优势学科建设工程资助项目成果 A Project Funded by the Priority Academic Program Development of Jiangsu Higher Education Institutions.

(作者单位:江苏师范大学文学院)

闽风东渐与地缘人文图景

——溯源当代印尼华裔沿承中华传统思想的文化根脉

▶蔡明宏

印尼是世界第四人口大国,在它的134个族群中,华人族群是第三大族群,华人总数在1000万左右,居海外各国之首,可以说是除中国外华人最多的国家。但是印尼华人在当地的生存与强调"多元文化并存"的新加坡、马来西亚华人不同,与推崇"自然同化"的泰国华人亦不同,他们经历了不少政治历史劫难。印尼华裔坚守了自己的民族身份与族群认知,他们守望相助、抱团排外,在风俗习惯上刻意与当地居民保持一定的距离,形成了以血缘、亲缘、地缘为纽带的族群组织,在一定程度上保持了中华文化继承的稳定性。时至今日,当代印尼华裔对中华传统思想的认知是否依然像祖辈那样清晰与坚定?他们对中华思想观念的取舍扬弃中又蕴涵着哪些根源性的文化密码?

为此,笔者进行了一次详细而深入的调研。调查对象包括印尼阿拉扎大学(Universitas Al Azhar Indonesia)、建国大学(Universitas Bina Nusantara)、慈育大学(Universitas Bunda Mulia)、国民大学(Universitas Nasional)、总统大学(President university)、达尔玛-博修达大学(Universitas Darma Persada)、新雅学院(Xinya Collage Indonesia)、伦敦学院(London University)、圣尼各拉学校(Saint Nicholas)、椰城顺德学校(Dharma Budi Bakti)、圣雄甘地学校(Mahatma Gandhi)、慈济学校(Bunda Hati Kudus)、圣道学校(kalam kudus)共13所学校的华裔学生以及部分印尼社会华裔人士,共为238人。其中移民到印尼达三代以上的有108人,三代以内的130人。年龄跨度从16岁至80岁,30岁以下占77%,30—50岁占15%,50—80岁占8%,调查对象以年轻人为主,但兼顾各个年龄层与不同族裔世代。为了考察印尼华裔对中华传统精神和观念的继承情况，本研究设置了12个问题，内容包括善恶报应、宽容礼让、勤俭节约、自强奋斗、诚实守信、和谐相处、尊进长辈、为家牺牲、为国牺牲等中华传统观念。调查结果如下图所示：

表1　当代印尼华族的中华传统思想认知情况

中华传统观念	三代以内华裔	三代以上华裔	趋势	总体
善恶有报	42%	36%	下降	39%
诚实守信	77%	69%	下降	73%
宽容礼让	71%	61%	下降	66%
和谐相处	68%	64%	下降	66%
勤俭节约	49%	45%	下降	47%
做有道德的人	65%	63%	下降	64%
自强奋斗	64%	64%	持平	64%
不与老师冲突	36%	31%	下降	34%
尊敬长辈	75%	69%	下降	72%
为国家牺牲	15%	12%	下降	14%
为家庭牺牲	50%	39%	下降	45%
父母错，子女也应孝	61%	64%	上升	63%

一、闽风东渐：当代印尼华族与闽文化的历史渊源

众所周知，由于福建毗邻印尼，基于地缘因素福建籍移民在印尼具有相当数量。在本次背景调查的“你的祖辈是从中国哪里移居印尼的?”这个问题上，能够写出祖籍地的华裔属于福建籍的约有51人，广东籍约27人，闽籍占多数。甚至有人把祖籍地写成“Fujian Hainan”（福建省“海南市”），真是误把他乡当故乡，可见闽文化在当地的影响之大。闽籍移民是较早到达印尼的华裔群体，据史料记载早在唐末就有闽人前往印尼经商贸易。宋元时期，福建泉州作为海上丝绸之路的起点，是我国与东南亚各国海上往来的重要港口，这为闽人移居海外创造了条件。明朝中叶以后闽人移居印尼的人

数更为众多。英国的V.伯塞尔在《东南亚的 华人》一书中即指出闽人是最早到达印度尼西亚,特别是到达爪哇的华侨移民。因而闽语和闽文化在印尼的影响极为深远。闽籍移民挟裹的闽文化给当地带来的广泛的影响力从地名称谓中也可见一斑:1912 年中华民国成立后,"中国"与"中华"的称谓出现在印尼华人中。但是早期移民的印尼华人并不会讲汉语普通话,他们以福建移民居多,福建移民对于与中国有关的词汇都以福建话的语音拼写,如"中国"按照闽语发音读成 Tiongkok,"中华"按照闽语读成 Tionghoa,"福建"按照闽语被读作 Hokian。这些称呼延续至今,即使是非闽籍的印尼华裔也都遵照闽语的称谓,很多华人甚至把闽语当作华语的代称。

闽语以及相应的闽文化渗入印尼华族生活的方方面面,以印尼苏门答腊为例,该地华人中华习俗更趋同于闽俗,如至今保留着一种与闽南"嫩饼菜"相差无几的"薄饼菜";新年流行"点头香";初一早晨不是吃饺子,而是线面和鸡蛋;清明扫墓的方式是将彩色纸钱按压进坟土里的"献纸钱";整个农历七月家家户户都盛行请客与超度并行的"普度"。这些习俗与中原传统并不一致,而是地地道道的闽南习俗,它们历尽百年都无更改,成为当地华人传统的核心部分。此外,还有印尼马达族的传统习俗也都和福建习俗同出一源;雅加达的巴达维族(Betaw - i),其文化艺术和音乐舞蹈也是源自福建民乐和民歌。不仅如此,在印尼华族间通行的华人马来语中大量的汉语借词不是来自其他方言,而是闽语。曾有专家进行过搜集统计,他们从 8 部印尼语和马来语的词典中查出汉语借词 511 个,其中来源于闽南方言的至少有 456 个,达到 88% 以上。① 并且这些借词也大多是日常生活中具体事物的名称。这种混合着福建方言的华人马来语成了与"官方"印尼语共存的一种语言。印尼著名语言学家达梯尔曾指出,华人在报纸、杂志和书籍中所使用的混合着闽南方言借词的华人马来语已成为和印尼语平行的一种交际语,具有在社会中的合法地位。② 在印尼语和马来语的词典中,也没有特别标注区分这些使用了闽南语借词的词汇,而是自然地将它们看作本民族的词语。

综上所述可知,虽说中华文化是印尼华裔的"源文化",印尼华裔也并非

① 孔远志:《文化交流的历史见证——从闽南方言借词看闽南华侨与印尼、马来西亚人民的友好关系》,《华侨华人历史研究》1986 年第 1 期。

② 孔远志:《文化交流的历史见证——从闽南方言借词看闽南华侨与印尼、马来西亚人民的友好关系》,《华侨华人历史研究》1986 年第 1 期。

皆属闽籍，但闽文化凭借其地缘优势以及深广的渗透力，已成为印尼华裔沿承中华文化的一抹独具异彩的底色，甚至可以说闽文化在造就印尼华族自身的中华文化特质以及继承中华传统思想方面起到了不可忽略亦无法抹杀的作用。

二、异质多元：闽文化对于当代印尼华族思想意识形态的影响

首先，据表1调查数据可知，“宽容礼让”“和谐相处”这一思想观念普遍得到印尼华裔的赞同，这两项的认同率皆高达66%。和谐包容是汉文化的一种精神特质，汉文化本身就是中华民族在数千年的发展过程中吸收、交融了少数民族文化而发展成熟并定型的。而这种多元融合的特性更是闽地人文图景的一种生动显现。闽地处于滨海位置，历来被认为是外来文化进入中国的“入海口”，所以闽文化最突出的人文特征就是多元交融的涵化性。闽文化不仅包含了中原汉文化，亦结合了闽越土著文化、异域舶来文化。一方面，这种活跃、开放的涵化能力使得闽文化在与异文化的碰撞中体现出相当顽韧的生命力，也使得深受闽文化熏染的印尼华裔在与居住国本土文化交流的过程中，能够秉承宽容、礼让、和睦的思想传统；另一方面，闽文化自身包孕的外来文化特质也为印尼华族在异域的文化承受消弭了不少阻碍。

仅以阿拉伯文化为例，据《闽书》记载：“（穆罕默德）有门徒大贤四人，唐武德中来朝，遂传教中国。一贤传教广州，二贤传教扬州，三贤、四贤传教泉州。”伊斯兰教创立不久就从我国著名的海上丝绸之路的起点——福建泉州传入了中国。当时的泉州和阿拉伯、波斯等地贸易的频繁开展，出现了“云山百越路，市井十洲人”的盛况。大批穆斯林客商来到泉州并长期居留下来。他们在从事宝石、香料的进口与瓷器、丝绸的出口贸易的同时，也带来了伊斯兰教信仰和阿拉伯文化。这些穆斯林后裔在闽地绵延生存，其后代被泉州当地人称为“土生蕃客”或“半南蕃”，还形成了两大回族聚居点——陈埭丁姓和白崎郭姓，散落的阿拉伯文化也交融在兼容并蓄、广融博纳的闽文化中。泉州的别称“刺桐城”就来源于波斯穆斯林对泉州的称呼；郑和下西洋时亦特意前往泉州拜谒伊斯兰先贤墓；宋朝时波斯人创建的清真寺至今仍保存在泉州通淮街，成为中国最古老的伊斯兰教建筑之一。甚至笔者外祖父的族谱里都记载着曾有一位波斯籍的远祖。可以说，在闽文化的基因里，亦包含了阿拉伯伊斯兰文化这一舶来文化的因子。在元末明

初,不断有闽籍移民进入印尼,而其中就有不少是穆斯林。迄今印尼已是世界上穆斯林人口最多的国家,全国约87%的人口信奉伊斯兰教。然而在14—15世纪中国的伊斯兰教虽已达鼎盛,此时的印尼伊斯兰教却仍是荒漠一片。相传爪哇的伊斯兰教传播是由七下西洋的郑和开始的,爪哇最早的《可兰经》也是用华文书写,并且由华人伊斯兰社区传开。在爪哇传播伊斯兰教的九位贤人中,至少有五位是华人穆斯林或者有中国血统。印尼的第一个伊斯兰王国由华裔陈文创建,其后由数位华裔长老设立习经院,之后大规模向爪哇民众传播伊斯兰教,才使伊斯兰教在全爪哇和群岛盛行,成为印尼的主流宗教。印尼穆斯林文化的盛行与华人的参与传播关系极大,而早期的闽籍移民或者自身早已是穆斯林,或者携带着闽文化与阿拉伯伊斯兰文化相交融的文化因子,他们对异域的宗教文化接纳并不显得艰难和阻拒。因而,时至今日,和谐包容、异质多元的闽文化基因仍存留在当代印尼华裔的精神思维里,尽管后期印尼当局的民族同化强政使得穆斯林与华族之间的间隙在扩大,但那是政治外力造成的逆反心理使然,在印尼华族的思想意识形态里,"宽容礼让""和谐相处"这一来源于闽文化多元共融特质的文化心态并不改其衷。

表2　当代印尼华族与印尼本土居民之间的融合度考察

	三代以内的印尼华裔	三代以上的印尼华裔	趋势	总体
华人和印尼当地人不一样	37%	27%	下降	33%
华人和印尼当地人一样	38%	40%	上升	39%
华人在印尼被歧视	48%	36%	下降	42%
华人在印尼有政治地位	5%	2%	下降	4%
华人在印尼有经济地位	50%	44%	下降	47%

为了进一步求证当代印尼华族与其他国民之间的融合度,笔者亦进行了相关调查。在传统思想方面认为华人和印尼当地人"一样"或者"有一些一样"的华裔约占60%,而认为"不一样"的占30%。这其中移居到印尼三代以内的华裔有55%认为华族与当地土著居民有部分一致性,而三代以上的对这种一致性的认可则达到60%。通过这些数据可知大部分的印尼华裔

已经接纳了当地的思想文化观念,并且居住得越久,则这种接纳就越彻底。在华人与当地人的差异度认知方面,认为"华人与印尼当地人一样"(39%)高于"华人与印尼当地人不一样"(33%),可见印尼华裔已经逐渐趋向于把自己当作所在国国民中的一员,在他们的意识深处,也许并不把自己当作这个国家的"异族",对于民族差异的敏感性和区分度意识并不强烈。所以,在关于华裔在印尼是否被歧视的问题上,在印尼居住三代以内的华裔有48%认为遭受歧视,而在印尼居住三代以上的华裔仅有36%认同。可见,身处他乡的"异样感"与"格格不入"意识在印尼华裔身上确实是越来越微弱:随着时间推移,认为华族与他族具有差异性的人数比例从37%降为27%,而认为华族与他族不具备差异性的比例从38%上升到40%。在民族特性识别度方面现今印尼华裔的趋同与模糊可能引发民族个性的消弭,但是也彰显了华族融入所在国群体的一种烙印着闽式异质多元特质的兼容、和睦的文化意识。

三、闭合稳定:闽文化对于当代印尼华族精神观念的影响

值得注意的是,和睦、包容的文化心态并不意味着民族意识的同化、消亡,虽然印尼政府曾采取了相当强硬的种族同化措施,但印尼华族族群在文化融合的过程中并未整体丧失民族特性,这亦可以归功于闽文化在异质多元性之外的另一人文特征:闭合稳定性。

闽越文化的封闭性有其地理历史渊源,由于闽文化是伴随着不同时期入闽的汉民族在不断南迁和聚合中逐步形成的,历经战乱、避难迁徙的北方移民在长途跋涉进入闽地后,一般举乡携族、聚居落户、排斥外援。北方移民在与土著居民争夺山林土地资源的过程中,结族互保、抱团排外的宗派观念也自然萌发。并且闽地在中国的版图上偏安一隅,地理位置上的闭塞也形成相对闭合、排外的场域文化圈。这种文化观念在印尼华族的身上体现得淋漓尽致,当地华商在经营理念上相当看重同宗、同族、同乡的信任感和安全感,他们普遍喜欢在血缘、地缘及业缘关系结成的商业网络内寻找合作伙伴,尤其是偏好以家族经营的模式来纵横商海。他们普遍以家庭为核心凝聚成守望相助的宗族团体,在他们的家族企业里遵守上下尊卑的秩序,带着家长式的作风。而这种家族式企业的运作浸染着闽文化的排外特性,所以印尼华商对当地土著居民的加入往往持排斥态度。这一点经常被弄权者

利用，导致点燃民间的排华怒火。尽管这种“封闭式”的家族经商模式可能引发抗议和非难，但印尼华裔却不为所动，始终将血统、族姓、乡音作为维护事业营运的可靠保障。究其原因，表层上可能是为了维护在异国他乡生计延续的安全性，但是深层意义上却可以看出源于闽文化以方言划分区域、以姓氏划定族祠、排外性较强的区域文化特性。所以福建的海外移民方式不是孤立分散式的，而是结亲携眷式的，很多华裔到了海外站稳脚跟之后，都会想方设法地把家族宗亲成员源源不断地接引过去，互相引带形成的移民链成了福建海外移民的主要方式，并且由此成为宛若滚雪球般凝聚力极强、在当地影响力较大的华族群体。而闽越文化中强大的宗派观念和排外心理亦在某种程度上稳定地保留了中华文化的独立与完整，浓厚的“排他性”和“自闭性”，恰恰对中华文化在异域的留存起到了隔离和保护的作用。可以说在印尼多次排华暴动的戮伤中，在印尼政府态度强硬的文化同化铁腕下，印尼华人的中华文化传承并未被肢解、切割和稀释，闽文化起到了居功至伟的作用。甚至由于印尼华裔怀揣的闽文化在印尼社会具有强大的渗透力和影响力，中华文化遭受当地文化“混血”的程度都远低于印尼土著文化被闽文化“混血”的变迁幅度。

其次，闽文化的闭合稳定性带来的另一直接后果便是对家族观念的极度重视。以族长、家长专权构成的高度集中的族群利益模式，使得印尼华裔的思想意识中包蕴着浓厚的宗族、家族观念。他们普遍接受一种思想和价值观，即个人利益低于家族和宗族的权益，“属于家族的利益要绝对服从”①，甚至国家利益都低于家族利益。据表 1 数据可发现，在本次调查的 12 个问题中，认同度最低的思想观念是“为国家牺牲”，仅仅达到14%。其实，“精忠报国”“为国捐躯”“天下兴亡匹夫有责”等中华传统思想都把“赤心爱国”当作每个国民应尽的职责，把对国家的忠贞之心和牺牲精神当作一切人伦道德理念的前提。但是，印尼华裔接纳并秉承了其他中华传统精神，却唯独将这一根本性的国家观念抛诸脑后，这一点是颇有意味的。与东南亚其他华裔不同，印尼华裔对于居住国的“国家”概念充满着一种踌躇与迷惘，他们的家国观念烙印着政治历史风云沉淀下的悲怆和隐痛：1955 年中方的单独国籍政策，使他们不能对祖籍国有奉献和牺牲之意；而 1965 年后印尼本土的多

① 阮高山：《华人文化在东南亚的影响力研究》，湖南师范大学 2014 年硕士学位论文。

次排华暴行以及延伸至今的族群歧视，也难以让华裔对所在国产生责任与使命之情。作为祖籍国与移民国之间的“边缘群体”，他们经历着深层思想价值观念的冲突，尤其是随着华族世代的承续，与母国割裂的疼痛尽管在慢慢纾解，但被抛入“文化夹缝”地带的无措和茫然却始终如影随形。在异域他乡，血缘不同、族类不同这是永远无法跨越的鸿沟，即使有意忽略自己的华人身份，完全融入所在国文化，但突如其来的一场针对族裔差异的政治灾难很可能就会毁掉自己家族的百年基业。

因而，华裔身份既然无法抹杀，而国家意识又遭遇着两难的踌躇，那么原发于祖籍地的乡土家园意识以及对中华传统思想观念的坚守自然成为印尼华族精神深处的依靠和诉求。印尼华裔秉承了闽地对家族宗亲的尊崇传统，据调查数据显示，印尼华裔中认同“为家庭牺牲”的人数是认同“为国家牺牲”的三倍多，可以说，由于对祖国的冀望纠结着多重的心理创伤和赤心空付的寂寥落寞，于是，将对国家的忠诚转变为对家园宗族的执念便显得自然而然了，这是印尼华裔在社会历史变迁中沉积的独特的乡土家园情怀。

而印尼华裔这份独特的家园情怀，以及对宗族、家族的认同远甚于对国家的认同，亦有闽文化的历史文化渊源。由于福建地处东南海疆，远离政治中心，所谓山高皇帝远，历代以来对国家的忠诚度是略低于对家族、宗族的忠诚度的。曾有学者做过田野考察，并惊讶地发现随着历史变迁，中原的“地域性宗派观念和血缘宗族观念都有渐渐淡化的趋势”，可与此相反，福建地区的“地域性宗派观念和血缘宗族观念却呈现着强化的倾向”①。但是这种家国观念并不违背中华儒家传统道德。在《礼记》中有“人道亲亲也，亲亲故尊祖”之语，意即人要亲近自己的亲属才会尊敬祖先，同理，人唯有忠于宗族才能逐步实现对国家的忠诚。对家族的绝对忠贞并不违背以孝道为核心的儒家文化，不违背齐家、治国、平天下的儒家价值秩序。所以，本次调查中印尼华裔普遍认可“尊敬长辈”（72%）以及“即使父母错，子女也应该孝顺”（63%）等孝道理念，尤其是后者，更是12个中华道德观中唯一随着时间推移而不断增强的观念（61%→64%）。维护一个家族和睦永续的关键往往就在于孝道，以孝治家是儒家思想的核心部分，中式孝道并不认可西方将父子伦常处理成朋友般的平等关系，所以“即使父母错，子女也应该孝顺”是非常

---

① 郑学檬、袁冰凌：《福建文化内涵的形成及其观念的变迁》，《福建论坛》1990年第5期。

具有中华文化特色的思想观念,它彰显了家族秩序在华裔心中的分量和地位。

并且,从学术思想的角度考虑,以朱熹为代表的闽学家提倡的就是与中原传统家族不同的新模式,即兴建祠堂、广置族田、兴建族谱、设立族长等,这一模式在闽地推广至深。这种蔚然成风的方式保障了中华家族制度的普遍确立与完善,形成了一个"血亲分明、繁而不乱的家族体系"①,也使得漂洋过海、支零破碎的东南亚华裔可以据此串联起不同地点、不同辈分的家族成员,保障中华文化血脉的传承。曾有学者概言"半个多世纪来的海外汉学学术发展史,都无法避开福建"②。所以,这也可以说是以闭合稳定为特质的闽文化为保障中华文明海外薪火传承起到的不可估量的作用。

四、自强奋进:闽式海洋文化对当代印尼华裔生存经营理念的影响

印尼华裔在所在国大多从事商业贸易,他们经过历代的努力拼搏,成绩斐然,掌握着当地的经济命脉,具有毋庸置疑的经济地位,亦出现了像林绍良、徐振焕、李文正这样的华裔富豪。华商在商海波涛中能够运筹帷幄、表现卓越并非偶然,可以说华商秉承中华传统文化价值观念、精神风貌凝聚而成的商业道德、商业信誉是其制胜的根本。中华传统认为"诚招天下客,义纳四方财""君子爱财,取之有道""货真价实,童叟无欺""和气生财"是商贾所应恪守的道德规范,印尼华商沿承其信念,所以可以清晰地看到在12个传统观念考察项中,"诚实守信"(73%)成了印尼华裔认同度最高的一条。同时还应注意到一个现象,对"自强奋斗"这一点的认可是12个考察项中除了"孝顺"之外,唯一能够不随时间流逝而减弱的信条。综合这两个观点的认同情况,我们可以发现印尼华族能够在异域他乡站稳脚跟并发展壮大,跟他们坚守中华诚实守信、自强不息的精神理念是分不开的。但是"诚实守信"的观点随着华族在印尼居住时间增长而有减弱趋势,唯有对"自强奋斗"的认可无论族裔世代如何更迭都始终不变,这一点是很值得深入探究的。笔

① 张文彪:《关于福建历史文化当代意义的思考》,《福建论坛》2007年第12期。

② 吴小安:《福建学与东南亚福建学:个案透视与学术建构》,《华侨华人历史研究》2005年第4期。

者认为，在“自强奋斗”的背后其实隐喻着闽人“爱拼才会赢”的海洋式文化精神内涵。这体现在两方面：

首先，福建自古以来地处山区，土地贫瘠，“漳泉诸府，负山环海，田少民多”，地狭人稠、枕山面海的地理环境迫使闽人将出洋谋生当作常态。这种典型的海洋文明精神与中原的陆地文明截然不同：中原传统儒式文化安土重迁、强调“父母在不远游”的保守安分，而闽人闯荡重洋，他们可以“舍祖宗之丘墓，族党之团圆，隔重洋之渡险”，所以可以说相对于民风较为保守的中国北方和内地，闽人更具开放和向外开拓意识。这种带着叛逆色彩的南方闽学与中原儒学的细微差异是：传统儒学安土重迁的庙堂风范，在闽文化中被演绎成离乡背井、冒险海洋、逐利趋义的世俗理念；中原地区“重农抑商”，将工商归属于贱业，甚至剥夺入仕资格的理念于闽人而言亦颇不以为然，他们蔑视正统，带着搏击海洋的冒险精神和敢拼会赢的雄心壮志。也许恰是因为有着这种略带叛逆性的文化溯源，印尼华族对“不与老师冲突”的顺民思维亦不认可，该项仅获得34%的认同率，是12个传统思想考察项中仅次于“为国家牺牲”的认同率较低的一个选项。

印尼华族先辈仳离故土，奔赴异域，虽然他们承传的是中华“源文化”，但细究其中，他们并不将远离故土、出洋闯荡当作离经叛道，而是视为正途。在他们的思想信仰、价值理念的核心深处，不是遥居庙堂之远的官方正统中华“大文化”，不是中原士大夫所标榜的上层义理、宗法正典，而是更接近于民间底层的世俗文化，或归属于区域文化范畴的闽式“小文化”。因为，“离乡背井、抛妻别子、谋生异邦的行为本身就带有对中华传统典型宗法制度的叛逆意识”，“这是升斗小民在艰难谋生中形成的粗杂浅显的实用文化”①。故而，一直受闽文化濡染的印尼华裔心中“自强奋斗”的目标与传统中华思想对门庭显耀的期望值设定也自是不同：传统中华思想鄙视商贾，将步入仕途作为光耀门庭的唯一选择；而闽文化则将“重商趋利”的观念深入人心，“学不成则商”于闽人而言显得自然而然，通过“经商致富”来光耀门楣更是渡海谋生的华裔心中的完美愿景。依据这一与中原“以仕显耀”的截然不同的思维传统，印尼华裔即使旅居他乡，也不以涉足政治地位为傲，而普遍以追求经济地位为荣。这一点从表2中关于印尼华裔在所在国的政治、经济地

---

① 李明欢：《期待与制约：东南亚华裔青少年来华学习择校因素分析》，《南洋问题研究》2009年第4期。

位认知状况可见一斑:印尼华裔认同“华人在印尼很有经济地位”的占47%,认为“华人在印尼很有政治地位”的却仅占4%,这两个数字差别巨大。印尼华族埋首于经商致富,无暇于仕途政治,虽说也有外界政治氛围的压制因素,如印尼政府长期以来对华人参政、参军有诸多苛刻规定。但是,华人思想根源上受着闽文化“重商轻仕”的观念影响至深亦不可忽略。可以说印尼华裔延续了中华的传统思想,但是他们的经商理念与生存模式更多地体现了闽文化的精髓。

其次,勤俭节约、自强奋斗一直以来都被认为是华族子孙能够取得辉煌成就的孪生观念,但是,比较奇特的现象是印尼华族尽管相当认同“自强奋斗”,但是对于“勤俭节约”(47%)的认同率却连半数都没有达到。这一点和传统观念大相径庭,亦体现了印尼华族受闽文化浸润的精神特色。闽地早在明清时代社会思潮已萌发重商意识,它的语言文化与价值观念都与中原地区有着微妙的区别,如闽语的针车(Magin)、肥皂(Sammuen)等词汇,均来自英文“Machine”“Soap”的音译。外来文化对于闽地的影响不仅仅是语汇措辞,更重要的是西方市场意识对闽地的渗透。在西式的投资理念里,“节流”并不是商场制胜的法宝,敢于冒险、善于投资等市场经济原则才是成功的前提。因而,崇尚“三分本事七分胆”的闽人不以勤俭节约为推崇,他们更倾向于“赚一块钱,再借一块钱投进去”的投资观念。故而,闽文化的“自强奋斗”理念是迥异于传统中华道德观中对“奋斗”概念的吃苦耐劳、勤俭聚财的简单注解,它趋同的是“爱拼”“要赢”的闽式思维。印尼华族前辈不远万里、历尽艰辛才来到异域,虽然他们并非皆属闽籍,但是在闽文化的渗透下,他们的思想观念与闽文化中“敢拼”“要赢”的理念是不谋而合的,它不同于中原传统文化中的安守本分、谨小慎微,而是洋溢着闽地海洋文化力量的冒险和无畏。有些印尼华族说:“我们的长辈告诉我们,他们当时是坐木头船离开祖国的,而我们今天坐的是铁壳船离开的,这么比较,我们还有什么怕的?”①这种“乘船闯荡”的自强意识和冒险求赢的精神成了印尼华族的集体无意识。至今在印尼华族中依然保留着“烧洋船”的祭祖仪式,他们通过这种文化符号向华裔后人传递着迥异于儒家正统学说的精神理念:以背离故土的叛逆寻求自身的生存与发展,以海洋式的冒险奋进精神突破“以俭致

① 郑一省:《当代印尼华人社团与中国的软实力建设》,《东南亚南亚研究》2012年第3期。

富”的传统圈囿。

结语

综上所述，印尼华族对于中华传统思想的认知体现出异质多元、稳定闭合、自强奋进的文化底色。并且通过调查数据可以很明显地看出，在印尼居住得越久的华裔，对于中华传统思想观念的认可度就越低。在12个考察子项中，除了“自强奋斗”和“即使父母错，子女也应孝顺”之外，其余10个中华传统观念都伴随着印尼华裔在所在国居住的时间增长而呈现下降的趋势。可以说，一方面，异质多元的文化根源使得印尼华族在所在国的生存必然伴随着时间推移而愈加地融入和接纳，他们已然逐渐把自己当作所在国的一员。所以有些学者认为印尼华裔将会以“再中国化”的文化侵略方式威胁他族其实是杞人式的担心，认为印尼华族具有“非我族类”的民族狭隘主义更是完全没有必要。另一方面，稳定闭合的文化导向华族对于家族、宗族的“孝道”认知，以及冒险奋进的海洋文化导向华族对于“自强奋进”的思想体认，也充分彰显出在中华文化浩然磅礴的历史源流里，闽文化跳脱而浓烈的精神特质。

可以说在中华文化的大内核中，印尼华族充分吸纳了中华文化支流之一的闽文化。作为地域文化，闽南文化的表层“文象”体现为浓烈的地域民间精神特性，但是，闽文化的内在“文脉”是与中华文化传统精神内涵具有同构的价值观念体系，“文象的繁花照眼和文脉的一以贯之，是中华文化机构一体多元的辩证关系”①。闽文化本身亦是中华文化的合理延伸，闽社会源自中原社会，闽地人口的主体本身就是中原移民。闽文化是伴随着不同时期入闽的汉民族在不断南迁和聚合的过程中逐步形成的，闽文化形成的过程就是中原文化渗透的过程，只是在形成的历史进程中，它拥有了自己独特的内涵和地理人文的诠释。印尼华族先辈与众多闽籍先人一样，百年前便远离故土、漂泊汪洋、移居异域，他们是世界许多民族中较早离经叛逆的伟大群体之一，他们在空间隔离的同时，又世世代代将自身与母国的思想文化血肉关系相传下去。可以说，他们在继承中叛离，又在叛离中继承。当闽风东渐，闽文化凝塑成为印尼华裔在历时性与共时性的交错中独具异彩的地

① 刘登翰：《闽南文化研究的几个问题》，《东南学术》2014年第4期。

缘人文图景:他们在多元交融的缝隙里执拗地保存了稳定闭合的文化气息,他们用自强奋进的身姿诉说着悲壮而悠远的文化承担。

近几十年来,印尼华裔迎来了最为宽松的发展前景。华族与当地其他民族之间历史积淀的森严壁垒开始曙光初现:针对华人的歧视性法律逐步被废除,这为印尼华人参政提供了宽松有利的条件。华人自身也在1998年的“五月暴行”之后意识到了参政的重要性。他们或者组建华人政党,或者直接参加印尼族裔的政党来捍卫华族权益。而印尼雅加达省更是迎来了首位华裔省长。印尼华族在所在国政治经济地位的提升与母国的支持亦不无关系。中国政府每年向印尼等国家提供大量援助,尤其是上次的东南亚海啸,各类捐赠以印尼为捐赠对象的最多。文化软实力与文化传播力是互相构建的,东南亚华裔群体在文化传播场域中承担着桥梁的角色以及中国国家形象的直接表述功能,他们是构建文化软实力不可忽略的一个特殊群体。通过溯源印尼华族中华传统思想的文化根脉,探析华裔群体在兴衰嬗递的集体文化想象中展露出的具有纵深性和普遍性的人文交汇图景,将有助于厘清印尼华裔与母国正本清源的传承关系,有助于了解他们自身所处的中华文化母体与分支的关系,从而在深层意义上增进与祖籍国思想文化的清晰感知。同时,亦有助于以一种崭新的文化视角来透悟东南亚“中华文化带”的文化心理效应,探究在当今全球多元化文化趋势的驱动下,文化交融、和谐共处这一普遍而必然的世界民族历史前进方向。

本文为教育部人文社会科学研究规划基金项目(项目编号:12YJA740047)“二十世纪以来东南亚地区华语教育的历史和现状研究”阶段性成果、福建省教育厅社会科学研究A类项目(项目编号:JAS14093)“他者镜像与自我形象——从东南亚留学生对闽文化的体认与反哺作用谈起”阶段性成果。

(作者单位:福建师范大学)

文本解读

台湾作家李昂笔下的女性群像

▶张晓利

1979—1999年的台湾处于转型时期，经济的发展、政治管制的松弛以及民主政治的发展使得岛内文学呈现出较为繁荣的景象，创作迎来了发展的高峰，创作的题材也更加丰富，与本土社会的结合也更为紧密。女性文学在台湾的发展尤为突出，代表作家李昂创作题材广泛，并通过不断探讨“女性”的叙事方式来对女性自我进行讲述，在探讨女性意识觉醒的同时，通过其独特的叙事方式对男性中心叙事进行无声的消解，并以一种新的方式对台湾历史进行“非历史性”的叙述。

《杀夫》是李昂创作的第一部中篇小说，在出版之际就引起相当大的轰动，也获得不少的奖项，并在1985年被导演曾壮祥搬上荧屏。《暗夜》是李昂继讨论农村女性之后将视野放置于工业化社会下的叙述，小说在对传统婚姻关系进行解构的同时，也像是在与鲁迅对于娜拉出走后的论述进行一种呼应。《迷园》是李昂的第一部长篇小说，《禁色之夜》是李昂写的一部同性恋小说。

在这四部小说中，李昂塑造了一群具有代表性的女性形象和具有阴性特质的男同性恋者，他们生活在不同的空间中，所反映出的共同问题值得被关注。李昂作为女性作家，并且具有良好的家族写作背景以及西方知识结构，她对女性意识的自觉是伴随着对社会的批判而产生的。李昂有着哲学教育背景以及欧美留学背景，其创作亦受到西方文艺思潮的影响，特别是在于对“空间”的构造过程中，她有意将“女性”放置到她所构筑的“异托邦”中，并将其自我创造的空间形式与真实的空间存在进行比照。同时，“女性”在这个空间中的位置并参与虚幻空间的构造，也表现出社会的权力关系层级构造以及女性对自我认知的方式。

一、女性生存空间的构造

作为文学形式的小说,其本身便具有地理性的特征,在福柯异质空间的理论体系下,空间被作为现代性焦虑根源之所在。而对于西方的女性批评者来说,空间被认为是"具有女性气质的、女人的"①。出身台湾大学哲学系的李昂作为台湾女性文学的发轫者,在其作品中也采用了公共空间、私人空间这种相对表达的方式,并通过这种编码方式表达现代性焦虑。空间作为一种叙事手段,能够将女性写作最为细腻的情感传达出来,而不是通过史诗般的宏大叙事来完成对人物的刻画。在李昂的写作中,这种空间的呈现方式往往是与主人公的命运联系在一起的,将空间的定位轴放置在日常生活之中,通过对日常生活的描述和比对,呈现出女性的私人空间。通过对作品的细读我们不难发现,李昂的写作会有意地将空间与历史相互勾连,却又非男性追求历史叙事的写作方式,而是通过时空相连的方式将写作空间与"台北"同构,并以此来通过"女性/阴性"的形象及其命运在表现女性自我的同时展现对于台湾的思考。

四部小说呈现出三个不同的序列,《杀夫》中的空间被私人化处理为一个道德伦理桎梏下的乡村,李昂想要通过这样一个空间的存在讲述伦理道德对于女性的扼杀和摧残。《暗夜》《禁色之夜》是将现代都市作为背景。"现代都市"相对于乡村的密闭显然是具有公共性的,在这种公共空间中,现代人的焦虑、力比多的呈现方式更加多元化,在被男权中心主义统治的公共空间中展现了一种"无法确定而又无所不在的力量和冲突"。特别是《禁色之夜》中对于"被插入者"形象的引入,显然不像小说《彩妆血祭》以同性恋来反思社会政治的压迫,而是十分明确地在公共空间的视域下对性倒错者的生存状态进行思考,也即是对"女性"的生存状态进行思考。《迷园》中的空间呈现方式则相对复杂,展现出李昂想要在空间化写作的状态下对历史问题进行思考,并以女性的方式试图解构长期以来男性视角下的以时间为中心轴的历史叙事范式,在解构的同时建构起自我言说历史的方式,即以阴性的、私人的、野史的、传说的呈现方式与其进行对抗。如此空间的呈现方

① 包亚明:《后现代性与地理学的政治》,上海:上海教育出版社,2001年版,第315页。

式固然有可取之处，但是事实上造成了文本在讲述过程中对历史的一种"不确定性"的认知，使得文本对于"自我"的认知一直处于不明确的状态，甚至是一个不断解构的状态。

（一）生存空间的封闭

长篇小说《迷园》毫无疑问在空间的构造上下了极大的功夫，所营造出来的空间——"菡园""社交场""劳斯莱斯房车"等呈现出的共同特点就是，与生活息息相关却又与世俗保持着一定的距离，在参与历史的过程中又与历史保持着相对的距离，形成一个隐形的、与现实世界相互隔离又相互渗透的空间。"菡园"中有大量的草木和亭台楼阁，是具有中国汉朝风格的庭院，颇具历史感的庭院在李昂的处理下充满了生活的味道，无论是朱影红的童年时光还是祭祀时赶鸭毛的情景，让这个园子中充满了人的气味，是具有生活温度的空间。对于人物活动相对集中的枕流阁而言，它既处于菡园的中心，又处于一个封闭的空间之中。

> 枕流阁南向，向着一大池荷花，十月梢的中部台湾，阳光在落日时分偏向南斜，却由于菡园依着小山建筑，西射的阳光为小山阻挡，园子一边便有了阴影，秋老虎毕竟不可忽视，仍亮澄澄的一园子俱是光亮，枕流阁也大半浴在阳光下。①
>
> 枕流阁在园西，菡园里不规则的长形大水池，至此已临末端，在枕流阁前，由堆石堆砌出另一方二十来坪大小的小池，池上矗立四根唐山来的嘉平白石，四方形石柱上再由长条木板架成方台，成为枕流阁前一方凌驾于水面上的小阁台，阁台三面俱用原木做了美人靠，水中则满种荷花，夏天时分正值荷叶亭亭荷花盛开，坐在阁台的美人靠上，荷花触手可及，盛夏里偶有时候，兴旺的荷叶还会挤过美人靠，绿意漾然直扑向阁台中央。②

在对"菡园"情况进行集中描写的两段文字中，"菡园"更像是中国古代士大夫的家族花园。花园将其本身与外界隔离开来，并通过繁杂茂盛的植物一方面表现朱影红"世家小姐"的身份，另一方面也刻意将作为女性的童

---

① 李昂：《迷园》，台北：麦田出版社，2006年版，第29页。

② 李昂：《迷园》，台北：麦田出版社，2006年版，第31页。

年时期的朱影红与社会进行一种相对意义上的隔绝，这不仅是作者对主流叙事本身的一种反抗，或者说是民主意识的体现，也是其女性写作意识的表现方式之一。当然，除了代表区分男权中心的女性写作方式之外，"菡园"的密闭性与"二二八"[①]事件有着深刻的联系。朱影红的父亲朱祖彦因为受到"二二八"事件的波及而进入监狱，出狱后沉浸在菡园中开始对菡园进行改造。一个有意思的变化是，日据时期的朱祖彦是不允许家中出现日语的，以至于在台湾被以"日语"作为官方语言统治的年代里，朱影红甚至都没有听说过自己的日文名字"凌子"。然而父亲出狱已经是二战结束后，日本对台湾的殖民历史也宣告终结，随之而来的是国民党当局对台湾进行的专制统治。朱祖彦出狱后在家中开始要求家人都说日语，通过语言这一方式对主流的政治、意识形态进行反叛。空间的密闭同时也体现在朱祖彦从监狱中出来后的生活状态，他长期置身于"枕流阁"内，而且将其彻底地封闭起来。正如小说开头即写道：父亲这几年来不知为什么总四处闩门，一经拴上的门稳当密实，怎样也推不动。而且父亲也不轻易开门，一定得确知敲门的人才肯开门。[②] 虽然在这种空间的构筑方式中，封闭与隔绝是最令人直接感触到的，但是在其中，李昂也通过"剪发""红木藤椅""木书架""花木""日式木屐""小红拖鞋""搪瓷盆""穿云龙墙""席密姿""校服""相机"等一系列充满了生活气息的物象加以整合，使得"菡园"虽然呈现出封闭的空间组织形态，但却显现出生活化的场景，并通过这些生活场景的变迁来对传统的时间叙事进行消解。

在贯穿了整个小说的生活空间之外，反复出现的另一处人物活动场所也是值得注意的。小说中两次极为明显的"出走/叛离"的行为都发生在台北男人们欢聚的场所，在单独见面之前，朱影红与林西庚的第一次相见是在台北商人的晚宴间，第二次是在一个叫作"爱丽儿"的酒吧。无一例外的是，这些场所出现的是陪酒吃饭的小姐，以及想要获得"渡夜资格"的女人们，而这些女人相对于朱影红而言是没有身份的。正如朱影红第一次参加商人聚会的时候，生怕客人带来的女性被怠慢，问身旁的客人"你这么年轻，不知该

---

① 1947 年 2 月 28 日，台北市民举行游行示威，这是一次台湾人民反专制、反独裁、争民主的群众运动。

② 李昂：《迷园》，台北：麦田出版社，2006 年版，第 25 – 26 页。

称呼陈太太还是小姐”,得到的回答却是“叫我芳芳好了”[1]。朱影红问话的方式显然符合男性权威的审美,被问者也以同样的思维方式进行回答。于是,男性间的宴请成了一个女性完全附属的存在,除了朱影红自己外,宴会中剩下的诸多女性或许只能用“美兰”“Nancy”“娃娃”“紫燕”这些称呼来代替。

在文本中另一处重要的活动空间称呼来即是林西庚的“劳斯莱斯房车”,车辆本身具有较高的密闭性,当车门关闭后,几乎就将车内与车外完全隔绝起来。在这个隐秘的空间中,林西庚与朱影红完成了多次的调情。但同时,作为世家小姐的朱影红也在有意地将自己与那些没有身份的女人区分开来,她不会允许自己在没有“正名”的情形下与林西庚发生可以被别人传言的事情。因此两人虽多次调情,但是唯一一次发生性关系是在纽约,朱影红挑选的司机是两人关系圈之外的人,并特意要求将隔板、后视镜调整到合适的位置,以避免尴尬的发生。除此之外,两人的性关系还多发生在“屋外园林”“旅馆”“林西庚散落在台北各处的栖息场所”等,这些场所特意与“家”加以区分,即他们之间的性关系事实上是处于一种隐蔽的、不可被发现的状态。有意思的是,当李昂在另一部小说《杀夫》中描写性爱场景时,林市多次遭到凌辱之场所虽然都是发生在自己的家中,但是性关系的发生完全不是两人自愿的,这种不是两情相悦的性爱关系反而发生在具有正统意义的“家”中。《禁色的爱》中王平与林志文最开始的一夜情是发生在王平的家中,当王平真正爱上林志文,还特地带他去美国游玩后,在所有人以为名正言顺的情况下,王平与林志文所进行的边缘性行为却是发生在王平的车内,再次将这种看似正统的关系进行了消解。

(二)密闭的伦理空间呈现

细读文本会发现,《杀夫》的写作事实上被放置在一个被伦理、道德、生存规范所监视起来的密闭空间之中。在这个类似于监狱的地方,所有生活在其中的人都必须在符合规范、规则的前提下才能生存。在林市与陈江水的家中,其规范的意义在于对男性权威的完全遵循,绝不允许背叛。当林市饱受生理与心理的双重侮辱后,在产生幻觉的过程中用杀猪刀将陈江水分尸。也就是说林市对自我认知的意识产生于人最基本的权利得不到保障的情况下,但伴随着自我意识的产生随即而至的是对伦理道德的违规式叛逃。

---

① 李昂:《迷园》,台北:麦田出版社,2006 年版,第 38 – 39 页。

在这种"全景敞观式"的"监狱"之中，林市不可能逃脱掉规则对她的制裁，从而她以一个弱者的、偏离于主流话语之外的形象存在于乡村之中，即福柯所谓的某种"偏离型异托邦"的空间形态。

在小说文本《杀夫》中，男性的在场是显而易见的，他们是家庭主要的劳动力，同时也是规则的制订者和道德规范的建立者。在这种男权中心话语的权威影响之下，女性遭受凌辱后的呐喊反而被同是女性的人闲话为"看伊一个人大模大样，没公婆没小姑小叔，就要知足，却整天好吃不爱做，家里也不会打算，吃饱睡足……"[①]，而没有对她的遭遇发出同作为女性的悲悯。小说的结尾当林市被带走的时候，同样没有换来别人的同情，不仅如此，各种流言蜚语更是充斥在耳畔。

李昂在处理这些不符合我们日常所接受的伦理认知的性爱关系时，更愿意将其放置在一个密闭的空间下，就其封闭的空间本身而言，"充满了怪异性——它的封闭性本身，就产生了怪异性。而这空间下的一切，似乎都是令人难以捉摸的"[②]。李昂通过对密闭空间的这种塑造，事实上隐含了与外界的开放相对立的一种处理方式。这种处理方式除了将男权中心话语进行一种有意识的消解之外，生活化的空间场景呈现也表现出了虚幻空间的阴性特质。

二、女性群像的呈现

20 世纪 80 年代至 90 年代末的台湾经历了资本主义爆炸式发展的过程，在资本主义的社会体系下，"消费""异化"等成为描述时代特征时所惯用的词语。虽然很长时间以来，女性难以割断自身与"身体""性"等元素的关联，但是在消费社会的环境之下，特别是以男权话语为中心主导的社会环境下，她们自身又与"消费""金钱"等元素相关联，甚至同时也用来对新的社会环境下的"身体狂欢"进行了一种权力层级关系式的解说。

（一）传统伦理空间下的女性

在选取的四部小说中，"妓女"（包括男同性恋的性交易者）是被作者多次提到的。她们对自我身份的认同是不确定的，一方面体现在她们用各种

① 李昂：《杀夫——鹿城故事》，西安：华岳文艺出版社，1998 年版，第 78 页。
② 曹文轩：《小说门》，北京：人民文学出版社，2010 年版，第 180 页。

代称代替自己的名字，另一方面也体现在她们都竭尽所能靠近男人（权力者/资本家）。除此之外，还表现了农村女性群像、都市女性群像以及有主体自我意识的现代女性群像。

具体来看，对于农村女性的体现主要集中在小说《杀夫》之中，小说中除了主人公林市之外，我们所能见到的有林市的母亲、林市的婶婶，还有以阿罔官为代表的一批农村女性。她们所共同面对的问题在于始终处于一种"监狱式"压抑之中，并且这种压抑体现的交汇点在"性压抑"，由此而延伸至话语权的压抑中。林市和阿罔官两者的表现恰好代表了农村女性在遭受压抑的过程中所体现出来的极端形式。林市、林母，由于父亲和丈夫的过世（无父无夫）而丧失了她们在家中的地位，成了"无根"的人，看似的施舍是允许她们居住在家族中的祠堂里。林市、林母话语权的压抑呈现出一种极端的形式，即吃与说的权利都是被剥夺掉的。

林母长期缺乏食物，小说在开头写到了林母被强奸的状态："阿母嘴里正啃着一个白饭团，手上还抓着一团。已狠狠地塞满白饭的嘴巴，随着阿母唧唧哼哼的出声，嚼过的白颜色米粒混着口水，滴淌满半边面颊，还顺势流到脖子及衣襟。"[①]当林母被发现，男人被打的时候，她的状态依然是"仍持留原先的姿势躺在那里……嘴里仍不停地咀嚼着"[②]。更让人心酸的地方在于，当族人们想要处理他们两个人的时候，林母始终没有意识到自己刚刚做了什么，她只是太饿了。李昂就在这样的语境下，通过族人与林母的对比，对儒家道德体系下的贞操观做了批判。随后在林市的生活中，她几乎在重复着自己母亲曾经经历过的生活。

嫁给陈江水后，林市成了陈江水泄欲的工具，在某种意义上她只不过是有了被道德所承认的"身份"的妓女而已，随之而来的是对林市变本加厉的欺凌和对食物的断绝。当"吃"与"说"的权利都被剥夺的时候，也即是林市作为"人"的话语权被彻底地剥夺了。然而在小说中造成这一悲剧的是陈江水以及生活在鹿港的女人们。可悲的是，以阿罔官为首的这一批人把同作为女人的悲剧当作茶后谈资，甚至于将女性的悲苦、反抗看作是一种不符合道德规范的行为，反而自己对"男权/压迫"的无限容忍才是真正有道理的、符合逻辑的存在。这一点也恰恰体现了被制度、道德、规范所驯化出的主流

① 李昂：《杀夫——鹿城故事》，西安：华岳文艺出版社，1998 年版，第 4 页。

② 李昂：《杀夫——鹿城故事》，西安：华岳文艺出版社，1998 年版，第 5 页。

的生存方式与非主流的对抗,通过两者共存的“异托邦”空间来对整个社会、经济、道德进行全面的反思和批判。

同样是被压抑的农村女性,阿罔官则与林市有着截然相反的表现。阿罔官确认自我的方式来自于她对想象中的话语权的掌握,即是她所想要表现的自我的存在方式是通过搜集情报、到处去说,把自己假想为拥有话语权的人。但她的这种“权威”只能存在于鹿港无所事事的妇女中间,从男人角度来看,她仍然是遭到鄙视和边缘化的。小说中有一个情节即当林市与阿罔官聊完回到家中告诉陈江水说自己跟阿罔官聊天,陈江水生气地告诉林市说不准再理她。

阿罔官与林市代表了农村女性两个极端的例子,她们所共同面对的问题是压迫,但是这种压迫在林市的身上被表现得更为明显,而阿罔官所遭受的压迫是已经深入骨髓的,甚至可以说她已经被这套压迫的机制内化成了这个社会所希望她形成的样子,或者说她已经是男权社会的同谋者,有意思的是她却无法得到具有话语权的人的认同。林市受到的压迫则要远大阿罔官,她一方面受到来自陈江水经济、性、肉体的迫害,另一方面也受到来自于阿罔官这类人的精神迫害。并且有意思的是,林市最后的反抗一击事实上是被阿罔官这群人所激发出来的,即林市的反抗是出于被这个社会和社会制度的同谋者共同压迫所产生的反抗,“杀夫”的行为被看作是女性主义萌生的最后一击。但是,从小说书写的角度来说,林市的人物形象则过于纸片化,自身拥有了太多想要被“概念化”的东西,导致一定程度上让人物脱离了现实。

《杀夫》的故事很容易使人与鲁迅的《祝福》联系起来,在这两个文本中,两位作家想要探讨的问题都是女性在面对没有经济独立的情况下如何生存以及整个封建/伦理传统社会对于女性的迫害。《杀夫》讨论的问题相当集中,即是探讨“经济独立”与女性命运关系的问题,但如果将《杀夫》放入纯粹的理论探讨框架之下,则其中内含的对于人性的反思则容易被忽视。与鲁迅一样,李昂也没有仅仅将经济作为问题之根源,他们在讨论妇女问题的同时,也注意到了自身如何对桎梏进行冲破:祥林嫂在追求婚姻自主的过程中不惜用生命来对抗强权,被迫结婚时,祥林嫂以头撞击香案以示决心;而林市则是彻底地反抗,直接以“杀夫”这一行为完成对男权的反抗。但是祥林嫂与林市不同的地方在于,祥林嫂被社会异化的过程是发生在逼婚行为之后,而林市“被异化”的过程则是无时无刻不充斥在文本之中,并成了林市与男权社会决裂的原动力。从这一个角度而言,《杀夫》中对女性命运的探讨,承接了鲁迅在《祝福》中对封建社会体系下伦理道德桎梏的批判和对女性觉醒方式的探讨。

(二)都市背景下复杂多元的女性形象的呈现

相比于《杀夫》中林市的人物形象较为扁平化的呈现方式,《迷园》中的朱影红则要复杂得多。她不仅是一个普通的女性形象,同时也被李昂刻意与"台湾"进行了同构。朱影红出生在菡园之中,具有世家小姐的高贵身份,并且随着朱影红对自我的讲述,她几乎将自己与整个台湾的历史相互勾连起来,并且,朱影红很典型地代表了一批女性知识分子的形象,只不过在小说的行文过程中,朱影红的形象显现出极为矛盾的地方。

首先,朱影红本身所具有的知识文化背景决定了其知识分子的身份,但是她的女性意识的觉醒几乎是只针对自己而产生的,对于同为"女性"的其他人而言并没有显现出一种关怀的价值。并且,朱影红自我女性意识的产生还建立在别的女性被"欺辱"的层面上。小说中在描写朱影红与林西庚第一次见面的场景时候写道:"持续的巨大乐声催促了酒精的作用,男人们开始解下领带,打开扣子,露出腆凸的肥沉沉的胸肚,手也不老实起来,穿过衣物,纷纷插入陪坐的女人胸部与裙下。朱影红握住放在膝盖上的皮包,有片刻真想站起来起身往外走。"①这一出走的动作在小说中还有一处,即当朱影红陪林西庚去跟别人喝酒时,席间的男人对陪坐的女人们又进行了十分饥渴似的玩弄,"朱影红本能地想站起身走开,一双有力的手自腰部加上重压,是林西庚。朱影红放弃站起身来,心中想着第一次见到他,在那台北商人典型玩闹的晚宴,他会借着跳舞留下当时感到被得罪原打算离去的她"②。朱影红自我意识的两次觉醒都是建立在身边的女性遭到了凌辱式的玩弄后,对自我产生一种认知。但是有趣的是,朱影红并没有因此将自己完全与这些人区分开来,反而某种程度上与她们有着相似的反应。朱影红在面对林西庚的时候,会刻意注意到自己的身份和位置,她非常清楚自己"不是无名无姓的小姐,事后一走了之"③。但是她也会找到别的方式对自我进行释放,以确保自我的身份不受到损害。

① 李昂:《迷园》,台北:麦田出版社,2006年版,第43页。
② 李昂:《迷园》,台北:麦田出版社,2006年版,第218页。
③ 李昂:《迷园》,台北:麦田出版社,2006年版,第226页。

其次,朱影红这种自我意识建立的同时也是要为自己"正名",即得到"林太太"这个称号,使得自己在与林西庚的关系中获得正统的地位。从男性读者的角度而言,朱影红是极为聪明的人,在与林西庚的交往过程中,她始终都充当着"陪衬者"的角色,特别是在与别人的谈判中,朱影红将自己定位为林西庚的翻译,并且也不会借助语言的便利代林西庚回答问题,她所做的一切都是要让林西庚能够感觉到他只需要拿决定性的意见,剩下所有的事情都有人做好。从对男性活动的自省到沦陷,朱影红到最后事实上也成了某种具有男性"特质"的人,她以男性的标准对自我进行塑造,甚至为了得到林西庚太太的名号,不惜以毁掉自己的孩子为代价。小说一直在强调朱影红和林西庚是命中注定的,但是朱影红却为这个"命中注定"付出了诸多的代价,甚至买回父亲的"菡园",这一向父权回归的行为建立在由林西庚买取为前提,这就形成了由父权向夫权的转向。但值得注意的是,朱影红虽然也同农村的女性一样遭受着性欲、经济、道德等诸多制度的约束与压迫,但是其为自己所做的选择——尽管看起来是一种为了使自己被男权话语所承认的行为——事实上已经将自己内化为男权世界的同谋者。

对于这一类都市女性的表现,《暗夜》的呈现方式也近乎相同。小说虽然采用了倒叙与插叙相结合的写法,但几乎所有的描述中心都是通过"资本""女人"这两个中心点,并集中在黄承德、叶原、丁欣欣、李琳四个人物身上加以呈现的。小说开头通过叶原与黄承德之间的交流将李琳的形象呈现出来,并且在一次晚宴中,当陈天瑞想喊李琳走的时候,作为黄承德的妻子,李琳却说出了"我不敢,如果我走了,叶原真会不理我,他一向说到做到"①的话。仔细分析李琳这一人物遭遇不难发现,在李琳嫁给黄承德之后,她一直久居深闺,没有出来工作,不仅与外界缺少沟通,她对性的渴求在黄承德这里也得不到满足。也就是说,同样是处于话语、性二者压抑的情况下的女性寻找出路的方式是与丈夫身边的朋友发生关系,这个关系的发生事实上也是由丈夫黄承德所一手造成的,如果没有黄承德与叶原的关系组合,李琳也没有办法接触到叶原。但在文本中,李琳的形象还是趋于保守的,无论是她对"家"这个概念的执着还是对传统如密宗、天王等的尊崇,都表明作为深受传统教育影响的女性在面对自我压抑时,虽然有机会能够使自我的欲望得

① 李昂:《暗夜,禁色的暗夜——李昂青色小说集》,台北:皇冠文化出版有限公司,1999年版,第170页。

以释放，但最终还是需要一个安慰的“空间”使自己得以生存，而对于这一类女性来说，作为实体存在的“家”依然是她们最为坚实的堡垒。

与之相对的是丁欣欣，通过黄承德召集的一次演讲会她认识了叶原以及孙新亚。在丁欣欣的故事中，她不同于李琳的地方在于，她十分明确自己想得到什么，即如何达到自我对于物欲的满足。正如黄承德所揭示的美女获得幸福的方法——“简单，嫁个好丈夫”①，这一极具消费色彩的话语形式恰好体现了“女性”的地位。叶原第一次见到丁欣欣，他便可以从她装出来的娇弱、刻意的讨好中发现她并非出身于一个富贵的家庭，油盐酱醋都需要自己去操心。但是丁欣欣也很聪明，她自身优越的生理条件让她很少面对“性饥渴”的境遇，更多是来自于物质的饥渴。之所以与叶原、孙新亚发生性关系，恰好是因为二者可以满足她对高端物质的需求和由知识分子构成的知识阶层的渴求。不同于朱影红、林市和李琳，丁欣欣代表了在一个资本充盈的都市中遭受着物质制约的女性形象。她通过自我身体的优势以及撒娇示软的手段使其成为一个被男性所接受、热捧的对象，她们将身体作为资本，用于满足自己对物欲的追求，好像在消费社会的语境下，一切都可以被商品化。

但是值得我们注意的地方在于，无论是李琳还是丁欣欣，她们二者的形象从某个层面上来说是被“隐去”的，因为小说的讲述方式是陈天瑞以道德捍卫者的形象将丁欣欣、叶原、李琳的故事从一个道德的制高点上告诉黄承德，希望能够借助黄承德之手给予报复，但小说的最后所告诉我们的是，陈天瑞之所以这么做是因为自己喜欢丁欣欣，却因为自己的“一无所有”而无法得到丁欣欣的欢心，甚至还被当作一个笑话流传在所谓的“上层社会”的人群中，特别是陈天瑞，其卑微的程度似乎都不值得别人提起。小说开头写陈天瑞去找黄承德的时候，两人在此之前已经在一起吃过饭、出去玩过，但黄承德显然忘记了陈天瑞的名字，他同样被作为一个低于“资产阶级”的人物而存在，甚至他连依附于资产阶级的人都不能算，对于叶原而言，他也不过是小弟而已。也就是说，在消费社会的语境之下，道德只不过是被“当作武器”，所谓的匡正道德也被附带了个人对欲望的所需。从这个角度而言，所谓真正的“道德”是并不存在的。在李昂的笔下，资本的流通、消费社会的

① 李昂：《暗夜，禁色的暗夜——李昂青色小说集》，台北：皇冠文化出版有限公司，1999 年版，第 214 页。

特征和资本的爆炸增长已经与“道德”形成了二元对立。同时，李昂也有意对传统的儒家道德在消费社会下生存的可能性进行了探讨。当叶原向丁欣欣说起自己的父亲时，他说：“我终于了解，父亲读那么多书，能写诗、作画、刻印，却只有终其一生在离乡背井的陌生市镇上写些不相干的文书，等着一天天老去，实在很可怕。”[①]李昂在试图解构儒家传统文化的同时，伴随而来的也是对女性自我解放的一种解构，或者说是探讨女性在当代消费社会的语境下如何生存。小说的结尾颇有意味的是，如果黄承德选择了正统的道德，那么他将失去朋友、家庭和自己的公司，如果他选择忍受，或者说接受这种被异化了的道德，那么他还将拥有自己现在既得的一切。如果我们对小说的文本进行女性主义的解读，那么是否可以说，女性只有在高度的资本活动与运作的情况下，她们有悖于传统“妇德”的行为才可以被消解？或者说，女性正是在这样的情况下才在一定程度上得到了解放。

同样问题的极端探讨似乎集中在以男同性恋为背景的小说《禁色的爱》中，小说整体的故事梗概很简单，但是人物林志文的形象十分突出。同性恋作为性倒错的一种表现形式，本身具有较为微妙与复杂的社会意义，从权力关系的意义上来说，“性倒错者/同性恋”事实上代表了一种边缘化的叙事方式。但在李昂的笔下，同性恋显然是被作为一个社会问题的叙事手段。因为同性恋的身份，林志文更不容易找到自我的存在位置，或者说他作为男性却找不到在以男性为主导方式的社会中的存在感，这对他造成的直接的困惑是他无法去爱，更怕被爱。

通过以上的叙述可以发现，作为女性作家的李昂在讨论问题时始终在刻意地使用一种与主流相悖或者“历史的阴面”的叙事方式，这种叙事方式更为直观的体现方式是通过对空间的个人化书写来对历史的、主流的、连贯的、时间的叙事方式进行消解。重要的是，在消解的过程中，李昂有意要解构的正是男权社会下我们对于道德的认知方式，以及在“全景敞观式”的伦理空间下女性是如何生存以及确认自我的。仔细比对李昂笔下对于女性/阴性形象的构筑我们不难发现，她们都是以一种“无生育”“家庭消解”的方式集体存在的，《迷园》中的朱影红、《暗夜》中的丁欣欣与李琳、《杀夫》中的林市，她们对于自我是有主体性意识的，只不过这种意识是在遵循男权中心

① 李昂：《暗夜，禁色的暗夜——李昂青色小说集》，台北：皇冠文化出版有限公司，1999年版，第241－242页。

社会规则的基础上建立的，包括《禁色的爱》中的林志文，都是在对主流反叛的结构中建立自我的。

李昂有意地将封闭空间"暗淡化"，或者说李昂对于生活空间呈现出电影化的处理效果。获得戏剧硕士学位的李昂在小说创作中也有意无意地将舞台的表现方式放在小说当中。《迷园》中男性的出场往往是一种"倒光"的背景形式，即人在观看时，被观看者是处于一种视觉上的盲区，呈现出某种"不可见"的形式。同样在《暗夜》中，叶原与李琳发生关系时特意要拉上窗帘，陈天瑞与黄承德交谈的过程中也是"没有光"的，黄承德两次叫欧巴桑打开电灯，并在小说的结尾借助窗帘缝中的一丝光亮才得以将读者的目光聚焦到响起门铃的门上。空间的密闭与"非生育式/性倒错"的阴性人物形象使李昂完成了对男性写作的反叛和对男权社会的解构。同样的呈现方式也表现在《迷园》中，当父亲向朱影红讲述朱家的历史时，对于祖先的考证是源于传说的历史、野史以及地方志的佐证，而对族谱上的正史叙述却呈现出质疑与批判的态度。虽然朱家有着"谁想要替朱家祖先入族谱朱家必毁"的诅咒，但是朱祖彦、朱影红都曾尝试着为祖先立谱归宗，导致"菡园"从失而复得到再失去。虽然此处李昂有意借"菡园"重构台湾历史，但是值得说明的是，小说中呈现出的历史的建构是通过"口耳相传"的方式进行的，而不是通过正史记载的方式进行，包括其中主导着朱家人命运的咒语也具有吊诡的色彩。这一切偏离主流的、时间性的叙事方法使得一个充满了女性意味的、阴性气质的空间得以呈现。只有在这个阴性的空间之下，无论是作为男性的主导者还是作为女性的被主导者，他们在被用于讨论台湾问题的方法上才具有了可能性。

同样值得注意的是，李昂作为当代台湾重要作家，其在自我话语的叙述上也有着自五四以来的传统。在李昂的小说中，"女性"用以叙事的方式通常呈现出一种对自我的认知。正如丁玲的《莎菲女士的日记》，李昂笔下的诸多女性形象与"莎菲"有着某种相似性，她们的情往往是建立在一种合法的婚姻关系之外的发生，包括《迷园》中的朱影红和林西庚，小说是在她们各自的婚姻关系合法化后走向结束，显现出一种女性对于传统和男权中心的抗衡。并且无论是丁玲笔下的凌吉士还是李昂笔下的男性，他们在女性视角的叙述下往往呈现出了某种对女性的侵略性，或者说是"颠倒了传统的求爱过程中男性和女性的角色"[①]。此外,生存在都市的这些男性形象往往与金钱、权力等资本主义语境的男性形象有着相似的地方。丁玲与李昂都不愿将人物的处理简单化,而是通过一种权力关系的"微调",表现社会经济制度对性的压抑以及某种现代性本身的叙事。但是需要指出的是,李昂并不仅仅借助文本策略将"女性叙事方式简单地处理为'男/女''强/弱''殖民/被殖民'这样的话语结构体系"完成书写,而是更自觉地站在当代理论的视野下,通过空间叙事的构建,使用几乎与男性叙事方式等同的手段将男性以时间、历史为主的叙事方式进行消解,通过一种新的叙事方式的呈现对女性问题、社会问题、历史问题等展开讨论。

(作者单位:安阳工学院文法学院)

① 刘禾、宋伟杰等译:《跨语际实践——文学,民族文化与被译介的现代性》,上海:生活 · 读书 · 新知三联书店,2002 年版,第 248 页。

女性的原乡想象与身份认同之重构

——从三部小说看台湾华语新书写

▶邱　婧

不管是陈玉慧的《海神家族》、施叔青的《行过洛津——台湾三部曲之一》,还是蔡素芬的《烛光盛宴》,这三本小说中的任何一本都是值得探讨的个案,因为台湾的原乡书写是繁杂而艰难的,作家们都心存想象同时又无法认同这块祖先缺失的土地,本文以“中国性”的视角来看待他们心中的“中原”,以及“中原”如何和台湾的认同产生互动。

陈玉慧谈及自己的创作——自传体小说《海神家族》时,认为自己一直在尝试寻找父亲、母亲、原乡与家园。的确,这部小说以家书叙事和多人自述的方式书写了家族传记。书中的主线是一位在异国生活的台湾女子,开始的一次归乡(台湾)寻根之旅,其外婆、祖母、母亲、阿姨等女人的分层叙事组成了小说的主体部分。在这些叙事中,家族的三个男人(外公、父亲、叔父)虽然缺失但又真实存在于叙事之中。因此,《海神家族》被称为是一部男性不断缺席的台湾史诗,书中一共提到七个身份为女儿的人物形象,而这些女儿们的父亲全部是缺失的。

在《烛光盛宴》中,蔡素芬采用的是叙事者等同于聆听者的书写方式,“我”是女主人公泊珍旧时使女菊子的侄女。“我”将整篇叙事分为诸多章节,分别命名为“鸡尾酒”“开胃菜”“沙拉”“汤品”等餐食,而每道“餐食”的开头,总是“我”和一个男人隐秘的情爱私语,在私语之后便是复述老太太对旧时的回忆。传统式商业家族、长女的逃离、战火中的护士、再婚、随国民党军队逃亡台湾——亦是一部家国史诗,“我”、姑姑菊子、泊珍都是遭遇情感缺失的女性。“我”离婚后带着女儿独自生活;菊子丧夫,又被多名男性强暴并生了一个智障的儿子;泊珍虽是富庶家庭的独女,却因此被沦为生育工具,为家族传宗接代。这三个女性的背后都包含了男性的缺失与离乡的个体经验。(“我”离乡去台北,菊子离乡去当使女,泊珍离乡到台湾。)

再来看《行过洛津》,此书是施书青的台湾三部曲之一。作者以底层人民(尤其是娼妓和优伶)的日常生活为叙事对象,从而展现台湾鹿港小镇的五十年兴衰。此种新型书写更加侧重于内心经验的刻画,一个唱戏的男人,由于扮相是小旦,无法回归正常的自我认同,而是将自己视为比女性还要阴柔的女性。鹿港多船只来往,商人以养男宠为风,小旦的扮演者许情陷入了如同底层女性一般被玩弄的境地。此外,娈童、缠足、阉割等主题贯穿在整部小说中,而这部堪称“鹿港史诗”的作品正是建构在港口变迁历史之上的日常生活中。除了性别和民族的元素之外,本书还涉及港口作为其核心的乡土写作元素。这部小说颠覆了传统的宏大叙事和封闭乡土小说创作模式,可以说,空间之变和叙事对象之变是此书的亮点。

以上三部以台湾为主题叙事的小说关联之处在于“离散”和“缺失”。在《海神家族》中,日本女子三和绫子(她是琉球人——亦是离散)到了台湾,发现未曾谋面的未婚夫已经被枪决,这是第一次缺失;当她嫁到林家,又随之遭遇了林家两个男人的先后消失;她自己抚养孩子,照顾老人,刚好暗合了主线“海神”的女性氏族式表述。三和绫子不仅处于离散之中,而且还处于缺失之列。在《烛光盛宴》中,无论是叙事者,还是书写者,都遭遇了男性缺席的经验,独自抚养子女;在《行过洛津》中,男性优伶渴望拥有乳房,而羡慕“完整”的女性等等。

对三部小说进行整体考察之后,我们可以从日常生活、眷村现象以及民族寓言三个角度来考察台湾文学新书写之中的原乡想象和身份认同。

一、日常生活:女性家族史写作以及脉络

家族史小说在台湾文学脉络中占据了一个重要地位,其中包括传统视野中的男性主体的叙事——如朱西宁的《华太平家传》和张大春的《聆听父亲》,这两部小说均是以家族史中的男性为人物主线开展叙事,以完整的家族史为基础进行了时代和社会的全景描绘。另外,台湾的家族小说也有女性叙事的角度,这类小说一般是由女性作家创作的。如李昂的《迷园》(1991年),彭小妍的《断章顺娘》(1994年),萧丽红的《白水湖春梦》(1996年),郝誉翔的《逆旅》(2000年),钟文音的《女岛纪行》(1998年)、《昨日重现》

(2001 年)、《在河左岸》(2003 年)等等,对这个脉络进行观照之后,不难发现《海神家族》《烛光盛宴》和《行过洛津》都是延续了"男性缺失"这一主题的。

传统意义上家族史的书写都是以男权社会中的男性作为叙事的主体,而在当代台湾的家族史小说中,出现如此数量庞大的以女性为主体的家族小说,是一个值得深思的问题。家族史原本具有宏大叙事的特质,然而,纵观这一时期女性家族小说的涌现,恰好说明宏大叙事的体制之下,日常叙事在台湾当代华语小说中的复兴。"20 世纪 90 年代的台湾女性小说的最大特点就是情欲书写及其泛政治化倾向,即让情欲、身体越界,以身体、情欲这样私域的琐碎政治来影射公共领域的宏大政治。"①

以这三部小说为例,不难看出《海神家族》中有着细密私语式的描写:"我不敢问心如阿姨,心如似乎明白你的问题,但她没说话。你一下子便碰触到这个家的深处秘密。从小,我们便不敢碰触这些秘密,我和姊妹只要提起一些人或一些事,父母便皱眉不悦,仿佛那些事情像野兽般住在森林深处,我们不该去招惹它们。"②叙事者将女子心理和家族史隐秘地关联在一起,这种关联瓦解了公共领域中的政治式家族史书写,而是用琐碎的话语去描述断裂的瞬间体验和家族故事。日常叙事、细致的白描、瞬间的个体经验,都成为映射宏大叙事的一种方式,而这种映射中的女性视角,又能折射出血缘、血统的断裂感。

在《烛光盛宴》中,使女菊子所生的孩子,不仅没有父亲,而且母亲也"隐匿"了,这些台湾女性作家在写作中有意地"隐匿"血缘所构成的公共政治,而将其化为私域的经验片段。福柯在评论尼采《知识的谱系》时认为:"只有当历史在我们本身的存在中引入断裂性,它才变得有效,因为它使我们的感情分离,使我们的天性戏剧化,使我们的身体多样化并使其与自身对立。"③《行过洛津》是一部以优伶和底层生活来影射历史的小说,因此,优伶的心理在小说中占据了极为重要的地位。许情并无自主意识可以支配自己的身体,当许情看到别的女人时,他产生了一种隐秘的认同感。

---

① 王宇:《21 世纪初年台湾女性小说的文化描述》,《厦门大学学报》(哲学社会科学版)2009 年第 6 期。

② 陈玉慧:《海神家族》,南京:江苏人民出版社,2010 年版。

③ 张典:《尼采和主体性哲学》,北京:中国社会出版社,2009 年版。

我们不难发现,日本和中国台湾、台湾和祖国大陆的互动存在于女性日常经验之中。在《烛光盛宴》中,泊珍迁徙到台湾,如同在老家一样,娴熟地制作"蜜饯":"泊珍兴致来时,采买李子梅子酿蜜分送邻居,那是父亲调教工人的老手艺,她看久了记在心里,如法炮制一番,滋味也很上口。村里每有初怀孕的孕妇,便来跟她要蜜梅,泊珍又起锅弄灶,洗梅晒梅,这些程序像道阳光,替生活送来光亮。等她肚子大起来,腰不好弯了,她便丢下这些为人制梅的工作,厌倦地坐在窗户边的餐桌前,想起家乡的父母,及那两个孩子,眼泪沿腮滚落。怀着孩子的这几个月,她就这么常常趁孩子们在后院玩时,自己一人坐在窗前,模糊的泪眼中,前尘往事一一放大。"①

泊珍的日常生活便是重复一种原乡想象,她的身体是在空间和时间的不断延展和转换中存在的,而对这些日常经验的叙述刚好折射了外界的公共政治和历史变迁。在《海神家族》中,日本女子三和绫子来到台湾,将自身的日本文化心理延续到在台湾的日常生活中。正如列斐伏尔所言,日常生活本身就是一项模糊含混的概念,日常生活具有暧昧的复杂性和经验性,和学院体系是格格不入的。他还认为,日常生活是被所有那些独特的、高级的、专业化的结构性活动挑选出来用于分析之后,所剩下的"鸡零狗碎"。日常生活研究不是面面俱到的学院派,而是从多棱镜视角的一个或几个面向管窥整体。②

不仅如此,对隐蔽心理的描写也是女性家族史小说书写中的重要因素。在《海神家族》中,外婆对于叙事者来说是神秘无比的,威严和神秘中透露出时光的沧桑感,女性的隐蔽心理在大段的琐事描述中有所体现,例如秩男和外婆三和绫子之间微妙的关系。在《行过洛津》中,许情的心理变化可以分为三期,从被"阉割"的恐惧心理,到无法辨别身体认同的模糊心理,再到热爱女性身体特征的崇拜心理。在这种心理转换之中,作家实现了私密叙事和底层生活的白描。下文会提到,在台湾这个场域的日常生活中,女性身体、信仰、对原乡的想象和地缘格局的转变等背后,都蕴含着民族想象和民族寓言的具体表征。

---

① 蔡素芬:《烛光盛宴》,北京:中国友谊出版公司,2010年版,第102页。

② H. Lefebvre. trans, John Moore *Critique of Everyday Life*. Verso, Vol. 3, 1991.

二、眷村现象："岛的生成"与身份的建构

地域之间的想象关系一直是台湾文学以及海外华文文学的重要命题，在这三部小说中，《海神家族》讲述了复杂的家族（血缘）认同，《烛光盛宴》关涉眷村以及迁移问题，而《行过洛津》的叙事是将港口作为传统原乡文化的纽带。书中的人物形象往往拥有沉重的生命体验，而且时常去发掘自己的身份，这是典型的离散写作。然而，这又是一种新型的历史书写，在以往的台湾文学创作中，身份认同会更加显性地呈现在作品中，而这三部小说之"新"，在于《海神家族》的家族与神话的互文，《烛光盛宴》中一组叙事者和聆听者的互动，以及《行过洛津》存在于身体和性别认同中的文化"归乡"。认同不再是硬性和纯粹的，这是三位作家在新时期华语书写中涌现的特性。

在《烛光盛宴》中，眷村现象也恰如其分地被安置到小说之中，"眷村"是国民党军队迁移台湾的时候，家眷子女被安置的地点，"受到军队整编与调动等因素影响，大部分眷村所聚居的都是相同军种的家眷，它们因陋就简的密集房舍和日渐没落的封闭社区心态，构成了台湾多元社会的很独特的一元"①。在这部小说中，叙事者泊珍恰恰正是随第二任丈夫到了台湾，被安置到一个家眷聚居的地方，从而开始新的生命体验，正如书中所说："数个月前，这些巷弄像鬼城一样安静，最后一户搬迁的日本人捧着家里老人家刚烧化的骨灰沉默离开，殖民国家子民轻细的语言和最后一丝丧亲的哭泣声从巷子里消失，那户人家的门口挂着两盏纸灯，给风吹袭了几个月，雨水把白色浆成灰褐，墙根的杂草漫越过灯笼，堵住两扇荷绿大门。庞正配住到这户房舍，首先取下那灯笼，除掉杂草，能配到这区房舍得具备某种军阶或某种相当的关系，许多小兵只能扎在像难民营似的露天帐篷里等待分派住处。"②

他们从原乡迁移到一个新的地域，于是眷村代表了一种混杂地域的文化。需要指出，在台湾文学中，有一个展现眷村的整体脉络，对这个脉络进行分期，可分为五六十年代去国怀乡之悲怆、六七十年代辗转迁移或飘零留洋、第二代第三代对长辈的老兵描写等三个不同阶段。③ 由此可见，《海神家

---

① 齐邦媛：《雾渐渐散的时候》，台北：九歌出版社，1998 年版，第 153 页。
② 蔡素芬：《烛光盛宴》，北京：中国友谊出版公司，2010 年版，第 102 页。
③ 许正：《解严后眷村小说书写策略研究》，福建师范大学 2008 年硕士论文。

族》和《烛光盛宴》刚好属于眷村文学的新型书写阶段，第二、第三代人解读被遗弃的老兵的生活，前者叙述了祖父的悲凉，回乡认亲却不得善终；后者完整叙述了上一代人在眷村的生活。在眷村生活的一代，时刻摇摆在家国的想象之中，他们的人生是断裂的、非延续性的。

对华语文学的研究绕不开离散与本土的主题，然而，在《海神家族》和《烛光盛宴》中，离散和融入是共生的两个元素，族群的融合和认同作为一个更加明显和重要的主题存在于叙事之中。族群的迁徙导致了混杂的地域居住，而在这个融入的过程中，很多外来的族群经历了重构和颠覆重构的命运。在《海神家族》中，外婆三和绫子是一个日本女人，在日本战败撤离台湾的时候，她经历了一场身份重构的磨难，文中提及这么一个片段，她在回家的路上，看到几个人对一个日本军官拳打脚踢，并且用闽南语呵斥他日本战败的事实，外婆不忍心看下去，低头匆匆回家，因为她的日本人身份，她时刻承受着众人对"战败者"的异样目光和暴虐倾向。值得注意的是，她并不是纯粹的日本人，而是琉球人，这让她的身份认同更增添了几分迷雾。她在日本是被边缘化的人，来到台湾，众人把她当作日本人来看待，而日本战败后撤离台湾，她虽然因为嫁给台湾人而免于遣送回日本，但是依然承受着族群意识所催生的苦难。

眷村的居民作为"外省人"，在台湾这个地域也成了"他者"。《烛光盛宴》中刚好阐述了一个事实上的反向命题："岛的生成"，族群迁徙和融合。在整部小说里，叙事者不断整合"大姑"菊子和泊珍之间纠结的信物交往情况和隐藏着的尘封往事。事实上，菊子和泊珍这种以对方的人生为参照的互动关系正是眷村"他者化"的反向命题，这个反向命题缩小到文本中就是这样一个命运纠缠和守望互助的女性之间的故事。菊子离乡当使女，泊珍作为一位拥有离乡经验的"外省人"遇到了菊子，并且她们构成了主仆关系，从主人和仆人的表征切入，她们人生的纠缠折射了一部台湾战后的发展历史。

三、民族寓言：身体之于原乡与家国想象

离散（即 Diaspora）是华文文学中一个独特而重要的元素，离散社群与原乡（即祖籍所居住的地方）之间的关联是繁杂的。从史实上来看，1895 年，台湾被割让给日本，从此台湾岛成为日本的殖民地，随后日本人大量迁入台

湾，直至日本战败。1949 年，国民党从大陆退守台湾，大量军队、家眷以及大陆各地的流民也随之到达台湾居住，由于族群的迁徙，台湾社会的混融性也更为复杂。而像《海神家族》中所描述的，这种交融体现在一个家族中，往往是血缘的交错融合和国籍文化的混杂，不同的族群在台湾融合，“各种质素的一次性置入，在家族史的呈现上，充分体现了台湾社会移民与殖民的混融性”①。

需要指出的是，在这种杂糅的文化进程中，身体和民族寓言也贯穿在以女性为主体的家族史写作中，女性书写的特征之一是身体书写。从殖民时代到眷村的离国怀乡时代，台湾的民族意识经历了各种冲突和互动的过程。从地缘政治的背景下观照这三部小说，会发现其中蕴含的原乡和家国想象是繁杂而明朗的，它们以民族寓言的形式呈现出来。

当代著名的批评家 M. H. 艾伯拉姆斯认为：“寓言是一种叙事，它的行为者和行为，有时包括背景，经过作家刻意的创作，其目的不但使它们本身有意义，而且更重要的是揭示出一种相关的、第二层面的人物、事物、概念或事件。”②而詹明信提出的民族寓言理论如是说：“第三世界的文本，甚至那些看起来好像是关于力比多趋力的文本，总是以民族寓言的形式投射于一种政治：关于个人命运的故事包含着第三世界的大众文化和社会受到冲击的寓言。”③

在《海神家族》中，外婆三和绫子的日本身份亦是民族寓言的象征，除此之外，父亲二马在中国大陆和台湾的血缘关系以及他在台湾的时候颓废堕落，回到大陆的时候却又对故乡极度失望，他的离乡情怀和家国想象是断裂的，不完整，被异化的，这刚好暗合了一个民族寓言的发生。迁徙（日本人到台湾、大陆人到台湾）以及被原乡抛弃的命运都是对公共政治的投射。而《烛光盛宴》中，菊子和泊珍之间错综复杂的感情纠葛，本土人和“外省人”的相处、生育和身体喻示的种种日常经验，都是一种民族寓言，而叙事者“我”本身又是一层日常经验的描述，三个时代（抗战、战后、当下）中三个女人的

---

① 张瑞芬：《国族 · 家族 · 女性——陈玉慧、施叔青、钟文音近期文本中的国族家族寓意》，《胡兰成、朱天文与“三三”——台湾当代文学论集》，台北：秀威资讯科技有限公司，2007 年版，第 125 页。

② M. Abrams. *A Glossary of Literary Terms*. Holt, Rinehart and Winston, Inc, 1957.4.

③ 张京媛：《新历史主义与文学批评》，北京：北京大学出版社，1993 年版，第 235 页。

情感世界构成了几重想象结构,这种日常生活的表述与后现代的身份主题分裂和延异相关。德里达的"延异"理论指出:"不断产生分隔,不断产生差异,就是不断地确立界限又不断地逾越界限,由此导致无限地越界,无限地接近他者和倾听他者的语言。"①

《烛光盛宴》的叙事者首先是越界的,从每章的开头可以看出,她的情爱私语呈现在读者最初的阅读中,此后,叙事的角度转换到泊珍所经历的人生经验。在每章的开头,泊珍是缺席的,而叙事者是在场的。这种无限接近他者的话语无疑是一种寓言式的杂糅,这种杂糅的统一之处在于,她们对原乡的想象极为相似,叙事者离家、菊子的离家以及泊珍的离家,对原乡的距离感和想象,有着女性经验中共通的情感。

日常生活、岛的生成、民族寓言三个部分的讨论折射出台湾当下女性华语写作的主要特征。另外值得注意的是,作家的身份也暗合了小说中的身份认同,施叔青有着美国国籍、香港经验、台湾叙事的三种身份,而陈玉慧有着台湾身份和德国身份等等,这样她们的经验很容易融入华语写作和叙事的过程中,为解读这三部小说提供有效的参照。

(作者单位:广东技术师范学院文学院)

① 汪民安:《文学研究关键词》,南京:江苏人民出版社,2007年版,第425页。

颠覆与重构:任璧莲小说中的异族婚姻伦理观

▶胡严艳

任璧莲是第二代美国华裔作家,她更多地接受美国本土文化教育,其配偶是爱尔兰裔白人,其家庭本是由不同族裔组合而成。所谓文学来源于生活而高于生活,任璧莲因异族婚姻的切身感受而擅长于描写中西组合家庭题材的小说,其代表小说《梦娜在希望之乡》《爱妾》《谁是爱尔兰人?》等都重点描写了异族婚姻家庭的矛盾与和解。但是这些作品只有《谁是爱尔兰人?》于2015年出版中译本,学界研究不多,且从异族通婚视角的研究也不充分,主要观点为"华裔个体试图通过通婚重构基因以消除因血统关系造成的心理焦虑,但现实无法得到转变"[①]、作者"对于超越族裔和文化的共通人性的呼唤,对美国异族婚恋家庭及随之出现的混血子女的教育成长等社会问题的关心"[②]等。任璧莲作为跨族裔婚姻家庭的成员,非常清楚现实生活中遭遇的困苦且熟知中西的异质文化,其小说蕴含丰富的异族婚姻伦理思想。本文力图深入剖析任璧莲小说中华裔在缔结、维系异族婚姻时对中西婚姻伦理的抉择,为解读中西伦理文化提供一种新的视角。

一、观念颠覆与婚姻伦理观念的冲突

婚姻是"男女之间建立的为社会所公认的性和经济的联合"[③],是人类历

① 李红燕:《身份的焦虑——任璧莲移民小说研究》,杭州:浙江大学出版社,2014年版,第12页。

② 郭琳波:《任璧莲异族婚恋小说家庭伦理关系研究》,首都师范大学2012年硕士论文。

③ 童恩正:《文化人类学》,上海:上海人民出版社,1989年版,第135页。

史悠久的社会现象。婚姻伦理可以理解为婚姻主体在缔结、维持及解除婚姻关系时所应遵守的道德原则和行为规范。婚姻伦理不是一成不变的，在共时上因地域文化的不同而不同，在历时上因时代的不同而不同。第一代华裔与第二代华裔出生的地点、成长的环境与时代都不同，他们在婚礼伦理观上必然会存在冲突与对抗。

任璧莲描写的第一代美国华裔多是在国共战争期间因避难到美国。在新中国成立以前，中国人仍然秉持儒家传统的婚姻伦理观，第一代华裔必然也信奉儒家婚姻观。首先，儒家“男尊女卑”的思想要求在婚姻家庭中“男主女从”，男子为一家之主，女子“三从四德”且首要妇德是柔顺。在《爱妾》中，黄妈妈反对儿子卡内基与欧裔白人女子简妮通婚。黄妈妈以金钱为诱惑劝告卡内基放弃异族女子而娶华人女子为妻，因为“她会让每个人都感觉舒服”，“会像仆人一样伺候你”①。黄妈妈选择儿媳的标准是贤惠温顺，是中国传统的择偶标准。在儒家文化中，“父为子纲”，婚姻缔结讲究“父母之命”“媒妁之言”，父母对子女的婚姻拥有决定权。黄妈妈干涉卡内基的婚姻，是认同婚姻不单是当事人的事，更关系整个家族，父母拥有绝对的话语权。

中国儒家传统的婚姻观还讲究门当户对。第一代华裔父母反对异族通婚，本质是认为这种婚姻门不当户不对。美国存在种族歧视，白种人的地位高于少数族裔。华裔父母不愿子女高攀白人，更不愿子女与黑人相恋。在《爱妾》中，当卡内基要求迎娶简妮时，黄妈妈明确警示他：“你对于她的家人来说就像佣人。”②黄妈妈认为这是一门不相称的婚姻，西方人根深蒂固的白人优越论将使种族歧视无形地潜入跨种族的婚姻，卡内基婚后必定被简妮的家族轻视。《梦娜在希望之乡》中的海伦曾警告梦娜，如果与黑人艾尔弗雷德发生关系，自己将无法承受而只有选择自杀。当梦娜追问海伦如果自己生了白人模样的混血儿会怎样，海伦的答案是直接扔进垃圾桶。海伦十分反对子女与门户不对的异族通婚。当梦娜和家庭背景富裕的犹太裔赛斯相恋时，海伦仍旧对赛斯充满偏见。

第二代华裔出生于美国，从小接受美国本土教育，以英语为母语，将自己的身份定位为纯正的美国人，完全认同美国主流文化，包括婚姻伦理观。20 世纪初的工业文明使美国产生了“一种摆脱了封建或其他前资本主义色

① Jen, Gish. *The Love Wife*. Alfred A. Knopf. 2004, p72.

② Jen, Gish. *The Love Wife*. Alfred A. Knopf. 2004, p72.

彩的婚姻和家庭类型”,“其根本特点,是建立在男女双方独立自主基础之上的结婚与离婚自由以及家庭成员的极大平等”[①]。成长于20世纪中期的第二代华裔认同这种呈现婚姻自由平等特征的现代婚姻伦理观,他们不再考虑父母的权威而自由恋爱,跨越种族通婚则是其自由的一种选择。《爱妾》中的卡内基与简妮在教堂偶遇而互相吸引,尽管黄妈妈先以重金诱惑、继以剥夺卡内基的继承权为威胁,卡内基仍坚守自由平等的观念,与简妮在爱情的名义下走向婚姻的殿堂。《梦娜在希望之乡》中的梦娜与赛斯的恋爱也是敢于违背父母意愿,在认同自由平等的婚姻观上跨越种族的结合。

但是,第二代华裔的婚姻观还具有功利性,期望通过与主流族裔的婚姻提升社会地位。种族歧视的现实使黄皮肤的华裔难以融入主流社会,他们不愿像父辈一样与同族裔通婚以共同奋斗的方式进入主流阶层,而愿选择一条捷径,即与更优越的白种族裔缔结婚姻。在《梦娜在希望之乡》中,梦娜选择做犹太人,认为“美国人意味着你想成为什么样的人就可以成为什么样的人”[②]。梦娜为什么选择不同于华裔的文化身份?实际上,她是希望通过选择主流更为认同的文化身份来争取更高的社会地位。在美国,犹太裔和华裔都属于模范少数族裔,但犹太裔具有白种人基因且占据优势的经济权而比华裔的地位高。梦娜试图抛弃自己的“根”,虽无法通过改变体貌做白人,但相信可以改变宗教信仰做犹太人。梦娜正是选择成为犹太人而有机会与赛斯相识、相恋,进一步通过跨种族婚姻实现自我文化身份的蜕变。在《爱妾》中,当白人侮辱卡内基“小中国佬”[③]时,卡内基启动心理补偿机制,以娶了白人老婆且比这些白人有钱来弥补自我因处于弱势种族地位而产生的自卑心理。他娶比自己年长六岁的简妮,很大程度上是仰慕白人的优势地位,与白人女子结婚不仅间接提高自己的社会地位,还满足了自己征服强势族裔的补偿心理。

两代华裔在婚姻观念上产生冲突与对抗,这不仅是两代人的博弈,更是两种文化的博弈。中国儒家文化的核心是“孝”,在家庭关系中表现为顺从父母的意志并实现其心愿。所谓“百善孝为先”,“孝”是中国人推崇的伦理

---

① 袁亚愚:《中美城市现代的婚姻和家庭》,成都:四川大学出版社,1991年版,第7页。

② Jen, Gish. *Mona in the Promised Land*. Alfred A. Knopf, Inc. 1996, p49.

③ Jen, Gish. *The Love Wife*. Alfred A. Knopf. 2004, p165.

道德之本和行为准则之首。西方文化的核心是个人主义,提倡独立、平等和自由,美国现代婚姻观也是个人主义的体现。在孝顺与独立的二元对立之间,第二代华裔不再顺从父母的意愿而遵从自己的内心选择配偶。第一代华裔只能无奈地接受现实,父母的权威已被美国化的子女消解,儒家"孝"文化也被西方个人主义颠覆了。

二、文化碰撞与婚姻家庭的对立矛盾

第二代华裔立足于美国现代婚姻伦理观,以婚姻自由平等颠覆男主女从、门当户对等封建性的儒家婚姻伦理观,这从人性的角度来看具有一定的进步性。但因中西文化存在差异以及华裔是弱势族裔,他们违背父母意愿的异族婚姻在现实生活中经常遇到挫折与挑战。实际上,多族裔生活在一起,客观存在的异质文化的碰撞必将导致家庭出现矛盾。

首先,中西文化对夫妻在家庭中扮演的角色观念不尽相同。《周易·家人》:"女正位乎内,男正位乎外,男女正,天地之大义也。"①中国文化强调"男主外,女主内",男性要承担养家糊口的责任;西方则认为男女平等,女主外也司空见惯。在《谁是爱尔兰人?》中,华裔老太太对女儿娜塔莉和爱尔兰裔女婿约翰扮演的家庭角色无法认同。娜塔莉在外是银行的副总裁,独自负担家庭开支;在内兼顾家庭事务。约翰既不工作,也不照顾索菲娅,老太太不忍女儿过于操劳而帮忙照看孙女索菲娅。女儿主外又主内;女婿不主外也不主内,还无丝毫内疚感。具有中国传统观念的老太太自然无法理解"女儿要开会和写备忘录,而她的丈夫这时却去体育馆做一个男人"②的家庭模式。

其次,中西文化对赡养父母和教育子女的观念不同。中国人养儿防老,父母生养子女,子女成人则赡养父母,形成双向反馈模式;在西方,父母必须生养子女,但子女无须赡养父母,形成单向模式。在《爱妾》中,黄妈妈曾直白地告诉卡内基,华人女子"将来有一天,还会照顾你老妈"③,深知只有华裔儿媳能保证她过上中国式的养老生活。黄妈妈后来从生病到去世的九年时

---

① 陈戌国点校:《四书五经》,长沙:岳麓书社,2002年版,第172页。

② Jen, Gish. *Who's Irish*?: Stories. Alfred A. Knopf, Inc. 1999, p5.

③ Jen, Gish. *The Love Wife*. Alfred A. Knopf. 2004, p7.

间一直被安置在康复医院且自己支付账单，她责备儿子和儿媳将自己视为垃圾扔出去了。在教育子女方面，中国人奉行"棍棒底下出孝子"，西方人则认为体罚会伤及孩子自尊。《谁是爱尔兰人?》中的老太太使用棍棒惩罚桀骜不驯的索菲娅，结果遭到约翰的强烈反对而被驱逐出家门。

另外，一国往往将他国形象定型化，这种形象则是不符合现实的一国社会集体想象物。"洋鬼子"是近代受西方压迫的中国人言说西方他者的话语，具有贪婪性、入侵性的特征，反映华人蔑视、恐惧和仇恨的心理。《爱妾》中的黄妈妈称呼简妮为波朗蒂，意为金发白肤的女人，这种称谓带有蔑视和厌恶的情绪，将白人儿媳树立成"洋鬼子"的他者。黄妈妈始终对简妮心存芥蒂，留下遗书要求卡内基将中国的林兰接到美国一起生活，期望林兰的介入使这个家庭不因白人儿媳的"入侵"而失去中国特色。黄妈妈甚至厌恶孙子贝雷继承简妮黄头发、蓝眼睛的"洋鬼子"相貌，决定让具有纯正中国血统的养孙女温迪继承家谱。在中国，男孩才具有继承权，黄妈妈却以养孙女取代孙子，可见她厌恶"洋鬼子"的情结已经根深蒂固了。

西方文化的东方主义则将东方人视为臣服者。东方男性被白人刻板地认为是顺从、被动、具有女性化的男性，其目的是"通过将种族他者性别化来实现对其他种族的边缘化和弱化"[①]。东方女性被认为是温顺、沉默、乖巧，无怨无悔为白人男子牺牲的蝴蝶夫人，其目的是彰显白人男子的权力与魅力。在异族婚姻家庭中，受到东方主义熏陶的白人无形中将强烈的优越感植入生活，华裔长期居于被支配的地位。《爱妾》中的简妮定义自己为一家之主，认为"与卡内基结婚，是他进了我家的门"[②]。简妮在生活中习惯否定卡内基的提议，以致卡内基觉得表达建议"要先掂量自己的染色体"，再"鼓足自己微不足道的男子气概"[③]，无奈之中陷入性别角色倒置的境地。在《谁是爱尔兰人?》中，约翰虽然没有事业，但俨然是家庭的主宰者，凡事要求娜塔莉顺从。当娜塔莉反对约翰驱逐母亲的行为时，约翰无法容忍"蝴蝶夫人"挑衅自己的权威而以离婚为威胁。娜塔莉为维系婚姻，保持白人妻子的身份，只有选择屈从而帮母亲寻找新住处。

---

① 李红燕:《身份的焦虑——任璧莲移民小说研究》，杭州:浙江大学出版社，2014年版，第148页。

② Jen, Gish. *The Love Wife*. Alfred A. Knopf. 2004, p247.

③ Jen, Gish. *The Love Wife*. Alfred A. Knopf. 2004, p22.

异族婚姻家庭中,中西文化在家庭角色、赡养父母及教育子女方面有不同的观念,这是第一代华裔与白人儿媳或女婿产生矛盾的主要原因。中国人定义白人为“洋鬼子”的形象更加使第一代华裔以先入为主的思想对白人产生一种恐惧心理乃至仇视态度而不利于客观地对待事物,反而进一步激化矛盾。西方人的东方主义则是一种东西方权力关系的体现,通过阉割东方男性、征服东方女性来获得优越感,具有种族主义和殖民主义色彩。华裔虽然成为美国公民,但是作为外黄内白的“香蕉人”仍然无法逃脱东方主义的牢笼。在异族婚姻家庭中,具有东方主义情结的白人以殖民者的心态经营婚姻。简妮和约翰在家庭中以强者的姿态对待华裔伴侣,这种婚姻模式必然导致异族夫妻双方心理产生隔阂。

三、文化重构与婚姻家庭的和谐统一

第二代华裔颠覆父辈传统婚姻观而选择跨种族通婚,家庭却因文化的碰撞与种族的差异导致在现实生活中矛盾重重。那么,异族婚姻家庭的出路在哪里?任璧莲寻出的解决之道是:“和”。“万物之‘和’是中华传统文化中最高的、最令人向往的哲学境界”①。孔子认为“君子和而不同”“和也者,天下之达道也”。这种观念首先是认同万物之间存在对立与冲突,但发展的最终规律是统一与和解。任璧莲重构异族婚姻伦理文化,认同并遵循儒家“和”的原则以最大化消解家庭成员之间的矛盾,使异族婚姻家庭达到和谐统一以维系异族婚姻关系。

在《谁是爱尔兰人?》中,娜塔莉巧妙地立足“和”,或适时恭维约翰,或选择沉默,在保存尊严的基础上以一种隐忍的方式维系婚姻的和谐。这种隐忍是善良的娜塔莉以弱势族裔的感受推己及人,以同情者心态安抚失业的约翰在家庭里的强者心态。娜塔莉忍让的精神以及对家庭经济的贡献赢得约翰乃至他们家人的敬重。老太太则受到亲家母贝斯邀请同住,在与贝斯的朝夕相处中,她慢慢地理解爱尔兰人,甚至反思自己以前“不应该说爱尔兰这,爱尔兰那”②,尊重与中国传统文化相异的爱尔兰文化。贝斯也非常喜

---

① 邹建军:《“和”的正向与反向——谭恩美长篇小说中的伦理思想研究》,华中师范大学2008年博士论文。

② Jen, Gish. *Who's Irish*? Stories. Alfred A. Knopf, Inc. 1999,p31.

欢娜塔莉的母亲，视她为"永久居民"。在教育理念上，老太太依然认同中国传统教育方法，但也立足于"和"而尊重下一代的选择，从而赢回他们的尊敬。老太太正是在遵循"和而不同，求同存异"的原则上缓和了矛盾，获得家庭的和谐。

在《爱妾》中，卡内基夫妇遵从黄妈妈的遗嘱将林兰接到美国共同生活，但林兰的到来更激化了他们的矛盾。卡内基在家庭里本处于弱势地位，又因母亲去世的打击而产生身份的困惑。他从排斥中国文化转向寻根式地探求中国文化，面对同种族的林兰倍感亲切，甚至为没有娶华裔妻子而后悔。两个亚裔养女也疏远简妮而亲近林兰。简妮已经毫无主流族裔的优越感，反而因家庭中"黄皮肤"的数量占绝对优势而焦虑不安，甚至认为"旁观者都会以为卡内基与林兰是夫妻，而我和贝利只是客人"[①]。简妮无法忍受强势地位的丧失而选择带着儿子离开，这意味着白人遵循东方主义行事只会加深矛盾。卡内基在追寻建构自我身份时，从家谱中意外得知自己是养子而林兰才是黄妈妈遗弃在中国的亲生女儿。他遭受真相打击而突发心脏病被送进医院。小说巧妙地以此为圆点，将该家庭成员重新聚集在一起，他们在对卡内基的关爱与尊重下达到"和"。卡内基也最终超越了种族隔阂，认同他的美国人的身份，与简妮的婚姻是真正自然合理的，最终完成了对自我身份的建构。卡内基人生观的转变，启示华裔在美国只有立足于"和"而认同多元文化并存，才能摆脱身份困惑，融入社会享受美好幸福的生活。

在《梦娜在希望之乡》中，梦娜在追寻自己的文化身份归属的过程中与母亲海伦产生了矛盾冲突。海伦出生于中国大陆的显贵家庭，对华裔身份充满自豪感，曾鄙夷地称"典型的美国佬不讲礼貌"[②]。具有民族自大情结的海伦自然不能理解梦娜以犹太人自居并与赛斯恋爱，认为梦娜"离经叛道"地摈弃自身的民族之根。梦娜也无法理解故步自封的母亲，母女关系极为僵化。但是，梦娜在犹太化的过程中，犹太裔朋友不断提醒她的华人身份，其拉比也被解雇，她逐渐意识到自己为人处世与犹太人不同，而且无法真正被犹太人接纳。梦娜为此重新反思而转向寻找自己的民族之根。她在追寻之中了解并认同中国传统文化，最终重新取名为 changowitz，建构自己新的文化身份——犹太教的华裔美国人，将这三种文化杂糅在一起。梦娜对自身

---

① Jen, Gish. *The Love Wife*. Alfred A. Knopf. 2004, p245.

② Jen, Gish. *Mona in the Promised Land*. Alfred A. Knopf, Inc. 1996, p13.

华裔身份的认同使她更深刻地理解母亲,从而主动与母亲和好。梦娜建构的杂糅身份体现了儒家"和"的思想,采取了一种中庸之道,不仅使她自身心灵获得和谐而找到文化身份的归属,也团结了犹太裔的丈夫和具有中华文化情结的母亲,使多种族组合的家庭达到一种共识而和平相处。

荀子认为"天地合而万物生""万物各得其和而生",儒家"和"文化还具有"更深层、更本原的伦理意义:生生"①。这种"和实生物"的观点认为"同则不继。以他平他谓之和,故能丰长而物归之;若以同裨同尽乃弃矣"②,即强调不同者互相对立互相转化才能促成万物生生不息,而以一致性取代差异性则会使万物失去发展的动力。华裔遵循"和"的伦理思想,理解尊重不同文化的意义,在实践中尊重家庭成员个体与文化差异并赢得他们的认同与尊敬。在一定程度上,异族婚姻家庭以"和"来处理不平等的充满矛盾的家庭关系,不仅利于家庭的稳定,更利于家庭的发展。

美国是一个多种族移民国家,异族通婚已是一个常见的社会现象。任璧莲作为一个异族通婚的实践者,在小说中深刻地反映了华裔和主流族裔建立家庭的艰辛,表达了自己的异族婚姻观及中西文化观。任璧莲支持第二代华裔的婚姻观念,认同跨种族通婚的可行性与现实性。异族婚姻必然存在文化隔阂,任璧莲对中西文化采取了辩证的态度。她对中国封建的"孝"文化持有异议,支持以西方独立、平等的观点反抗过度的"孝"文化。但当家庭矛盾激化时,任璧莲重构异族婚姻伦理文化以期达到家庭的和谐统一。她无法在以个人主义为核心的西方文化中找到答案,只有重新回归中国儒家文化并获得解决之道:"和"。儒家"和"文化不仅有利于异族婚姻的和谐与发展,还启发世人在多元文化的时代,不论是个人还是国家都应以"和"为贵,包容异己文化才能和平共处、共同发展。

本文为广西哲学社会科学研究规划课题"跨文化视野下的美国华裔作家任璧莲作品中的伦理思想研究"(批准号:13FWW004)成果。

(作者单位:武汉大学文学院、贺州学院文化与传媒学院)

① 徐朝旭、孙尚诚:《儒家"和"伦理对博弈论的补足——以现代竞争社会为视角》,《厦门大学学报》2012年第5期。

② 黄永堂译注:《国语》,贵阳:贵州人民出版社,1995年版,第590页。

边际性书写

——汤亭亭《中国佬》中的话语叙事

▶徐福增

“话语”是语言和言语交织而成的复杂的社会形态，表现的是社会政治、经济与权力之间的关系。福柯曾说：“历史经常教导我们，话语并非仅是斗争或控制系统的记录，亦存在为了话语及用话语而进行的斗争，因而话语是必须控制的力量。”[①]一言以蔽之，话语是斗争的手段和目的，话语就是权力。主体一方面受话语制约，另一方面又通过话语赋予自己权力。失去话语权，就意味着失去表达意愿的空间，在既有权力结构的压迫与统治下，丧失主体性乃至边缘化。长期以来，美国官方正史剥夺了华裔的话语权和自我阐释权，将它压制于无声状态，华人族群对美国的重大贡献和牺牲被美国当局有意埋没。既然官方历史中文化帝国主义绵绵瓜瓞，文学写作就成了话语最雄辩的表达。确实，作为“还我美国”（Claim America）文化运动的积极响应者，已踏进美国主流文学殿堂的汤亭亭于1980年出版的《中国佬》可谓扛鼎之作。更为重要的是，在这部作品中，汤亭亭以一种组合不同视界的方式展示其话语表述，试图在文化、性别、历史之间游走，完成其个人化的华裔叙事。这种叙事模式全面折射出作者对主体身份“持存”问题的思考：兼收并蓄，在不断地选择和调适中建构独立完整的自我。因此，从话语叙事切入进行文本细读就有了探讨的内涵和意义。

---

① 福柯：《话语的秩序》，许宝强、袁伟选编：《语言与翻译的政治》，北京：中央编译出版社，2000年版，第4页。

一、边际性身份与叙事

《中国佬》最突出的特点就是作家的“边际性身份”,以及与此相对应的话语叙事。叙事不仅是文学创作中的艺术结构问题,而且折射出社会权力关系。正如后殖民主义学者斯图亚特·霍尔所言,文学叙事隐含着叙述者的立场,“叙述的手法暗示了我们说话和写作的立场,也就是我们表达观点的立场”①。对于一位华裔美国女作家而言,华人与白人、西方与东方、男性与女性、老移民与新华裔、个体与族群等看似二元对立的概念,是永远绕不开的壁垒。正是借由对这些概念的选择、处理,作家的文化、性别、社会身份才得以建构。作家的创作始终忠实于自己的身份,采用的叙事策略带有自身的立场和目的。

早在《女勇士》的创作中,汤亭亭就表现出对“边际性”文化身份的认同。不论在美国文化语境还是在中国文化世界里,汤亭亭扮演的既是两种文化的熟识者,又是游离在外的局外人。这种尴尬的文化身份曾给她带来焦虑与困惑,不仅体现在文本中,也表现在作品外。带有文化偏见的美国评论家们不承认其作品的美国属性,汤亭亭气愤地回应:“《女勇士》的的确确是一本美国小说,然而,很多评论家看不见其中的美国性,同时也看不见我身上拥有的那些美国特性。”②甚至还有来自部分华裔个体和组织的抨击,赵健秀等人认为她恶意捏造华裔文化,“误读误用中国经典和传说,曲意取悦白人读者”③。实际上,这些评论是因为对汤亭亭表现出来的“边际性身份”的不同理解而造成的。哈贝马斯曾指出:“身份不是给定的,同时也是我们自己的设计。”④所谓设计,肯定包含某种自主的选择权。斯图亚特·霍尔也认

① 李贵苍:《文化的重量:解读当代华裔美国文学》,北京:人民文学出版社,2006年版,第191页。

② Maxine Hong, Kingston. “Cultural Misreading by American Reviewers”. Guy Amirthanayagam(eds.)*Asian and Western Writers in Dialogue: New Cultural Identities*. London: Macmillan. 1982, p58.

③ 张子清:《与亚裔美国文学共生共荣的华裔美国文学》,邹建军等主编:《中国学者眼中的华裔美国文学》,武汉:武汉出版社,2012版,第8页。

④ 乔治·拉伦著,戴从容译:《意识形态与文化身份:现代性和第三世界的在场》,上海:上海教育出版社,2005年版,第225页。

为,文化认同是一种形成过程,强调的是“我们成了什么”。文化边际性,是华裔身份不可否定的事实。海外华裔在移民地世代相传的“中国文化”,一定程度上指的是自己坚守的行为准则及自己理解的中国文化精神,与母国文化可能有所偏差。偏差产生的原因,一是基于理解的不同,二是由于海外文化、社会环境等因素影响而产生的文化自身的应激反应。汤亭亭清楚地认识这一点,她批驳美国人把她视为“美国的中国人”(American Chinese),宣称自己是“华裔美国人”(Chinese – American),“华裔美国人”就成了一个整体性的概念,而不是一半中国一半美国的混合体或者分裂体。文化身份自主性的构建,可谓用心良苦。她为自己的作品《中国佬》铸造了新词“China Men”作为标题,以区别于充满歧视语境的“Chinamen”(支那人),未尝不也是对一个骄傲的独立身份的肯定。

《中国佬》的话语叙事,更是处处体现了作家对“边际性书写”成熟的驾驭。族裔文化身份的建构只是其一,性别、个体与族群视角的自由切换与书写,也为我们提供了以一个女作家身份参与和话语叙事的模式。作品中男性人物的塑造,汤亭亭除了站在男性立场,为金山勇士们的事迹唱响赞歌,更在他们身上倾注了女性特有的生命体验和审美观照。“雌雄同体”的创作意识,跨越了自身性别的藩篱,有助于深入展示华裔男性的生存状态。此外,作为新一代华裔,汤亭亭未曾目睹过历史上声势浩大的华人移民潮,也未曾经历过种族屠杀与压迫下的白色恐怖,但这不妨碍她在个体经验与集体历史、普通个人与华裔作家之间游走,以自己的方式讲述华人族群的故事。这种边际性写作,即使无意识中偏向一边,也是在不同身份的张力下,权衡利弊,有选择地使用某个身份,达成自己的叙事目的。

二、华裔美国人:东西方经典话语的改写

汤亭亭的“边际性书写”,首先体现在对文化归属的思考,在作品中则表现为东西方经典话语的改写。经典话语,浓缩了文化系统的核心价值和意识形态,一定程度上是区别于其他文化的标杆,误解乃至误写本身就给人提供了新的生存空间,更何况是作家有意的改写。借鉴已有的话语,改编其表述方式,汤亭亭为历史上没有现成定义的“华裔美国人”创造了一个独特的文化身份。作品《中国佬》不仅有对中国故事的重塑,也有对西方经典的改写。对中西文化资源的随意性利用和并置性表述,明显出于解构的冲动。

如果我们将后殖民作家对西方经典的改写或重写,看作是对帝国文学传统的逆写,反映出对帝国话语依附和对抗的复杂心态,那么汤亭亭对中西话语的改写,则显得复杂一些。后殖民作家群之所以采用经典重写的策略,是基于自身的异化感与无根基感:历史上长期的殖民统治消除了本土的文化价值观,却没有树立典型的西方文化观念。而汤亭亭既是出生在美国的新一代移民,又无法回避华人社区和华人大家庭的影响。因此,汤亭亭在文化接受过程中扮演着双面角色。汤亭亭对东西方话语的改写,传递着这样的信息:我不需要依附西方话语,同时,我也不是文化的"他者"。

对中国故事的重塑,可参见《中国佬》安插的一个楔子《关于发现》。这则故事,改编自中国清朝李汝珍所著《镜花缘》的著名片段。原著的相关章回,讲述了林之洋去女儿国行商,被国王扣留做"妃子"的故事,传达的是对社会"男尊女卑"制度不合理性的质疑。唐敖是林之洋的妹夫,是解救林之洋的关键人物。林之洋,在原书中只是一个善良风趣的小商人。书中的女儿国是想象中的以女性为中心的社会,男人被称作妇女,专治内事,面涂脂粉两足缠裹,而女人身着男装,承担和履行传统意义上的男性的地位及义务。更为戏谑的是,女儿国上至国王下至庶民,都有一个毛病:最喜打扮妇人(男人)。无论富贵贫穷,讲到妇人穿戴,莫不兴致勃勃。因此,就有了后续林之洋被国王看重,强纳为王妃,吃尽缠足穿耳、板打倒吊等种种苦头。看似沉重,营造的却是令人忍俊不禁的文本语境,在嬉笑怒骂中,展现其中心逻辑:男性肆意以自己的标准"改造"智慧和才能其实都无异于自己的女性,不妨也让男性尝尝"被改造"的切肤之痛。简而言之,《镜花缘》中的女儿国,是给世间女子申冤出气的乌托邦。而汤亭亭把女儿国移植到了北美,主角换成了唐敖,故事主题也成了对华裔男性西方冒险经历的表达。华裔男性,在寻找理想"金山"的过程中,被卸去了"战袍和靴子",被改造为无声的女人。行文较之原版更为压抑,"女儿国"在这里,成了华裔男性无声的受难场。唐敖的销声去势以及被剥夺了代表男子气概的性别特征,体现了作者叙述种族压迫和文化歧视的意图。美国社会,少数族裔和女性处于类似的地位,唐敖的受辱正好说明,在严酷的社会环境中,少数族裔和女性有着共同的迫害者:美国白人男性。因此,原本带有女权色彩的中国故事,漂洋过海后在异国他乡衍生了对少数族裔平等权利的思考。我们不知道汤亭亭对主角的置换,是出于模糊的记忆还是有意如此,但"唐敖""武后"等词汇代表的文化内涵显然意味深长。同时,《中国佬》中的女儿国故事,被冠以"关于发现"的名头,我们也有理由认为它具备原著没有的隐喻。首先它表达了历史追问,同样是新世界的发现者和开拓者,为什么以"唐敖"为代表的华人没有被视作哥伦布那般的浪漫主义英雄?其次,是政治追问,华人男性性别之殇、去性格化等问题,引起了白人种族优越论者们的反思吗?继而又引发最后一个追问:为什么"女儿"只有通过"发现"才能认识"父亲"?

与重塑中国故事相对应的西方经典的改写,体现在《鲁滨孙历险记》(有译为《劳笨孙历险记》)这一叙事单元。英国作家笛福的小说《鲁滨孙漂流记》在汤亭亭的《中国佬》中显然成了一个中国故事。18世纪象征欧洲殖民者对世界的征服、带有盎格鲁-撒克逊精神的新兴资产阶级形象,转身变成了白手起家、艰苦创业,浑身闪烁着智慧之光的"华人劳笨孙"。甚至,中国劳笨孙也收服了一个当地土著"星期五",不同于西方鲁滨孙的是,他和星期五还多了一层师生关系,"每天裸劳骡①和星期五像两个学者似的坐在桌边,学习、读书、写字"②。师徒相授场景的描写,容易使人联想到中国传统"天地君亲师"的伦理关系。劳笨孙不仅仅是一个开拓者的形象,还成了文化扎根与传播的授道者。开拓者和授道者的形象促使西方读者在阅读中得出这样的结论:华人因他们的血汗、功绩以及文明,有资格拥有新大陆"美国",从而给华裔移民的传统形象添加新的意义。汤亭亭对鲁滨孙的改写,并不是无的放矢。汤亭亭祖籍广东,在华裔移民史上,广东人的冒险开拓与鲁滨孙的探险精神实质上是一致的,因此,这种经典的移植显得极为巧妙。改编后的《鲁滨孙历险记》,又掺杂了对族裔性、文化认同问题的思考,而不局限于赞扬华人的艰苦创业。"岛上现在住着叛变者和野蛮人,他们组成了一个社会,他们不需要被人们解救回家,他们的孩子也对祖先的国家失去了好奇"③。这样的话语出自"母亲"之口,不难看出老一辈移民对故国既怀念又疏离的复杂感情。值得一提的还有前面的一章《沼泽地里的野人》。故事简单,讲述了一个39岁的台湾人逃出疯人院,躲藏在沼泽地里,被当成野人而遭到警察搜捕,最后在遣返时上吊自杀。实际上依据文中所写,他看起来并不像野人。小故事的穿插,暗示了排华法案下美国社会对华人的"异化"和"追捕",同时,通过对比"华人野人"与"白人野人鲁滨孙"同人不同命的境

---

① 原文为"Naked Toiling Mule",作者将广东Lo的谐音凑在一起,意指劳笨孙。

② Maxine Hong, Kingston. *China Men*. New York: Knopf. 1980, p231.

③ Maxine Hong, Kingston. *China Men*. New York: Knopf. 1980, p232.

遇，旨在揭露美国社会对华人开拓者戴"有色眼镜"的现象。从这两个叙事，我们不难看出汤亭亭从自我形象、他者视角两个维度出发，对西方伟大神话的再加工，肯定了华裔功绩的同时，道出了西方中心主义视角的自相矛盾。

中国语境中的西方叙述、西方语境下的中国故事，恰似拉康的镜像理论：在凝视镜中映像的过程中，得以反观自身获得自我形象。镜中映像，可以是主体自我凝视，也可以是他者的凝视对主体的反馈。东西方读者在反观自身中受益，"华裔美国人"也借机在东西方话语中，确立自身"第三者"的独立身份。

三、雌雄同体的花木兰：女性视角下的男性形象

人物塑造上打破性别藩篱、兼顾两性视角，也是汤亭亭"边际性书写"的一大特点。虽然《中国佬》表现的重点并非是《女勇士》里的华裔女性，所有的故事都围绕家族中的几个男性展开，管中窥豹勾勒出几代华裔男性的大致轮廓，但是有意思的是，汤亭亭笔下的男性形象趋同于《女勇士》中塑造的心目中的理想型女性——花木兰。披上战袍，英勇刚毅，充满男子气概，是世间女子中意的男子，或者是新大陆的拓荒英雄；卸下战袍，则爱好和平、柔情似水，更有生性脆弱的一面，而这些恰好是传统观念定义的女性气质。稍有不同的是，《中国佬》中的男性形象似乎较为侧重展现其"卸下战袍"的一面，从而与《女勇士》里那位女中豪杰形成呼应。《女勇士》的出版曾有过争议，男性作家们认为："女作家的成功是以牺牲男性的权益为代价的。"①而后出版的《中国佬》，显然是对《女勇士》负面评论的有力反驳。拿性别主义衡量、评价一部作品的价值是狭隘的，而如果以性别作为一个视角，解读作品，增强其文学内涵，无疑是有意思且健康的文学建构。女性作家的书写，能够将女性的生命经验、言说方式、话语特征反映到文本当中。这也符合伊格尔顿对女性文学的定义："女性作者以呈现女性意识和性别特征为内容的文学，它的三要素是女性作者、女性意识和女性特征。"②《中国佬》中的"男性形象"正是如此，投之以女性视角与关怀，同时兼顾男性视角，以弥补男性书

① 陆薇：《走向文化研究的华裔美国文学》，北京：中华书局，2007年版，第118页。

② 玛丽·伊格尔顿著，胡敏等译：《女权主义文学理论》，长沙：湖南文艺出版社，1989年版，第3页。

写自我的不足，避免出现单一刻板的男性英雄形象，“父亲”和“祖父”的形象即是典型。

《中国来的父亲》(*The father from China*)、《美国的父亲》(*The American father*)，两个章节构成了父亲的完整形象。随着文本的演进，少年汤亭亭渐渐理解了那个冷漠、狂躁、对女性怀有成见的父亲背后隐含的生存状态。父亲的形象在汤亭亭笔下并不是高大伟岸的英雄，也不是女性主义文学作品中常出现的猥琐无能的男人。父亲是真实的，他既能在种族歧视的大环境中小心翼翼地支撑起整个家庭，遭遇苦痛的时候也会流露出脆弱的一面。父亲失去赌场的工作后重新开了一家洗衣店，少年汤亭亭看似俏皮的话语：“爸爸恢复了活力，这活力不知从何而来，就像我关于男性是有感情的新想法。我还没有证据能证明这个新想法，只是借用一下我弟弟们的话罢了”①，这何尝不是在岁月流逝中，已然成长了的女儿，作为女性主体在男性身上体会的观察结果和寄托的审美情感。《中国来的父亲》里，父亲的谩骂诅咒、父亲的沉默不语、父亲对女性的歧视性话语、父亲在睡梦中的咆哮，使女儿一度误认为他恨中国、恨女人。《美国的父亲》中，父亲失去工作而变得垂头丧气，喜怒无常，成天待在家里看报纸，则令女儿对男性的认知产生偏差，认为男性感觉不到疼痛也没有感情，只有女人和女孩才有，因此她们才会哭。直到少年汤亭亭突然意识到男性也是有感情的，只是他们表达的方式不同。汤亭亭以自己特殊的性别视角，最终“发现”父亲冷漠或狂躁的男性表征下脆弱的一面，也“发现”父亲作为男性身上的担当。谁言英雄就一定要开疆扩土，策马天下，不负凌云壮志？父亲辛苦半生，在美国仅仅拥有一所老房子和一间洗衣店，难道就不是英雄吗？在汤亭亭笔下，这个答案是否定的。因而，在父亲形象的塑造中，汤亭亭特意附加了几个柔和的侧面，作为女性视角对父亲的肯定：才华横溢的诗人、风度翩翩的社交绅士、辛勤工作却遭同伴骗走股份的洗衣店老板、懂得带女伴去看自由女神像的浪漫男人。这些侧面形象，在事实根据之上，掺杂了女性观察者的审美想象和审美情趣，使父亲的男性形象更加血肉丰满。

比被发现“有感情”的父亲更富有意味的是，《中国佬》中被塑造为“大地之母”的祖父，作者的笔墨主要集中在《内华达山脉的祖父》(*The grandfather of the Sierra Nevada Mountains*)以及《中国来的父亲》部分章节。在《中国

① Maxine Hong, Kingston. *China Men*. New York: Knopf. 1980, p254.

来的父亲》中,我们看到的是一个具有母性光辉的男性阿公。成天在田里耕作的阿公,一直幻想着收工后有个快快乐乐的女儿等他回家,“她唱歌给他听,也听他哼几句”①。他妒忌别人家生了女儿,经常偷偷离家去看望邻居家的女孩,在她身上倾注了他所有的怜爱。“满月之日,她的父母只准备了切碎的胡萝卜饭,没有一丝喜庆的气息。阿公心里为她感到难过,他实在太爱这个女孩了。女孩突然大哭起来,泪水从她紧闭的双眼中慢慢流淌出来。阿公的心全都被她的泪水融化了,他赶紧把带来的葡萄和橘子堆在了她面前。”②阿公时不时给她带去豌豆花,甚至违背传统“生女不如养鹅”的价值观,用小儿子交换这个被他视为心肝的女孩。最终保不住女孩的祖父,陷入了癫狂的境地,开始在餐桌上掏出生殖器,一边拍打一边质问它为什么没有给自己带来日思夜想的女儿。表面上看,这个疯祖父的故事,是汤亭亭幻想的用来猜测父亲对女性憎恨的原因,女性主义批评者也会从中注意到对中国传统“男尊女卑”文化的批判和反拨。但是,如果结合祖父的生平经历,我们对汤亭亭在故事上的处理会有更深刻的理解。祖父不是很聪明,却去过三趟金山。按照他的话说,他宁愿待在中国带孩子,或者留在美国,却不得不为了挣钱养家,奔波于大洋两端。祖父在美国参与铁路修建,在崇山峻岭中开隧道,坐在悬挂在半山腰的吊筐里安放炸药,稍有不慎便会丢掉性命,还要忍受恶劣天气的侵扰、洋鬼子官员的压榨。用性命换来的两袋金子,一袋被所谓的国际法官骗走,另一袋则打成了戒指套到了祖母的手指上。完成美国大铁路这项史诗般的工程后,按理说修建者应该被美国人视为英雄,而实际上,铁路给它的建设者们带来了大灾难,排华浪潮席卷各地并迅速上升为暴力行径,祖父只得像老鼠一样东躲西藏,展开逃亡之旅。好不容易侥幸回国,迎接他的也不是家的港湾,祖母很快花光了他的工钱,并催促他去赚钱。可以说,祖父这一代的华人男性,在外打拼,过着颠沛流离的生活,忍受各种迫害与不安,却得不到任何倾听、认可与抚慰。像祖父这样的英雄,最后只落得“裸露癖”“寄生虫”这样的称呼,这是何其不公,何其不幸。我们有理由相信,与其说是祖父对女孩充满渴望与疼爱,不如说是汤亭亭作为女性在“祖父”这个男性形象上倾注的母性关怀及女性意识;与其说祖父在吊篮里掏出生殖器与整个世界性交,隐喻了男子气概与男性征服,不如说性交

① Maxine Hong,Kingston. *China Men*. New York:Knopf. 1980,p18.

② Maxine Hong,Kingston. *China Men*. New York:Knopf. 1980,p18.

象征了母体的孕育行为。“祖父(们)”作为美国的“大地之母”,把大半辈子的年华与心血都播种在这块土地上,“为什么他不应该得到一个他渴望的美国孩子呢”[①]?

四、童年追忆与历史想象:自传体式的族群书写

文化与性别上的“边际性书写”,仍不足以使《中国佬》产生那么大的影响力。汤亭亭自传体式的族群书写,将个人叙事上升为民族寓言,从而重塑了华裔美国史,是其最为重要的原因。在华裔美国文学中,以自传体方式书写是不少作家采用的话语模式。赵健秀等华裔作家极力反对、批评自传体写作,认为自传体书写属于“基督教的忏悔,把自己从蔑视的对象变为被接受者”[②]。这样的说法情有可原,毕竟作为个人生平叙事的传记,早就出现在西方书写传统之中,并取得了一系列令人瞩目的成果。但是,如果一味否定自传体书写,恐怕是另一层面上的文化沙文主义,况且汤亭亭的创作严格而言,具有“半自传性”或“伪自传性”的特点。再者,受东方文化影响的华裔作家,在自传体书写上肯定与西方书写传统大不相同。从心理学角度而言,“对于西方人,自我意味着更多的个性特质、独特性和区别性;对于东方人,自我包含更多关联性、归属性和社会性”[③]。东方文化自我定位的特点,使自传性写作具备了更广泛的社会价值。

《中国佬》叙述的中心虽然是家族中的四代华裔男性,却是以不属于群体中的“我”为线索串联起这些金山勇士们,这得益于汤亭亭对童年初始记忆的开发。在这些华人故事中,“我”既是某些事件的亲历者,又是倾听者、记录者,有时还会扮演对话者与侦探家,不断还原和丰富迷失在时空里的真相。例如对父亲服兵役事件的描写:“爸爸上了名单后,就再没有睡着过觉。我也决定不睡觉,随时保持警惕,看守着爸爸。我要控制时间流逝的速度,将它变成一列慢速火车。可是突然间,我与母亲及另外两个孩子真的坐在

---

① Maxine Hong, Kingston. *China Men*. New York: Knopf. 1980, p151.

② Frank Chin, Et al(eds.). *The Big Aiiieeee! An Anthology of Chinese American and Japanese American Literature*. New York: Meridian. 1991, p192.

③ 张镇、张建新:《自我、文化与记忆:自传体记忆的跨文化研究》,《心理科学进展》2008 年第 2 期。

了火车上，而父亲却不在我们身边。”[①]这种似是而非、模糊的童年初始场景，既符合孩童记忆的特点，又能让读者感受到华裔生活中，那些大大小小的历史事件给孩子带来的心理影响，从孩童的视角而言，这就是生活真实。例如妈妈的叙述：“‘没有赌客的时候，他才能坐下来。’她说道，‘他的报酬少得可怜，和分文不取差不多。他是个奴隶，我也是个奴隶。’一提起那些日子，她就要发火。”[②]其他声部的介入使作者的童年记忆得到了佐证与补充。比如对三公、四公的马场的描写：“自我上次见到马到现在，时间肯定过去很久了。但是在我的记忆中，每次到祖父那里去的经历都差不多，中间似乎没有什么时间间隔；那么那一次肯定是后来某次了，或许是最后一次……我寻找着马存在过的证据，后来在家中的相册中找到了，不过站在马前的不是两位祖父而是几个伯伯。”[③]再比如，展现少年汤亭亭的强烈好奇心：“我仔细听着，希望能听到更多关于高公抢劫、诈骗的故事，或关于他如何杀死人的一个细节……我以前应该大声向他提些问题，我不应该躲着他。”[④]这些无不传递出汤亭亭书写华裔历史的自觉使命。详细记录自己的所见所闻，充分开发童年记忆中的场景，那些被历史学家所不屑的“小写”的普通个人的历史，却是华裔少女汤亭亭心头不可磨灭的印迹。在汤亭亭看来，个体对群体历史的重建，离不开对记忆的挖掘。《中国佬》文本里的故事时常似是而非，叙述者的追忆往往并不清晰明确，这恰好说明了历史存在数种“可能性”。记忆本就并不准确和权威，它带来的乐趣和意义为我们提供了创造历史的机会，这可能最贴近“历史”的真相。这样，“小写”的个人记忆在获得历史价值的同时，达到质疑和挑战官方历史的目的。

当然，我们也注意到这种自传体式写作，因个体所限，对历时的时间轴较难把握。因此，身为作家的汤亭亭，不时在创作中加入史实材料，由史实材料出发展开对历史的想象，进行文学加工和艺术创作。海登·怀特认为历史文本就是一种修辞想象，“多数历史片段可以用许多不同的方法来编织故事，以便提供关于事件的不同理解和赋予事件不同的意义”[⑤]。天使岛上

---

① Maxine Hong, Kingston. *China Men*. New York: Knopf, 1980, p270.

② Maxine Hong, Kingston. *China Men*. New York: Knopf, 1980, p244.

③ Maxine Hong, Kingston. *China Men*. New York: Knopf, 1980, p168.

④ Maxine Hong, Kingston. *China Men*. New York: Knopf, 1980, p185.

⑤ 海登·怀特：《作为文学虚构的历史文本》，张京媛编：《新历史主义与文学批评》，北京：北京大学出版社，1993 年版，第 164 页。

移民先辈的诗歌、森严的排华法律条文、闻一多的《洗衣歌》、新闻报道、信件等，历史的零星痕迹都成了汤亭亭的写作资源。在《檀香山的曾祖父》(*The great grandfather of the Sandalwood Mountains*)一章中，作者写道："我最远曾东行或者说西行至夏威夷，在那里，我曾伫立在甘蔗园旁边的高速公路，聆听曾祖父们的遗音……长叶在风中飞舞，我却未能听到任何窃窃私语。但我知道，一排排如传送带的田垄之下，掩埋着受害者们的尸骨，这是一个垃圾倾倒场。"①而当"我"得知夏威夷的主岛被当地人称为"中国佬的帽子"，目睹了夏威夷岛一派生机盎然的场景后，"我"听到了希腊英雄奥德修斯听过的海妖的歌声，"这是献给拓荒者的，他们开垦了这个岛，并以他们的工作帽为它命名。我听见土地在歌唱，看见一道道蓝色的精神之光从空中掠过。我再次置身甘蔗园中细心倾听，寻觅我的美国祖先们的足音"②。这两段描述可以说是汤亭亭话语策略的最好注脚。作者在寻觅美国祖先的踪迹的途中，用"中国佬的帽子"和当地的海岛上传来的歌声，架构起位于遥远年代甘蔗园里曾祖父的故事。此外，虽然每个主体故事都由叙述者"我"开场③，但是故事通常用第三人称演绎。以第三人称展开的华裔男性故事，给予了作品中的人物话语权，得以"自说自话"。读者不但能够看到他们是怎样看待事物的，又能看到作者是如何看待他们的。夏威夷的伯公举办吼叫会，作为对压迫的反抗，对孤独不安的排遣，"伯公说：'这不是风俗，这是我们创造的，我们是这里的祖先，所以我们可以创造新的习俗。'"④在伯公的话语中，我们仿佛听到了历史上被销声的华裔群体，发出最振聋发聩的宣告，宣告他们的美国主人翁地位。作者也借机回应，曾祖父们的种种事迹，不会轻易地消失在历史里，一个世纪之后，当她(移民后裔)站在这块土地上，还能听到当地人有关中国佬的传说，听到土地里动人的歌声。跨越时空的对话，成为连接起华裔作家与族裔群体之间的桥梁。

这样，通过童年的追忆和历史的想象，这些原本不可能进入西方主流历史话语的普通华裔获得了历史的主体地位，成为文学赞美的主角。

---

① Maxine Hong, Kingston. *China Men*. New York: Knopf, 1980, p88.

② Maxine Hong, Kingston. *China Men*. New York: Knopf, 1980, p90.

③ 叙事学上通常将正在讲故事的"我"，视为"叙述自我"，而不是正参与故事的"经验自我"。

④ Maxine Hong, Kingston. *China Men*. New York: Knopf, 1980, p118.

结语

通过分析《中国佬》中汤亭亭在东西文化、两性视角、个体与族群之间自由游走形成的“边际性书写”，我们不难看出这种话语叙事使文本具备了丰富的可读性，这不仅仅是一个文学创作实践的问题，也是一个涉及海外华人如何持存自我身份及发声的案例。美国华裔女性文学在具体创作中的身份表征与话语叙事，是个非常复杂且持续生成的过程，而出生于龙年的汤亭亭给我们带来了明确的启示：中国文化传统中的龙，代表了兼收并蓄，能够在包容与多变中确定自我和自主性。这正是批评家们认为“汤亭亭艺术地建立了华裔美国文学的新传统，成了华裔美国史与主流假设、中国民间故事与美国流行文化、作者的父母经验与作者年轻时候经验的中介”①的原因。

（作者单位：闽南师范大学文学院）

① 张子清：《与亚裔美国文学共生共荣的华裔美国文学》，邹建军等主编：《中国学者眼中的华裔美国文学》，武汉：武汉出版社，2012 版，第 145 页。

谭恩美《灶神之妻》中的空间原型意象与创伤存在

▶杨亚丽　王东洁

作为创伤见证的载体，创伤小说描述的是在暴力事件、天灾人祸中精神受伤者的创伤经历与体验，与历史相连又紧扣生命和弦。知网收录的创伤小说类研究文献呈逐年递增趋势，其中，创伤理论综述、理论与文本解析相结合、创伤叙事策略表征、政治审视与人文思考等在创伤小说相关研究文献中占了绝大多数。创伤研究的深度广度与创新立意在此基础上有待进一步的探索与加强深化。“空间转向”是当今文学评论界的新趋势，与创伤研究在谱系学与发生学上均有联系。事件发生的地点和场景是空间叙事的客观存在，这些客观实体与时间组合构建小说内部结构的同时也在空间上推动整个叙事的发展。四维立体的空间在表征创伤、渗透权力机制与政治审视等方面的作用逐渐突显，但目前关于空间与创伤方面的研究仍是一片待开垦的沃土，相关文献并不多见。本文将立足于华人作家谭恩美的小说《灶神之妻》，阐述空间与创伤存在的辩证关系，以期丰富华人创伤小说视域的研究。

谭恩美是一位空间意识较为强烈的美国华裔女作家，其畅销作品《灶神之妻》讲述的是一位移民华人妇女在旧中国父权制压迫下的不堪经历以及移民美国后因文化差异而与出生在美国的女儿产生的冲突问题。谭恩美的故事通常围绕母女关系展开，“女儿”是美国生美国长的西方女儿形象，“母亲”则是从封建的旧中国漂洋过海移民美国的华裔女性。时间与空间的更迭置换将普遍的人类情感在创伤移情的作用下，与读者内心阅读空间达成共鸣。本文将主要以巴什拉的空间原型意象为依托，结合“场所分析”的研究方法来分析阐述这部创伤小说中的母题和主人公的生存状态与处境，揭示出在想象力的作用下,空间原型意象映射出美国华人妇女在移民过程中创伤存在产生的源路径,创伤移情作用下所承受的异化和心理伤害,进而突破现实樊篱完成自我塑形之路,达到超时空、超自我的新生命状态。

一、空间叙事与创伤

空间叙事近年来在哲学、文化地理学和文学等多个学术领域成为颇受关注的一个热点视角。文学领域中,叙事已突破传统的时间线性叙事进入立体可感的空间叙事。空间是参照于时间存在的一个具体又相对抽象的概念。空间范畴包括宇宙空间 、物理空间、网络空间、思想空间、数字空间等。《现代汉语词典》解释:空间是与时间相对存在的一种物质客观存在形式,由长度、宽度、高度、大小表现出来,通常指四方(方向)上下。地理学与天文学中指地球表面的一部分,有绝对空间与相对空间之分,空间由不同的线组成,线组成不同形状,线内便是空间。哲学定义空间为表达物件的生灭范围。内涵是无界永在,外延是一切物件占位大小和相对位置的度量。"无界"指空间里任一点都居中,"永在"指空间永现于当前时刻。数学上的解释是:数学上的原点与 X、Y、Z 三轴之间共同构成的关系,坐标和坐标间的信息传送,从点的零维到面的多维。物理学上的空间解释为:惯性参考系与空间是静止的,无论参考系如何运动,包括变速,都不会改变惯性参考系与空间的静止状态。网络空间指全球范围的因特网系统、通讯基础设施、在线会议体系、数据库等一般称作网络的信息系统。本文中所探讨的"空间"是从日常生活中具体的物体或场所那样的空间导入的一种"抽象空间,知觉空间,虚幻空间"和内心空间。[①] 这种空间意识的呈现需要完全把握整部小说的结构,厘清时间线索,引导读者积极参与到空间创建中来感知作者所传达的独特人生体验。创伤者的创伤点是固着与凝滞的,当空间叙事找回了失去的时间与场所共存感,便也挖掘了隐藏的创伤,将内隐的伤口重新外化。

地点表征创伤。在《美国创伤小说的实质》一书中,作者米歇尔·巴勒夫重新审视了创伤文学形成的基础和表现形式,提出了地理位置在主人公面对创伤事件时多维度地展示创伤源路径与价值的重要作用。"地点是一个无声的人物,它和文化背景、历史年代一起决定了个人和团体所受到的伤

① 龙迪勇:《空间叙事学》,上海:上海师范大学,2008 年版,第 2 页。

害的价值，它左右人物的情感，决定了作者的叙事方式，而不仅仅是作为背景隐身在故事的情节后面。”①地点作为创伤存在的场所因素，在地标空间内产生的空间意识与精神受伤者内心空间的共存共鸣影响着精神受伤者的言行与存在轨迹。自然风光的意象在表征创伤、复现创伤记忆方面包括正面价值、负面价值与中性价值，“颠覆了创伤只有负面价值的说法”②。

在《空间的诗学》一书中，加斯东·巴什拉撇开精神分析理论，站在想象力的现象学立场上阐述空间因素，在现实中把握形象，即心灵、灵魂、人的存在的直接产物。通过“场所分析”这种空间分析方法，巴什拉对空间意象进行了场所分析和原型分析。他认为，家屋、阁楼、地窖、抽屉、箱子、橱柜、贝壳、鸟巢、角落等都属于一系列具有某种原始性、私密感、广阔性、内外感、圆整感的空间原型意象。这些奇特的形象之所以能够作为反映心理活动的全部缩影，又要在不受常识的影响下在别的灵魂中引起反应，是需要通过“场所分析”来显现其意义的来源。而个体感悟到的细微差别则与历史背景、个人经历和空间实体有关。作品思想感情的实现是精神与感官世界互动又制约的一个过程，形象的出现不是想象力的直接产物，也不同于回忆，而是被人所体验的空间，一种“内在空间的模式”③。这个内在空间被赋予价值和教育意义，保护着自我和物质世界中的非我，因而人类在空间中对庇护所的边界特别敏感。空间原型意象的探究有助于深入揭示精神受创者内心世界的价值观与存在情况，助其完成身份主体建构。

二、创伤驱逐下的物理位移与空间置换

创伤小说中，精神受伤者的内心创伤需要借助叙事的言语行为来表达。叙事的表层含义是时间线条的并进与交错，通过言语的喻指和指涉功能通向达意的境界。涉及的空间是物理世界的四维空间，按照物理学家爱因斯坦的《广义相对论》和《狭义相对论》来看，它是由人们生活中的三维空间的

---

① 杨晓：《新兴“创伤文学”理论对创伤小说的成功诠释——评米歇尔·巴勒夫的〈美国创伤小说的实质〉》，《外国文学研究》2013 年第 1 期。

② 杨晓：《新兴“创伤文学”理论对创伤小说的成功诠释——评米歇尔·巴勒夫的〈美国创伤小说的实质〉》，《外国文学研究》2013 年第 1 期。

③ 加斯东·巴什拉著，张逸靖译：《空间的诗学》，上海：上海译文出版社，2009 年版，第 11 页。

长、宽、高三条轴外加一条虚数值的时间轴构成。那么空间中的任何一个事件都需要这四个矢量来确定，这样的四维空间就是动态的空间。

《灶神之妻》中，雯妮所处的地理位置发生过多次变化，位移路线如下：上海→崇明岛→杭州→扬州→南京→汉口→长沙→贵阳→天息村→昆明→上海→美国旧金山。故事背景为中国抗日战争时期，在抗战的苦难岁月中，个人创伤记忆逐渐演化为集体创伤记忆，薄薄书页中的地标名称除了具有指代功能外，还具有政治喻指与符码作用。雯妮的创伤流转在悠悠岁月和不幸的婚姻中，她“以自己成长的苦痛故事来引领女儿们成长”[①]，从误解到理解，最后完成情感的乾坤逆转。谭恩美利用空间推进整个故事的进程，将叙事与创伤融合为一体。自然环境的好坏预示了生活的发展趋势，空间场所的描述反映了生活质量与政治权力的运作。嫁给文福是雯妮遭受精神创伤的主要根源。随军初到杭州，春光明媚，茶叶大丰收，赶上西湖最美的时节，雯妮的心情是愉悦的。在狭小的房间内，文福却会怒斥着将赤身裸体的雯妮推出房门，令她当众出丑，而雯妮以忍辱来证明自己是个好妻子。“门”将创伤裸露在众目睽睽之下，伤痛背负着屈辱在象征公平的开放空间里挣扎。战争打响后，雯妮所到之处与杭州的良辰美景形成鲜明的二元对立，取而代之的是混乱与残败的环境。城市与乡村，和平与战乱，幸福与逃难，随着战争的深入，雯妮的创伤与日俱增，人民的苦难在抗战大背景下也不断升级。在扬州住的是烂泥加土坷垃做的房屋，在南京逃难的住所表面看来是外国商人建造的漂亮别墅，而屋内破败不堪，“就像一个没人照管的孤儿”[②]。在贵阳住的宾馆没有浴室，没有厕所，需要在野地里，大家眼皮底下方便。旅馆内鸡毛、稻草、蚊虫满目皆是。夜晚露宿山岭时，雯妮和好姐妹胡兰靠在山脚边看天上的星斗，相互编织故事打发苦涩的时光，这也产生了一种魔力，使他们忘记一路上所经历的苦难，拥有了面对未知的勇气和力量。在昆明，位置好的房间总要留给官职高的。机关枪扫射留下的弹孔像拉掉线头露出的针脚，“一只带胳膊的袖子，带着一只脚的鞋子”[③]随处可见。与文福

---

① 杨亚丽、杨帆：《华裔作家谭恩美小说成长主题研究》，《学术交流》2012 年第 11 期。

② 谭恩美著，张德明、张德强译：《灶神之妻》，杭州：浙江文艺出版社，1999 年版，第 200 页。

③ 谭恩美著，张德明、张德强译：《灶神之妻》，杭州：浙江文艺出版社，1999 年版，第 200 页。

离婚后,雯妮跟随第二任老公吉米移居美国,而母女关系又成为新的矛盾与内心精神创伤。

三、空间原型意象与创伤存在

空间叙事依托空间原型意象,在叙事的同时揭示出感知下的内心精神创伤。空间原型意象的探究是搭建起读者与小说人物、内容间理解沟通的桥梁。它呈现出美国华裔感同身受的创伤情结以及异质历史背景下不同的创伤心路历程。美国华裔的创伤表达正在动态的文化、语境中不断地丰富成长,走向主流话语舞台,成为美国文学不可或缺的重要组成部分。

空间原型意象与创伤存在连接的介质是感知。人的内心空间与物质的内心空间具有"同场地性",在这古怪的领域,最高级的隐藏被置放在一个场地中,当人们离开实证性的部分进入并无限接近想象,具有魔力的感知神经才会渗入读者的思想,体验作者当下的内心活动。内心世界的精神创伤是不会被证明的,需要培养想象的注意力来体验空间,在移情作用下合理把握主体意识。

《灶神之妻》中的"家宅""箱子"等一系列空间原型意象通过"场所分析"的方法外化创伤情结。谭恩美作品中通常以母女关系为核心,诉说的是家庭内部矛盾与命运纠葛,因而"家宅"作为人性的存在处于小说中的灵魂性地位。创伤是谭恩美一生摆脱不了的创作动机。在TED演讲中,她讲到濒临死亡的感觉更有助于文学创作,这种感觉则来自于她少年时期的真实经历。谭恩美在访谈录中说:"如果你有一个我那样的妈妈,有一个我那样的童年,你也一定会写作。"正是怀着一种改变、体恤的态度,她开始进行创作。"家宅"作为一种原初的财富与宇宙的原初依恋,有着一种强大的融合能力,可以作为人类灵魂居所的分析工具。巴什拉的场所分析中,"家宅"具有"母性"特征,外表上愈是坚固,其保护程度愈高。"孤独的人在其中学会战胜恐惧"①,因而孤独的家宅带来坚强的形象并具有教育意义。幸福的家宅充满正能量,帮助人形成真善美的人格与崇高的道德修养,而面对敌意、

---

① 加斯东·巴什拉著,张逸靖译:《空间的诗学》,上海:上海译文出版社,2009年版,第11页。

残酷战争等恶意形势下的家宅则将“保护和抵抗价值转化为人性价值”[①]，具备了“人体的生理和道德能量”[②]。家宅不仅仅从几何学上得以被解释，在气息、光影和语音中同样可以感受到“现实与非现实的交界处震荡的价值”[③]。《灶神之妻》中，故事主人公雯妮幼年住在上海楼阁轩宇的豪宅，不必为生计奔波担忧，从而奠定了家宅的保护角色的优先地位。丧母后，雯妮被送往崇明岛寄住叔叔家中。叔叔在岛上修葺的“暖房”形成了雯妮内心存在空间的初始地图。暖房位置很好，在新西屋南面向阳，就像一只拉开后忘了关上的大抽屉。起初这间暖房深受叔叔的喜爱，后来被叔叔遗弃，就成了放置杂物的地方。暖房的状态及其与周围环境的关系象征着雯妮与其他人的关系——被疏离，被遗忘，也是“过去”和“现在”的关系。在被遗弃的暖房的庇佑下，雯妮发现了母亲的画像，如获至宝。暖房成为抵御外界伤害的襁褓，在这里，雯妮与母亲心意相通，默默抚慰伤口，独自等待，内心空间价值得到加强。在婚后生活中，雯妮偶尔想起暖房，有的是思乡之情、寄托之感。这并非想念叔叔和老阿婶住过的房子，而是渴望回到那个藏身的地方、假装失踪的地方、想象有人把她找到的地方。

上海豪宅由繁荣向衰败的转变契合了雯妮人生轨迹的运动方向。出嫁前的家宅“比我们在河口村住的屋子要大十倍，也要好十倍。或许，根本就没法做这样的比较。这里的所有东西你都想要碰一碰，可你又不敢迈开步子，怕碰坏什么东西……一声咳嗽，一声擤鼻，一句话听上去都太响了，肯定会把这些塑像震破”[④]。家道中落后，家宅失去了往昔的荣华。“前门破了，随便修了一下。院子里的扶梯已经塌下来，然后又改了个方向。屋子下部的墙壁很匆忙地重新油漆了一下，色彩与原先的很不协调。下面的百叶窗

---

① 加斯东 · 巴什拉著，张逸靖译：《空间的诗学》，上海：上海译文出版社，2009 年版，第 11 页。

② 加斯东 · 巴什拉著，张逸靖译：《空间的诗学》，上海：上海译文出版社，2009 年版，第 11 页。

③ 加斯东 · 巴什拉著，张逸靖译：《空间的诗学》，上海：上海译文出版社，2009 年版，第 11 页。

④ 谭恩美著，张德明、张德强译：《灶神之妻》，杭州：浙江文艺出版社，1999 年版，第 200 页。

已经破了,还没有换过。”[①]曾经家宅的震慑力使雯妮意识到身份中的不和谐,感受不到应有的归属感,成为精神创伤初体验的根源。失去了往昔的光鲜与父亲的庇佑,家宅失去了“内心空间的伟大形象”。移民美国后,故国情愫是雯妮心中的支点,更是斩不断的情根与牵挂。泱泱大国的华夏文明是雯妮心中最伟大的内心空间。前半生战战兢兢出场却处于水深火热之中,后半生追寻自由和幸福却心系祖国母亲,血浓于水的中华儿女情更令她将整片丹心延续于女儿珍珠身上。

“箱子”“柜子”作为空间原型意象在小说中也有重要的存在意义。箱子是经过加工制作出来的实用性家具,其封闭的内部空间保护着内置物,隔绝了外围环境的侵扰。最重要的东西被隐秘地搁置于其中,再配上把锁,便更升级了私密肃穆之感。因而,这是种具有“情节性的”[②]高级家具,用图表示为:箱子→封闭→私密→命运。巴什拉进一步阐述道,若箱子里存放着首饰和宝石,那说明的是一段漫长的过去,也许是代际间性的过去。宝物与爱情有关,但也和“力量”、命运有关,“过去”“现在”和“将来”都在这里聚集。在这个层面,我们要离开短暂的实证性语言,接近想象性,聆听与推敲作者呈现的内心深处的世界。值得注意的是,箱子外部的环境描写通常是箱子内部隐晦意义的替代。在《数嫁妆》一章节,雯妮价值不菲的嫁妆,大部分放在箱子里。“箱子”“柜子”买了不少,一个三层高的衣橱,几个大皮箱,两只樟木箱。婚后,她挑选的所有嫁妆要么作为文福家出口生意的一部分被运到美国或英国,或被文福的母亲放到她自己的房间,而只有一样东西没有被偷去,那就是十双银筷子,它们被雯妮偷偷地藏在她的小箱子衬里底下。这十双被妥善保护的银筷子象征着雯妮心底不灭的希望和与命运抗衡不屈的铮铮铁骨。每每时运不利,雯妮就会取出一把紧握手中,这表明精神创伤会以潜意识的形式存在于主体意识之中,即便主观客体默认且无惧创伤,但当时间、场景等要素巧妙吻合,创伤便会再现且无规律性地反复作用于主体。

这些空间原型是回忆与现在的结合点,映衬了海外华人女性创伤的心理存在,呈现的是华裔族群处于遭受排挤的社会边缘之苦,揭示出活在当下

---

① 谭恩美著,张德明、张德强译:《灶神之妻》,杭州:浙江文艺出版社,1999 年版,第 200 页。

② 加斯东·巴什拉著,张逸靖译:《空间的诗学》,上海:上海译文出版社,2009 年版,第 11 页。

的华人脱不了的双重人格和被禁锢的未来。

四、创伤在内心空间的广阔性中愈合

巴什拉在精神的推论步骤与灵魂的能力之间做出区别，他把广阔性作为一个内心空间的维度与存在强度，“它产生于内心，一种出神的情感，它以某种方式融化并吸收通感作用下的感官世界”①，具有原初价值与内心空间价值。当人们体验到广阔性境界的巨大能量时，会达到一种超自我的新生命状态，肉体将不再受到精神创伤的束缚。好比大海的海纳百川与平原的广袤无垠是具有广阔性的，二者产生巨大的回响与共鸣可与宇宙相通。内心空间正是在广阔性中，有一种来自宽广思想的不可测量的深度。在内心空间模式中，一颗小小的种子就能够生根发芽，横贯历史长廊的回忆能构成一种稳定的状态，而孤独与创伤在广阔性中得到抚慰，心灵不再是溃败的伤口，而是灵魂逐渐恢复平息的居所。

雯妮内心的广阔性来自于对自身存在意识与人生价值的认知。她口述中的时间轴并非朝着单一的方向延伸，时间一边潜回到悠远的过去，一边投向正在进行的现在，同时，又憧憬未知的将来。在时间跨度上涵盖了广阔的时间轴。当一个人能够从容面对所有，在沉思与回忆中产生巨大的静观力量时，他便拥有了与宇宙相通的神秘力量，生命原初的价值和体验得以呈现。空间原型意象打开雯妮生命中无边无际的空间，化实体为抽象，在一定程度上帮助雯妮远离焦虑卑微的内心牢笼，重获生命的张力。当雯妮放下包袱向女儿珍珠敞开内心的那一刻，内心维度的广阔性治愈了积淤心底多年的伤口，苦难所致的精神创伤在自由呼吸的天际慢慢闭合，母女二人间的关系也在破裂中得到良善的修复。雯妮送给女儿珍珠的灶神像——莫愁夫人，是精神创伤在其广阔的内心空间得以治愈的象征。寓意“幸福战胜苦难，世界永无悔恨”②。经历了众多苦难折磨，雯妮蜕茧成蝶的内心空间是无限的，她不断成长，达到内心的平和。

---

① 加斯东 · 巴什拉著，张逸靖译：《空间的诗学》，上海：上海译文出版社，2009 年版，第 11 页。

② 谭恩美著，张德明、张德强译：《灶神之妻》，杭州：浙江文艺出版社，1999 年版，第 200 页。

结语

存在即为合理。一旦一个有价值的空间成为一种价值,它就会长大,没有什么能够比内心空间更大的价值。《灶神之妻》中的主人公在创伤中成长,在自我蜕变中完成内在空间与外在空间的磨合,最终达到生命圆整的轮回。华裔的创伤是跨越种族而存在的精神创伤,是人的存在的有力发声。在历史背景下,伤口灼痛刺眼,而我们要重获新生,证明自我的存在有着重要意义。海外华人不断通过自身特有的方式发声,一次次地争取合法的生存地位与空间。正如莱斯屈尔总结道:“艺术家不是像他的生活那样创作,而是像他的创作那样生活。”世界安定和平,世人远离创伤苦痛,是当今需要解决的人类生存问题,值得进行深度的研究与探讨。

(作者单位:东北农业大学公共外语部)

聂华苓小说中的美国形象探析

▶曾丽华　马财财

在台湾留学生文学中,聂华苓的创作具有明显的文化学意义。《桑青与桃红》和《千山外,水长流》是聂华苓移民美国后创作的两部优秀长篇小说,较好地展现出作家笔下美国形象的变化。聂华苓因其独特的人生经历、多重放逐的"流浪"经验,对他者形象的书写有其独到之处。这种形象"是异国的形象,是出自一个民族(社会、文化)的形象,最后,是由一个作家特殊感受所创作出的形象"①。因此,研究这两部小说中的美国形象的建构及其变化的原因,从中可见不同时期作家对美国的关注态度和自我身份认同的变化及其意义。

《桑青与桃红》创作于 1970 年,是聂华苓最有时代感和历史感的作品。小说主要通过桃红写给美国移民局的四封信和桑青的四部日记讲述桑青四个时期的人生遭遇:"重庆时期"——"北平时期"——"台湾时期"——"美国小镇时期"。桑青离家后经历战乱逃难,从北平逃到台湾,被追捕出逃到美国,在美国桑青因为身份问题,不断受到移民局的骚扰,"戴墨镜的人"无时无刻不在调查,这迫使桑青在即将被递解出境的危险面前崩溃,精神分裂成为桃红。这部作品通过桃红在美国的状况,以及桃红写给移民局的信讲述了桑青的遭遇,她本欲寻找归宿却被拒绝,面临更加疲于奔命的逃亡,在小说中美国展现出冰冷、强横的形象。

《千山外,水长流》创作于 20 世纪 80 年代,讲述混血儿女孩金莲儿来到美国寻找父亲家园的情感历程。在大陆生活三十多年的金莲儿,在别人眼

---

① 让—马克·莫哈著,孟华译:《试论文学形象学的研究史及方法论》,孟华编:《比较文学形象学》,北京:北京大学出版社,2001 年版,第 118 页。

里是个“外国人”,甚至连她自己都觉得自己长得和别人不一样,为此她受尽了“红卫兵”的欺辱。为了摆脱妈妈带给她的这种“困境”,她选择了下乡“锻炼”,却不幸遭到“黑影人”的玷污。后来得到进入爱荷华大学学习的机会,她来到了爸爸的家乡。在这里,她同样是不受欢迎的“外国人”。金莲儿以善解人意的美好的性情吸引了表弟彼利和林大夫等人,使周围的人逐渐对她产生依赖,同时她也在这些朋友的帮助下走出了精神困境,敞开心扉融入美国,并用自己的爱心和孝行得到奶奶的认可。最令人庆幸的是,莲儿在与母亲柳凤莲的通信中,逐渐了解母亲那一代人的历史,理解了母亲的希冀。莲儿真正找到了自己的“根”,她是“中国人,老布朗家的孙女”①。莲儿从被拒绝到被接受,隐喻了美国更加包容、更具温情的形象。

一、空间意象下的美国形象

20世纪五六十年代经过两次世界大战后,以前的欧洲强国都受到了战争的重创,远离战场的美国却利用战争提升了国力,迅速成为经济强国。同时,不断加快的工业化进程促使一幢幢高楼建立起来,一条条道路修建出来,情欲宣泄的酒吧、“边缘人”生活的地下室,自然而然地涌入作者的视线,成为作家笔下美国形象的代表。当这些物象从作者笔端流露出来时,“建筑物不再被看作是一个自在的目的,像实体主义倾向所认为的那样,而是被视为意在表现人的生活和工作的‘一种空间结构’。建筑物和城镇房屋显示了人的世界、人类社会的整个活动场所的意义,并且在这种功能的范围里实现他们的恰当作用”②。聂华苓就是借助这些意象,并融入自己的感受,以此来塑造空间意象下的美国形象。

在《桑青与桃红》中,作者这样描写福特大楼:“福特大楼是一个巨大的玻璃缸,分成一个个小玻璃缸。每个缸里有个人。每个人旁边有架电话。玻璃缸中间的天井里面有四季的花。”③作者在此把“福特大楼”称为“玻璃缸”,给人一种冰冷的感觉。我们可以知道桑青在经历了“峡谷里的女人”、

---

① 聂华苓:《千山外,水长流》,成都:四川人民出版社,1984年版,第132页。

② 冯·皮尔森著,刘利圭译:《文化战略》,北京:中国社会科学出版社,1992年版,第92页。

③ 聂华苓:《桑青与桃红》,沈阳:春风文艺出版社,1990年版,第112页。

"围城里的女人"(在大陆流浪)、"阁楼里的女人"(在台湾流浪)后来到美国,本欲寻找归宿,开始"美国人生",却被"冰冷"的美国拒之门外,开始了她更加疲于奔命的逃亡。文章下面继续写道:"瞎子突然跑进来了,惊慌地大叫'福特大楼倒了福特大楼倒了狗呢我的狗呢',没有人理他。只有我一个人看着瞎子大笑。"①福特大楼的倒塌象征着作者对美国的否定,对作为人们心目中实现梦想与理想之地的美国的彻底否定。

阴暗、潮湿、简陋的地下室是处于与美国主流白人都市空间相对立的位置的边缘空间,它是弱势群体的栖息地和避难所。由于经济所限,在这里生活着很多的留美中国学生。作家常常把人物活动的空间安排在这个条件恶劣的地下室,以展现人物的困难生活。《桑青与桃红》中桑青在历经种种艰险来到美国后,曾被放逐到这个地狱般的地下室。在这里,空间狭小、闷热、潮湿,霉味飘荡在空气中,如此恶劣艰苦的环境突出表现了20世纪五六十年代留美华人的边缘处境。同时,从一个侧面展现出美国并不像当时顺口溜("来来来,来台大;去去去,去美国。来来来,来东海;去去去,去美国")所留给人们遐想的那样是一个"天堂"。如此"地狱"般的美国,完全颠覆了人们心目中实现梦想的"天堂"的乌托邦形象。留美华人终于认识到:在美国繁华背后是残酷、黑暗、狭窄的地下室。当然,生活在这里的人,精神上大多呈现出颓废、失落、沮丧的状态,有一种孤寂之感。由此,美国"乌托邦"的形象彻底破碎。

在《千山外,水长流》中,作者借莲儿的眼睛看到的美国娥普西河是这样的:"刚下过一阵小雨,田野更清亮了,对岸高耸的石崖,一层层整齐的白云石——哪儿来的一对巧手特意砌成的?一只鹭鸶在水上掠过去了,掠得河边的芦苇飒飒响。沿河小路上柠檬黄、湖蓝色的小花让雨水洗得清清爽爽。"②这些美丽的景象,是在中国受到创伤的莲儿所看到的。俗话说"景由心生",它与之前《桑青与桃红》中描述的恐怖意象不同。"漩涡四周冒着白沫。白沫溅起来了,翻起来了,翻起一道白色的墙,把我们的船和打转的船隔开了。……又一阵大浪翻起来了。大浪过去了,水里的人不见了。一点声音也没有了。水荡走了,太阳也荡走了"③。这正如聂华苓所说:"江水有很

---

① 聂华苓:《桑青与桃红》,沈阳:春风文艺出版社,1990年版,第50页。
② 聂华苓:《千山外,水长流》,成都:四川人民出版社,1984年版,第110页。
③ 聂华苓:《桑青与桃红》,沈阳:春风文艺出版社,1990年版,第62页。

多的象征意义,因为江水象征流动的历史——像江水一样不停地流,不停地变换。人生也是流动的。"[①]在两部小说中,咆哮凶狠、夺人性命的江水与精巧迷人、平和清爽的河水大不一样,这说明美国形象在聂华苓的笔下已经从一个缥缈破碎的"地狱"变成包容的乐园。

另外,在文本中,彼利和朋友们为重修布朗山庄而创建的"白云酒店"是展现美国形象的另一个重要例证。彼利、哈尔非以及黛安重修布朗山庄是"要生活在泥土上,生活在流水上","那件工作本身就是一种生活方式"[②],不是如莲儿以为的"为了祖宗"。彼利他们有自己的理想和追求,用自己的双手创造财富,靠自己的努力创建白云酒店。白云酒店以美丽的自然风光、优质的服务、惬意的生活情调吸引不同民族、不同国家的人来这里休闲、度假,这里是很多人放松身心、敞开心扉、寻找真自我的地方,同时也使迷茫甚至"太理想"的彼利们找到实现人生理想与价值的途径,使他们由混沌走向光明,也为我们展现了一个有前途、可以实现"美国梦"的美国形象。

二、精神层面下的美国形象

中国和美国最显著的一个区别就是:中国是以情感、伦理道德为基础建立的国家,儒家文化影响中国几千年之久,其倡导的传统价值观念早已深入每个中华儿女的骨髓,流淌在每个炎黄子孙的血脉中;美国,从诞生的那一刻起就是以法律精神治理国家,倡导民主、平等、自由,强调个体的独立。因此,当作者离开生她养她的那片土地后,来到美国,希望用自己的努力来为自己寻得一个远离纷扰的容身之处时,得到的只是个与梦想相距千里的"美国梦"。

在《桑青与桃红》中,有这样几处描写:"我赤裸裸地在石头城上跑,太阳要落到玄武湖里去了……戴墨镜的人在石头城上追来了一个两个三个四个五个……他后面跟着一长串戴墨镜的人,全是秃头尖下巴黑西装。""我打开门戴墨镜的人站在房门口他背后是一条很长的窄走道他要我下午一点钟到

① 梦花:《最美丽的颜色:聂华苓自传》,南京:江苏文艺出版社,2000年版,第336页。

② 聂华苓:《千山外,水长流》,成都:四川人民出版社,1984年版,第70页。

警察局去谈一谈我请他进屋谈他说他要利用警察局的设备他要用测谎仪吗他要用刑罚吗他要把我关在牢里吗。”“他说他还要继续调查我的案子假若他们判决我是不受欢迎的外国人必须把我递解出境……我问他们在什么时候判决他说不知道他叫我等等等等……”“戴墨镜的人在人行道上对着我走来了我钻进纽约股票交易所我钻进电梯戴墨镜的人就在电梯里我跑不了了……”①

通过这几处没有标点的长句,读者可以深深感受到桑青桃红无比紧张、无比压抑的精神状态。桑青桃红永远在逃亡的路上,“戴墨镜的人”永远在无休止地追捕,如此循环往复,终致桑青分裂为桑青与桃红:“我是开天辟地在山谷里生出来的。女娲从山崖上扯了一枝野花向地上一挥,野花落下的地方就跳出了人。我就是那样子生出来的。你们是从娘胎里生出来的。我到哪儿都是个外乡人。但我很快活。这个世界有趣的事可多啦！我也不是什么精灵鬼怪。那一套虚无的东西我全不相信。我只相信我可以闻到、摸到、听到、看到的东西。”②于是桑青完全放弃传统道德伦理观念,甚至可以说是放弃了国家、民族、历史的记忆,用性的放纵宣泄欲望,逐渐成了桃红:她与江一波——一个有妇之夫厮混,她与小邓情不自禁地在坟地放纵,她甚至随便与其他人野合……透过桃红的堕落历程,美国的另一面渐渐呈现出来:小邓所在的“行动委员会”实际上是放纵自己的“物欲场”;在地下室生活的贝蒂(江一波的妻子)的房间中有大麻、酒、穿内裤的长发男人……这些景象无不说明美国文化中的人精神上的毁灭、道德上的堕落。道德在美国已经没有控制力。

除此之外,作者呈现在读者面前的“戴墨镜的人”是“秃头尖下巴黑西装”的一副形象,这不禁使人联想到“秃鹰”——美国国鸟,它咄咄逼人的眼睛、飞扬跋扈的气势,像极了经过“黄金时代”发展后的美国。这时的美国是一个以金钱来衡量一切、以金钱来结算一切的国家,老一辈人记忆中的“昔日的美好时光”一去不复返了,这在《千山外,水长流》中得到了深刻的体现。

首先,在《千山外,水长流》的开头部分,作者通过对老布朗家族历史的介绍以及他们现在居住房屋中的摆设的陈述来体现美好时光已不在。老布

① 聂华苓:《桑青与桃红》,沈阳:春风文艺出版社,1990年版,第89页。

② 聂华苓:《桑青与桃红》,沈阳:春风文艺出版社,1990年版,第220页。

朗家来自爱尔兰，他们通过自己勤劳的双手在石头城开拓着，挖掘丰富的石头资源，靠智慧与勤劳逐渐积累起丰厚的财富，过上彼利心目中的理想日子——“生活在泥土上，生活在流水上”的富足生活。布朗家的墙上有一幅画像，画着的是胡佛总统，在胡佛总统的对面是《美国的哥特风格》，格兰·伍德的这幅画是老一辈人对美国美好时光怀念的源泉，正如布朗所感慨的那样：“那张画描出了美国垦荒时代的精神面貌：虔诚、坚忍、正直、不屈不挠、信仰上帝。”[①]然而，老布朗的外孙彼利却不这样认为：“《美国的哥特风格》就是对美国社会的讽刺：保守、顽固、自大到狂热的程度。”[②]由此，我们也可以看出祖孙两代人价值观念的差异，他们家庭亲情关系的淡化。在文本中我们还了解到没有人有义务为家庭中的其他成员做任何事情：彼利居住的水塔是从祖父母那里租来的，他帮助祖父母做一些活儿，像割草之类的是需要祖父母支付工作费用的；他与父母联系更少，父亲是位医生，所有的时间都用来救助病人，急诊室的护士随时呼叫父亲，兰熙（彼利的母亲）在纽约一家大公司上班，从没时间照顾他，一切经济支出靠自己，没钱了就去酒吧弹吉他或者做一些木匠活儿；彼利的女朋友换了很多，却没有一个可以让他有心灵上的共鸣……这说明美国家庭成员间亲情淡化，每个人都是独立的个体，可以决定自己的一切事情，但感情的疏离、距离的加大使金钱化、物质化的美国形象更为突出。

其次，金莲儿，一个中美混血儿，在中国大陆经历了战乱、内乱、被黑影人玷污等种种磨难，来到爸爸的家乡后，渴望在爱荷华寻找到自己过去三十多年生活中所不曾拥有的东西。然而，在她还没有到达之前，爷爷老布朗就表达了担忧：“说实话，我也没把握。我就怕，骑在背上的猴子，摆也摆不掉了……”奶奶更是极力反对承认她这个孙女：“你肯定那个中国女人就是你儿子的女儿吗？凭什么证据？儿子在中国死了三十几年了，从没听说他结过婚，更没听说他有孩子！现在，突然钻出一个中国女人，叫你奶奶呀，爷爷呀！……”[③]通过老布朗夫妇的话，我们可想而知莲儿来到石头城后的遭遇。庆幸的是，老布朗，一个自大的可爱的二战时期的美国兵，看到莲儿后，通过

① 聂华苓:《千山外，水长流》，成都：四川人民出版社，1984年版，第78页。

② 聂华苓:《千山外，水长流》，成都：四川人民出版社，1984年版，第51页。

③ 聂华苓:《千山外，水长流》，成都：四川人民出版社，1984年版，第243页。

"布朗家的鼻子"确定莲儿就是彼尔在中国的女儿;彼利也因为莲儿身上闪耀着他在美国同辈青年身上所不曾看到的优秀品质或者出于"爱恋"而和莲儿站在同一条战线上……这让初来爱荷华的莲儿的日子好过了一些。但是,她还是被"没有结婚的正式仪式",这个讲着和"红卫兵迫害她和母亲时"所说的理由一样的美国老太太玛丽扫地出门。和玛丽之间的不愉快,让莲儿觉得生活在美国的奶奶竟和在中国时欺辱她和妈妈的人有些相似,这让她觉得自己仍然没有逃出一直以来渴望逃离的那些心魔。莲儿在爱荷华最初的这段生活经历表明:被人看作"私生女""外国人"的她是不可能在爱荷华州找到情感的栖息地,美国的"寻根之旅"必定不会实现,美国是冷漠、无情的国度。

然而,随着故事的进展,我们发现莲儿在慢慢改变着自己,积极适应、融入外部世界。她在与母亲的通信中,逐渐了解关于母亲的一切,理解母亲那一辈人的命运与中国历史的复杂关系,从而更加认同自己中国人的身份,对于母亲和中国的怨恨也逐渐淡化直至消失;她在与林大夫以及表弟彼利的交往中,逐渐走出心理阴影,愈合曾经的创伤,摆脱精神的困境,成长为一个独立、自信、爱人与被爱的女性。莲儿凭借着自己的善良,在中国和美国之间架设了一座沟通理解的"桥"。她这座"桥",使彼利与祖父母间的疏离感逐渐淡化,以至在玛丽生病住院期间彼利照顾了老布朗,甚至在一年一度的农业博览会时彼利推着老布朗去看农产品展览,出现了祖孙两代有说有笑的温馨场面;她这座"桥",使老玛丽接受并认可了她和母亲,为母亲洗去了"引诱彼尔的酒吧女"的污名,并承认父亲和母亲婚姻的合法性,承认自己是布朗家的孙女,比如文中写道,他们在农业博览会时遇到艾芙琳询问莲儿是否是彼尔在中国的私生子时,老玛丽说:"不是私生子,彼尔在中国结了婚的"①;她这座"桥",使居留在美国的中国人更清晰地了解中国,重新认识中国,勾起他们即使功成名就、安居乐业依然渴望回到祖国怀抱的感情。莲儿,在改变自己的同时,也影响着身边的人,她用自己的人格魅力吸引着周围的人,"她突然发觉,她原是孤零零一个人,现在,竟有这么多人依赖她:母亲、爷爷、奶奶、林大夫、彼利。她也可以依赖他们了"②。他们在相互依赖中

① 聂华苓:《千山外,水长流》,成都:四川人民出版社,1984 年版,第 221 页。
② 聂华苓:《千山外,水长流》,成都:四川人民出版社,1984 年版,第 112 页。

走向更加完美的人生：爷爷奶奶不仅不用去“养老院”，还得到莲儿和彼利的暖心照顾；莲儿走出精神困境，既消除了与母亲的隔阂，又在林大夫和彼利的帮助下走出性的恐惧；彼利更加有担当、有责任心，同时得到亲情的温暖；林大夫走出失败的婚姻，去追逐自己的内心，回到祖国的怀抱，为国家贡献自己的才干。莲儿最终确立了自己的身份：“我是中国人，老布朗的孙女”。莲儿逐渐适应并融入美国的生活，为我们展示了美国包容、开放、充满人情味的一面。

当然，莲儿的父亲彼尔也是展现美国美好形象的例证。彼尔放弃爱荷华大学英文系的学业，自愿从军，来到中国参军反抗中美两国共同的敌人——日本。在中国，他通过自己的幽默和善良，赢得了“最好的那种美国年轻人”的赞誉，就连他的“情敌”老金和孙启亮也是这样认为。他对凤莲是尊重和爱护的，是真正的“最好的那种美国年轻人”。莲儿在爱荷华遇到的露西、艾德以及彼利也是“最好的美国人”。他们爱自己的国家、爱自己的家庭，善良、待人友善、心胸开阔……老布朗与玛丽之间的爱情，以及在玛丽去世后，他们之间“人鬼情未了”式的思念，让我们看到一个“美好的美国”：对爱情婚姻的忠贞、虔诚、负责。

三、注视者与他者的关系

正如曹顺庆说：“建构他者形象是注视者借以发现自我和认识自我的过程。注视者在建构他者形象时不可避免地要受到注视者与他者相遇时的先见、身份、时间等因素的影响。这些因素构成了注视者创建他者形象的基础，决定着他者形象的生成方式和呈现形态。”①我们知道聂华苓在《桑青与桃红》与《千山外，水长流》中所塑造的美国形象有一个流变的过程：从冰冷、蛮横的美国到充满人情味的美国。这种流变一方面与作者所处的时代大环境有关，另一方面也与作者幸福的婚姻生活有关，最后是与作家的身份认同紧密相关。“异国形象并非异国现实的复呈，而是形象塑造者根据自己的理解和欲求创造出来的。形塑者对异国所持的狂热、憎恶或亲善等态度，体现在双方关系之中，并决定着异国形象的塑造形式，被塑造的形象也因而具有

① 曹顺庆：《比较文学概论》，北京：中国人民大学出版社，2011年版，第183页。

置换或者偏离现实、具象泛化等多种功能。”①

随着时代的发展,美国经济得到更快的发展,作家在美国的生活几乎不会受到物质资源短缺的困扰,这在一定程度上也使作者的精神状态更加阳光。最重要的是美国民族政策的改变。美国早期的移民政策带有明显的种族歧视的倾向,一直宣称白种人是优越的民族,黄种人和黑种人自然受到美国白人“优越感”的伤害。生活在这种环境下的外来移民者自然在审视美国时会戴着“有色眼镜”。后来,随着移民数量的不断增加以及民主人士争取民主、平等权利的运动,迫使美国政府不断修改民族政策。外来移民者经济和政治条件的改善,促使他们眼中的美国形象不断发生变化,这是聂华苓笔下美国形象流变的原因之一。

另一个原因是聂华苓幸福的婚姻生活。在1970年创作《桑青与桃红》时,聂华苓在异国独自带着女儿生活,虽然有安格尔无时无刻表白的“甜言蜜语”,但她内心的苦楚还是无法排解的。我们可以从她的自传性散文《爱,是个美丽的苦恼》中的一组对话了解到这一点:“Paul:‘我知道那个时期对于你不容易。几年?’华苓:‘七年。’Paul:‘我对你一直很歉疚。我离不了婚。’”②聂华苓1964年去爱荷华,1971年和安格尔正式结为夫妻。这期间,她远离家乡,独自来到美国,忍受和自己最爱的人不能在一起并结婚的困境,因此《桑青与桃红》中充满着“低气压”的感情基调。但是,在与安格尔结婚后,聂华苓真正迎来了自己的幸福生活。苏童曾如此评价过:“聂华苓拥有过一个女人最丰盛的爱,即使她忘记了整个世界,爱对她来说也是不可忘记的。”③聂华苓与安格尔的幸福生活在她的自传性作品《三生三世》的第三部分《红楼情事》中得到全面展现。这对于她塑造《千山外,水长流》中的美国形象有重要的影响。聂华苓曾在作品的《附言》中表示这部小说是献给丈夫安格尔的,她与丈夫幸福的婚姻影响了她的创作心境,继而在作品中隐喻爱荷华也是她的故乡。作家在创作时不同的情感和精神状态,不可避免会影响到她所塑造的他者形象的存在方式和性质。

---

① 张月:《观看与想象——关于形象学和异国形象》,《郑州大学学报》2002年第3期。

② 聂华苓:《鹿园情事》,上海:上海文艺出版社,1997年版,第306页。

③ 聂华苓:《三生三世》,天津:百花文艺出版社,2004年版,第408页。

此外,聂华苓对自己中国身份的认同对作品的创作也起了很重要的作用。巴柔在《形象》中有这样一句话:“如有关身份认同的问题,这中间就涉及对他者地位及形象的讨论。所有对自身身份依据进行思考的文学,甚至通过虚构作品来思考的文学,都传播了一个或多个他者的形象,以便进行自我解构和自我言说:对他者的思辨就变成了自我思辨。”[①]《桑青与桃红》是一支流浪的中国人的悲歌,以分裂的形式叙写一个精神分裂的人物:桑青追求自由,桃红却在没有社会责任、没有伦理约束的自由中精神崩溃了。聂华苓曾说:“1964 年从台湾来到爱荷华,好几年写不出一个字,只因不知道自己的根究竟在哪儿,一支笔也在中文和英文之间飘荡,没有着落。……当我发现只有用中文写中国人、中国事,我才如鱼得水,自由自在。我才知道,我的母语就是我的根。中国是我的原乡,爱荷华是我的家。于是,我开始提笔写《桑青与桃红》。”[②]到了 20 世纪 80 年代,聂华苓的创作理念和心态都有了很大的改变,她对异国文化的态度从憎恶转变为亲善。正如她在《失去的金铃子》中所说:“坐在爱荷华窗前,看着河水静静流去,想着国家的沧桑、历史的演变、个人的遭遇……我……不会再为排解恐惧和寂寞而写了。我要为故乡的亲人而写。”[③]因此《千山外,水长流》是她创作理念转变之后的杰作,比如在作品中莲儿多次强调自己的中国身份,这也是聂华苓对自己中国身份的认同。

结论

《桑青与桃红》《千山外,水长流》是聂华苓最成功的两部长篇小说,也是聂华苓将自己的人生经历、情感体验成功融入创作的杰作。本文分析了聂华苓小说中的空间意象及精神层面下的美国形象,揭示美国形象由冰冷、蛮横到充满人情味儿、充满希望的变化,进而深入探析这种变化客观上是因为作者所处时代大环境的变化,即美国移民政策的变化以及中美关系的改善,

---

① 巴柔著,孟华译:《形象》,孟华编:《比较文学形象学》,北京:北京大学出版社,2001 年版,第 179 页。

② 聂华苓:《桑青与桃红》,沈阳:春风文艺出版社,1990 年版,第 189 页。

③ 聂华苓:《失去的金铃子》,北京:人民文学出版社,1980 年版,第 180 页。

主观上是由于作者与安格尔幸福的婚姻生活以及长久在美生活后对美国的融入,当然最根本的原因是作家对自己中国身份的认同,注视者与他者的关系从憎恶走向亲善。

本文系福建省教育厅社科课题“20世纪台湾留学生文学研究”(项目编号:JAS150295)成果。

(作者单位:集美大学文学院)

虹影小说《英国情人》中“革命+恋爱”的叙事模式与伦理诉求

▶刘红英

虹影是新移民作家中的领军者之一,她的小说创作具有一种“魔性”,显示出“智性的张力”。她着力于对女性生存与女性意识的表达,加之国外的生活经历与异质文化资源,在书写个人生存经验的同时,充满了对东西方不同伦理文化的探求,在欲望书写中渗透着理性的思辨,在性别冲突之上彰显出了文化的差异,在纷繁芜杂的理性观念背后却执着于生命的感觉与对生命力的张扬。所以,尽管在小说的构思与结构组织的安排上,有着这样那样的不足,但她的小说所蕴含着的整体的气场使人难以轻易否定其个性化特征。

《英国情人》出版于2003年。刚一出版,虹影就涉入了一场官司中。抛开官司不谈,就小说内容与蕴意而言,评论界也褒贬不一。陈晓明指出:这部小说是“关于东方阴柔的唯美主义对西方的雄奇的唯理主义的征服”①。在这之后,许多学者对这部小说的评论大都沿着这个思路进行,认为这部小说所传达的是一场文化的较量,而且以东方文化的胜利结束。另一种观点反其意而进行,认为小说中“房中术”的描写与道家文化不符,谈不上是文化上的胜利。当然,还有学者从“东方主义”这一视角来分析,认为该小说是为了满足西方人的猎奇心理,展示东方落后文化……见仁见智,各有所长。

但总体说来,这些评论都采用一种宏观研究的方法,没有回到文本中来,也没有深入小说中人物的人生追寻与内心渴求。小说的主要人物之一裘利安·贝尔(英国剑桥国王学院的高才生)为什么要到中国来?在他的遗

① 虹影:《英国情人》,北京:十月文艺出版社,2011年版,第236页。

书中写着:“此信,请交给我的母亲,在我死于疾病,或事故时,或是听到消息,或传闻我参加革命运动时”;当裘利安刚来到中国国立青岛大学,他受到了丰厚的待遇,“他不无恶意地想,当局肯定知道他来中国的意图,才以如此优厚的待遇,驯化他成为一个布尔乔亚”;在他离开英国,来中国的漫长旅程中,他“一直在写,写一篇长文《论无产阶级与诗》”……裘利安最初来中国的目的,是对中国革命的向往。只是在寻求革命的路途中,他陷入了恋爱。当他刚一踏上中国的领土,他就被中国女人吸引了,“他来中国目的不是为女人,不过,为什么不呢? 并行不悖”。后来他与闵的艳遇一直掺杂着革命的情绪,直到他临死前对护士说:“我梦想参加革命,想有个漂亮情人。”革命与恋爱是裘利安的人生选择,不过,革命是理性的、明确的;恋爱是感性的、陷入的。所以,从这个角度切入,《英国情人》可以理解为是以“革命与恋爱”作为主题,同时也是沿着两者之间的矛盾与冲突展开。虹影凭借着异质的文化经验与思想资源,以及特有的女性生命体验与女性意识,她的“革命与恋爱”的故事也就呈现出别样的一种风格。

一、裘利安 · 贝尔的革命道路与浪漫想象

“革命 + 恋爱”的小说模式,盛行于20世纪30年代左翼作家创作的小说中,比如洪灵菲的《流亡》、蒋光慈的《丽莎的哀怨》等等。面对革命与恋爱的矛盾,这些小说一般都响应时代的要求,选择革命,放弃恋爱,恋爱只是革命的陪衬物。以《青春之歌》为例,小说叙述林道静的成长历程,几番恋爱的失败,最后是革命拯救了她,使她变得坚强。在这些创作中,革命理念显然大于恋爱选择。这种选择在今天看来有点失真,不符合生命的常态与人性的逻辑。只是在特定的历史年代,具有一定的合理性。在今天,新移民作家的小说中也有关于“革命 + 恋爱”故事的书写,如严歌苓的《一个女人的史诗》中,田苏菲中学还没毕业,就参加了革命。但她不是出于对革命的向往,而只是因为一件丢失的毛衣,怕母亲责骂。即使参加了革命,她依然活在一个女人的感觉中。对受伤战士的同情与对死亡者的战栗,也是出于自己的良知,而非因为革命的崇高与戒律。在大历史与小个人之间,今天的作家更倾向于书写小个人的生命体验。虹影的《英国情人》也在书写革命与恋爱,不过,她和严歌苓的设意有所不同。小说中的裘利安 · 贝尔参加革命,的确出于对革命的向往与激情,当然,也不同于20世纪30年代的“革命 + 恋爱”

小说,她所体现的是裘利安·贝尔作为一个诗人对庸常俗世的挑战,是布罗姆斯勃里自由精神的外在呈现。

虹影选择的革命者是一位男性:裘利安·贝尔,从性别意识的角度来考虑,男性对事业与爱情的选择,更为理性一些。裘利安·贝尔对自己与闵的恋爱,似乎一直也保持着清醒,他从没有忘记自己来中国的目的是要参加战争。他之所以来到中国参加战争,是因为他对二战期间欧洲沉闷的文化感到窒息,对法西斯战争感到残酷,怀着人道主义精神和诗人的热情他来到中国参加正义的战争。当他亲身经历了中国战争,见悉了战争的真实面貌,他重新回到闵的身边,这不是因为恋爱的力量战胜了革命,而是战争本身的虚无与残酷,绝不是他作为一个诗人原来所想象的。裘利安带着学生易(作为翻译官)同上前线,一路上,他见到的士兵破衣烂衫、纪律涣散,革命与反革命都一样的残酷。他认识到:“对中国革命的估计,他的确想得太简单了”,“中国农民很穷,工人也很穷,但还没有到想革命的程度。即使真的要革命,又有什么必要这么血腥?有什么必要靠加深仇恨推进革命?”于是,在亲身经历后,他逃离了战场。不过,他与闵的短暂相会中,又一次选择了革命,其原因固然是因为被闵的丈夫发觉,但更因为他还是执意于一种正义的革命精神,这种精神是出于西方文化精神里的自由主义力量,是浪漫诗性精神的正义实践与突破庸常世俗的战斗激情。1937 年,裘利安离开了中国战场,转而“加入国际纵队到西班牙参战”。最终,他死在了战场上,他留下了一句遗言——“我想参加革命,想有个漂亮情人”。

从裘利安·贝尔的革命道路来看,他的革命理念要大于恋爱选择,但与以往“革命+恋爱”小说不同的是,革命是他本身自我价值的选择,而不是某种外在的意识形态所要求。在恋爱与革命之间,也不是非此即彼的二元对立关系,而是更具有逻辑的合理性与艺术的真实性。当裘利安再次上战场,闵知道他一定会死,“因为他希望被杀死,正如她也一样”。“革命与爱欲有个含糊莫辩的共同点:献身”①。从个性气质来看,裘利安与闵是一样的,他们具有某种个人主义的激情,不安于庸常现实的生活。在他们身上所体现出的是,个性主义者的生命力度与对自由意志的追求,这是使虹影小说具有“魔力”的因素之一,也体现虹影对当下文化伦理思考的一个着眼点。诗人、革命与激情往往是同义的,都具有浪漫主义的因子。但问题是,浪漫与激情

① 刘小枫:《这一代人的怕与爱》,北京:华夏出版社,2012 年版,第 44 页。

对于诗人和革命者两种不同身份的人的意义不同,诗人倾向于个体性心性的表达,对自由的向往是回归自我的真实表现;而革命是外在于自我的社会历史活动,它的真伪需要时间的鉴定与辨析。刘小枫指出:“革命的献身与爱欲的献身不同,前者要求个体服从革命的总体目的,使革命得以实现,爱欲的献身只是萦绕、巩固个体身位。”①尽管叙述者在小说中一再肯定裘利安的选择是出于个体自由选择,但这种个体选择只能说裘利安没有仔细辨析战争与正义、历史与现实、革命与爱欲之间的不同差异,所以他只是一个怀揣梦想的理想主义的探索者、一个天真的罗曼蒂克的想象者、一个缺乏理性分析的不成熟的“诗人”。小说提到裘利安把自己每天的活动和心迹事无巨细地写给他的母亲,与其说是强调他家庭的开放,倒不如说是印证了裘利安的依赖感与天真幼稚。所以,他来中国寻找革命,实现自己的自由主义理想与人道主义精神,就显得有点荒谬与虚无。因为,革命本身是荒谬与虚无的。

二、闵的恋爱激情与生命感觉

闵与裘利安有着共同的浪漫主义个性精神,作为女性,闵执着于生命感觉,坚守情爱伦理。裘利安至死都不忘自己除了恋爱还要革命,但他的革命想象是如此虚妄。倒是与闵的恋爱经历,让他彻悟两性相悦中的荡气回肠,如果说寻求生命的意义,这场恋爱的经历也许更能反映出一个人的心性;如果说寻觅诗性的感觉,这场恋爱也许更能体现出他作为布罗姆斯勃里中的一员。而且,小说所有的矛盾与冲突尽在其中,包括欲望本能与道德理性的悖论、现代自由精神与传统文化的触礁,以及由于东西方文化差异和性别冲突而导致的婚姻、爱情与性爱的不和谐。但正是这种不和谐,形成了小说审美意义上的张力与气场。

闵与裘利安的恋爱过程占小说的大部分,小说叙事者对恋爱的肯定显然大于对革命的肯定。这是新移民作家在关于恋爱与革命、个人与历史的关系上的突破与扭转。革命与历史都只是作为一个隐性的背景,个人与情感却被放大在历史舞台上,比如严歌苓的《一个女人的史诗》《第九个寡妇》、虹影的《饥饿的女儿》等都是这样。《英国情人》中,闵遇到裘利安之前,是端

---

① 刘小枫:《这一代人的怕与爱》,北京:华夏出版社,2012年版,第47页。

庄贤淑的，她的生活风平浪静，作为系主任的夫人，同时又是诗人，她富有尊贵、优雅自如，拥有体面的家庭、上流的身份。但她内心的激越、个性的抑制却不为人知，一切都被遮盖在这层端庄的面纱之下。虹影要展现的，就是揭掉这层面纱。捅破这层面纱的是裘利安·贝尔——一个来自西方的不懂世故的诗人青年。闵的面纱一旦被捅破，就像火山喷发，如注的激情喷射而出。写到这里，作者转移了地点，从青岛转到北平，既是故事情节发展的需要，也是对北平端庄文化的僭越。这里与其是说北平的端庄，不如是说长期的传统文化的痼疾，在传统的“温良恭俭让”的封建礼教下，压抑着生命的感觉。

闵出身于一个开放的家庭，闵的父亲七十多岁了，精神旺盛，还要准备娶第十四房姨太太。虹影在这里写得既幽默又大胆，她所肯定的是“父亲”的生命力。在长期困苦而又压抑性本能的社会中，人们大都不能享尽天年。在传统的封建伦理观中，无数的家庭只看重婚姻，却忽略婚姻内部的情爱与性爱。小说中，有一次闵与裘利安去看京剧，上演的是《庄周试妻》。也许我们从未认真剖析过该故事的逻辑性和合理性，在长期的惯性思维中，这出戏被看作是要求妻子“忠贞”的伦理剧。这的确是一出伦理剧，但小说通过裘利安指出了其中的破绽：这场戏的情感立场与价值观念十分混乱，“寡妇调情也欣赏，寡妇自杀也认为应该”。毋庸置疑，在寡妇调情的时候，观众拍手叫好，因为这勾起了他们本能的欲望。但寡妇最后自杀了，观众也确实在叫好，因为他们觉得这完全符合社会伦理规范。值得提出的问题是：本能欲望与伦理规范之间是鱼与熊掌的关系吗？现代伦理肯定人的生命感觉，肯定人的欲望本能，自我的约束应当是来源于自我“心中的道德法则”，而不是礼教与纲常。在这个意义上，伦理道德与欲望本能通过自我内心的反省调节而趋于一致。然而，中国几千年的封建社会，儒家的礼教观念深入人心，直至当下，这种思想意识里的封建伦理观念依然以超稳定的结构存在着。闵的丈夫郑是一个留学欧美、接受过西方文化教育的现代知识分子，他能够突破世俗的偏见娶了闵。闵被认为是传说中的白虎星，会克夫。然而，郑也只不过是观念上的先锋派，英文说得流利的正统卫道士，在现实生活中，却极端守旧落后。他维护着体面的家庭婚姻，却不懂得家庭的经营是夫妻之间的情感交流与性爱和谐，文质彬彬的面容下掩盖的是一个虚弱苍白的生命。在被郑长期的冷落中，闵过着十分压抑的生活。裘利安给闵带来了生命的能量与生活的气息，因此闵不顾一切地投身到这场恋爱当中。

然而，闵对恋爱的投入不同于五四以来女作家笔下的“恋爱大于一切”，但在性爱观上望而却步，比如冯沅君的小说《旅行》描写一对恋人出外旅行，相拥而居却没有逾越男女之事，比之于柳下惠的坐怀不乱，更进一筹；也不同于张爱玲笔下世俗性的女子处于悲戚幽怨的苦闷之中；更不同于 20 世纪 90 年代大陆女性的“身体写作”，满足“身体”而消隐了情感，比如，铁凝的《大浴女》肯定了女性的身体欲望，却超越了情感价值，尽管她为之镀上了一层宗教色彩；甚至也不同于新移民作家中的其他女性作家，比如严歌苓的写作有种高屋建瓴式的俯视感，其小说中的女性是温柔的强者，既能投入，也能超越，也有忧伤，但都很冷静。比较而言，虹影的写作是全部的投入，是情感的一泻千里，可以说没有保留、没有遮蔽，性爱是激情的，情感也是真诚的。虽然，近代以来，人们逐渐认识到情爱、性爱与婚姻的三者分离，但三者一定是分离的吗？作为现代知识分子，闵非常明白这个道理，她从来没有提出过结婚，也没有表露过爱情，只是和裘利安陷入欲望的河海。从一开始，她把自己置身于欲望中，就知道选择了一条不归路，因为她知道三者不可能分离得清清楚楚，人性是复杂的，复杂到连自己都搞不清楚。作为现实的个体，人很难绝对理性地驾驭自我，也很难单纯地满足于动物性本能。随着裘利安的死去，她选择了“自杀”，这是殉情，但不是单纯的殉情，而是对真挚情感的肯定，也是对生命力量的肯定，同时，增加了小说的悲剧性审美意味。

三、情爱伦理与文化立场

在革命与恋爱之间，在裘利安与闵之间，小说彰显了个体欲望与生命感觉，信守的是情爱伦理的逻辑推演与价值立场。但值得思考的是，闵既然如此选择“献身”与“死亡”，那么，她为什么不跟随裘利安一起参加革命？这样，既能满足裘利安的革命欲望，也能实现自己的恋爱选择。但这样一来，闵就会处于一种随从与附属的状态。作为现代女性知识分子，她不会选择她不认同的职业，更不会作为男人的附属。这里强调的是闵的主体性价值与个体独立人格，陷入爱欲，并不等于价值立场趋同与丧失个体性。小说中写道，有一次裘利安与闵谈到婚姻问题不欢而散，一段时间的矛盾与分离后，裘利安意外地在一次宴会上见到闵。闵一如既往地优雅与漂亮，裘利安不得不意识到闵拥有自己独立的生活空间，拥有成功的事业、富裕的家境、诗人的气质、上层的社交圈；闵二十八岁才嫁给郑，因为闵的父亲给她绝对的婚姻自主权。闵一直就是自我生活的主体。而且，在革命与恋爱之间，宏大叙事中常常毋庸置疑地推崇“为了革命正义的事业”，否定了“小我”的生活。这里交织着两条线索：事业选择与性别差异。裘利安选择革命，闵选择诗歌创作，事实证明，革命是虚妄的，诗歌是最高境界的性情表述。闵没有必要放弃自己的生活跟着裘利安走，纵然爱得死去活来。这里虹影的价值立场非常坚定，既是对革命的否定，也是对女性附庸的否认。那么，闵的选择即是坚持自我的女性自我主体意识的体现。

现代小说的叙事伦理在遵循个体价值的基础上形成，自我价值体现在充分肯定生命的感觉与精神的超越中。古典小说大多强调后者而否定前者，现代小说往往矫枉过正。虹影通过闵来达到她意欲表达的多重意图：女性意识的体现、欲望本能的肯定，同时不忘诗性精神的超越。女性主体性的价值选择包括后两者，即对女性欲望主体性的肯定与女性精神的追求。小说中极尽所能地描写“房中术”，闵在十六岁就跟着母亲练习“房中术”。我们大可不必去考证历史上的“房中术”是否属实，小说艺术本来就是想象与虚构，追求艺术的真实。小说通过“房中术”肯定的是中国传统文化中鲜为人知的另一面：充分实现个体本能的欲望与自由逍遥境界的追求。在实现个体欲望的同时，闵作为一个现代派的诗人，在古典道家精神中汇入现代女性主体意识的一脉，使“房中术”出神入化，实现肉欲与精神、人性欲望与神性超越的完美融合。当然，人不是神，闵在充分实现自我的过程中有着犹疑与彷徨，“去也终须去，住又如何住?”带有禅味的谶语道破了人生的悲凉与无奈，闵最后付出生命的代价。小说以迷信说法交代，闵正逢本命年，与婚外男子性交，会犯冲，会血溅白布。这是一种神秘力量与构思方式，其文化寓意在于指明闵的情感力量与生命强力，以及女性主体性价值。

《英国情人》中酣畅淋漓的激情、自由驰骋的精神与虹影创作的总体风格是一致的：近似于偏执的性爱书写与带着棱角的个性彰显，以及对东西方文化资源的有机吸收。虹影对性爱的书写大胆而袒露，是对压制个体力量的男性主体、社会偏见以及文化习俗的强烈诘问，无论是古代还是现代，无论是贫民还是知识分子家庭，一切都处于强大的男权社会之中，女性依然是这个社会中的弱势群体，西苏说：“男人们受引诱去追求世俗功名，妇女们则只有身体，她们是身体，因而更多地写作。”[①]身体欲望的书写是一种策略。虹影小说中主人公的个性是带有棱角的，具有女权主义特征，具有鲜明的个体自主意识，却又在生活中无奈无助，有时充满了歇斯底里式的狂喊与惊叫，带有无逻辑无秩序的梦幻色彩，但形成的是一种强力磁场，争执、焦虑、较量、疏泄，充满了现代性的心灵挣扎与心声呐喊。更值得一提的是，小说的文化精神——新移民作家在艺术构思中有意无意彰显了对文化的反思意味。相对于现代思想与西方精神，中国传统文化中有着糟粕性的一面，禁欲、落后、贫穷而愚昧，这些早已被五四一代作家大写特写。但道家“房中术”却是鲜为人知的，它是对本能欲望的肯定与自由精神的体现，它具有现代思想中的质素与因子。小说通过写闵的“房中术”，彰显的是不同文化冲突之下的文化立场。闵与丈夫的不和谐，是道家思想的现代性与儒家文化的落后性的表征，裘利安从惊叹到折服，到不能忘却，他的恋爱经历预示着东西方文化差异的悖论，裘利安的玩世不恭却被闵的激情折服，看起来西方文化开放，却不知端庄典雅的中国文化也含有激情澎湃的激流。尽管他最后逃离了，但这种力量对他的吸引是不可否定的。“小嫚好盘目”远远超过了他对人力车夫的虚假同情，爱欲的力量远远超过了他虚妄的革命精神，对中国革命的向往转为了对中国女子的衷情。这是虹影对“革命+恋爱”叙事模式的全新表达，蕴含着她先锋式的审美倾向、现代性的价值立场与个性情爱式的伦理诉求。

本文为“浙江国际化战略研究院项目”《欧美新移民作家小说研究》(项目编号为:GZYY013)的阶段性成果。

(作者单位:浙江越秀外国语学院中文学院)

① 张京媛:《当代女性主义文学批评》,北京:北京大学出版社,1992年版,第202页。

张翎小说中的重复叙事分析

▶陈　莉[1]

一

罗兰·巴特指出："普鲁斯特乃是突然降临于我的脑中，而不是我召唤得来的；亦非一位'权威'；仅为一种往复而现的记忆而已。这边是文际关系：于无限之文外生存，绝不可能——无论此文是普鲁斯特抑或日报抑或荧屏：书创造了意义，意义创造了生命。"[2]张翎自然也逃不出这所谓的文际关系。"文重新分配整体语言（它是这种重新分配的场地）。这种解构和重构兼具的途径之一，便是对种种文进行排列，对在所探查之文周围、归根结底在其内部存在过或依然存在着的种种文的断片进行排列：所有文都处于文际关系里；其中在不同的层面、以或多或少可辨识的形式呈现出另外的文；先前的文化之文和周围的文化之文；一切文都是过去的引文的新织品。"[3]文际关系与重复叙事在这种意义上是相通的。

张翎的《金山》曾被指"在构思和大部分情节甚至细节上，与一些加拿大华裔作家的英文作品完全雷同。这些作品包括郑蔼龄的自传体文学《妾的

---

① 陈莉，陕西师范大学硕士研究生。

② 罗兰·巴特著，屠友祥译：《文之悦》，上海：上海人民出版社，2009年版，第45页。

③ 罗兰·巴特著，屠友祥译：《文之悦》，上海：上海人民出版社，2009年版，第94页。

儿女》、李群英的《残月楼》、崔维新的《玉牡丹》、余兆昌的《金山故事》等”①。然而,“文际关系特性,为一切文的性状,无论怎样,显然不能归结为起源或影响的问题;文际关系是不具名的惯用语的普遍底色,其来源罕有能定位的,也是无意识地或自动地引用,不加引号地呈现出来”②。因此,我们不能将《金山》与其他四部小说之间的关系简单地定义为抄袭剽窃,认为张翎乃是受其启发才创作《金山》,甚至让以上四位作者独自占有一段共有的历史资源,而张翎却背上抄袭的骂名。

张翎被“墓碑”及“碉楼里的夹袄”触发了创作灵感,从灵感被触发到完成著作经历了20年。“创作冲动是一种创作欲望,创作动机则是由某种欲望和需求转化而来的,它和某种情绪、情感之间存在着不可割裂的关系。能够激起创作主体情感或情绪的东西,也往往能够激发起创作动机。艺术创作如果没有情感的引发,是不可能产生创作动机的。”③她始终被这种创作冲动所推攘,思绪也为这种独特的情感所敲打,我们又怎能轻易断定张翎是在读了以上四部小说后就创作出《金山》呢?

其次,从《金山》一书的《序》也可以看出,张翎为讲述一段一百多年的华工历史,可谓是沥尽心血,她奔波各地通过多种渠道查询公共史料,并进行实地考察,此书历经多年孕育锤炼才得以成型。且张翎严肃地以作家人格声明,《金山》是“绝对的原创文学作品,尽管它是以加籍华人历史上共同见证的事件为基础的”④,她也指出这段历史“乃是文学灵感的非常丰富的源泉,那是任何人都不能据为己有的——除了上帝之外”⑤。

综上,不论是从张翎个人真实的相关创作经历还是文学创作理论来看,我们都不能冠以张翎剽窃抄袭之名。张翎个人除了为此案做了平静从容的申诉外,其作《生命中最黑暗的夜晚》更是她强有力的辩护。耗尽金钱与经历写成一部小说,意外获了很多奖项并被拍成了轰动世界的大片,但却立即

---

① 王觅:《张翎就〈金山〉被指抄袭发表声明》,《文艺报》2010年12月8日。

② 罗兰·巴特著,屠友祥译:《文之悦》,上海:上海人民出版社,2009年版,第94页。

③ 杨立元、杨扬:《创作动机新论》,北京:现代出版社,2014年版,第25页。

④ Leah McLaren著,牛抗生译:《借来的东西——关于张翎“抄袭”事件的调查》,《华文文学》2013年第1期。

⑤ Leah McLaren著,牛抗生译:《借来的东西——关于张翎“抄袭”事件的调查》,《华文文学》2013年第1期。

让她陷入抄袭的黑云漩涡。这一大片黑云仿佛剥夺了她生活中所有的光亮与希望,旅途中每个人都讲述了曾经关于自己的最黑暗的故事。谁的人生没有过这样的黑暗？黑暗是你我生活中的不速之客,但“黑暗没有可比性。没有一种黑暗,可以代替另外一种黑暗。只是,什么样的黑暗都可以熬得过去”。这就是张翎被卷入《金山》一书涉及抄袭一案的真实写照。她既为自己做了有力的辩护,也表明生活中有太多不速之客,黑暗是时有发生的,然而生活的希望与光亮只要永存心间,那么人就是幸福的。

历史是恒久立在那里的,海外华人对历史的感悟也难免有相似之处。资源的共有使海外华文作家难免无法逃出文际关系这张大网。因此,抄袭的罪名实在难以安在张翎身上,这种现象将之定义为重复叙事更为恰当。

另一个值得我们注意的现象是在张翎的小说创作中,她的中短篇小说尤其是长篇小说保持着重复的特征。我们不难发现,张翎的长篇小说与中短篇小说总是有着割不断的联系,如《交错的彼岸》与《江南篇》《警探理查逊》,《望月》与《丁香街》《盲约》,《邮购新娘》与《羊》《尘世》。

《尘世》是张翎的一部中篇小说,它展现了男主人公刘劼明在异国奋斗的故事。他与妻子余小凡经营着平淡却也还算幸福的婚姻,他们的一切止于一场车祸。刘劼明以为这也是他生活的终点,然而却是“一个更像结尾的开头”——在他失意一段时间后用妻子的赔偿金开了一家咖啡馆。之后刘劼明的生活中又出现了岳母方雪花为他介绍的江娟娟和店里的女招待塔米。一场大火摧毁了他与江娟娟的关系,却让他得到树一样可以依靠憩息的塔米。到了《邮购新娘》中,这篇故事成为其中的一条线索,文本以江娟娟的身世为谜团,丰富小说内容,加深其审美艺术,引出了在不同历史情境之下,隔着一片汪洋,不同人物的命运与人生追求。将《尘世》纳入《邮购新娘》中,使文本极具张力,这种张力撕扯着读者的心,清晰而深刻,正如张翎自己所言:“伤痛给了我们活着的感觉。”①

《邮购新娘》是由一个引子、八个章节和一个尾声组成,也就是说这个文本蕴含了多条线索,《尘世》只是其一。而《羊》这篇小说作为另一条以单独章节形式存在的线索是出现在《邮购新娘》第六章——《两个洋牧师的故事》,只不过将“羊阳”换作了“江娟娟”。作者刻意而为之的目的是为了深

① 张翎:《关于〈邮购新娘〉的一番闲话》(代后记),张翎:《邮购新娘》,上海:华东师范大学出版社,2009年版。

化“路得”这个人物形象,表现了对此人物形象的钟爱。她甚至说:“如果把整部小说比作一条时急时缓的河流的话,路得的故事就是河流上的一座桥梁。没有桥的河流至多只能叫作水。”①

作者在《邮购新娘》中很明显地融入《尘世》和《羊》这两部小说作为两条线索,必是有作者的艺术构想与审美需求的,这也确实加重了作者试图向读者传达的一种活着的“痛”的感觉。我们不难发现,张翎是一个十分勤奋执着的作家,著作丰富且注意作品间的联系。她的小说以寻找为基调,寻找是双向的,《邮购新娘》就是在与《交错的彼岸》双向寻求关系下的探讨与延伸,张翎渴望在这种寻求中表现人性。一方面,这涉及作家如何以人物、历史事件为中心用中短篇小说架构长篇小说。张翎指出:“我自认为是一个需要大场景和大舞台的作家,只有长篇小说这样硕大的空间,才容得下我的喋喋不休和长袖癫狂……对于中短篇,我只是将其看作长篇运作中的一个喘气间歇。”②况且,中短篇小说与长篇小说遥相呼应的现象并不新奇,我国的古典文本以及当下国内、海外华文文本都有这种重复叙事的现象出现,这也表现了作家对一种创作机制的运转应对及审美追求。但另一方面,像《邮购新娘》这样融合多部小说作为文本线索,易造成“小说头绪的复杂……视野宽则宽矣,但故事之多,其间又常互不相干,却让人有点怀疑小说是否并非一气呵成,而是由平日所写的不同的故事构成。这决定了小说无法进行直线的叙述,作者采用了时时转换的分而述之的结构方法,繁复新巧,但却很容易将读者绕在其中不能自拔”③的感觉。

二

张翎小说文本中的人物形象可以分为以下几类:一是靠在餐馆或者咖啡馆打工维持生存的留学生,例如《望月》中的羊羊和刘晰,《交错的彼岸》中的萱宁、蕙宁与大金;二是听力康复师与医生形象,如《向北方》中的陈中越

---

① 张翎:《关于〈邮购新娘〉的一番闲话》(代后记),张翎:《邮购新娘》,上海:华东师范大学出版社,2009 年版。

② 江少川:《海山苍苍:海外华裔作家访谈录》,北京:九州出版社,2014 年版,第 33 页。

③ 赵稀方:《历史,性别与海派美学——评张翎的〈邮购新娘〉》,《世界华文文学论坛》2004 年第 1 期。

与《女人四十》中的络丝是听力康复师,《交错的彼岸》中的陈约翰、《望月》中的李方舟以及《余震》中的沃尔佛都是医生;第三类便是画家,如《望月》中的孙望月和宋世昌、《恋曲三重奏》中的章亚龙、《邮购新娘》中的沈远和《丁香街》中的慕容皑;最后一类是牧师形象,如《交错的彼岸》中的安德鲁牧师和《邮购新娘》中的约翰·威尔逊与保罗·威尔逊牧师。

张翎小说在文际关系的大网中表现出来的文本间重复叙事现象,表现了作者通过中短篇小说架构长篇小说这种创作机制运转的方法。在张翎的小说创作中,人物形象的重复是其首要特征。这些形象设计的灵感均来自创作主体本身的生活经验,刘晰、蕙宁等因生存之故屈身于餐馆打工正是对张翎留学之初的生活困境的体现,对于画家形象的刻画也是源于自己的兴趣爱好。张翎本人是职业听力康复师,也是基督徒,因此,医生与牧师形象皆是从其个人生活中走出。

张翎由自身初到国外的生存境遇与经验出发,塑造了众多在物质激流中寂寞挣扎的人物形象。被西方的现实世界一轮轮地冲刷后,有人选择暂时逃避回到故国家乡寻找答案,有人选择坚守在这片土地继续挣扎。《望月》中便塑造了两个回归故乡的人:刘晰和卷帘。刘晰和妻子是大学同学,毕业后在同一单位工作,在单位提供了一个出国名额时,妻子径自去了法国,她事业的成功再加上异地生活造成的生疏,二人最终离婚,女儿冬冬也给了妻子。最后刘晰只剩下一个博士学位,却在找工作的时候一再碰钉子,终于无奈回国工作。卷帘因为男朋友而到多伦多留学,其男友事业不顺,脾气也愈发糟糕,二人最终分手。卷帘在"荔枝阁"打工维持生活,老板黄明安怀着同情心娶了已怀有身孕的卷帘,卷帘的日子也就比从前轻松一些。不料黄明安与在他餐馆打工的羊羊有了婚外情,卷帘却只是一忍再忍,待到再也无法忍受,感情伤痛之时独自回到中国。《邮购新娘》中的江娟娟以林颉明未婚妻的身份来到多伦多,一开始江娟娟就与异国生活表现出了格格不入。由于林颉明拖延自己读书的时间,再加上与服务员塔米的矛盾,江娟娟一次次切身感受到独自在异国的绝望。当江娟娟得知林颉明决定与塔米偷偷买下一家咖啡馆时,一场大火将两人彻底隔开,江娟娟带着最后的绝望返回中国。还有《交错的彼岸》中的黄惠宁,她无意间了解到母亲和龙泉的私情,毅然离开海狸子,继而她与谢克顿的友情遭到其妻的误解和讽刺,最终蕙宁来到多伦多医学院留学。在遭遇与海狸子、谢克顿、大金、陈约翰的一段段感情纠葛以及被房主强奸后,蕙宁百般困惑,选择重新回到中国寻找答案。她只有来到“根”的世界,才能避开那个让她迷茫痛苦的“壤”的世界。

面对现实的打击,有人将中国作为精神疲惫之时的避难港湾,选择回归;也有人选择留下奋斗,以求在这片新土地上寻得立足之点。《望月》中,星子和孙望月是典型的不归者。星子从和周家杰骗局一般的婚姻中逃脱后,靠在餐馆打工和收取房租维持自己和两个儿女的生活。星子与刘晰的感情虽未炽热浓烈,却也是缱绻温和而日久生情,在星子决定与刘晰共同回国时,面对婆家的威胁,她最终还是决定为守住两个孩子的抚养权而与刘晰天各一方。孙望月与丈夫颜开平的感情平平淡淡,其出国行为也可理解为在极其平淡中寻求一种逃离。在多伦多,孙望月虽然有丈夫这个极强的经济后盾,然而她从听课到办画展都只能靠自己闯荡,出现诸多困境。慢慢地,她和老师牙口在辗转中产生缥缈的感情,却在无意间发现牙口是同性恋,望月一时无法接受痛心分手,此时她已怀有牙口的孩子。面对诸多困境,又遭受牙口事件的诸多打击,望月最终流产且大病一场。在好友宋世昌的照料引导下,望月的精神与身体逐渐好转。虽然有宋世昌的照顾,但她在多伦多的遭遇对她却是致命的打击,然而望月并没有选择回国疗伤,而是在欧兹小镇沉淀自我,安心作画。《金山》中的方得法、方锦山与方锦河亦是为了远在家乡的家人衣食无忧而奋死挣扎在现实的蹂躏中。

作家的创作是个人生活经验的积累与丰富想象力的结合体。在张翎的小说文本中,作者对人物形象的塑造建立在重复作者自我的基础上。即张翎以自己的生活经验为基础,经过艺术加工,塑造众多人物形象。每一类人物形象,都凝聚着作者对自己初到异国艰辛生活的回忆以及面对现实世界的冷静思考。坚守在异国奋斗的异乡人没有一个是一帆风顺的,他们或遭遇物质的匮乏艰辛,或在精神世界自我撕扯。因此,我们能够在张翎的笔下真实感受移民的生存困境,这样的状态正是张翎切身体会的结晶。另一方面,那些再也无法独自一人承受压力的移民,选择归国摆脱疑惑,寻找答案,最终走出迷失的困境,找回自我。这正印证了作者对移民生存困境的体悟,表达他们在异国漂泊无法得到答案时的内心挣扎,描绘了一场场在故国与异国之间,在理想与现实之缝隙,独自进行的残酷战争。其次,张翎有着浓厚的牧师情结。其笔下的牧师既忠于上帝,保有着灵的纯净,却也有着蠢蠢欲动的欲望,他们在上帝和欲望之间挣扎,但最终是“发乎情,止乎礼”。《邮购新娘》中约翰牧师与路得的感情最终石沉大海,约翰带着终生遗憾回到自己的国家。《交错的彼岸》中安德鲁牧师与汉娜的感情如点缀在上帝那片深沉的夜空中的微弱星星，终而在辗转反侧中被掩埋归于平寂。张翎执着于对牧师在上帝与欲望之间挣扎的描述，反映了作者对灵与肉的矛盾的思考，并且给出了自己的答案。

综上，张翎对人物形象的刻画存在重复现象，这种重复无疑是以创作主体的经验为源泉，通过丰富的想象展开对人物形象的塑造。通览张翎的小说，我们很容易发现，作者对人物形象的塑造可以归纳为以上几类，而且每一类都有若干个代表人物，绝非偶然的个例。作者用人物形象的重复使读者在不断似曾相识的感觉中深化体悟移民的生存与精神困境，能够在这种重复中切身领悟超乎人物形象之外的情感意蕴。如此看来，张翎小说中的重复便不能仅仅被视为机械重复的偶然现象，而是重复上升到一个艺术手法的层面。这样的人物形象重复形成一个意蕴辗转、哀愁淡淡的审美空间，一批批“无壤之根”在不断适应新土壤的过程中引发的飘零疼痛之感，通过人物形象的重复恰到好处地表现出来。这不禁让我联想到闻一多对回环复沓形式的喜爱，体现了他对韵律之美的追求。因此，张翎小说中对人物的重复叙事，不仅深化了移民环境中的人物形象，更使小说文本充满深度与张力。

三

语词、人物等重复的积累，使小说在情节上形成了重复叙事的特质。如《恋曲三重奏》中王晓楠回忆入学报到时与张敏的邂逅：

> 她在学校门口找到了中文系的接待站。一个穿着蓝色工作服胡子拉茬的男人接过她的箱子，就带着她去女生宿舍。她以为他是校工，也没多问就跟着他走了。他很高也很结实，轻飘飘地提着她的两只大箱子一个旅行包仿佛只是拎了几只半空的菜篮子。……到了晚上系里开迎新会，她突然发现他坐在她对面，方知道他是她的同班同学。他刮了胡子，换下工作服，穿了一件白底带细隐格的的确良衬衫，就变了一个人。①

---

① 张翎：《恋曲三重奏》，张翎：《余震》，上海：华东师范大学出版社，2009 年版，第 97 页。

这样的场景描述在《余震》中再次升浮,只不过小灯与杨阳邂逅的情节更为细腻,更是添加了"上厕所"情节以及二人的对话。这种情节的重复叙事使人物性格的张力较之前更加显著,同时也为二人的恋情展开提供了前奏性的铺垫,推动故事情节发展。

其次,作者在文本中多次设置男人从台湾归来认亲的情节,在《丁香街》《望月》以及《花事了》中均有所体现,其中《望月》与《花事了》的此段情节叙述更是雷同:

待到颜家阿公的出租车停下来,老翁被人前呼后拥着下了车,便见到一棵遮天蔽日的大槐树底下,端坐着一位年过七旬的老妪。那老妪是全然不认得了,可老妪身下的那张太师椅,却是眼熟:那是洞房花烛夜里的摆设呀。颜阿公盯着那椅子看,看着看着,张开了嘴,口水一条线似的流了下来。下巴抖抖的,却抖不出一句话来。就将两腿屈了。众人以为他要下跪,慌忙来阻拦。谁知老翁也不跪,只将身子蹲了,对老妪说:"上来。"①

推开院门,一眼就看见院中一棵遮天蔽日满枝青叶的老槐树。槐树还是原先的那棵,只是树身上添了许多筋筋络络的疤痕。树下端坐着一个六旬老妪。老妪他是全然认不得了,老妪身下的那张梨木雕花太师椅,却是他家的旧物——当年他迎娶吟月的时候,他的父亲文致远就是坐在这张椅子上受了他们夫妻的拜。

老妪见来人,也不见起身,下颌抖了几抖,却说不出话来。文暄走近来,单腿一曲,就跪在了青砖地上。众人慌慌地都来拉。文暄挥了挥手,将众人都推开了,才开口对吟月说:"我背你上楼。"②

初次通览这两段话,我们会发现不仅情节重复,使用的词语、人物神态等也几近一致。但仔细辨析也不难看出第二段话较之第一段更细致,也更能触动读者情绪。那物是人非的悲凉却也更加表明了历史的变动与人物命

① 张翎:《望月》,上海:华东师范大学出版社,2009年版,第87页。

② 张翎:《花事了》,张翎:《余震》,上海:华东师范大学出版社,2009年版,第53页。

运的紧密联系，上述重复设置的选段在平淡幽深之中将人物间聚少离多阔别几十年的悲痛倾肠吐诉，不禁让人感慨万千。

论起重复叙事，张翎对双胞胎描写的执着可谓明显至极，直接明显表达双胞胎关系的便是《望月》中的望月与踏青、《交错的彼岸》中的蕙宁与萱宁，以及《余震》中的小登与小达。而且作者文本中的双胞胎素来是一强一弱，且命运紧紧交织：

望月和踏青，虽都是足月生的，生下来时，却是一大一小。望月足斤足两的，哭声如裂帛般惊天动地。扭来扭去的，死活不肯让人抱。两个护士按着，才把身子洗净了。踏青跟着出来，却只有四斤挂个零头。嗓子抖抖的，哭声若有若无。见了光，连眼睛也睁不开。蜷手蜷脚的样子，竟比乳鼠还可怜。护士抱了来给姆妈看，姆妈叹了口气，碰也不忍去碰，一心以为是活不成了。护士把一红一青两个婴儿包了，分在两张小床上。过了两天，那红的就越发红了，那青的就越发青了。到了夜里，那青的就只剩了游丝似的一口气，身子居然不再动弹。有个医生见了，说让这个孩子跟她姐姐说声再见吧，好歹是一路相伴着来的。就把踏青抱到望月床上来。谁知望月一见踏青，扑腾地，就把一只小手伸过去，搭在踏青肩上。踏青吃了一惊，眼睛便忽地睁开了。接着，气就喘得粗大起来。①

小登是个女孩，小达是个男孩，两个是龙凤胎，都是七岁。小登只比小达大十五分钟，多少也算是个姐姐。小登一钻出娘胎，哭声就惊天动地的，震得一个屋子抖颤颤地抖。一只小手抓住了接生婆的小拇指头，半天都掰不开——是个极为壮实的丫头。小达生下来，只是不哭。接生婆倒提在手里，狠狠拍打了半晌，才有了些咿咿呀呀的微弱声响，像是一头被人踩着了尾巴的田鼠。

洗过了包好，放在两个小床上，一个大一个小，一个红，一个青，怎么看都不像是双胞胎。养了两日，那红的越发地红了，那青的越发地青了。到了一周，那青的竟气若游丝了。万师傅不在家，李元妮的娘在女儿家帮着料理月子，见了这副样子，就说怕是不行了。李元妮叹了口

① 张翎：《望月》，上海：华东师范大学出版社，2009年版，第16页。

气，说你把那小的抱过去再见见大的，也算是告个别了，到底是一路同来的。李元妮的娘果真就把小达抱过去放在小登身边。谁知小登一见小达，忽地伸出一只手来，搭在了小达肩上。小达吃了一惊，眼睛就啪地睁开了，气顿时喘得粗大起来，脸上竟有了红晕。①

以上两段文字描写了《望月》与《余震》中两对双胞胎一强一弱，甚至那强的救了弱的性命的情节描述，作者无疑是在重复叙事。双胞胎体质一强一弱这并不奇怪，然而这强的救了弱的性命却让人称奇，作者也就在这奇特之中将双胞胎二人的命运紧紧相牵。待到读者阅毕这故事，不禁回想这奇特场景，感慨命运无常，却也被作者浓浓的宿命感与预言裹得紧紧的，张翎这种独特的宿命感与预言意识通过设置类似的情节进行重复叙事得以体现。然而这情节上的重复全然不是一字不变照搬过来，而是对先前情节做了丰富和升华。这是对情节材料一种由小到大的积累，看似重复照搬的情节，实际上是一种升华、融合与容纳的关系。正是这种重复叙事的设置让读者倍感命运的无常，动人心绪。因此，这种情节叙事之重复延伸了文本的审美深度，升华了文本主题。

本文分析了张翎小说创作中所表现出来的人物形象、情节，以及文本的重复现象。重复作为中外文学叙事中的常见现象并不足为怪，更不可将之简单刻板地定义为模仿、抄袭。正如冯至摆脱不了里尔克的影响，他为自己辩护："我这么写，觉得很自然，像宋代的词人常常翻新唐人的诗句填在自己的词里那样，完全是由于内心的同感，不是模仿，不是抄袭。"②我们又如何能要求张翎跳出文际关系的大网而摆脱其他作家或者自己的影响呢？况且重复叙事上升到一种艺术手法层面可以强化渗透作者的某种呼声与认识，增强文本审美张力，对人物、情节的重复设置也能体现作者的偏爱，表现作者独特的审美追求。虽然重复叙事也在很大程度上被定义为创作主体资源枯竭的表现，但是张翎本人对此分辩过："我从来没有过所谓作家的枯竭期。

① 张翎：《余震》，张翎：《余震》，上海：华东师范大学出版社，2009年版，第135页。

② 冯至：《在联邦德国国际交流中心"文学艺术奖"颁发仪式上的答词》，《冯至全集》第5卷，石家庄：河北教育出版社，1999年版，第205页。

就是现在,我都文思万千势如泉涌,它们就像排队的人群,呼喊着要冲出来。”①且看张翎近作《金山》《阵痛》,张翎本人似乎也意识到自己重复叙事的问题,她的改变在这两部作品中有所体现,尤其是《阵痛》给人焕然一新之感。

“‘中西艺术结婚’意味着既要做横的移植,也要做纵的继承。”②我认为张翎就这个标准看来做得很好,就其小说所出现的重复叙事现象,“它不是复制,而是生产力”③,期待张翎能有新的超越。

(作者单位:陕西师范大学)

---

① Leah McLaren 著,牛抗生译:《借来的东西——关于张翎“抄袭”事件的调查》,《华文文学》2013 年第 1 期。

② 江弱水:《中西同步与位移:现代诗人丛论》,合肥:安徽教育出版社,2003 年版,第 10 页。

③ 罗兰·巴特著,屠友祥译:《文之悦》,上海:上海人民出版社,2009 年版,第 94 页。

作家专题

“独”来“独”往的远行人
——苏炜留学生文学创作思想的再解读

▶林琳　刘汉波

20世纪80年代初，一股新的出国潮推动了新一轮的留学生文学的发展。以苏炜、查建英、伍巧莹等作家为代表创作的新时期第一批留学生文学开始进入中国大陆批评家的视野。以苏炜为例，国内大部分学者将这位“文革”后赴美留学的作家定义为“边缘人”与“望乡者”的角色。于是，“文化冲击下的挣扎”“边缘人的生存困境”“历史负重的不堪”等平面化判断便成了大陆学界对苏炜留学生文学作品的“共识”。

然而，苏炜的学者身份与其留学生小说创作的关系却甚少受到注意。苏炜是一位具有独立人格与理性判断的学院派学者，这是同时期乃至很长时间以来留学生文学作者中所独有的。在其首部留学生小说集《远行人》结集出版的同一年，他便开始写学术小品《西洋镜语》。二者以互文性的形式体现出了离家千里的苏炜在浓郁的乡愁下，选择的并非是笼统而感性的回望，而是独立且理性的反思。因此，本文着重通过重读苏炜的散文、随笔与访谈，试图还原苏炜创作中“独立”的本意。

一、瓦解与整合：过往研究对苏炜留学生文学创作思想的判断

作为改革开放后中国大陆出版的第一部大陆留学生文学作品集，苏炜的小说集《远行人》成为留学生文学研究、美华文学研究乃至新移民小说研究不可绕开的一道重要“关卡”。从时间意义上说，它是意识形态调整后“文

学使历史的延续与断裂具有合理性，从而使历史整体上具有了合法性”[①]的外在补充；从地域意义上说，它最先体现了时代语境下“他们（远行人）那个旧的自我正处在一个痛苦的蜕变过程中”[②]的异乡体验。也正因为它在时间上充当了意识形态在改革开放这一历史转折点后的外在补充与侧面认同，在地域上可以作为延续本土价值模式与主体性意义的“样本”，同一范式的价值判断、标签类化的民族情感与孤立断裂的文本分析，使得“故土的执拗回望”“边缘的历史负重”和“异乡的文化冲击”等认知判断获得了阐释依据，而这份依据更多的是在脱离了苏炜整个留学生时期的创作过程而孤立地进行文本拆解而获得的。

（一）人伦情感的道德放大

余英时先生曾在《论士衡史》中引用康菲诺对知识分子阶层的评价：“倾向于把一切政治、社会问题看作道德问题。”[③]在此，我们姑且不去辩论康菲诺的观点是否以偏概全，但对苏炜创作思想的道德放大，却体现了主流话语对那些“能理解的现象”做合法解释的时候所迫切体现的道德支配权，尤其是纳入社会公共视野与承载历史集体记忆的道德制高点。

对于苏炜的经历以及苏炜带有自传性质的小说集《远行人》，不少研究者都会留意并引用苏炜在《远行人》后记里的一句话：“对于我，人生实在就是一场无休止的远行，文学更是一道漫长艰辛的行旅。我常常忧心自己或许将再也摆脱不了那样一种‘永远的异乡人’的心境了。”通过这句苏炜亲笔写下的话，恋家、思乡与离愁等人伦情感便在道德放大后觅得足够的意义阐释空间：对故土的牵挂总要捆绑一份“历史的负重”才能在放大后的意义阐释空间里得到播种，对家园的怀恋要与“中国情结”嫁接才能在默认的公众视域内得以发芽，对历史的反思也在“历史牵引”（对于苏炜而言，这份牵引主要指“文革”）的朦胧指代下开枝散叶。

恋家与怀乡，既是人类意识层面上的情感反应，又是社会系统中的伦理知觉。古往今来，人的离乡所涵盖的情感场域总是宽阔而浩大，生于繁华的洒脱者李太白在静夜无人之时也收起了轻狂，念出而今家喻户晓的《静夜思》；活在离乱的断肠人马致远尚不忘天涯，悲歌一曲《天净沙》；就连云水禅

① 陈晓明：《表意的焦虑》，北京：中央编译出版社，2001 年版，第 78 页。

② 陈涵平：《北美新华文文学》，银川：宁夏人民出版社，2006 年版，第 27 页。

③ 余英时：《论士衡史》，上海：上海文艺出版社，1999 年版，第 32 页。

心的王维,也“每逢佳节倍思亲”。更何况,苏炜作为“老三届”、作为“‘文革’中受害最烈的一代”[①],从“一切都由党安排”[②]的意识形态禁闭境域,因一个改革开放的契机兀然脱离出去——空间上产生巨大的落差,人伦上游移故土家园,文化上脱离母体文化,情感上的冲击与生活上的不谐是正常的心理应激与伦理反应。在此基础上做过多的道德放大——爱国,爱民族,甚至爱意识形态等,都显得苛刻求全,显得与苏炜原本的创作思想产生错位与剥离。

尽管苏炜在含情脉脉的《背影》里直接剖露了“‘距离感’实在是一种可怕的东西”,并慨叹“朦胧的思念中连乡土的疤痕都是美的”,然而,同是沉重深情的《背影》,苏炜也提到了“中国人在海外受外国人的气难受;可中国人在这儿受自己中国人的气就好受吗”以及“中国人在自己的中国,再受自己中国人的气,那滋味就好受吗”。在这里,苏炜提到了“受气”,指出的是“受中国人的气”,强调的是“在国内国外,都受中国人自己的气”。一个官方解读锁定的爱国怀乡者,断然不会在深情款款地追念故土的时候又如此突兀地流露出对故土的质疑。

可见,苏炜的“回望”极容易被部分解读者人为地道德升格。关于历史角色的定位,关于主义问题的立场,关于民族情感的表达,苏炜在《剑桥三章》[③]一文中,对自己多年来的写作做了一个小结:

> 我再不以为仅仅从一种民族主义的立场、视角出发,可以廓清中国问题的症结(关于“国民性”“中化-西化”之百年纠缠,实在令我感到乏味了)。对制度问题的思考,对人类共性弱点的思考,常常就被那些道德化、感伤化得不堪的“民族大义”搅成一团烂酱。只是以“恋土情结”作依托,发现为文老离不开“啊,我的祖国!”等陈词滥调,将一个地域的观念道德化,然后再将这种道德化的“祖国”情愫意识形态狭隘化。

由此可见,苏炜本身便对那种动辄牵扯“爱国主义”“中国情结”“民族

① 田新斌:《中国士人的根性和宿命——访苏炜》,http://www.docin.com/p-16529731.html.

② 苏炜:《西洋镜语》,杭州:浙江大学出版社,1988 年版,第 10-11 页。

③ 笔者注:收录在 2003 年出版的散文集《独自面对》中。

情感”的观念取向,对那些粗糙地添加的“故土回望”及“家园眷恋”等感性的情绪旨向抱着反感的态度。就连其第一部留学生文学作品《远行人》收录的8篇小说,所呈现的意义场域与上述的“观念取向”和“情绪旨向”都相去甚远,下文将有详细论述。

(二)主流话语的无意渗透

苏炜曾在2003年出版的散文集《独自面对》中收录了一篇名为《“网语”与留学生文学——留学生小说集〈在美利坚天空下〉序》的文章。他写道:“‘留学生文学’其实是进入90年代后才蔚为壮观的。壮观也者,是它把‘乡愁’与‘文化冲击’(Culture shock)这两个‘留学生文学’的基本母题,解读、诠释、倾吐、渲染得近乎‘主旋律’似的声遏行云。”我们可以很明了地看出,苏炜通过紧凑的字句与密集的引号,将内心的暗讽表现得惟妙惟肖。

的确,对于“苏炜们”的留学生文学,不少大陆研究者的解读或多或少都附着了一定程度的意识形态话语,也不同程度地偏离了作者的创作原意。在这一问题上,性格直率的查建英在其杂文集《说东道西》里,毫不忌讳地表达了自己的留学生小说被大陆学者过度阐释的不满:“当年写小说之类,被大陆评论家归为‘留学生文学’‘边缘人心态’,颇不舒服。如今我想:边缘中心,学留留学,随它去吧。”[①]同样是20世纪80年代的留美弄潮儿,同是研究留学生文学所不能忽略的环节,苏炜和查建英在面对主流话语的渗透解读时,都不同程度地表现出了不满或讽刺。

这份渗透,最明显的是体现在对“文化震撼”(Culture shock)“认同危机”的解读上。陈涵平在《北美新华文文学》中分析造成苏炜的“边缘人”心态的原因时,比较客观地辨认出“历史牵引”与“母体文化”的原因。但一旦涉及“文化震撼”,便无意中渗透了主旋律的话语:

> 这一批新时期最早的留学生踏上美洲大陆时,环境的新奇、社会的殊异、生活的隔阂,对他们造成的“文化震撼”巨大得不可言喻……于是,重温民族记忆、追求精神自慰的过程在意象的系列构建中延续着。

我们看到,陈涵平试图客观地引述与诠释,却最终在整合结论的时候,使原本的美学探讨滑入主流话语的范畴。同样是研究留学生文学的“必读

---

① 查建英:《说东道西》,沈阳:辽宁教育出版社,2001年版,第64页。

书目”、由李东芳编著的《从东方到西方:20世纪中国大陆留学生小说研究》,在论及苏炜的时候,也在收笔处脱离了行文过程中所体现出的理性,苏炜在《远行人》后记里写下的“认同危机”四个字便与“社会主义传统”与“中国情结”联系在一起了。

根据笔者现有的资料,在留学生文学这一领域中,“文化震撼”是苏炜在《远行人》后记中首次提到的。他坦言,面对五光十色的新世界,视野一下子开阔而狭小,精神一下子自由而拘谨,物质一下子富有又无着,造成一时间的迷失。根据这一点,“文化震撼”便被不少学者分析得如苏炜本人所说的“解读、诠释、倾吐、渲染得近乎‘主旋律’似的声遏行云”。

我们知道,苏炜是1982年赴美留学,1986年学成离美的。在1986年11月16日,苏炜写下了《远行人》后记。学界往往在这个时间段上有意无意地落下了一个空缺:苏炜的第一本学术随笔(也有人定义为学术小品)《西洋镜语——一个留学生的札记》是在1986年3月12日于哈佛动笔的。也就是说,苏炜的第一部留学生小说集的收笔与第一部学术小品落笔的时间是在同一年。这部学术随笔的目录,赫然揭示了苏炜意识中的“文化震撼”的具体所指:

《第一个Shock(震撼)——关于try(试着干)》是苏炜有感于美国强调“思想独立”并反思国人“自小就听毛主席”的思维惰性,批判国人“在家靠父母,出外靠朋友”的依赖性。在《第二个Shock——关于truth(真)》中,苏炜用酣畅的语言批判了中国“假大空”的“传统”,感叹“‘文革’起因于作假,也惨败于作假”。在《在“真”“信”“达”之间——关于truth的话题之二》一文中,苏炜更是直截了当地喊出了自己的留学宣言:

> 每一个社会都有其内在弊端的。好在我们“留洋”的目的,并不是为了出来挖人家的疮疤,而是为着“窃火”:窃为我可用之火,在一切可能的范围内,镜己之短,补己之缺。

独自的面对、独立的判断、独到的见解在这里点得通透了。苏炜的这份知识分子使命感与独立精神,并非出国后经过“文化震撼”的轰击与“边缘人”的撕扯才猛然垒砌而成的。本文题目名为《“独”来“独”往的远行人》的用意,其中一点便是,苏炜“来美国”之前,便已具备学者型的独立意识。《远行人》出版多年以后,苏炜在《风雪故人来——〈红豆〉琐忆》(收录于2003

年出版的散文集《独自面对》)中写道：

我们这些“文革”后首批踏入大学校园的七七、七八级学生，一方面带着十年荒废中积攒下来的知识饥渴与读书狂热，一方面也被十年禁锢中解放出来的旺盛精力和勃勃雄心搅扰得寝食难安，都有一种“时代弄潮儿”的自豪感与使命感，都想为一个破冰解冻的年代呐喊几声，留下一点印辙足迹。

西方后现代主义式的诘问告诉我们，重要的不是文本所描述的时间，而是文本产生的时间。通过“文革”后这个特殊而重要的时间点，苏炜含情脉脉地流露了作为游子的迷失情感，更振振有词地宣读了作为一名学者的留学宣言。因此，“故土的回望”过程中，苏炜的视野内未尽然是中国情结的眷恋，更是尖锐的批判目光；在“边缘人”的“认同危机”下，苏炜也腾出了足够的思维空间，去容纳独立思考的背影。

(三)隔绝状态的文本分析

苏炜是一位孜孜不倦的学者，在实现其美学理想过程中从未停息过探索的步伐。要对苏炜的留学生文学进行准确的理解，必须宏观地从他的创作过程中去把握。而在他的创作过程中，散文(包括学术随笔)占了他现有作品数的一半。从1986年开始动笔的表达留学生心声的《西洋镜语——一个留学生的札记》、2003年出版的《独自面对》，到2006年出版的《站在耶鲁讲台上》以及2009年出版的《走进耶鲁》，苏炜从未放弃过由散文随笔来记录创作过程中的思想表述——精神处境的还原、艺术构想的聚焦和生活点滴的收集。

可以说，苏炜的创作思想是线性的连缀而不是块状的浮沉，孤立地从苏炜的创作时间线上割裂一段来进行单纯的文本分析或机械的美学操作以便把握其创作思想，是几乎不可能的。例如，在《远行人》的《老夫当年勇》一篇中，老夫子严之章为满足虚荣心，一度不作为地沉溺在“学者”身份里，以“想当初”聊以自慰。在其后的学术随笔《西洋镜语》中，苏炜便专门提到了不少经历过“文革”的人虽然不断吹嘘自己“见过大场面”，却是根子里的不独立。接下来在散文集《独自面对》的后记中，苏炜更是亲自将这条线连缀起来：

我曾在多年前写的一本小书《西洋镜语》里详述过我初到异国受到

的诸种“文化震撼”(Culture shock),其中最大的震撼,就是这个“独”字。

无论是1984年在《老夫当年勇》中对“不独”的讽刺、1986年对“独”这一“文化震撼”的体味,还是2003年对当年留洋生涯的“独自”回顾,带着独立意识去美国的苏炜,在奔往人生旅途与艺术探索的路上,都怀揣着一颗“独”心。

从笔者现有的资料来看,居然尚未有研究者将《西洋镜语》这部苏炜直接袒露真实创作思想的学术随笔纳入苏炜的留学生文学创作过程中去研究。而一旦割裂了这条创作线索,独立的精神底色很快便被“边缘人的痛楚”所遮蔽,被“民族情感”甚至“爱国主义”所绑架。

二、一言“镜”醒梦中人:《西洋镜语》的独特意义

诚如上文所述,苏炜的创作轨迹虽然掺杂着小说与散文,但却贯连成一条明显的线索,尤其在创作思想方面,苏炜始终保持着独立的精神底色。而在这条线索中,起到一个纽带作用的是苏炜的一本尚未被学者深入研究的学术随笔——《西洋镜语——一个留学生的札记》(下简称《西洋镜语》)。从“承前”意义上说,它跟《远行人》产生着互文性的对应关系;从“启后”意义上说,它跟《独自面对》《走进耶鲁》有着共通的精神共鸣。就连苏炜后来的《迷谷》《米调》等“现代主义”小说的试验,也能够在《西洋镜语》中找到他对现代主义艺术的理性态度。

(一)留学心态的记录

剔除“回望”“怀乡”和“爱国”这些苏炜所不愿提起的“陈词滥调”,独有的精神底色俨然成了苏炜留学心态的重要组成部分。而这部分内容则直截了当地记录在《西洋镜语》一书中。可以说,苏炜的留学心态与其创作思想有着非常高的契合度,这就是“独”的思想的那一类人。

关于“独”的阐释,苏炜首先写下了《第一个Shock(震撼)——关于try(试着干)》。“望文生义”是一种文本忌讳,“知人论世”成了一条戒律。而苏炜则在这里为读者提供了一个“望文生义”的契机:与题目相符,苏炜首先要反思和批判的便是“文革”期间乃至长久以来中国“整齐划一”的思维定式。他坦诚:“我们何尝‘表述’过什么自己的思想?更毋论‘自己的体

系’”，质疑自己“活了三十年，压根没顶顶真真地思想过”，更发出尖锐的诘问：“究竟是一个缺乏创意的时代造就了一个缺乏思想的民族，还是一个缺乏思想的民族造就了一个缺乏创意的时代？”苏炜在过滤掉感伤怀念哀怨后的理性触觉，让他从“爱国”的陈词中突围，深入“国民性”的思考，从“思乡”的情调里发酵，培植对“传统”的反思。

为了补充自己对“不独”的感受，苏炜在《西洋镜语》中接着补上一篇《生存的“踹”与“揣”——关于try之二》。这篇带有杂文性质的散文开篇便反思“在家靠父母，出外靠朋友”的依赖性。在其中一段话里，苏炜更直接将自己的体悟表露无遗：

> 我们已经太习惯于那种“一切交给党安排”式的生活了。一种从一降生起便既有的、现成的生存模式，一个已有固定解释、固定结论的人生答案。我们被“靠”的金玉良言喂得自得而又苍白，以往即使曾经吃苦、受累，其实也只是包裹在一种无须选择，也无可选择的秩序里。悄然之间，“try”（试着干）——生命中这种“独立选择”的本能，在我们身上已经退化了。

言至此，我们可以反观《远行人》的篇目。表面上是“揭示出国后身份落差所造成的生存困境”的《老夫当年勇》一文，主人公严夫子俨然就是苏炜在《西洋镜语》中所论及的“见过世面的‘老三届’总爱自夸，却并无应变能力和独立能力”的那一类人。

与《远行人》篇目有互文性对应的文章，还有《西洋镜语》中的《关于“横比”》。在这篇学术随笔中，苏炜首先批判了中国人“什么都喜欢搞‘一窝蜂’，无所事事，不知所谓”。与之相对应地，在《远行人》中，无论是《老夫当年勇》还是《荷里活第8号汽车旅馆》等，都有一个前置的内在背景：中国人不顾一切，“一窝蜂”地赴美留学或居留。

由此可见，苏炜收笔于1986年的首部留学生小说集《远行人》与起笔于1986年的首部学术小品《西洋镜语》，紧密地形成了一种互文性的协动。这份协动不是单一地、齿轮化地一一配对，而是延绵共生的律动。

（二）独立人格的养成

意识上要脱离金科玉律的禁锢和陈词滥调的捆绑，人格上也要从意识形态和庸众思想里独立，这是苏炜在《西洋镜语》一书里的另一重要主题，也

是作为学者的他所坚持的创作思想的重要体现。在独立人格的养成方面,《西洋镜语》有详细的论述,在此稍作归纳或引用:

《第二个 Shock——关于 truth(真)的话题》:

到了"文革"中间……撒谎的技巧更是炉火纯青了……久而久之,用大大小小的撒谎去搪塞生活,已经成了一种"心理常态",一种"生存方式"……日子久了,当然也看到(美国)这个社会背后笼罩着的那个弱肉强食、尔虞我诈的巨影,看到我们无法打进的美国人的生活圈子,也自有极复杂的一面。但在日常交往中,你仍旧可以感到,人们彼此之间一般很少做假。

《"破天荒"一二》:

作为一个美国的外国留学生,我们几乎是自甘自愿地游离于学校的管理之外的。正如早已入籍美国的几十万华裔人士,多年来一直自甘自愿地游离于美国政治之外一样。

《想起了"三令五申"》:

"文革"……却是以"大民主""大串联""大鸣大放"这种"最自由"的形式表现出来的,它带来的却是大揪斗、大血腥与大浩劫。

《厨房里的哲学——对一种"生存常态"的思索 》:

在我们传统文化精神的深层,也许本来就有一种忽视世俗生活的倾向(祭神祭祖用的青铜器却愈古愈精致的),加上封建社会的"生活文明"所具有的森严的等级界限和禁忌,稍有精致巧思的生活制品都统统被收归王室禁苑之中,与民间生活无缘;再加上近百年的战争和政治动乱,使得越到近代,中国人越表现出一种"生活粗鄙化"的趋势,逐渐形成一种生活精神及其创造思维方面的惰性。

无论是面对千疮百痍的历史事件,还是返璞归真的人性命题,与其说苏炜在经历过集体禁言与集体受难后磨砺出了反叛意识，倒不如说他从独立人格出发，将历史、生活与人类自身的种种命题纳入学者的批判视野中。

（三）艺术触觉的坐标

> 不少朋友都觉得《迷谷》的写作角度很特别，问我《迷谷》的写作，都受了一些谁的影响？其实我想，进入具体的写作过程中，一个清醒的作家应该是“做自己”，顺笔写来，是忘记任何他人的影响的，特别是不能模仿和重复任何别的经典作家的套路。但追根溯源，它也一定会跟你相近时期的阅读经历发生一点微妙的关联。我在写作那两部作品的前后，外国的大概读过一点昆德拉、博尔赫斯、马拉美什么的。

在与李陀的谈话中，苏炜透露了自己在艺术立场上的两个基本点：“做自己”与现代主义的吸收。所谓的“做自己”，便是独立而理性的艺术触觉，也正是在这一前提下，苏炜才能推动自己合理而自然地吸收现代主义的艺术诀窍。

的确，无论是普通读者还是研究者，都能够感受到学者苏炜的小说中那奔腾的想象力，那时空切换的蒙太奇式技巧，那玲珑剔透的语言描写。郑一楠的《苏炜小说创作论》、颜水生的《地理、历史与人性——论苏炜小说的诗学与政治》、罗长青的《复调·偶然性·异域色彩——苏炜长篇小说的叙事特色》以及李良的《苏炜论》等论著都从不同切入点分析了苏炜的艺术特色，本文在此不再累述。

然而，值得注意的是，苏炜的艺术触觉并非一蹴而就。在《远行人》这部小说集里，苏炜已经开始宣读他的艺术宣言。《绿衣人》体现了苏炜已能驾驭勾勒精神幻觉的笔法同时又能用沉淀雅致而非暴烈倾泻的语言去表达情感。《墓园》俨然有着复调共声的痕迹，两种强烈的声音贯穿全文。其后，苏炜在《西洋镜语》一书中系统而详细地谈及了他对西方现代艺术的观点。也正是苏炜对待西方艺术的态度，体现了他“做自己”的独立思想——没有完全框套西方现代主义的技巧，也没有刻意通过中国古典文学附庸风雅，而是在谨慎地理性过滤后，准确而敏锐地捕捉融贯中西的艺术感知。在此，我们不妨直接列举苏炜的原话：

《华尔森、格拉斯与先锋派戏剧——关于现代艺术的“胡言乱语”之一》：

> “似懂非懂”就具有其内在合理性。就作品而言，它可能具备相当的多义性，开拓出几乎无限的想象空间；就创作者而言，它是一种有趋向的但并不明晰的追求；就接受者而言，它便是一种既可能释读又不可能“一目了然”的期待——这个“期待”很重要。现代艺术那些真正的精品的诀窍在于：既打破接受者习惯的审美期待，又不粉碎由这种被打破的期待可能转换出来的新的期待。

《在基本问题上重新发言——关于现代艺术的“胡言乱语”之二》：

> 现代哲学和现代艺术都在各各寻找着自己对于世界的不同解释——这也可以说明，为什么现代艺术比其他各个时代的艺术，都浸透着更多的哲学思辨因素。“点、线、面、色、光”等等技术手段的分解组合，其实根本上是一场艺术语言的再创建，用自己的语言对世界表态。
>
> 我也反对今天的许多艺术界同辈朋友们采取的那种“现代主义唯此为大”的态度。讲“反叛”、讲“超越”，风行“骂倒一切”战法，名词术语可能很新鲜，艺术表现也可能非常标新立异，但骨子里却很可能包裹着的只是一些很传统、很狭隘、很独断专制的东西。

苏炜在《西洋镜语》一书中，如此清楚明了地表明了他的艺术立场，如此坚定不移地在艺术殿堂里站稳自己的独特位置而不随波逐流。这份艺术触觉是灵敏的，它经过了“在‘动态结构’中寻找‘恒态机制’”①的追溯与认知，谨慎地在现代艺术里定位好属于自己的坐标。同时，这份艺术触觉又是独立的，它在反对泛滥和狭隘后直接地亮出自己的精神底色。

三、“独”来与“独”往：苏炜留学生文学的创作思想

上文的论述中，已经或多或少地涉及了苏炜的独立思想。而接下来，我将从苏炜的整个创作过程与美学实践概况来探讨其作为一名学者的“独”的品质，也权当是对本文的归纳。

---

① 苏炜：《西洋镜语》，杭州：浙江大学出版社，1988 年版，第 119 页。

（一）独自的经历面对：从“文革”中来，往“异域”中去

1.“独”性格的养成

不管是行为上还是思想上，苏炜的独立特质并非仅仅通过其文学作品中的文本特质得以外在地表现。关于独立，苏炜曾在散文集《独自面对》的序里作过忏悔式的自我诘问。他坦言自己小时候是一个“顶顶胆小孱弱的乖孩子”，骄傲地获得“三道杠”，却不能跟同龄人合群，因为在面对很多玩耍事儿的时候，他只怯怯地回一句“老师没说过的，我不能做”。然而，年幼时性格不独立的他，在生活上却已经开始独立。在《“听壁脚”学校》这篇散文中，他如此写道：

> 我生长在一个旧式的大家庭，我虽是幺儿，可人数众多的兄姐大概已耗尽了父母的精力与爱意，加上“革命工作”繁忙，坦白来说，在我儿时的记忆里，“父爱”“母爱”为何物，于我是一片茫然的。我常常觉得自己像是偌大个家中的隐身人，我上学，我回家，我吃饭，我睡觉，独来独往，“悉听尊便”。

在这里，苏炜直言了“文革”对他的“独立”处境的影响。稍作留意，我们可以发现不少研究者对苏炜的“文革”叙事产生了浓厚的兴趣。而通过苏炜亲笔记录的散文与访谈，我们又能感受到，苏炜留学生小说创作中所体现的独立意识，又恰好是从“文革”中来。

“直到‘文革’，直到上山下乡，直到成为某某方面‘自学成才’的人物，已经长成七尺男儿的这具血肉躯体，苍白的履历里却依旧只能重复。”苏炜的这句愧疚的忏悔，径直表达了内心对“独立”的诉求。直到多年以后，苏炜站在爱琴海边眺望旭日时，也不断地自我追问：“这个一无依傍也一无悸惧地仰在这异域荒礁、海天方圆之上的‘我’，与那个需要在××批判会上战战兢兢地‘带头表态’以避诸种流言的‘我’——果真是同一个‘我’么？”[①]可见，对于苏炜而言，“文革”记忆与“独立”诉求是连縏在一起的。

2.重审文革“伤痕”

既然苏炜的“文革”记忆与“独立”诉求是不可分割的，那么，在独立的创作思想下所成就的作品，自然也就与“文革”形影不离。上至《迷谷》和《米

① 苏炜：《独自面对》，上海：上海三联书店，2003年版，第72页。

调》这些长篇小说,下至《西洋镜语》《独自面对》和《走进耶鲁》等散文,“文革”从来未游离于话题中心之外。而早及《远行人》的留学时期的小说创作,晚至近年的访谈录,苏炜也没有放弃言说“文革”的机会,没有回避“文革”叙事。

“文革”在苏炜的精神空间里,已经不再是单纯的痛苦体验,也不是感性的素材来源,而是经验重组后的冷静审视、情感过滤后的艺术处理。作为一名少有的学者型作家,苏炜在处理“文革”情感的时候,明显能够做到不温不火。

在“文革”多年以后的 2003 年,苏炜以一篇《一代人的“文革”结——重新拼接的“文革”碎片》(收录于散文集《独自面对》)总结了“文革”与“文革”书写的关系:

> 毋宁说,“文革”已经构成了当代中国人精神资源的一部分,灾难的渊薮同时也是心气灵魂的活水源头。从这一个意义上甚至可以说,“文革”积累了当代中国社会文化嬗变的最大功能和走出深渊的全部希望。

3. 反思民族劣根

正因为非常珍惜并慎重对待“文革”时期刻骨铭心的经历,苏炜在远赴重洋后,并没有在他用艺术手法构建的审美世界里过多地表现“回望”“民族”与“边缘”的不适与痛苦。在他的留学生文学创作中所彰显的“历史负重”,更多的是对接踵而至的人为灾难所怀揣的反思。

纵观苏炜的留学生文学创作,尤其是小说创作,我们可以发现一个很有趣的现象:即使是其第一部留学生小说集《远行人》,其中收录的 8 篇留学生小说,与“爱国主义”“民族情感”“故土回望”等主题也保持着非常严谨而理性的距离。为方便分析,下面将以表格形式呈示:

小说	意义旨向 A	意义旨向 B
《杨 · 弗兰克》	杨活在美国,但依然眷恋着故土。	杨对自己在“文革”时期所做的行为内疚不已,承载自己故土记忆的也是痛苦的“文革”。“文革”伤痕已成为杨远渡重洋后的生活梦魇。

《柏华利山庄之夜》	一批住在豪华山庄的年轻人回首知青往事,抒发出国后与国内身份的落差等感慨。	对“中国人”身份作出“《沉沦》式”的发问。
《汤姆·郎和他的贝雷帽》	用讽刺笔调刻画留学生丧失身份后的生活颠簸、心理焦虑。	讽刺了中国人“跑关系”“爱面子”的虚荣“传统”。
《荷里活第8号汽车旅馆》	一批出国后的年轻人遭遇生存危机后,对现实妥协,为实现自己的“美国身份”不惜打破伦理界限。	对一个被忽视的群体的关注,对真善之人在留学风云里悲惨遭遇的惋叹。
《老夫当年勇》	三位在国内有着优越待遇的人放弃一切,加入海外谋生的大军中。他们地位急降,他们生活惨淡,他们精神高压。	在荒废掉的理想中空洞地追忆当初,体现出一种从众与依附的精神惰性。
《绿衣人》	老太太出国后依然眷恋当年在国内认识的男人,绿色成了她对他的精神依托,也造成了她的精神幻觉。	“文革”对一代人爱情理想与生活态度的摧残。
《背影》	他们无论如何也摆脱不了“中国背景”,体现了故土牵挂与历史负重。	发出“中国人在海外和国内都受自己人的气”的喟叹,对“中国背景”和“历史负重”产生疑问和审视。
《墓园》	每一个中国人,无论到哪里都背负着一个沉重的“中国”。	发出“你别跟我谈论中国!”的无奈悲鸣。

由上述表格可见,刚刚远渡重洋的苏炜,纵然他饱受离家之苦的煎熬,即使他被“中国背景”所撕扯,为“历史负重”所碾压,但尚未放弃在行文过程中,或凭借讽刺的语言基调,或通过人物的呐喊控诉,来寄托内心的一份与传统道德意义相隔离的理性,它关涉着浓厚的人文关怀,也意味着深沉的历

史反思。

（二）独立的个人判断：从“意识形态”来，往“个体意识”去

独立的个人判断，支撑了独立意识的形成。早在小说集《远行人》中，苏炜便无意在意识形态上花很多工夫，其后的《西洋镜语》更是对之持一种批判的态度。近年他的《米调》以及《迷谷》两部长篇小说虽然以“文革”作为叙事背景，但却是以之作为历史现场的构建与人性探讨的契机，而非意识形态的讨论。可以说，苏炜的作品，一直都保持着具有个性的精神底色。

作为一名学者，无论是在谈话还是文学创作中，苏炜对“国家”“爱国主义”“民族精神”等宏大的意识形态命题都采取了谨慎而理性的态度。苏炜更偏向于严肃而认真地继承中国传统文化来实现对“中国人”的身份认同。他既没有口号式地通过召唤一个时代来支撑自己的写作背景，也没有借由“主义”理论来提升自己的视野高度。而对于那些过分标榜政治话语和意识形态的观念，却恰好是苏炜所反思的、所批判的，甚至所不屑的。

反观《远行人》这部小说集，《杨·弗兰克》中的杨正是在意识形态话语剥夺个人意志的年代将自己丈夫的“丑闻”贴在大字报上示众；《绿衣人》中的老太太亦因那段个人愿望在集体意志面前缴械的日子平添终生的思念。苏炜本人也像他笔下的人物那样，从那个意识形态作为解释一切问题本质的年代中走来，但他没有走进困窘与迷失，而是走向意味着宽容与自由的个体意识。在《西洋镜语》的《纽约的困惑——关于“判断标准”的思考》一文中，苏炜就已明确地表示：

> 在时空世界的全部丰富性与多样性面前，任何“完美意识”与“终极标准”——任何单一的价值判断角度，都将是羞涩窘困的。

甚至在多年以后，苏炜已远离大陆，那份因意识形态剥夺个体意识的痛楚依然像梦魇一样缠绕着他的内心。收录在散文集《独自面对》中的《人如月，月如眸》就有这么一段话，袒露了苏炜在思乡怀亲的时候发自内心的思索：

> 算是传统大家庭中的幺儿，却又属于父母来不及关照就已“一切交给党安排”的那一代人。一出生父母就忙于工作，童年记忆中只有老祖

母的呵护，很少有“父爱”“母爱”的影迹。因此，当那场“史无前例”的革命狂飙骤起，我们似乎很轻松、很漠然地，就争相宣布：“与反动父母划清界限。”

这种违反常态、颠覆伦理、漠视个体的意识形态运动风暴所造成的震击，直接影响到了苏炜的创作思想。在谈及平路、杨照、林耀德、张大春等自己非常欣赏的台湾作家的创作时，苏炜直言：

> 但他们的“越界”，则不但建基于媒体的现世灵变功能，同时建基于道德承担与现实关怀，这就使得他们知识上的广泛汲取和渊博识见，总是能够转化为植根本土的真实命题而少见凌空高蹈的“主义”夸炫。

即便在距今时间比较近的2008年，苏炜也保持着这份独立的非意识形态精神。苏炜在《走近父亲》（收录于2009年出版的散文集《走近耶鲁》）一文中回忆父亲时所发出的喟叹，与上述例证再次呼应：

> 但是，“红”，如果作为一种意识形态色彩，就无必要太“较真儿”了。历史已经证明，离开了“建设”和“创造”的“红”——“红彤彤”的“红世界”“红海洋”之类，有可能会沦为无根无底、昏天黑地的“人祸”。当“权力”的话语远低于“权利”的话语、“主义”的话语远低于“民族”的话语，更低于“生命”的话语的时候，这个“红”，就要发生问题了。

由此可见，无论是留学生时期《远行人》里的篇目还是其后的创作，苏炜的创作思想根本不是“民族”和“主义”所能够概括的。回望1984年间苏炜的留学生小说《背影》里那句话：“中国人，在海外受外国人的气难受；在海外受自己中国人的气更不好受——可是，中国人在自己的中国，再受自己中国人的气，那滋味就好受吗”，仿佛就像一个逃离灾难现场的人遥指一个灾难的年代。《墓园》里那句出现过两次的“别跟我谈论中国！”在此种语境下，已然并非一种明确的立场判断与身份确认，而是意识高压下悲怆的嘶喊。

对于个体意识，用苏炜自己的话来概括就是：

> 作家对文学都找不到自己的认同感,你还要求读者怎么"认同"你的文学！作家自己离"文学"越来越远,你又怎么能要求读者不离文学越来越远?!①

(三)独有的文学见解:从"中国古典"来,往"西方艺术"去

生活上的独立和意识上的独立,直接促使了苏炜在面对艺术这一命题的时候所怀揣的独立见解。作为因"文革"而受难最深的"老三届",他没有受到观念结构的禁锢,反而乐此不疲地追问西方艺术;作为久居异国的教授,他却没有疏远自身文化土壤里的传统。正如上文所言,对于"中国人"的身份认同,苏炜更偏向于严肃而认真地继承中国传统文化来实现这种身份认同。他一直在努力实现从"中国古典"来,往"西方艺术"去的目标。

已经远离了留学生活的苏炜,在如今旅居海外之际,依然会朝着文学自身发出当年留学时期那"西洋镜语"式的叩问:

> "伟大小说"的梦想就是自我精神的中心,"我写故我在"就是人生和存在的最大中心……从什么时候开始,写作远离了那道"伟大"的光照,只变成了彼此照面从头到脚心照不宣的利益权衡和名位攀比,以至变成职业化的"腹泻"或者"便秘"了呢?②

在他 2009 年出版的散文集《走进耶鲁》里,苏炜就如此诘问过。对于文学,从思想上说,苏炜所秉持的是自我精神的中心;从艺术上说,则是中西文化的整合与融合。

正如本文第二节第三点"艺术触觉的坐标"所呈示的摘抄,早在 1986 年前后,留学的苏炜便已经对西方文艺思潮进行批判性的学习。然而,这并不代表他放弃了原有的传统。相反,在西方现代艺术与后现代艺术的实践中,在幻觉、想象与复调的运用中,他更能准确地拿捏中国古典文化中的词汇,更能有度地把握艺术触觉在传统文化土壤的延伸。

最明显的一个体现,当属散文集《独自面对》的后记。在这篇后记的结尾处,苏炜亲自创作了一首词:

---

① 苏炜:《走进耶鲁》,南京:凤凰出版社,2009 年版,第 248 – 249 页。

② 苏炜:《走进耶鲁》,南京:凤凰出版社,2009 年版,第 248 – 249 页。

末了，这本小书，算是我睽别故园多年后向乡亲父老献上的一瓣心香。年前，曾在登程赋归前夜，戏步稼轩旧韵，写下几句旧体歌行，明知音脚有瑕，“辞章久疏料理”，在此也不妨献哂，以纪行迹吧。

金缕曲

——远归感赋

万里归来矣。算平生，兰襟素袖，几多知己。酒祓清愁花消怨，一醉宁泯旧耻；千岩外，山月还似。谁问舟上行歌者，知倦未，倦也犹飞去。无人解，沧浪意。

孤人三尺命百里。感天悯，憨愚若我，雷霆平地。秋信久违秦楼雁，红叶何时题字；毋言起，渔樵心事。雪霁闻琴芳辰近，对乡关，有泪如倾耳。知我者，独苏子。

从上文摘抄可以看出，苏炜在演绎白话文的时候能自然地回归古风，“睽别”“戏步”“献哂”等词体现了他在中文方面的深厚造诣。“一瓣心香”更是出自宋人瞿翁的《满江红·孟史君祷而得雨》：“祷雨文昌，只全靠、心香一瓣。”至于旧体词《金缕曲》，虽尽用今韵而非平水韵，但用字、成句与造意三方面都让人感受到他对中国古风古韵的认同。

我们也可以留意一个细节：苏炜2006年出版的小说《米谷》，洋溢着超现实的色彩。但其演绎过程，却显示出浑厚的中文功底。仅凭题目而言，便已出手非凡，“山烟”“残碑”“紫檀”“斗鸡”“夜琴”“蛇云”等完美地结合了跨时代、跨语境与跨现实的叙事。

结语

笔者在此无意实现一种标榜自我或哗众取宠的颠覆行为。笔者仅试图根据自己所搜集到的文献资料，从苏炜亲笔写下的散文、小说以及相关的对话录中，还原出留学生时期的苏炜是凭借怎样的思想去进行文学创作的，并探讨了其留学生时期的创作与其后的创作有着怎样密切的联系。更为重要的是，笔者并不因此全盘否定众多学者与名家对苏炜的解读，在研究苏炜的小说叙事、艺术法则以及创作概况等方面，他们依然是相当客观与理性的。

本文仅以另一种视角、另一个维度和另一种方式，对苏炜的留学生文学创作做出另一种诠释。

（作者单位：广东技术师范学院文学院、暨南大学）

从林耀德城市叙事看台湾现代主义文学的发展

▶林秀琴

林耀德是台湾"新世代"作家的重要代表①,也被视为台湾现代主义文学的重要传人,其创作集中于20世纪八九十年代,涉及的领域非常丰富,诗歌、散文、小说、评论各有代表作品。论及林耀德作为小说家的成就方面,世人往往要提及《一九四七,高砂百合》这部被誉为台湾原住民"史诗"的长篇,但笔者以为,以《大东区》《恶地形》为代表的中短篇小说②,却是最能表现林耀德在叙事文学上的追求与风格的作品。这些小说反复抒写了现代性的批判主题:对社会世象的解剖,对自我与存在的拷问,在光怪陆离的现代城市生活中掘开现代人作茧自缚的困厄命运,从而为世人留下了一个时代特殊的文化影像。林耀德以敏锐的洞察力捕捉到了混乱失序的时代所必然产生的悲剧性,清醒地批判了各种病象与邪恶所滋生的社会温床,在这种观察与批判中跳动着的哀伤与悲恸,则又是一个敏感、不安的青年作家在这一时代最真实的内心写照。本文试从小说文本的解读与批评出发,在现代主义文学的历史脉络中探讨林耀德小说叙事形式所提交的现代性批判的命题,以及他所代表的台湾"新世代"文学与早期台湾现代主义文学之间的对话,特别是现代主义文学在台湾的本土化发展问题。

---

① 林耀德在《台湾新世代小说家》一文中对"新世代"作家有系统、清晰的描绘,所谓新世代即"战后第三代"以降的小说作者群。见《新世代小说大系·总序》,台湾:希代书版公司,1989年版。

② 林耀德:《恶地形》,《林耀德短篇小说集 I》,台湾:希代书版公司,1988年版;林耀德:《大东区》,台北:《联合文学》出版社,1995年版。

一

在《发达资本主义时期的抒情诗人》中，本雅明用“游手好闲者”指称以波德莱尔为代表的中产阶级知识分子的自我觉知：“在波德莱尔那里，巴黎第一次成为抒情诗的主题。这种诗不是地方民谣；这位寓言诗人以异化了的人(alienated man)的目光凝视这座城市，这是游手好闲者的凝视。……人群是一层帷幕，从这层帷幕的后面，熟悉的城市如同幽灵在向游手好闲者招手。”[①]在19世纪第二帝国的巴黎，波德莱尔清醒地意识到了诗人在新兴的资本主义社会中的尴尬，并刻意地以“波希米亚人”这种被本雅明视作“游手好闲者”的身份游离于现代生活的边缘，从而与新兴的资本主义社会秩序保持着疏离与对抗。

林耀德短暂的一生，正是台湾资本主义经济迅猛发展的时期，物质生活的丰裕、城市化的快速扩张、资讯时代的巨大冲击、社会文化的悄然质变，在这个时代留下了深刻的烙印，城市则是这个时代最富有代表性的物质与精神空间。林耀德的创作表现出了他对这个时代的敏感性，他就像一个波德莱尔式的城市漫游者，检视着资本主义的各种文化仪式，在作为“第三世界”的台北城市上演，他的敏感赋予其锐利的目光并得以穿透城市的浮华，看到欣欣向荣的城市生活表面下掩盖着的空虚与浮泛。他的创作聚焦于现代生活经验的表达，时间的落点是当代，空间的落点则是城市。对于林耀德来说，城市与当代是一个事物的两面，在一篇散文中，他提出了这个论断：“城市，就是当代。”在这个意义上，林耀德的创作可以看作是对19世纪的另一个城市漫游者波德莱尔的致敬，他们对所处的时代与空间的观察表现出了不同的犀利与旨趣：如果说游手好闲者波德莱尔的城市抒写还怀有对旧时代的留恋与对新时代的感伤，那么城市漫游者林耀德的城市抒写，则带着另一种黑色的冷峻与荒凉，在他的描绘中，城市是人性凹陷的谷地，现代生活则是自我迷失的荒漠。在波德莱尔那里，新兴的现代城市正为诗人带来“新奇”，在林耀德这里，城市已然是一片废墟——经过一个世纪，资本主义文化全面重构的城市经验已难再孵化出波德莱尔式的浪漫主义了。

---

① 本雅明著，张旭东、魏文生译：《发达资本主义时代的抒情诗人》，北京：三联书店，1989年版，第189页。

在繁华热络的城市生活中,什么最能引起一个城市漫游者的关注?壅塞的马路与肮脏的空气,稠密的市井与迷宫般的巷道,高楼上阴森的玻璃幕墙,虚伪的办公室政治,挤满红色圣诞老人的百货公司,浸淫在流行歌曲里的都市……作家的目光穿越漫漫的城市丛林,他将抵达在哪个终点?“人是万物的尺度”①,在《恶地形》和《大东区》两个小说集中,作家记录下了不同社会群落的集体影像,其中,有无聊的问题少年、堕落的少女、颓废的艺术家、冷漠的警察、厌世的保险业务员……这是一群被渗透进城市的结构中又游离于城市空间外的边缘人,他们就像现代生活的一个个零碎的断片,被城市这个巨大的磁盘牢牢吸入现代生活的旋涡。小说《大东区》讲述了一群无聊少年躁动、不安的一夜:飙驰的机车、电子游戏、毒品、性、街头斗殴。一边是迪斯科舞厅里的喧嚣与迷乱,一边是滨海公路上机车少年的暴力对决,一群无所事事的少年男女,在膨胀的欲望和迷茫的追逐中纠结,在肉身的喧闹与精神的苍白中挣扎:

> 被诅咒的年轻人,天亮前,他们再也走不出大东区的迷宫,他们变成一群群徘徊走动的热带植物,用各种灯火进行光合作用,用啤酒和七彩的饮料铝罐浇洒在胸膛前,饲喂他们灵魂核心不断抽芽增长的枝条。自永和保安街毒窟批发来的胶囊和针剂,在一间间潜伏于大厦腹里的厕所内,进入温暖的食道或者肿胀的静脉。(《大东区》)

如果说《大东区》关注的问题尚还是一群无知少年青春期肤浅的激情与年少轻狂的虚荣,《喷罐男孩》却让我们看到了社会个体心灵深处的残暴与恶毒。《喷罐男孩》可以看作是《大东区》的续编,人物与故事皆有交集:从迪斯科舞厅里回到居所的少年小克,在性臆想与恶作剧中消遣无边的寂寞与释放空虚的情绪,在午夜街头表演一出血腥的屠狗游戏。在这个曾经痴迷于追逐彗星的少年眼中,训练有素的屠杀行为并非残酷的暴行,而是一种艺术灵感的行为实践。《我的兔子们》《氢氧化铝》两篇小说继续将这种心灵的黑暗推向另一个峰极,在蓄意的生命屠戮中展现个体心灵内部触目惊心的罪恶。小说《我的兔子们》的杀伤力正在于它细腻地展示了自我的残暴与冷酷:“我”在工作室里饲养了许多兔子,悉心照料它们的饮食与排泄,为它们

① 小说集《恶地形》后记。

一一编号,它们的存在使“兔年来临时特别有庆典气息”,这些兔子的命运在兔年除夕夜零落的爆竹声中被揭晓:“我”跨上机车,成群结队的兔子追随着“我”驶入城市的黑暗之途,却不知道“我”已经为它们在一截断头路前预定了生命的终点——这些卑微的生命帮助“我”完成了新年庆典的最后仪式。小说《氢氧化铝》则将这种心灵内部的冒险推向极致,身为保险业务员的“我”,自觉地配合别有用心的摄影师 D 完成了一次秘密的杀人与自杀游戏,对于“我”,这项游戏或许是终结生命之卑微与尴尬的最好选择,而对于 D,这项蓄意为之的谋杀不过是一场艺术创作理想的生命实验。小说最奇特的地方在于,“我”对于 D 的阴谋了若指掌,却自觉配合并参与导演了这一场以自身生命为代价的荒诞剧,“我”是死于他杀,抑或自杀?是 D 迷惑了“我”,还是“我”迷惑了 D?在这场表演中,是 D 拯救了我的灵魂,还是我拯救了 D 的艺术?这是这个小说富有意味的命题,它映现了社会个体在失去自我之后荒诞、悲凉的生命经验,即生命的无意义感:“在晚期现代性的背景下,个人的无意义感,即那种觉得生活没有提供任何有价值的东西的感受,成为根本性的心理问题。”①

正是这种生发于内心的无意义感、自我的分裂感,导致了社会个体自我毁灭的命运——“自我毁灭是现代派小说人物的必然结局”②。从对他者的毁灭到对自我的毁灭,林耀德的小说不乏关于生命终结的叙述,同时,我们从中不难发现大量身体抒写的细节,这些身体抒写集结在两个焦点上,一是性,一是暴力。小说中的人物在自己或他人的身体上,或寻找,或纠结,或自恋,或自弃,而最终他们处理身体的方式往往是极端惨烈,极端具有破坏性。身体是欲望的诞生地,也是欲望的最终出口,对身体的戕害表明了个体对自身欲望的无望:不能满足的欲望,或是不能控制的欲望。欲望是自我表现之一种,身体的苏醒往往是自我意识生成的神圣时刻,但是,当寄居于身体的自我崩塌之后,个体只有在向身体不断地索取与压榨中才能感受到自我的存在,唯一的身体成为自我最后的防线。各种对身体的伤害、自虐乃至自我毁灭,寓意了个体对自我的最后追寻与弃绝,而对身体的暴力则一定意义上

---

① 吉登斯著,赵旭东、方文译:《现代性与自我认同——现代晚期的自我与社会》,北京:三联书店,1998 年版,第 9 页。

② 朱立立:《知识人的精神私史——台湾现代派小说的一种解读》,上海:上海三联书店,2004 年版,第 152 页。

成为对失落、崩塌的自我的祭仪。

社会个体如何觉知自身在社会空间与文化结构中的处境，如何体察自我的异化与分裂？这是现代主义文学所要处理的重要命题。通常来说，与现实主义聚焦于外部现实并更为强调社会环境、时代因素对个体的整体性影响不同，现代主义更着重于从个体内在的精神困境出发，发现外部现实与个体内在的冲突、矛盾。从个体的视角来认知与诠释外部社会从而反观自身，是现代主义通常的逻辑，因而，将自我对象化也是现代主义文学惯用的手法。而这，显然也是林耀德喜用且使用娴熟的技巧，他的作品擅长在极其简单的人物关系中制造一种参照性的情境，人物对自我的体认往往通过其他角色而映现，并且得以刺破矫饰的外表，探见更为真实，也更为惨烈的自我。

小说《一束光投掷在被遗忘的矶岩上》和《一线二星》的主角身份都是警察——在一个扭曲的社会，警察显然是最能体现社会的自我嘲弄与悖谬之感的身份，作为现代社会权力机器与制度体系的一员，警察这一身份树立起了反思其所处的权力机器结构的独特视角，因而更可以对社会权力的运作符码进行揭示。这两个小说虽然对这一特殊阶层的身份境遇仅做寥寥几语的描绘，却已然呈现其社会生态的腐败，但作家更为关注的仍是这种社会生态如何“绑架”作为个体的自我。《一束光投掷在被遗忘的矶岩上》中，身为警察的“我”在被黑社会绑架报复、通往人生终点的黑暗旅途中，回想人生过往的点点滴滴：私生子、十三岁溺水、身为警察的体验、对大海的憧憬与怀想……在漫无边际的意识流动中，“我”得以重新认识自身，它包括了对警察作为一种职业身份、一种社会单位及其折射的社会文化的多重体认。小说中的一个事件耐人寻味：“我”对一个年轻的盗窃犯不懈追捕，并最终将他逼上高楼的天台，被惊骇的男孩无奈纵身跃下，以生命的终结作为对追捕的逃避，这个意外的结局使“我”意识到，追捕罪犯的“我”犯下了比年轻盗窃犯更大的罪——对他人生命的冷漠，由此“我”得以照见自我的黑暗面。《一线二星》对自我的揭示与鞭挞较前者更加尖锐。作为警员的“我”先后调查了两起杀人案件（或者说是一个案中案），一宗是“我”辖区内的女线民被人先奸后杀，一宗是“我”的同事兼顶头上司巫敏被疑似黑社会雇佣的杀手所杀，“我”与他们之间的交集是，巫敏和“我”都先后利用自己辖区警察的身份，在工作（公共领域）与性（私人领域）两方面利用过这位女线民。小说在漫不经心的叙述中暗示了“我”正是这两宗杀人案的凶手，“我”杀害女线民是对自己的行为感到耻辱,这种耻辱感源于"使用一个别人抛弃的便器"所生发的对自我的恶心与厌憎而非道德羞耻心,当"我"无法直面那个腐败的自我,杀死女线民就成了逃避自我困境、与自我割断的方式。同样,杀死巫敏表面上是憎恶巫敏对曾经的地下情人之死的冷酷(事实上杀死女线民的"我"岂不是更冷酷?),实际上却是源于"我"清晰地意识到:巫敏不过是"我"的另一面,杀死巫敏就形同杀死那个令人厌憎的自我。因厌憎自己而厌憎同类,因为同类就像一面镜子时时反射"我"的自身。这种情景同样发生在另一个小说《赖雷一日》中,赖雷之所以幻想"勒毙"阿真并付诸行动,当然不是因为他演戏过于用心忘情,身处底层生活而又了无未来希望的他,与同样境遇的阿真之间假戏真做的情爱倒也许是一种拯救,但是,阿真同样代表了那个巨大的无可逃避的惨淡人生。因而,那种"他要重新创造她,创造自己"的激情只能寻求于荒诞的残酷的方式,而原本猥琐的人生也因为消灭了这个真实的自我而有了一种变异的畅快与自信。

二

在这些文本中,作家更有意表现的显然是从扭曲、夸张、荒谬的行为中见证现代社会生活的荒诞与社会个体自我的破碎和分裂,或者说,诡异、荒谬的情节使社会个体真实而荒诞的自我世界更加清晰地突显出来。林耀德擅长在作品中制造一种富于反讽的情境,反讽正是其投射、映现社会个体生命经验和暴露自我之荒谬的通道。在《喷罐男孩》中,作家不吝以华丽的语言描述城市的景观:"越过一条条盘绕的巷道,高矮起伏如浪的建筑,辛亥路像燎朗的大河,周期规律闪动的路灯与不期然流窜而过的车灯交织出水沫与波纹的幻视。"但是,恰恰是现代城市生活的光鲜华丽与男孩心灵内部无边的黑暗,构成了巨大的讽刺。《圣诞节真正的由来》明确地指出了现代社会生活繁荣景观的虚假性:

愈接近二十四日子夜的时刻,他们的红制服变得愈加鲜艳,带给人们一股虚假的、迷惑的节庆气息。如果,谁好事地拉下肯塔基先生显得略小的红帽、拆开发条圣诞老人的塑料体腔,或是扯出橱窗中的红色老头,就会发现传说是以多么可悲的方式寄生在都市中,但是谁也没有想到这么做,谁都知道一切都是幻觉。

这个小说有意思的地方在于,作家利用了两个相互拆解的文本,来说明世人的幻觉以及对幻觉的依赖:圣诞老人满街发放传单,反复提醒人们了解“圣诞节真正的由来”——它也被用作了小说的标题,从而使小说演变成了一场不同层面的文本间的对话。圣诞老人发放传单显然是消费社会的一种商业行为,它与其说是提问,不如说是在提醒世人及时消费与享乐,圣诞节本身即是一个消费的对象。但我们又不能单纯地将其视为一种商业行为,因为世人需要一个圣诞节来矫饰真实的生活,他们需要一个不必戳破的传说、一个无伤大雅的谎言、一个黑色的幽默来维持虚幻的欢乐与繁荣。必须强调的是,世人的这种需要是“真实的”——一种被异化、被生产出来的“真实”。作家清楚地认识到:圣诞节并非一场单纯的商业营销,而是一场自觉的文化合谋,大众,或者说一个个“无名”的个体参与了这场圣诞节的现代狂欢。在这里,圣诞节仍然是一种文化仪式、一种被阉割了历史的文化仪式,人们从中寄托现代生活的快乐与意义,回避直面自我的痛苦。小说《寻找春神》(又名《意识的彩带》)延续了这一反讽的主题,小说中因事故意外获得能窥视别人潜意识的超能力的“我”,一面雄心壮志地要带领“新人类”,“迈入人类全面进化的新纪元”,另一方面这个自诩为新人类的“我”又利用超能力干一些鸡鸣狗盗之流不光彩的勾当。所以,小说的结局就毫不意外:当“我”接到委托寻找“春神”,却发现“春神”是一个出现在肮脏市场、全身污秽的女盲童——“黑暗而盲目”的“春神”是一个多么巨大的讽刺啊。红彤彤的圣诞老人是城市幻觉的制造者,而《寻找春神》就是一个精神梦游者的呓语罢了。

对自我的分裂与异化的焦虑,是现代主义文学的重要美学议题。林耀德对自己的创作有一份成熟的觉知:“80年代末期到90年代初期是我对文学的态度更为清晰的一个阶段。……我的心灵视野开始开展,知道如何在现实中找到无数通往梦幻和恶魔的通道,如何在世人的想象力中看到现实和历史被扭曲的倒影,如何进入他者的内在或者穿越集体的幻象,如何表达卑鄙与崇高并存的自我。”[①]这段语义丰富的表述印证了我们在林耀德叙事作品中所体验到的那种悲剧性的诗意与痛苦,它呈现了现代社会生活这样一种新的历史情境对个体自我的碾压与异化,并且表现为极其复杂的形态

① 小说集《大东区》自序。

和样貌，作家的使命即是从似是而非、纷繁多变的现代社会的生活表象中，探掘与直面那个扭曲、破碎与分裂的自我。作家不断通过小说文本来说明，社会个体自我的异化源于其所置身的现代社会生活空间的破碎感，城市则是现代社会生活空间的物质载体与文化形式。在作家生活和创作的20世纪80年代，台湾社会享受着资本主义经济的高度繁荣，台湾尤其是台北这种日益国际化的都市，更是成为西方现代资讯文明的放飞地——但是，作家却透过社会生机勃勃、异彩纷呈的表象，看到了现代城市生活在快速发展和过度膨胀之后的虚脱与空心化。

林耀德的小说文本所描述的现代城市光彩亮丽——二十四小时超级市场的灯光不眠不休，百货商场里红彤彤的圣诞老人，街头飙驰的锃亮的机车，喧腾的舞厅，嘈杂的游戏机房，青春的肉体与暧昧的性……这些景象拼贴出了现代城市生活的繁荣与浮夸。但另一面，这个世界又飞腾着腐败、死寂的气息，对这个世界的描述，作家钟爱的意象是坟墓、废墟、荒漠、迷宫，诸如此类的文化象征反复出现在作品中——《我的兔子们》中“我”放逐生灵的那一段“断壁残垣”，《恶地形》中那一片荒凉、诡异、绝望的“被诅咒的土地”，《巨蛋商业设计股份有限公司》中像“一整排特大号的墓碑”的玻璃帷幕，《氢氧化铝》中的城市如同被各种光影切割的“人工的荒漠”。这些恐怖、狰狞的意象彰显了作家对现代城市生活的内心经验，以及这种内心经验的真实与外在现实的疏离。小说《大东区》中有一段对“迪斯科舞厅”充满象征性的描述：

> 重金属乐器强烈的节拍震动着宽大的舞池，以及青春的舞者们，他们的舞姿在明灭的灯光中，像是一幕幕时断时续的停格，不连贯的肢体和呐喊，一寸寸被光的暴力切碎。
>
> 一切声音，一切形体，一切光影，都在分离、剥落，都在节拍的秩序中丧失秩序。抽象与具象，光明与黑暗，青春与死亡，爱与欲，理性与非理性。

在这里，林耀德以一种意象式的铺排、剪贴、杂糅手法，呈现了“迪斯科舞厅”这一场所象征的社会空间的破碎感，从“迷宫”的城市地理学中抽象出了城市欲望沉浮、迷离失所的哲学。在作家看来，声光电化的现代城市，不过是一片喧闹的废墟，“将生命和空间不断切割，让思维和肉身剥离”。现代生活的嘈杂与混乱、荒芜与悖谬,现代社会个体的迷失与苦闷、焦虑与分裂,正是社会空间失序的产物,或者说,分裂的个体与他们所置身的畸变的空间是一种互为因果的关系。因此,作家毫不介意地大声宣扬"全世界的城市都是不同招牌的精神病院"(《游行》),在城市中,充斥着警察、医生、艺术家等各种身份与躯壳的精神分裂者,他们是无聊的周末抑郁症患者,是骂骂咧咧的躁郁狂,是颓废主义的实践者,是险恶的阴谋家,是无耻的偷情者,是游荡在街头的影子,是潜伏在暗夜里的幽灵,是卑污灵魂的无声啜泣。在或光鲜或猥琐的装束下,在或平静或不安的神情下,他们纵容内心的欲望与黑暗,与仅存的微薄的自我搏斗撕扯。他们是现代生活的幽灵,潜伏在城市阴暗的角落,目睹自身的异化与沦陷并从中追索存在的快感。他们对自身的处境或是沉默地认同,或是无谓地挣扎,或是惨烈地毁灭,任何一种形式的救赎最后都变成了新的罪恶与沦陷。喧嚣浮夸的现代生活,何处才有真正代表了希望的"春神"? 林耀德以反讽的叙述形式揭示了现代性主体精神的破产。

现代主义文学由于其对个体心灵与内在生活的关注,即所谓的"向内转"这一叙述形式的创新而被视为对现实主义的断裂。詹姆逊借用语言学的表述方法指出,现实主义是意符(Signified)、指符(Signifier)、参符(Referent)一致对应的意义网络。而现代主义文学中,参符即符号的所及物消失了,只剩下了意符和指符的相互指涉。与卢卡契对现代主义的指责不同,詹姆逊指出了现代主义的"主观"仍然包含着具体的历史的内涵,或者说,现代主义的自我仍然是"社会力量"的投射,正是这种社会力量使现代主义获得了历史性①。必须承认,现代主义的"自我"包含着一个广阔的社会。林耀德的创作即是这一类型的文学实践,他提供的现代人群像中,既有隶属于中产阶层的艺术家、医生、军官,也有在办公室政治夹缝中透不过气的普通职员,也有拍摄情色小电影、扮演圣诞老人的社会底层百姓,还包括那些游荡街头、无所事事、惹是生非的青年亚文化群体,在其中我们得以窥见犹如万花筒般的现代社会生活的杂乱世象,在那些"极动,而又极静"(《大东区》)的矛盾时空体中,体验被拘禁在小小自我中的波澜汹涌:被侵害的少女的迷茫和纠结(《迷路吕柔》),目睹真实残酷的血腥屠戮之后两个少年的惺惺相惜

---

① 詹姆逊:《现实主义,现代主义,后现代主义》,《晚期资本主义的文化逻辑》,上海:生活·读书·新知三联书店,1997年版。

(《龙泉街》),警察和罪犯、正义与邪恶的两面一体(《一束光投掷在被遗忘的矶岩上》《一线二星》),幼年时期的成长阴影留下的精神创伤(《杜沙的女人》《慢跑的男人》)……他们或是在浑浑噩噩的生活中对内心的破碎与分裂无所觉察,或是在不断地自省自嘲、自虐自戕中直面自我的沦陷与坍塌。这些波澜一一指向林耀德念兹在兹的"存在",但作家并没有停留于对终极存在主义的抽象化的义理演绎,相反,作家始终紧扣现代生活空间对社会个体精神的结构性作用,阿呆、小七、小克、吕柔、小霜等缺乏家庭爱护与管束的少年男女,他们失速的青春背后是一整个时代的浮躁与功利,而《一束光投掷在被遗忘的矶岩上》《一线二星》《黑色胶囊》等作品对警察这一特殊阶层的聚焦,则又映照出此一时代社会空间对法理秩序与公务人员人格的全面扭曲——在作家看来,台湾彼时彼地的都市社会,不就是一个压抑的令人绝望的"黑色胶囊"吗?受困于其中的社会个体,无论身居何处,处境如何,都无法摆脱身为现代生活边缘人的困窘与无助。

三

毫无疑问,"自我"的拷问,存在的荒谬与荒诞,异化的经验与焦虑,反讽、寓言式的文本结构与叙述形式,这些征象都表明,林耀德承续的正是现代主义文学的火种。20 世纪五六十年代以降,现代主义文学席卷台湾,这个时期也是台湾社会进入高度现代化、资本主义文明全面洗礼的时代,工业化、城市化带来了社会生活空间的变迁,中产阶级作为新的阶层逐渐跃为社会精神文化的主流群落,其中包括了在知识世界逐渐掌握话语权的"新世代"作家一脉。台湾社会文化空间的巨大更迭,迫切地召唤、寻求一种新的哲学与方法,从罗门、林彧、白先勇、陈永平、王文兴,再到黄凡、张大春、林耀德等,跨越两个时代的台湾现代作家群落在现代主义的广阔的哲学视野中,建立了一种对"当代都市文明的现象探索"和"一种精神荒原的追索"的方式[①]。作为新世代现代主义作家的重要一员,林耀德对现代主义在台湾的播散与流脉有非常清晰的认识,在论述早期台湾现代主义诗人的城市书写时,他看到了中产阶级知识分子对"文明"所产生的一种"既拥抱又批判的矛盾"及其对于文明的幻灭感的表现,他指出:"这种中产阶级诗人对于中产阶级

① 林耀德:《都市:文学变迁的新坐标》,台湾《自由青年》第 721 期。

生活的反叛，对于‘拥挤而孤寂’的双重立案，和整个‘现代派运动’有密切关系。”①所谓“拥挤而孤寂”，即是“人群中的孤独”，它描述了变化的、多样的现代社会世象中的现代性幻觉与自我的疏离感、孤绝感，它揭示了现代性的社会空间对个体的压抑与分裂——“把孤寂视为普遍的人类处境，是现代主义的理论与实践所独具的”②，卢卡契对现代主义的鄙薄倒是深刻地揭示了现代主义独特的美学品格。

总体来说，从20世纪50年代台湾现代派的兴起，到80年代“新世代”作家群的城市写作蔚为风潮，台湾现代主义文学继承了西方现代主义对“自我”的艰苦追索，也表现出了一种普遍性的“孤寂”和现代性的情绪与格调，但因文学生产所架设的不同的文化空间，对“孤寂”的阐释与表现也派生出不同的线索与立意，或可说，台湾现代主义文学在不同时代演绎出了关于自我与存在的不同变奏。对存在的关注是现代派文学的重要传统，存在主义思潮在20世纪五六十年代被引介进入台湾，得到台湾知识界的诸多共鸣，存在主义文学表现命运的荒谬、人生的孤绝境遇以及反抗荒谬重建自我的生命激情，这与台湾文学中放逐、失根的失落主题遥相呼应，尤其在白先勇、王文兴、李永平等一批现代主义作家那里，自我的追索乃是奠基于家国乡愁与“失根”的焦虑，知识分子对自我的省思与重构因而显得华丽而沉重。而自20世纪80年代以来，随着新世代作家群的跃起，林耀德与他的同辈黄凡、张大春、东年、王幼华诸人，则是在自我的追索中嵌入了现代城市生活的空间与结构。林耀德清晰地指出，“新世代”作家群与前代置身于完全不同的社会空间与文化符号体系：“他们成长的过程正是台湾工业化、都市化的过程，完整地诞生在资本主义的下层结构中；出生于1960年代以后的‘新世代’更被全岛都市化的信息系统所包容。”③换言之，架构“新世代”作家群的经验世界与心灵结构的是一种后期资本主义的社会形态与文化语境，这一现实也必然催生新世代作家群建构出台湾文化思想的新面向和文学创作的新美学。林耀德对“新世代”作家群的这番文化与美学的指认，也可以视作他对

① 林耀德：《都市：文学变迁的新坐标》，台湾《自由青年》第721期。

② 卢卡契：《现代主义的意识形态》，袁可嘉等编：《现代主义文学研究》(上卷)，北京：中国社会科学出版社，1989年版，第136页。

③ 林耀德：《台湾新世代小说家》，《新世代小说大系·总序》，台湾：希代书版公司，1989年版。

自身文学创作美学追求的一种定位。

城市作为现代生活最重要的地理场所与晚期资本主义的文化表征，为现代主义这把利刃提供了最佳的战场，也为台湾新世代作家经营新的文化美学提供了重要舞台。如果说，前代的现代主义作家所表现的文学更多聚焦于知识分子境遇与经验的“自况”，那么这种精英关怀在新世代作家这里逐渐走向了终结，在一个以碎片化、多元化、异质化为新质的现代社会形态中，在既有价值体系与文化秩序已然解构的时代，对精英情结的否弃说明了现代主义文化作为一种中产阶级自我批判的文化的深入和自我纠正。与此同时，与城市一同成长的市民社会（而不仅仅是中产阶级知识分子群落），也为这些作家提供了更丰富的聚焦与更广阔的思考，作家们通过文学书写面向的延伸与拓展，说明了“孤寂”已经不仅仅是中产阶级知识分子群落的“专利”，相反，它是一种弥散在城市现代文明中的普遍性的情绪，是一种笼罩在大多数社会个体（而非仅仅中产阶级）身上的“文明的牢笼”，以城市为空间的现代生活提供了这种情绪的肥沃土壤。由于它注意到了广阔的大多数，即那些平凡、卑微的社会个体对现代社会生活的觉知与挣扎，作家对这种社会情绪和时代色彩的叙述，已然突破了抽象的存在主义哲学而嵌入了现实的厚重感。

林耀德小说的意义在于，作家在那些日常的、偶然的、意外的事件中把握到一种普遍性的现代生活的底色，在那些零落的、碎片化的、卑微的自我中把握到了一种深刻的疼痛与悸动。它源于无所不在、无法回避的现代生活，这种生活加诸所有的社会个体。在前代现代派作家那里，自我的破碎来源于政治威权对自我的宰制与历史的断裂这种堪可称为外在的力量，而在林耀德的小说文本中，现代生活不再是外部于自我的力量，而是自我的结构，是自我潜意识层面的巨大洪流。因而，林耀德所表现的就不是某种孤立的情绪，他的自我并非单一的自我，而是现代社会个体的“集体无意识”，它汇聚了作家笔下的各种城市边缘人、现代生活的精神分裂者，他们独立于不同的际遇，却共存于现代性的裂隙并分享同样的挣扎；他们是现代社会生活大合唱中不同声部的杂音异符，在现世的舞台上演绎出灵魂的孤寂。在《都市：文学变迁的新坐标》一文中，林耀德提出：“要认识‘都市文学’，首先要认识正文中的‘都市’究为何物。不同于社会版记者，作家非仅止于对定义为某一行政区域的都市外观进行表面的报道、描述，他也得进入诠释整个社会发展中的冲突与矛盾的层面，甚至瓦解都市意象而释放出隐埋其深层的、沉默的集体潜意识。”[①]在《台湾新世代小说家》一文中,他再次强调:“‘新世代’最令人耳目一新的发明,是处理了集体潜意识的问题。从个别人格主体意识内省式的心理写实飞跃入集体潜意识的洪流,不仅是叙述模式与章法技巧的改装,更涉及‘新世代’作家的心灵结构与精神底蕴的质变;能够从容地刺探当代光怪陆离的都市文化,势必先要能从容地进入集体潜意识的幽晦中寻找创造性的光源。”[②]

在这里,集体潜意识显然指向了被现代生活表象所掩饰的社会个体的精神内在世界,现代性对传统生活的断裂是导引自我存在主义焦虑的重要根源,社会文化空间的质变必然在社会个体的意识领域留下深刻的痕迹。作家敏感地发现,社会在极短时间内迅速发展的同时走向了扭曲与裂变,物质生活的丰裕与精神的荒漠同步,新贵阶层的兴起与底层百姓的挣扎并存,现代城市生活流光溢彩的表象掩饰了自我的挣扎与沦陷——这些文学实践使现代主义文学在台湾本土产生出了其所独有的具体的历史与社会内涵。林耀德在其小说中不时提及童年的精神创伤之于人物心灵世界的作用——某种意义上可以说,童年创伤是一种隐喻的历史旨向,林耀德借用了弗洛伊德精神分析学的概念,意在为短暂而瞬息万变的现代社会生活建立历史的脉络,这个概念同时象征了社会个体在现代生活中的内在的无法逃避的困境,也正是在这里,我们看到了作家对现代社会生活的批判性与直面创伤的勇气:在一个自我被解构的时代仍不放弃对自我的拷问与追寻。

(作者单位:福建社科院《福建论坛》编辑部)

① 林耀德:《都市:文学变迁的新坐标》,台湾《自由青年》第721期。

② 林耀德:《台湾新世代小说家》,《新世代小说大系》,台湾:希代书版公司,1989年版。

在虚无中存在

——论陈映真小说的“虚无”书写

▶朱文斌　岳寒飞

2016年11月22日,台湾著名作家陈映真在北京逝世。他的离去,是台湾左翼文坛的重大损失。陈映真出生于日据时期的台湾,目睹了两岸对峙所造成的人间悲剧,充分感受到台湾底层人民的痛苦和挣扎。作为一位受鲁迅影响较深,本身还因“组织聚读马列主义、鲁迅等左翼书册”而入狱的爱国知识分子,他的不平凡经历使其创作显露出受存在主义影响的特征,对人类的生存意义进行了深层次的思考,还在痛苦地写作与反思中睿智地体会到现实生活中存在的异化、荒谬、孤独、绝望和虚无。显然,我们不能就此认为陈映真是一位存在主义者,但美国存在主义哲学家W.考夫曼说得好:“存在主义是一种每个时代的人都有的感受,在历史上我们随处都可以辨认出来。”①陈映真正是将自己独特的人生体验与感受投射到其小说创作实践中,与流行于20世纪文坛的存在主义思潮产生某种精神暗合,找到某种契合点,塑造了一批孤独的“虚无者”形象,对人的存在问题、存在的荒诞性以及沉沦与焦虑等进行了揭露与阐释,从而揭示世界本真的荒谬性与虚无性。因而,陈映真小说创作中流露出的“虚无”书写倾向,非常值得关注。

一、虚无与虚无者

要探寻陈映真小说的“虚无”书写,首先必须辨析存在与虚无这一对哲学概念。海德格尔认为,生存的本质在于生存的意义,当人进入世界后,若

---

① W.考夫曼著,陈鼓应等译:《存在主义》,北京:商务印书馆,1987年版,第2页。

能实现"成为自己的可能性",便是真实的存在,如若不能实现"成为自己的可能性",便是不真实的存在,即为虚无[①]。萨特在《存在与虚无》中也告诉我们,虚无依托于存在,"因为,无论如何,为了自我虚无化,就必须存在"[②]。所以要弄清楚虚无的概念,应该从存在入手,"虚无由之来到世界上的存在应该是它自己的虚无"[③],即是说印证虚无存在的那类存在是一种否定性的、可能被解释为什么也不是的特殊类型的实在。由此可见,虚无内含质疑的特征,包含着一种否定的性质。其次,虚无要想对人发挥效用,必须要有自由作为条件,因为人如果故步自封在一个狭小的空间内,就不能够自我审视,唯有跳出当下身处的环境,脱离保守思想观念的桎梏,才可能自由地发现一个真实的自我。然而,这种自我尝试下的独立与背离,常常使人衍生出虚无感。最后,虚无具有超越性,对现实存在进行质疑,跳出自己的圈子反观、凝视自身,或许会有两种结果:一是对于过去式的自我否定,二是对于未来式的自我焦虑,所以恐惧和焦虑常常是虚无感生发的前奏。

根据萨特的观点,我们可以大致归纳"虚无"生发的缘由:一是人的质疑和追问会得到否定性的回答,正如当人们发现自己抱以为信条的宗教信仰和仁义道德是伪善和空洞时,人的内心深处会产生一种否定信仰、遗失自我的虚无感;二是人们在自由意识中,不断进行自我审视,反观自己的存在,在这种自我精神离析的过程中,人们会发现人与人之间的隔膜和冲突,甚至是自己和自己的对立和矛盾,进而产生虚无感和难以排遣的孤独,在这种情形下,如果当事人不能及时有效地进行自我调整,就会造成精神分裂和精神失常,或出现自欺欺人等行为;三是虚无感常常发生在有超越自我的那类近乎先知之人的身上,这种虚无既不是来源于信仰的缺失,也不是生发于对自我的排斥和否认,而是带有一种恐惧和焦虑的情绪,恐惧的是看清了本真自我后无力自救的困顿,焦虑的是未来不能预见更好的自己和实现理想中的自我,好比梦醒之后无路可走,产生的虚无和绝望心理[④]。

---

① 陈鼓应:《存在主义》,北京:商务印书馆,1967 年版,第 6 页。

② 萨特著,陈宣良等译:《存在与虚无》(修订译本),上海:生活·读书·新知三联书店,2012 年版,第 50 页。

③ 萨特著,陈宣良等译:《存在与虚无》(修订译本),上海:生活·读书·新知三联书店,2012 年版,第 51 页。

④ 萨特著,陈宣良等译:《存在与虚无》(修订译本),上海:生活·读书·新知三联书店,2012 年版。

陈映真在小说创作中塑造了一系列的“虚无者”众生相,我们可以根据萨特所强调的“虚无”之生发的三种缘由,将这些“虚无者”分为三类:第一类虚无者是信仰失落的被欺罔者。小说《我的弟弟康雄》中“我”将弟弟的寂寞和早逝,也即康雄变身为虚无者的原因指向“初生态的肉欲和爱情,以及那安那琪、天主教或基督教都是他的谋杀者”①。《故乡》中“我”所崇拜的哥哥,用传教士的热情和虔诚的内心使全家受到了洗礼,然而家道中落后,哥哥看到了宗教信仰在面对现实困境时表现出的无助和苍白,最终变成一个“放纵邪淫的恶魔”②、一个无所依存的虚无者。最典型的一例当属《某一个日午》中的房氏父子,儿子房恭行于父亲青年的信仰和理想中认识到自己的生命和生涯都只是腐臭的虫豸,深感自己生活在“巨大的组织性的欺罔中”③,这类虚无少年都经历了信仰的背叛和欺骗,他们在精神被掏空和心灵备受折磨之后,只能在虚无中放纵和消耗自己。

第二类虚无者是由于自我凝视、自我反观、自我省察后,发现了自己精神上存在矛盾斗争的困惑,或是窥见了人与人之间不可避免的冲突和隔膜,而感到孤独和虚无。这类虚无者在陈映真小说中多表现为精神失常者,且普遍是有过不幸的童年生活或经历过战争创伤的受害者。《文书——致耀中毕业纪念》的主人公安某、《贺大哥》中的精神分裂者麦克·H. 邱克,以及《万商帝君》中自诩为“万商帝君”的林德旺都是这类虚无者,他们在凝视自我的同时,发现了自己灵魂的罪恶,进而在痛苦不幸的回忆旋涡中越沉越深,不能自拔,终于导致精神上的虚无和分裂。

第三类虚无者是彻底的孤独与绝望者。他们都是在逃脱了既定生活,透视了现实,超越功利、肉欲和凡俗后,进而感到生命的空洞和虚妄的孤独患者。《将军族》中的三角脸和小瘦丫头儿正是以一种看破尘世的姿态和厌世的心理步入虚无者的行列;《猎人之死》中的维纳斯与阿多尼斯同样都是虚无者,但前者应列入因失去信仰和梦想而堕入虚无的一类,阿多尼斯则是由于过度地追求理想主义和完美主义,终于在现实情欲面前缴械投降后,转

---

① 陈映真:《我的弟弟康雄》,《陈映真文集——小说卷》,北京:中国友谊出版公司,1998 年版,第 13 页。

② 陈映真:《故乡》,《陈映真文集——小说卷》,北京:中国友谊出版公司,1998 年版,第 25 页。

③ 陈映真:《某一个日午》,《陈映真文集——小说卷》,北京:中国友谊出版公司,1998 年版,第 25 页。

入虚无和虚空;《第一件差事》里的胡心保,尝试站在幸福的家庭、蒸蒸日上的事业以及婚外情的喜悦之上俯瞰自己的人生,终归发现自己的存在不过是一场徒劳和空虚罢了。

二、虚无者的自我存在认知

对陈映真小说中的“虚无者”进行分类不过是一种考察方式,事实上很多时候很难严格地将这些“虚无者”进行归类,因为他们的“虚无”之生发有时并不是由于单纯的一种缘由所致。但是,有一点可以明确,这些“虚无者”其实绝大部分都不是单纯的消极灰暗的角色,陈映真塑造他们的形象乃是试图通过虚无来阐释存在的意义和人的生存价值。这种建筑在虚无废墟之上的、对于自我存在的认知,是虚无者的自省,是对自我存在意义和价值的审判,不仅需要当事者有足够清醒的自省力,而且还需要有面对自我的勇气,正如鲁迅那样有敢于毫无保留地大胆自剖的无畏精神。

陈映真小说中的这些“虚无者”,大多是在生命猛回头时,听见了唤醒心灵深处那个纯真、无邪、健康的本我的钟声,被钟声惊醒的主人公们会从虚幻的梦乡中醒悟过来,进而对于自己孤独、虚空的身份进行审视,这种自我凝视让身处绝望和孤独状态中的自我感到存在的虚无和荒诞。陈映真描写这些虚无者的自省,其实是对于人的生命存在,包括生命的过去时、现在进行时、未来时的全方位审视。以陈映真 1960 年初发表的小说《我的弟弟康雄》为例,康雄自戕前留下的最后的印迹记载了一个被欺罔者恍然醒悟的痛楚状态:“我没有想到长久追求虚无的我,竟还没有逃出宗教的道德的规律……我在这一个从生到死丝毫没有和人间的欲情有分的肉体前,看到卑污的我所不配享受的至美。我知道我属于受咒的魔鬼。我知道我的归宿。”[①] 康雄所追求的虚无其实是一种纯粹的精神自由,是人的存在所能达到的至高境界,然而这虚无终究是水中月般的虚妄,仅仅局限于狂想。当康雄意识到,自己所追求的虚无其实是混杂着清规戒律和情爱欲念的伪虚无时,他只能接受自己长久以来自我催眠、自我欺骗的滑稽事实,但这样的事实于他来说是绝望和虚空的,是他难以接受但又不得不接受的致命打击。

---

① 陈映真:《我的弟弟康雄》,《陈映真文集——小说卷》,北京:中国友谊出版公司,1998 年版,第 12 页。

在小说《某一个日午》中，房恭行在阅读了记录着父亲青年时的信仰及梦想的书籍、杂志、剪辑和笔记后，不仅恍悟到自己二十几年的生命和存在如虫豸般腐朽、破败，而且对于一手创造了这一切的，萎缩的、无能的、懦弱的、被阉割的宦官似的生父，由崇拜转为轻蔑。在偌大的一场欺罔骗局中生长的房恭行虽然在下女采莲那里得到短暂的慰藉，可是肉欲上的满足不能完全弥补心灵上的创伤和空虚，房恭行为了逃避、摆脱这样一个有组织性的欺罔环境，必须选择一种行之有效的行为，那就是用虚无来填充自己，来表达自己被欺骗的愤怒和无助。房恭行过去时态的存在是寓居在其父编织的瞒与骗中的存在，他如果继续这样的生活无疑承认自己是自甘堕落的寄生虫，是被人把玩、操纵、控制的行尸走肉；房恭行现在进行时的存在更为复杂，是一种于混沌中初醒，虽然对过去嗤之以鼻，但是却不知道如何自救的惆怅与焦虑的存在；房恭行未来时态的存在，不是肉身客体的律动，而是永恒地践行着重生行为的存在，即奔赴于永恒的虚无之中的存在。

陈映真对于虚无者自我存在认知的书写，比较集中于他早期的作品，尤其是对精神上积贫积弱的青年知识分子的书写。一个个稚嫩的、新鲜的生命，在赖以支撑他们青春而华丽的梦想的支柱——信仰、信念，或是崇拜对象的轰塌后，感到羞耻、愤怒、悔恨、无助、孤独，最后不得不走向虚无的道路。当然，在陈映真后来描写的揭示西方跨国公司腐朽内幕和在现代企业制度下都市异化人生的小说篇章中，也不乏虚无者形象的塑造和对虚无的自我存在认知。如小说《上班族的一日》中，黄静雄的信仰较之康雄和房恭行的宗教信仰和精神崇拜，更加具体化，更加物质化，他的信仰就是工作、升职、加薪。黄静雄将他十年来生命的焦点和最具创意的心力都集中在工作上，他的工作得到公司认可，连年被提拔、晋升。然而，人的欲念是无穷尽的，膨胀的欲望在被现实击落后，黄静雄回首过去却发现生命的空洞和庸碌，他终于对上司杨伯良坦白说出了“大家这样互相欺骗，没意思”①。黄静雄的虚无感乃是由于物质欲望的引诱，有别于康雄和房恭行被宗教信仰和思想形态意识上的欺骗。但是，醒悟后的黄静雄同样感到一种委屈的、不能言说的、凄楚的空虚，由空虚转而开始变得惊慌失措、生疏，甚至愤恨，在试图给所有的朋友通电话寻求思想解脱的倾诉中，他开始对整个世界感到厌

① 陈映真：《上班族的一日》，《陈映真文集——小说卷》，北京：中国友谊出版公司，1998 年版，第 339 页。

倦和绝望,最后变成了一个被世界所抛弃的、孤单的、彻底的虚无者。

虚无者的自我存在认知必然在心理上激起诸如被欺骗的、愤恨的、忧虑的、躁动的等情绪,在诸种情绪的驱使下产生反叛意识和抗争意识也是一种必然。如康雄的抗争意识体现在他自由蔓生的狂想思维,以及自责、自咒、自虐的自我毁灭的决绝行为;房恭行的抗争意识则主要体现在他蔑视父权威严的勇气,以及否定自我存在意义的坦诚;黄静雄的抗争是在被欺骗的梦境中惊醒之后,毅然决然地选择辞职不干,进而重拾青年时做电影家的理想。由此可以看出,虚无与反抗则是另外一个无法避免的话题。

三、虚无者的反抗意识与策略

陈映真塑造的众多"虚无者"形象,绝大部分都具备了反叛、战斗和抗争意识,这大概归功于鲁迅和契诃夫对少年陈映真的影响。无论是鲁迅的充满抗争意识的呐喊,还是契诃夫的现实主义批判精神都长时间地滋养了陈映真的文学思想和文学创作。这使得陈映真在小说中塑造"虚无者"形象的时候,并不仅仅只是描绘他们虚无化的人生和虚无化的思想,难能可贵的是,他还赋予了这些"虚无者"蓬勃的生命反抗意识和决绝的斗争精神。

(一)虚无者的反抗意识

其实,在不同的小说创作阶段中,陈映真对于"虚无者"的表现和"虚无者"内在精神的反抗意识和斗争意识的描述是不尽相同的。学界对陈映真小说创作的划分大致分为两种,一种是两分法,另一种是三分法。第一种分法以 1966 年作为分水岭,将陈映真的小说创作分为前期和后期,认为 1966 年以后,在陈映真的小说创作中,"嘲讽和现实主义取代了过去长时期以来的感伤和力竭、自怜的情绪"①。第二种分法较之第一种更加细致,将陈映真的创作分为早期(1959—1965)、中期(1966—1975)和后期(1978 年以后),认为陈映真早期的创作多描写小知识分子的精神苦闷,中期创作因系作者思想向"左翼"突变,所以作品多为社会批判和文化批判的产物,后期创作则是其小说创作成就最高的时期,"作者以强烈的历史责任感,表现台湾社会

---

① 陈映真:《试论陈映真——〈第一件差事〉〈将军族〉自序》,《陈映真文选》,上海:生活·读书·新知三联书店,2009 年版,第 8 页。

现实与历史重大题材，并提出关于民族命运与国家前途的严肃思考”[①]。我们姑且采用刘福友先生的三分法，对陈映真在不同时期的小说创作中所塑造的虚无者及他们的反抗意识做一个简要的考察研究。

首先，我们来看陈映真早期的小说创作，主要代表作品有《面瘫》《我的弟弟康雄》《家》《故乡》《死者》《祖父和伞》《猫和它们的祖母》《那么衰老的眼泪》《苹果树》《文书——致耀忠毕业纪念》《将军族》《一绿色之候鸟》《猎人之死》等。除去《面瘫》《死者》和《祖父和伞》，其他几部小说都普遍而鲜明地展示了虚无者的反叛和抗争意识，大致可分为三种情况：一是信仰的沦陷或甫失童贞的凄绝与寂寞，多半发生在男性青年知识分子身上，多见于都市书写中。如《故乡》中“我”的哥哥在青年时深受基督教的影响，无视全镇人异样的眼光和絮叨的议论，以虔诚的、热情的、雄辩的传教精神，将耶稣之爱弥撒人间，然而这种博爱和奉献精神在家中生意失败、父亲咯血而亡、债权人上门讨债的现实情境下终于彻底崩塌，“我”的哥哥终于变成了一个“由理性、宗教所合成的壮烈地失败了的普罗米修斯神”[②]。《文书——致耀忠毕业纪念》中的安某则是由于青年时参与的为着正义和自由而战的爱国战争，被证实为是冷血的杀戮和残暴的破坏，由此造成精神受骗和精神创伤。《一绿色之候鸟》中的赵公则是因为人到中年恍然得知自己青年时满脑子的人道主义新思想，是建立在被自己遗弃和糟践的两个妻子的生命之上，这种讽刺和荒诞的事实让他的精神堕入无边的虚无中。《猎人之死》套用希腊神话，将爱之女神维纳斯塑造成一个困扰在无尽地求爱、寻爱、恋爱中的失意人，将猎人阿多尼斯塑造成一个自诩为猎人，却“没有弓，没有矢，也没有剑”[③]的患有夸大妄想症的虚无主义者。这些“虚无者”都有反抗意识，他们的反抗是一种夹杂着失落与愤懑的反抗，是由于信仰破灭、精神摧残、梦想之不得实现而生发出来，对于青年知识分子来说，这种反抗又被镀上了一层意志薄弱和神经衰弱的忧郁色彩。

二是由于不开化的故乡、封建野蛮的风俗、亲人间的隔膜等造成的心灵

---

① 刘福友：《陈映真代表作前言》，郑州：河南文艺出版社，1997 年版，第 10 页。

② 陈映真：《故乡》，《陈映真文集——小说卷》，北京：中国友谊出版公司，1998 年版，第 25 页。

③ 陈映真：《猎人之死》，《陈映真文集——小说卷》，北京：中国友谊出版公司，1998 年版，第 124 页。

创伤,这部分虚无者形象多出现在陈映真早期的乡土书写和底层书写的作品中。如《猫和它们的祖母》中的少女娟子因不能宽恕私通产子、流亡了一生的母亲,不能抵御爱情与性欲的引诱和希求,终于“遗弃了一切既有的价值和意义,包括伊的祖母在内……除却欲望之外,尽力地懒散而延宕地过着日子”①。《那么衰老的眼泪》中的康先生因为儿子青儿的反对而葬送了他和阿金的忘年恋,拿掉了阿金腹中属于他们的儿子,最终阿金带着无奈被家人领回乡下嫁人,阿金的离去带走了康先生复苏的青春和生命,留下一个行将就木的衰老之人的空虚和悲愁。《将军族》中的三角脸和小瘦丫头儿都是命运悲惨、身份卑微、贫穷潦倒、在社会底层挣扎求生的苦命人,三角脸在经历了大陆战乱的恐惧后流浪他乡,变成一个狂嫖滥赌的独身汉;小瘦丫头儿则是被家人当作牲口出卖的、被遗弃的孤儿。尽管如此,他们都挣扎着求生,但现实带给他们的不是生的光明,而是死的黑暗,最后他们对今世深感厌倦,遁入虚无的新生。这些“虚无者”的反抗意识主要是针对外界施加给他们的难以承受的压力,包括他人的眼光和流言蜚语、亲人的不理解而造成的精神打击、人性中的隔膜、对于爱情或美好生活之追求的受阻等,当然他们的反抗也是令人绝望的。

三是在前两种因素混合交织中诞生出的虚无者,故事多半发生在由乡村到都市,怀揣梦想而不得实现的青年人身上。如小说《家》中塑造了一个在父亲早逝、家道中落之后,承受着亲人殷切期望和乡民们“可恶的善心的凝视”②的眼光中离乡求学的青年形象,但他的求学生活使他沦为被大学那扇窄门践踏和操控的蝼蚁一般的学生,并在返乡归家中意识到作为家中唯一的男人所肩负的重担,只能不得不为考取大学而于地狱一般的教室里继续承受空虚、无聊、扭曲的争夺和竞争的生活。《故乡》中的“我”因为家道中落、父亲离世、哥哥的叛变使得故乡于我来说变成了梦魇,于是“我投进了繁华的、恶魔的都市,支用着平生第一次归自己的金钱,过起拉丁式的堕落的生活”③,但是短暂的流浪的快感过后,“我”只能痛苦地发现自己是一个无家

① 陈映真:《猫和它们的祖母》,《陈映真文集——小说卷》,北京:中国友谊出版公司,1998年版,第49页。

② 陈映真:《家》,《陈映真文集——小说卷》,北京:中国友谊出版公司,1998年版,第17页。

③ 陈映真:《故乡》,《陈映真文集——小说卷》,北京:中国友谊出版公司,1998年版,第27页。

可归的、无所仰仗的、流浪的虚无者。《苹果树》中的主人公林武治的虚无源于理想主义式的乌托邦梦想不得实现的愁苦，对故乡亲人朋友之滑稽愚笨的心灰意冷，以及一种对过去之失落的焦虑。这些“虚无者”的反抗是建立在一种无家可归的、被遗弃的失落之上的反抗，对乡村和都市都含有深深的批判意识。

其次，我们观察一下陈映真中期的创作。这个时期陈映真的思想开始向“左翼”突变，作品多为社会批判和文化批判的产物，所以造成了该阶段的小说所表现的“虚无者”反叛、抗争的对象直指社会、文化或某种生活方式。代表作品有《哦！苏珊娜》《最后的夏日》《唐倩的喜剧》《第一件差事》《六月里的玫瑰花》《某一个日午》等。根据小说中引起“虚无者”产生反抗情绪的原因，我们大致可以将这一时段的作品分为两类：第一类是陷于某种文化或生活方式，诸如犬儒文化、西方近代思想文化、小资产阶级自艾自怜的精神文化生活中的虚无者的反抗意识，或者是由于窥见了他人所受的文化教育之高尚，反观自己生活方式的粗鄙，由此产生了反叛的心理意识。如小说《哦！苏珊娜》里的“我”虽然出生在一个富裕的家庭，却没有良好的教养，作为一个没有信仰的无神论者，在追逐欢乐的漂泊中寻求快感；然而当“我”遇见了彼埃洛先生后，对于他的“有节制的、高尚的，甚至虔信的生活”①感到憧憬和羡慕，在得知彼埃洛先生罹难的噩耗后，“我”觉得自己的七情六欲皆死，事实上一种虚无感已经向“我”袭来，“我”对于自己过往放纵而轻狂的生活方式产生了强烈的反抗意识。《最后的夏日》中的裴海东是典型的保守而懦弱的犬儒形象，他神经上的脆弱、性变态的心理及自我欺骗的狂想症都是封建保守的不开化文明长年累月对人的精神摧残所致；而邓铭光的傲慢自大的心理则都源于西式文化生活中所谓的风度和教养的熏陶。李玉英在受到这两位虽是不同文化背景，却同样都自私狭隘的男士的嘲弄欺侮之后，下定决心出国甘做一只快乐的寄生蟹，少女的反抗意识由此萌生。然而匆匆奔向一个男人的怀抱，想借助爱情来填充自己的行为，无疑只会使她陷入更大的空虚中。《唐倩的喜剧》是陈映真对于20世纪风靡于台湾的西方近现代诸种文化思想的质疑和批判的集中代表，以老莫为代表的存在主义、以罗仲其为代表的新实证主义，在唐倩的追索实践中都被证实是巨大的欺罔，无

① 陈映真：《哦！苏珊娜》，《陈映真文集——小说卷》，北京：中国友谊出版公司，1998年版，第140页。

论是存在主义还是新实证主义，它本身就存在很多矛盾和解决不了的问题，仰仗这些文化思想赖以生存的思想家和文学家自然只能在痛苦、纠结和虚妄中徒增失落孤寂之感；老莫与唐倩情感的破碎和罗仲其的轻生都是由于在被自己倡导的文化思想中发现了矛盾和痛苦后所做出的一种抗争。

第二类是对社会的反抗意识，这里的社会大到一个国家，小到一户人家。如小说《第一件差事》中的胡心保有幸福美满的家庭、薪资不错的工作、婚外情人的温情，但却总是心感孤独迷惘，胡心保的厌世情绪来源于人欲横流、世道坠毁的浑浊社会，他的反抗意识与厌世情绪相伴而萌生。《六月里的玫瑰花》中的新晋军曹巴尔奈・E. 威廉斯内心的痛苦首先来自根深蒂固的种族歧视对于他童年的伤害，其次是在战争中假借正义和自由之名对手无缚鸡之力的老弱幼童的疯狂杀戮的罪行的自我谴责。在这篇小说中陈映真所要抗议的是种族歧视的社会，是国家层面上掌控政治大权的阶层美化战争、欺骗人民的罪行。在《某一个日午》中，房恭行坠入虚无固然是由于窥见了父亲理想追求的沦丧，但是房父本质上也是一个虚无者，只是这种虚无在他追逐名利的过程中不曾发觉，待到看了儿子的遗书才醒悟。陈映真在这篇小说中不仅批判了社会中黑暗的、诱人的欲望的巨大吞噬力和破坏性，这一点主要体现在以房父为代表的由有志青年堕落为抛弃理想、随波逐流之辈；而且批判了这些堕落者用自己的堕落生活和堕落思想造成了懵懂无知的新生代的精神萎靡。

最后，再来看陈映真的后期创作。根据创作主题的差异，我们可以将该时期的作品分为两类：一类是 1978 年至 1982 年间创作的揭露跨国公司内幕的《华盛顿大楼》系列，包括《夜行货车》《上班族的一日》《云》和《万商帝君》等。这一类揭露跨国公司内幕的作品中，“虚无者”的虚无感源于西方资本和文化的倾轧，作品揭示了在现代企业体制下被异化被扭曲的人性。如《夜行货车》中的林荣平、刘小玲、詹奕宏都是现代体制下的谋生者，但林荣平是彻底地妥协顺从体制里的规则，而刘小玲和詹奕宏可喜地保留了人性中可贵的爱的能力。正是因为爱情和尊严的未曾泯灭才能让他们在腐败的、纵欲的、丑陋的企业游戏规则中最终选择不再继续充当虚无的傀儡，他们的离去是一种叛离和反抗。《上班族的一日》中的黄静雄是一个被升职加薪操控的、利欲熏天的、不顾一切往上爬的人，但是面对原本属于自己的副经理职位被分配给荣老董的表侄儿，深感欲念引诱下被欺骗的伤感，对现代企业的黑暗内幕感到厌恶，要求辞职并决心重拾青年时做电影家的梦想。《云》中的张维杰在面对艾森斯坦先生“企业的安全和利益,重于人权上的考虑”[①]时,才明白自己的工作和生活其实被“迅速转动的逐利的世界捶打、撕裂、剥削,而懒于认真寻求自己的生活”[②],醒悟后的张维杰终于将淤积在心中的不满统统发泄出来。《万商帝君》中的陈家齐在被西方资本主义企业管理制度和消费文化洗脑后,从一个意志坚定的人变为一个自愿褪去文化人格,成为具备“国际人格”的“国际人”;相比之下林德旺的反抗意识显示出最为彻底的决绝姿态。这类虚无者形象的反抗意识来自于腐化的企业内部,带有一种无意识的保存本土和传统文化的心绪,包含着对爱的力量和自我尊严捍卫的不屈精神。

另一类是书写“白色、荒废的五十年代”[③]的政治小说,主要包括《铃铛花》《山路》《赵南栋》等。《铃铛花》中的高老师曾是一位充满理想和战斗精神的青年,但在政治残酷的年代他留给“我”的最后印象只剩下一双“寓藏着无限的惧怖和忧伤的眼睛”[④]。《山路》里的主人公蔡千惠虽然没有高老师那么惨烈,但她无疑是一个失去革命理想的苟且者,她自以为的赎罪行为被证实是在优渥生活中选择淡忘、心安理得地堕落,黄贞柏被释放的消息让她认识到自己的过错,随即而来的是无限的忧虑与空虚。《赵南栋》则是通过两代人的对比凸显出赵尔平、赵南栋的生活腐败和精神堕落。这类“虚无者”形象都与黑暗的政治压迫有关,也与青年革命理想和热情在现实中受挫后的颓废有关,他们的反抗意识源于白色恐怖的政治迫害,但却常常消亡在人类健忘和享乐的本性中。

(二)虚无者的反抗策略

在陈映真的小说创作中,无论是前期青年知识分子的忧郁式的虚无,还是中期夹杂着文化批判和社会批判意识的批判式虚无,抑或是后期包含对西方资本主义经济体制和荒诞泯灭吞噬人性的控诉式虚无,其实都闪耀着

---

① 陈映真:《云》,《陈映真文集——小说卷》,北京:中国友谊出版公司,1998 年版,第 438 页。

② 陈映真:《云》,《陈映真文集——小说卷》,北京:中国友谊出版公司,1998 年版,第 440 页。

③ 李瀛:《写作是一个思想批判和自我检讨的过程——访陈映真》,《陈映真文集——文论卷》,北京:中国友谊出版公司,1998 年版,第 12 页。

④ 陈映真:《铃铛花》,《陈映真文集——小说卷》,北京:中国友谊出版公司,1998 年版,第 556 页。

生命反抗意识的烛光。纵观陈映真的总体创作,我们可以发现他笔下的人物几乎都有受挫的经验,绝大部分都是悲剧结尾,或是自甘堕落而放纵,或是精神分裂变成疯癫者,或是选择死亡。当然也有一些选择重新起航,告别破败的现实,开辟新的道路的积极例子。所以,不论是消极的反抗策略,还是积极的反抗策略,都毫无疑问地显示出"虚无者"尝试反抗的决心和努力。

所谓"消极的反抗策略",是用一种自我虐待、自我摧毁的方式来实现自己的反抗。虚无者采用消极的反抗策略进行抗争的故事在陈映真的作品中屡见不鲜,这类虚无者所采用的抗争手段包括堕落、疯癫和死亡。《我的弟弟康雄》中的"我"面对弟弟的死,突然选择嫁到一个富裕家庭,将自己卖给了财富,"向着处女时代、向我所没有好好弄清楚过的那些社会思想和现代艺术的流派告别……这最后的反叛,却使我尝到一丝丝革命的、破坏的屠杀的和殉道者的亢奋"[①]。甘愿沉溺在优渥的生活和丈夫的爱抚中,尽管只是一场无爱的婚姻,这是一种带有堕落方式的反抗。而疯癫式的反抗则体现在《文书》中的"我"、《第一件差事》中的胡心保、《六月里的玫瑰花》中的巴尔奈、《贺大哥》中的贺大哥、《万商帝君》中的林德旺等人身上,他们选择采用类似狂人的方式展示了自己内心的反抗,用精神异常人的举止宣告着自己与现实的决裂。以死亡方式来完成彻底的、终极性的反抗的例子则更多,如《将军族》中的三角脸和小瘦丫头儿、《一绿色之候鸟》里的赵公和"我"的妻、《猎人之死》中的阿多尼斯等,这些悲壮赴死的角色可以构成一个吞噬死亡的"虚无者"序列集合,在死亡中完成对虚无的抗争和对永恒不灭的存在的敬意。

所谓"积极的反抗策略",是用跟现实决裂的方式实现反抗,或是抱以新的生活态度转向新的生活空间和生活方式。如《哦! 苏珊娜》中的"我"在彼埃洛死后决心不再漂泊的归家举措;《最后的夏日》里的李玉英在看透了周围男人的伪善和狭隘后出国谋求新生的快意;《第一件差事》中储亦龙在儿子死后,终于放弃了混沌的生活,决定好好地爱自己,认真地生活度日;《贺大哥》中的"我"在阅读了贺大哥的不幸遭遇后突然变得成熟独立,想试试自食其力的生活,不再过着寄生虫式的生活;《夜行货车》中的詹奕宏在面对现代企业体制中的人性异化和腐化事实后,毅然辞职,并带着恋人刘小玲回到

① 陈映真:《我的弟弟康雄》,《陈映真文集——小说卷》,北京:中国友谊出版公司,1998 年版,第 13 页。

家乡,回归那个淳朴的乡村世界;《云》中的张维杰在看完小文的三本日记后窥见了西方资本主义企业管理制度下的黑暗内幕,一改之前忍气吞声的趋附姿态,大胆说出自己的不满,并以爱和良知拥抱世界等。

无论是通过自虐、自毁、自杀等方式的消极反抗策略,还是采用与过去决裂,勇敢追求新生的积极反抗策略,终归都指向生命的抗争。要正确解读陈映真的小说作品,走进他的精神世界,我们必须试图透过他的"虚无"书写看到他对生命反抗意识的肯定和赞扬的积极心态,认识到他是在虚无中显示存在。

四、"虚无"书写的意义与价值

如果我们在解读陈映真小说作品时只看到那些忧伤的、惨烈的、虚空的妥协者和失败者形象,只单纯感受到贯穿于小说中的灰暗的、消极的、厌世的情绪,那无疑是对陈映真作品及其本人的最大误读。通过"虚无"书写来凸显反抗、佐证生命存在的意义和价值才是陈映真想要表达的心声。

对于陈映真"虚无"书写的误读是存在的,他在小说作品中大量塑造"虚无者"形象,遭到一些学者和评论家的质疑和批评,有人曾评论他小说作品中的主人公"都以挫折、妥协、失败而终……不够积极、光明、太灰暗了"①。对于这种批评,陈映真首先认为他的描写是真实的,这说明在当时的台湾现实社会里理想主义者的失败和受挫是不可避免的,如果他去宣传一个积极而光明的台湾现实社会,那无疑是骗人骗己;其次,陈映真认为"如果挣扎的人失败了、挫折了、妥协了,正好说明了播弄着现代人的命运的力,是很大的"②。陈映真在作品中之所以以颓废、悲伤、忧郁的色调来描绘失意的、受挫的、孤独的虚无者群体,实质上是想通过不加矫饰、无华写实的文字,让台湾民众意识到播弄着他们命运的邪恶力量的巨大,进而唤醒人们精神的自觉和反抗命运的意识。正是由于陈映真的写实精神、批判意识和一针见血地剖析台湾人根深蒂固的劣根性及台湾现实社会的痼疾和弊病,他还获得

① 韦名:《陈映真的自白——文学思想及政治观》,《陈映真文集——文论卷》,北京:中国友谊出版公司,1998年版,第28页。

② 韦名:《陈映真的自白——文学思想及政治观》,《陈映真文集——文论卷》,北京:中国友谊出版公司,1998年版,第28页。

了“台湾鲁迅”(王德威语)的赞誉。

关于陈映真的“虚无”书写，如果从其所塑造的虚无者群体的反抗意识和抗争行为来看，“虚无”书写的价值和意义是双重的。第一重是对反抗者自身来说，不管是堕入虚无，还是与虚无抗争都是快哉而壮烈的，因为他们实现了自己的生存价值，找到了生命的意义，无论是康雄还是房恭行等诸位坦然赴死的牺牲者，都证实了他们有着一种为了人间的光明和温暖而冒大不韪盗取火种的普罗米修斯般的勇敢和决绝。第二重是对反抗者周围的人来说，这些人在反抗者身上反观到自我存在的虚空和无聊，清醒地认识到存在的意义。在这里，“虚无”书写成为周边人反观自我存在的镜子，成为照亮救赎自我之路的灯塔，如《贺大哥》中的“我”、《哦！苏珊娜》里的女主人公、《第一件差事》里的警察和储亦龙等，都是在看见虚无者的觉醒、斗争和死亡后，在震惊和觉悟中找到了自己生命的意义。

如果从读者接受的角度来看，陈映真的“虚无”书写的价值和意义还体现在以下三个方面：首先，“虚无”书写暴露了现实中存在着的巨大欺罔和荒诞，不管是信仰、理想、事业或爱情，都有被破坏和吞噬的可能，这就需要读者提高警惕，做一个头脑清醒的、有独立思想的人，从这个方面来说，“虚无”书写是警钟。其次，“虚无”书写就像一座历史的丰碑，记载了曾为光明理想奋斗的有志青年的功勋，对于他们的反抗精神和勇于自我牺牲的勇气进行了刻录，以写史纪实性的文字进行悼念和默哀，从这个方面来说“虚无”书写是祭文。最后，“虚无”书写对那些仍在为理想主义奋斗的孤独战士来说，无疑是一种激励，因为他们能够在陈映真的作品中看到与自己志同道合、广布在社会中未知角落里的战友们的存在，只要生命不息、战斗不止，他们的理想世界就会不断清晰，从而更加坚定地朝着自己的既定目标而努力，从这个方面来说“虚无”书写是战鼓。

陈映真如存在主义哲学家们一样，睿智地感受到现实在日趋异化和荒诞，通过“虚无”书写可以显示人在虚无世界中顽强地寻求自我和存在，这是一种正视现代人的不安、危机和沉沦的积极的人生态度，影响深远。

(作者单位：浙江越秀外国语学院，绍兴文理学院人文学院)

理论阐释

20 世纪 90 年代以来港人身份认同研究批判

——以本土性与中国性的内在矛盾为核心

▶徐诗颖

一

我们知道,香港是一个主要由内地移民聚居而成的城市,且受英国殖民统治长达一百多年。"九七回归"话题之所以能引发香港人高度关注命运共同体的背后是由于他们的身份认同出现了危机。正如周永新在《见证香港五十年》里写道:"没有香港华人认为自己是英国人,出外旅游时,国籍一栏上,不自觉地填上中国人(Chinese),但持的是英国公民护照或身份证明书,完全没有中国两字,外国海关人员摸不着头脑,结果在国籍一栏上,画上交叉,或写上'无国籍'(Stateless),有人形容香港人是孤儿,因为没有人要。"①由于地理位置相对于内地的边缘性以及英国政府统治意图的复杂性,所以香港一直以来便成了各种政治力量争夺的"公共空间",从来都没有属于自己的历史书写权和发言权。在文化上,民族传统意识形态同资本主义意识形态经历多次的碰撞与交融,民族意识与殖民主义意识此消彼长。有的学者把香港的社会意识形态概括为:"以自由资本主义意识形态为主体,具有中国传统文化和殖民主义文化深刻烙印的,多元化、混合型意识形态。"②由此可知,无论在经济、政治抑或是精神文化层面,香港人是无法摆脱一百多年来中英双方共同作用下的影响。也就是说,香港人的身份一直以来都是

① 周永新:《见证香港五十年》,香港:明报出版社,1997 年版,第 19 页。

② 周毅之:《香港的文化》,北京:新华出版社,1996 年版,第 165 页。

在中英双重视角下建构起来的。威廉·布洛姆(William Bloom)曾对身份确认提出:“身份确认对任何个人来说,都是一个内在的、无意识的行为要求。个人努力设法确认身份以获得心理安全感,也努力设法维持、保护和巩固身份以维护和加强这种心理安全感。”①当“九七回归”成为香港人命运改变的一个重大转折点时,他们是非常希望能重新拥有自由独立的权利,期待能逃离中英双重身份的夹杂空间。在这个过程中,不少香港人便期待香港能形成一个既包容又超越于中国内地和英国话语力量支配下的“第三空间”(Third Space)。

“第三空间”是由美国学者爱德华·W.索亚提出并付诸实践的一个重要的跨学科批评概念,来自于1996年出版的《第三空间——去往洛杉矶和其他真实和想象地方的旅程》一书。索亚分析了他提出的三种“空间认识论”,即:第一空间认识论、第二空间认识论和第三空间认识论。对于“第三空间认识论”,索亚认为:“它源于对第一空间—第二空间二元论的肯定性解构和启发性重构,是我所说的他者化——第三化的又一个例子。这样的第三化不仅是为了批判第一空间和第二空间的思维方式,还是为了通过注入新的可能性来使它们掌握空间知识的手段恢复活力,这些可能性是传统的空间科学未能认识到的。”②同时,“第三空间”的基本宗旨是“超越真实与想象的二元对立,把空间把握为一种差异的综合体,一种随着文化历史语境的变化而改变着外观和意义的‘复杂关联域’”③。所以它永远保持一种开放的姿态,为传统空间科学④的突破提供新的可能性。此外,霍米·巴巴也阐发过“第三空间”的概念,并就此“引出了‘杂交性’(hybridity),并将它放置在‘作为他者的第三化范型’之中。以此‘杂交性’筑构起反抗本质主义、解构文化帝国主义以及挑战单一现代性话语”⑤。它“关心殖民空间中‘权力和统治作用于符号和主体化的过程’,关心在文化关系领域内‘象征结构或表现

① 乐黛云、张辉:《文化传递与文学形象》,北京:北京大学出版社,1999年版,第331页。

② 爱德华·W.索亚著,陆扬等译:《第三空间——去往洛杉矶和其他真实和想象地方的旅程》,上海:上海教育出版社,2005年版,第102页。

③ 汪民安:《文化研究关键词》,南京:江苏人民出版社,2007年版,第48页。

④ 指第一空间和第二空间的思维方式。

⑤ 汪民安:《文化研究关键词》,南京:江苏人民出版社,2007年版,第49-50页。

机制立刻转变成了社会话语的中介和政治策略的运作实体'"[①]。为了能有效抵抗分别来自中国内地和英国所形成的本质主义和中心主义,使香港永远保持一种不受某一话语力量支配下的开放多元状态,"第三空间"理论便在"九七回归"的现实背景下受到香港及海外学术界的青睐。同样,不少香港人对于身份认同的认知亦是如此。

自20世纪90年代以来,香港及海外不少学者利用或借鉴"第三空间"理论来探究香港人的身份认同问题,产生了三种典型的看法,即:"边缘论""夹缝论"和"北进想象论"[②],并引起了内地和香港学术界的广泛讨论。通过站在"第三空间"立场来思考问题,学者们希望能重新定位香港与中国内地、英国之间的关系。由于"九七回归"已成定局,所以他们更多着眼于香港与中国内地之间那种既融合又冲突的关系。简单来说,就是探究香港"本土性与中国性的内在矛盾"命题。然而,从中国内地的立场出发,我们可以看到用"第三空间"理论来定位和建构香港人的身份还是有它的学术缺陷,以及蕴含着明显抵抗"中国性"的意识形态色彩。一方面,在"如何认识港人身份"这一问题上,"夹缝论"和"北进想象论"容易陷入二元对立的意识形态分析立场,从而把问题总体化和本质化;另一方面,在"如何建构港人身份"的价值立场上,"边缘论"因自身处于中英双重视角之外而显示出游移不定的特点。同时,用"第三空间"理论作为支撑进行探索,"即可规避极端主义的政治,而将后殖民世界表现为一个弱势声音的世界"[③]。事实上,这三种理论的背后还是有意把自己定位成"边缘者"和"弱势者",从而为自己在全球资本主义格局下谋取一席之位做准备。针对"混杂"[④]"边缘""霸权"等观念存在主要探索与中国内地之间关系的局限,朱耀伟试图把香港人的身份认同问题转移到"东西方,本土和全球以至东方主义/后殖民性和全球资本主义之间"[⑤]的框架中进行讨论。然而,这种观点是否存在有意忽略英国殖民

① 赵稀方:《后殖民理论》,北京:北京大学出版社,2009年版,第110页。

② 目前涉及港人身份认同问题的讨论已经很多,但普遍处于重复论述的情形,并没有跳出"边缘论""夹缝论"和"北进想象论"这三种代表性的观点,故本文拟以这三种观点作为分析对象,特此说明。

③ 汪民安:《文化研究关键词》,南京:江苏人民出版社,2007年版,第50页。

④ 指前面霍米·巴巴所引出的"杂交性"。

⑤ 朱耀伟:《本土神话:全球化年代的论述生产》,台北:台湾学生书局,2002年版,第132页。

侵略所带来的不公平事实以及无视“大中国”的存在而直接与国际接轨的意识形态立场嫌疑呢？同时，我们知道身份意识包括政治、文化与经济三种类型，任何一种身份都与其他两者相关①。学者们利用或借鉴“第三空间”理论来探讨港人的身份认同问题是否存有回避正视“政治身份”问题的嫌疑？事实上，我没有发现上述所涉及的理论有探讨这一问题的。如果不明确地把承认“香港人是中国人”这一政治身份事实作为身份认同讨论的前提，那么所有关于此问题的讨论都无法在学理和现实上使人信服。鉴于此，本文试图对这些理论予以分析并针对存在的问题进行反思和商榷。

二

在“如何建构港人身份”这一问题上，以李欧梵和也斯为代表的“边缘论”、周蕾为代表的“夹缝论”和北进想象专题小组为代表的“北进想象论”引起了内地和香港学术界的较大反响。

（一）一直以来，谈到“边缘”一词，很容易马上让人产生“被冷落”的贬义色彩。相较于中心的边缘者而言，也较易产生自卑情绪。然而，李欧梵对此有另外一番解读：自处于边缘并不等于把自我视为“弱势”②。而最早探索香港文化边缘性的正是他的文章《香港文化的“边缘性”初探》。李欧梵在这篇文章里明确指出香港处于边缘地位的意义一直没有受到重视。他之所以提出这一观点是基于以下两点：1.“柯恩的边缘论中的主要城市是上海。从19世纪末叶到20世纪中期，香港似乎一直处于上海的阴影之下，它和上海形成了一种密切的姐妹城的关系，但上海仍处于主宰地位。同是租界口岸——也许因为香港割属英国，成了真正的殖民地——香港却变成了化外之地，边缘的边缘”③；2.“香港的从属地位也是五四以来知识分子视为理所当然的事……经过多少年来的政治革命，知识分子的地位（诚如余英时所述）已经被政权逼向边缘化，但并没有改变他们的中心心态，所以他们也无法从边缘的立场透视问题，更不会对边缘地区如香港感到兴趣……这一种

① 陈林侠：《香港的焦虑：政治意识、“再殖民”及其身份认同的前瞻——以〈建国大业〉〈风声〉在香港的传播为核心》，《戏剧》2010年2期。

② 李欧梵：《寻回香港文化》，桂林：广西师范大学出版社，2003年版，第160页。

③ 李欧梵：《寻回香港文化》，桂林：广西师范大学出版社，2003年版，第154页。

大陆知识分子的中心心态,我认为一直持续到现在,几乎没有任何人对于香港文化和历史有真正的兴趣”[①]。提出这个边缘立场,与李欧梵前半生从流亡到边缘的个人经历有关。他愿意用积极的眼光并站在“第三空间”的立场来审视这种边缘的位置:1.“我感到一种强力推动我积极致力于与两种文化的对话”[②];2.“也许是意识到这种思想交战的需要,使我没有完全‘迷失’于两个大陆之间”[③]。他认为当前人们的思维模式“仍然是一元而非多元”[④],而“打破这种二元论法(基于一元心态)的可行之径就是把自己置于两种文化的边缘地位”[⑤]。因此,当他把兴趣投入对香港文化的研究时,他发现:“也许香港文化的特色,就在于它的‘杂’性,它可以处在几种文化的边缘——中国、美国、日本、印度——却不受其中心的宰制,甚至可以‘不按牌理出牌’。”[⑥]同样,也斯实践的“第三空间”概念与李欧梵对香港文化“边缘性”的理解有异曲同工之妙。可是,也斯在面对香港所处的“边缘”位置时所持的观点则与李欧梵相反,认为香港人并没有以主动的姿态来接受“边缘论”。他说:“边缘性并不是一个时髦的名词,而是一个长远以来被迫接受的状态。”[⑦]不仅仅是港人的身份认同问题难以取得共识,“对于香港文学的历史定位问题,学术界与文学界历来存在两种针锋相对的观点,一种是从‘大中华’意识出发,强调香港文学与祖国传统文化的历史渊源和现实承继关系,将香港文学纳入中国文学的整体板块儿中进行审视;一种则强调香港文学的独立性,突出香港文学意识,以求摆脱被大陆文学阵营收编并被边缘化的命运”[⑧]。针对这种二元对立观点长期存在的情形,也斯发出了感慨:“过去

---

① 李欧梵:《寻回香港文化》,桂林:广西师范大学出版社,2003 年版,第 154 – 155 页。

② 李欧梵、季进、宋洋:《身处中国话语的边缘:边缘文化意义的个人思考》,《当代作家评论》2008 年 1 期。

③ 李欧梵、季进、宋洋:《身处中国话语的边缘:边缘文化意义的个人思考》,《当代作家评论》2008 年 1 期。

④ 李欧梵:《寻回香港文化》,桂林:广西师范大学出版社,2003 年版,第 159 页。

⑤ 李欧梵:《寻回香港文化》,桂林:广西师范大学出版社,2003 年版,第 159 页。

⑥ 李欧梵:《寻回香港文化》,桂林:广西师范大学出版社,2003 年版,第 161 页。

⑦ 杨立青:《“我们”如何论述香港》,《读书》2005 年 8 期。

⑧ 白杨:《文化想象与身份探寻——当代香港文学意识的嬗变》,东北师范大学 2005 届博士学位论文,第 48 – 49 页。

人们对现实已有了许多定型的看法,不知怎的这些成套的已有看法总回答不了我由亲身感受开始的问题。"①因此,一直以来,他致力于香港人的身份认同意识研究。尤其是在回归过渡期,无根的不安全感以及对前途的渺茫感常常困扰着他,城市的畸形发展以及港人内心迷茫无助的状态常常使他反思现状。为了更好地审视这种"边缘"处境,他试图通过"第三空间/他者的空间"的视角来反省当下港人的精神状态,但他最后发现即使身处"局外人"的位置来建构港人身份的行为也是徒劳的。可见,无论是李欧梵还是也斯的边缘论,都有助于我们在认识和建构港人身份的问题上避免陷入简单的二元对立分析问题的立场,但同时两者目前也存在着一个共同的缺陷,那就是在面对"港人的身份建构"问题上所持有的价值立场显示了游移不定的特点,两者并没有正视香港和中国内地之间的关系。李欧梵极力强调自己能身处边缘位置是一种难得的机会,能够避免像有中心心态的人那样犯"为我独尊"的毛病。相反,也斯对此则比较悲观,认为身处边缘的位置让港人无法找到精神归属,永远只能处于寻找身份的归途之中,所以没办法回答香港的命运该何去何从,只能继续用"第三空间"的视角来反省自身。可是,由始至终他都没有涉及对港人政治身份认同问题的讨论,只是通过不断变换观察内地的角度来审视香港人的身份。在《古怪的大榕树》一文里,面对香港与内地不同的属性,他用"复杂变幻"来阐释他的立场。然而,这些观点都极有可能因把香港从中英双重视角下抽离出来孤立看问题而陷入另一种中心主义。一方面,香港的命运与中国内地息息相关。如果只是一味强调身处边缘而极力回避审视与中国内地的密切关系,那么香港人将永远处于漂泊无根的状态,焦虑感会一直存在着,无法找回自己的"精神原乡"。另一方面,身处边缘位置是否就能够完全排除西方殖民主义在殖民时期对香港所造成的消极影响?就像周蕾所说的:"'后现代混杂派'②欲倾向于轻轻带过殖民主义对被殖民者的后遗恶果,漠视即使在殖民地独立之后仍然长期存

① 也斯著,艾晓明编:《寻找空间》,北京:中国人民大学出版社,1994 年版,第 291 页。

② "后现代混杂派"这个称谓是周蕾概括的,她认为:"正如那些鼓吹本土主义的人一样,鼓吹后现代混杂性的人(我就此姑且称他们作'后现代混杂派'[postmodern hybridites]吧)典型地浑忘了被殖民文化中重要的现实部分。"(参见周蕾:《写在家国以外》,香港:牛津大学出版社,1995 年版,第 100 页。)

在的普遍贫穷、依赖性与积弱等现象。"[①]李欧梵以身处西方中心视野下的边缘位置为香港文化所归纳的"杂"性特点仅仅强调了其多元化的一面,就是希望能够糅合并超越中英双重视角下的影响从而突显边缘者的声音,可这也很容易落入另一种本质主义的泥潭。更重要的是,过度强调"杂"的因素便失去了自己的价值评判立场,不仅会轻易抹掉西方殖民主义在殖民地独立之后仍然留下的痕迹,而且不正视香港与中国内地之间不可分割的关系也有可能是为了掩饰香港与新殖民主义共谋的意图,企图通过边缘的位置以便为自己在全球化的论述格局中谋求发声的机会。朱耀伟对此也谈到,美国华裔学者提出的边缘位置,不过是以"自我放逐"为名换取了在西方可以发声的合法边缘位置。需要警惕的是他们与西方"中心/边缘"主导结构的共谋关系。[②]

(二)至于第二种以周蕾为代表的"夹缝论"则属于港人在面对"回归"已成事实的情况下所表现出来的集体焦虑症典型。在周蕾看来,香港历来都是被各种话语力量争夺的"公共空间",而且"夹缝论"尤其针对的是香港和中国内地、英国之间的关系。对于中国内地而言,她认为:1."香港的现代史从一开始,就被写成为是一部对中国身份追寻的不可能的历史"[③];2."香港对中国的追寻,只会是徒劳的:香港愈努力去尝试,就愈显示出本身'中国特性'的缺乏,亦愈偏离中国民族的常规。这段历史紧随着香港,像一道挥之不去的咒语,令香港无法摆脱'自卑感'"[④]。另一方面,"夹缝论"是基于后现代混杂派观点的不足而提出来的,主要针对的是西方殖民主义给后殖民时期的香港所留下的消极影响。周蕾认为:1."后现代混杂派的论述最大的诱惑性是,抹平了过去的不公义现象,只管吸引人去参与这个全球资本主义的权力世界";2."'后现代混杂派'不再谈论'后殖民'中的'殖民',取而代之,他们的重点在于'后'——严格意义上的'以后'和'终结'(over with)";3."像在香港这个空间里,后现代混杂派就会集中批评中国的民族主义(即所谓'民族的保守主义'),而不会批判英国的殖民主义(因为它等同

① 周蕾:《写在家国以外》,香港:牛津大学出版社,1995年版,第100页。

② 赵稀方:《后殖民理论》,北京:北京大学出版社,2009年版,第246页。

③ 周蕾:《写在家国以外》,香港:牛津大学出版社,1995年版,第109页。

④ 周蕾:《写在家国以外》,香港:牛津大学出版社,1995年版,第109页。

‘国际的开放性’)”①。作为一个殖民地,周蕾认为由于今天的香港是一个由中英双重话语力量碰撞交融下所形成的“第三空间”,所以便得出以下结论:“香港最独特的,正是一种处于夹缝的特性,以及对不纯粹的根源或对根源本身纯粹性质的一种自觉”②。同时,这种“第三空间”的特性使“香港的日常生活与发展一早被看成是‘腐朽’的,所以香港对文化纯洁性没有幻想,也不会对可能被‘平反’而感到兴奋”③。面对如此进退两难的生存困境,周蕾借用罗大佑的话指出,“在夹缝中求生存”是建构香港人身份的前提,并进一步将这种境况解释为“这个后殖民的城市知道自己是个杂种和孤儿”④。我们知道,“杂种”和“孤儿”是两个充满浓厚贬义色彩的词语。周蕾把“第三空间”理论作为“夹缝论”的理论支撑来概括港人身份的背后实际上包含着强烈的自卑和敌对情绪,尤其是对抗“中国性”的意识形态色彩非常明显。更为严重的是,她把“九七回归”当作香港被再一次侵略的事件来看待,并对回归后的香港前途表现出担忧的心态。⑤ 为了使“第三空间”理论与“夹缝论”联系更密切以产生新的可能性,她引用了罗贵祥的看法予以阐释:“香港不会以延续的纯民族文化为自傲;反之,它的文化生产往往是一种特殊的协商。在这个协商之中,它要穿梭周旋于中、英这两个侵略者之间,努力寻找自我的空间,而不要沦为英国殖民主义或中国权威主义的区区玩偶。”⑥因此,当探究“如何才能在中英双重视角的夹缝生存中求得确切身份”的出路时,她认为:1.“香港第一样要从‘本土文化’内部对抗的,是绝对全面化的中国民族主义观点”⑦;2.“在香港问题上,于拆解‘英国’的同时,也要质询‘中国’这个概念”⑧。“把回归祖国视作再一次被殖民”的观点代表了个别香港人的看法,但这并没有缓解他们对回归祖国的焦虑情绪,更无益于他们客观看待和定位港人身份。在我看来,“夹缝论”具有以下两个特点:1.将香港定位为“杂种”和“孤儿”主要是为了摆脱中英双重话语力量对香港的挤压,从

① 周蕾:《写在家国以外》,香港:牛津大学出版社,1995年版,第100-101页。
② 周蕾:《写在家国以外》,香港:牛津大学出版社,1995年版,第101页。
③ 周蕾:《写在家国以外》,香港:牛津大学出版社,1995年版,第101页。
④ 周蕾:《写在家国以外》,香港:牛津大学出版社,1995年版,第101页。
⑤ 周蕾:《写在家国以外》,香港:牛津大学出版社,1995年版,第94-95页。
⑥ 周蕾:《写在家国以外》,香港:牛津大学出版社,1995年版,第102页。
⑦ 周蕾:《写在家国以外》,香港:牛津大学出版社,1995年版,第99页。
⑧ 周蕾:《写在家国以外》,香港:牛津大学出版社,1995年版,第98页。

而以“受害者”的身份为寻求一个特殊独立的“第三空间”做舆论准备；2.“对中国身份无法追寻”的自卑感使香港人一直以来都无法认同“自己是中国人”这一政治身份，话语背后伴随着强烈抵抗“中国性”的意识形态色彩，并没有为建构起港人身份形成客观冷静的学理性论述。正如朱立立在《意识形态与文化研究的偏执——评周蕾〈写在家国以外〉》一文所说的：“其香港文化想象局限于线性现代化迷思，忽略了对香港文化内部复杂结构的把握，对中华性的分析批判缺乏学理性，主观情绪不时妨碍了理性思考。”[①]为了使抵抗“中国性”的愿望得以实现，周蕾在分析问题时有意突出香港自身的优越性。余伟君在为周蕾的《写在家国以外》（英文版）写书评时就特别指出了这点。周蕾说：“作为一个殖民地，香港不就是中国的未来都市生活的范例吗？如果我们接受只有在后殖民时代中，中国城市的现代性（正如其他非西方城市的现代性一样）才能最明确地被界定这个说法，那么香港在过去一百五十年间，其实已经走在‘中国’意识里的‘中国’现代化最前线了。”[②]可见，这种强烈的抵抗性色彩已经让周蕾陷入另一种中心主义而无法真正建构起港人的身份。陈丽芬对此也提出：“周蕾曾经猛烈地抨击‘身份’‘本源’等观念，然而当谈到她自己的文化身份——尤其是专业身份时——她立刻限于一种本质主义与乌托邦的论述模式中。”[③]鉴于此，她是否想过在质询“中国”这个概念的同时，也应该质询一下“香港”这个概念？当她质疑“后现代混杂派”用“混杂”等典型观念抹平过去西方殖民主义对香港的不公平统治时，是否自己也陷入了同样的泥潭，即把问题总体化并忽略了香港内部的复杂性力量（包括从殖民力量和非殖民力量出发论述问题）从而无法真正有效看清问题的本质？正因为无法对这点做出合理性回应，所以周蕾在阐释“夹缝论”时所针对的对象是香港与中国内地的关系，而对香港与英国的殖民关系则回避做详尽的分析。我认为这种回避属于有意为之，因为从“夹缝论”反映出来的对抗“中国性”的思路上明显可以看出她是以西方中心主义的立场来审视香港人的身份问题，并没有为“混杂”理论所表现出来的学术缺陷提出新的解决思路。这不得不让我们有所警惕。无可否认，周蕾在当年反

---

① 朱立立：《意识形态与文化研究的偏执——评周蕾〈写在家国以外〉》，《文艺研究》2005 年 9 期。

② 周蕾：《写在家国以外》，香港：牛津大学出版社，1995 年版，第 102 页。

③ 赵稀方：《后殖民理论》，北京：北京大学出版社，2009 年版，第 250 页。

思关于香港后现代和后殖民话语方面是富有前沿性的，并呈现出鲜明的理论锐气，但过于强调用香港本土的立场与中国内地对抗的意识形态色彩，否定“香港人是中国人”这一政治身份的现实，以突显自我身份的优越性意图已经把问题引向本质化和总体化，这无助于她看清香港与中国内地不可分离的关系，所以在分析如何“建构港人身份”这一问题上也就缺乏足够的说服力。

（三）“北进想象论”①则是针对“夹缝论”的学术缺陷以及香港的发展现状而提出来的。它同样借鉴了“第三空间”理论，“从探讨香港身份的讨论出发，从政治、经济发展，大众文化的传播，现代商业广告与营销策略等方面阐释‘香港资本主义政经文化的地区性霸权’，用‘北进殖民主义’概念重新审视‘边缘香港’与‘中国大陆’之间的文化政治和权力关系，并对‘夹缝想象’的局限性提出批评”②。他们认为“夹缝论”为突显自身作为“受害者”的清白而将香港与内地之间的关系做了简单化的处理，忽视了香港资本与其他地方联合起来所形成的北进殖民强势的现实。这从改革开放后香港的经济和文化均“向北侵略”的现象就可证实。这一理论并非毫无来由，在此之前陈光兴也提出了台湾“次帝国”③的意识形态正在形成，并在具体表现上与“北进想象论”有契合之处。经济上，港人通过“北进”来达到向外扩张。卢思骋在《北进想象——香港后殖民论述再定位》一文中就提到香港对中国内地所实行的资本主义霸权行为已经非常明显，“自80年代中起，资本家在工业再结构的口号下便开始将工厂和资金大量北移，利用微薄的工资、不人道的工作与居住环境，剥削珠江三角洲（以及北方南来的民工）的廉价劳动力，榨取巨大的剩余价值……此外，香港文化工业不单成了东亚和东南亚地区普及文化的霸权，在北进的洪流下亦乘势攻占大陆市场，将港式资本主义意识形态散播到社会主义祖国。虽然香港仍是英国殖民地，……但这些不同

① “北进想象”专题发表于1995年《香港文化研究》第3期，由“北进想象”专题小组署名、卢思聘执笔的《北进想象——香港后殖民论述再定位》、罗永生《后殖民评论与文化政治》、叶荫聪《边缘与混杂的幽灵——谈文化评论中的“香港身份”》、孔诰烽《初探北进殖民主义——从梁凤仪现象看香港夹缝论》、谭万基《没有陌生人的世界——佐丹奴的世界地图》5篇文章组成。

② 白杨：《文化想象与身份探寻——当代香港文学意识的嬗变》，东北师范大学2005届博士学位论文。

③ “次帝国”是指帝国主义下的依赖性次级帝国。

层面的北进实践会否意味着一种北进殖民主义正在慢慢形成？香港会否在去殖民化之前就已经成了一个准殖民者或类殖民者？"[①]在叶荫聪看来，香港自成为高度发达的资本主义地区后，与中国内地的关系依然很难界定。《边缘与混杂的幽灵——谈文化评论中的"香港身份"》一文里强调不应该直接把香港从被殖民者转变成殖民者，因为这样还是会陷入二元对立的思维模式，应该看到香港与内地的差异以及两者资本权力间的互动所造成的强劲势头，"当中的问题已非香港是否文化侵略大陆，而是香港与大陆中的主导集团如何形成文化霸权，以新殖民者的姿态，向某地区人民进行经济文化殖民"[②]。除此之外，港式文化把香港资本主义的生活方式融入内地社会主义的日常生活，对内地受众形成了强大的影响力，从而潜移默化地改变了人们的意识形态构造。因此，他们认为"夹缝论"就不能对以上的现象做出合理而有效的解释。这两个方面共同形成了"北进想象"专题小组讨论思路的来源。然而，在我看来，这未必能切实缓解港人陷入身份危机的忧虑情绪。试图反拨港人作为中英双重话语力量争夺下的"受害者"形象虽然有助于我们反思香港当下的发展现状，但也存在矫枉过正的急切意图。同样把香港定位为超越中英双重话语力量之外的"第三空间"，"北进想象论"更希望改变被歧视的现状，成为有尊严和自主权力的"傲视中英的中心"[③]。同时，将内地改革开放初期的发展与香港的经济和文化联系起来的做法一定程度地体现出为港人在面对"九七回归"时所产生的忧虑和恐慌情绪进行反拨的典型心态，并产生强烈的自我意识膨胀的色彩。由此可见，一方面，"北进想象论"虽然表面上强调香港与内地的主导集团已形成霸权来"殖民"内地这一现象，但众所周知随着改革开放的逐步深入，港资只是占内地引进资金的一部分，并没有形成像"北进想象论"所认为的"港资殖民内地"的局面，所以隐藏在这种自负现象的背后，更多的是一种无法释怀的自卑感和对抗"中国性"的心理，由此便很容易陷入另一种本质主义。因此，"北进想象论"也没有办法对香港人的政治身份予以正面承认，只能得出像卢思骋的"九七后也很可能成为中国的殖民地"这种把"回归后的香港视为再次被殖民"的观点了。另一方面，当他们把一个整体的香港视作"殖民者"来分析问题时，并没

① 陈清侨：《文化想象与意识形态》，香港：牛津大学出版社，1997年版，第5页。

② 陈清侨：《文化想象与意识形态》，香港：牛津大学出版社，1997年版，第45页。

③ 赵稀方：《后殖民理论》，北京：北京大学出版社，2009年版，第255页。

有看到其内部权力机制的复杂性。正如李小良所分析的,“北进想象”专题的诸篇文章实际上对“香港的北进资产阶级”没有界定,这样做不仅不利于揭示“谁是殖民者”的问题,而且对“北进想象”的反思也有把“香港”概念本质化的趋向。[①] 从对以上两个层面进行分析后,我们发现它与“夹缝论”并没有许多实质性的区别。事实上,“北进想象论”仅看到香港北上“殖民”的一面,却忽视了内地与香港在经济和文化等各方面相互支持的现实。在经济方面,两地各具优势,双方加强合作,互相取长补短,是符合两地经济发展根本利益的。[②] 随着内地改革开放程度的逐步深入,内地也在利用香港的综合优势从而为其经济建设服务。据经贸部统计,从 1979 年至 1995 年,港商回内地投资设立的企业已超过 14 万家,实际投入金额高达 800 亿美元,均占全国外商直接投资项目和实际投资总额的 60% 左右。[③] 同时,内地已经成为香港经济发展的强大支柱。香港利用内地的很多优势来进行产业升级,从而发展自身经济。比如说,“香港要发展高新技术产业,在拥有充裕资金的同时,必须有庞大的高素质科技人才为依托,要有强大的基础产业和现代原材料工业做后盾,而内地恰恰具备这几方面的特殊优势”[④]。然而,由于亚洲金融风暴等对香港经济的冲击,近年来香港的经济实力有所下滑,而内地经济正逐步崛起,所以这才使香港人的经济优越感逐步丧失,2006 年香港政务司司长许仕仁也说了“香港会边缘化”这样一句话,害怕“边缘化”成为当下香港人讨论的热点。在此情况下,不少港人选择北上与内地合作,希望能寻求进一步发展的机会。同时,在文化交流上,香港与内地的合作日益加深,不少香港文化工作者北上与内地文化工作者进行全方位合作,在各方面取得了良好的效果。总体来看,这并没有产生诸如之前所分析的“北进殖民主义”现象,香港并没有由“边缘者”转变成“准殖民者”或“类殖民者”,所以“北进想象论”也就自然而然地不攻自破了。

---

① 陈清侨:《文化想象与意识形态》,香港:牛津大学出版社,1997 年版,第 104 页。
② 陈多、蔡赤萌:《香港的经济(一)》,北京:新华出版社,1996 年版,第 89 页。
③ 陈多、蔡赤萌:《香港的经济(一)》,北京:新华出版社,1996 年版,第 84 - 85 页。
④ 陈多、蔡赤萌:《香港的经济(一)》,北京:新华出版社,1996 年版,第 91 页。

三

从分析并反思以上三种具有典型代表性的理论后可知，学者主要还是把港人身份或者集中在中国内地和西方殖民者的双重视角下看待（如边缘论），或者仅仅通过分析香港与中国内地之间的关系来予以定位和建构（如“夹缝论”和“北进想象论”），从而将“自我他者化”。香港其实是一个“矛盾体”，“一方面享受全球（西方）资本主义所带来的经济利益，另一方面又抗拒西方殖民，所以一方面急切认同自己的中国人身份，另一方面又担心九七之后失去自主”[①]。由此可知，其暧昧而尴尬的反殖民态度是非常明显的，从而导致了港人无法在身份认同这一问题上取得共识。直到今天，还有不少港人以“我们香港人”和“你们内地人”来试图否定自己与中国内地的关系，以回避自己是“中国人”这一无法改变的政治身份的事实。其实，从 20 世纪 90 年代开始，学者将“混杂”“边缘”“霸权”“第三空间”等理论引入探究身份认同问题的讨论是具有重大意义的，这有助于拓宽学界对香港后殖民研究的思考，但最后又陷入了多方立场争论的泥潭而无法出来。

针对香港后殖民研究陷入困境的情形，朱耀伟提出的观点值得深思，即这些“混杂”“边缘”“霸权”等观念是在“中国性”的大论述之下谈的。他首先指出中国学者和西方学者都有阐释“中国”的焦虑，焦虑产生于他们并没有认清如下现状：在日渐全球化的生产中，每个人都有阐释“中国”的权利，而这种阐释的过程也是不同的话语主导力量重新建构“中国”的过程。他得出该看法的来源有：1.“从上引 90 年代两岸三地的后殖民研究来看，后殖民研究未能反思自己所处的场域的复杂权力关系，在不自觉或不情愿下将权力关系化约为二元的激进和保守之争，最后无法突破弱势论述的窠臼。易言之，不同论述只争相视自己的身份认同为最有效的‘天然资源’”[②]；2.“边陲论述正因合法性条件所限，往往未能洞察戴力克所言第三世界批评与全球资本主义的共谋，而两岸三地的后殖民研究亦有变成了一种有利全球化

---

① 朱耀伟：《本土神话：全球化年代的论述生产》，台北：台湾学生书局，2002 年版，第 268 页。

② 朱耀伟：《本土神话：全球化年代的论述生产》，台北：台湾学生书局，2002 年版，第 277 页。

的一种以抗衡为姿态，实则倒过来淡化抗衡力量的工具的危险”①。因此，争论双方对“中国性”的理解就会与自己所处的位置相关联，并都有与自己的合法性条件相关的作为其阐释话语背后的支撑。鉴于此，后殖民研究的重点由反霸权转变成以反霸权为工具在全球化的论述格局中为自己重新定位，并最终与新殖民主义形成共谋。回望香港20世纪90年代的后殖民研究，他也发现存在着类似阐释“香港”的焦虑，并指出：“我们看到的主要是‘香港’的阐释问题，可能在以‘香港’增补了‘中国性’的多元向度之同时已经复制了‘中国性’的阐释焦虑所隐含的暴力，即以香港作为批判中国的时候呈现了阐释‘香港’的焦虑，当中又因而复制了阐释‘中国’的权力关系”②。因此，他期望在全球化的生产年代里，应把香港的身份认同问题转移到“东西方，本土和全球以至东方主义/后殖民性和全球资本主义之间”③的框架中来探讨。他说：“也许在二十一世纪的后殖民研究中，最急切的是要摆脱第一世界和第三世界的二元框架，不再在第三世界批评的有限场域中争取一己的‘中国性’的合法性，而是将战场转到‘第四世界’——在包括第一和第三世界在内的不同地方都共有的社会排除机制中的弱势社群。”④

然而，我认为朱耀伟的理论缺陷恰恰出现在这里。首先，为了摆脱阐释“香港”的焦虑，他用“本土/全球”的视角来回避正视香港与中国内地之间的关系，这种思路实际上有无视中国的存在而与国际直接接轨的嫌疑。更进一步来说，这也是一种潜在对抗“中国性”的表现。他的理论来源于卡尔斯泰斯关于全球化的“国际分工”论述。基于此，他在《谁的“中国性”？九十年代两岸三地的后殖民研究》一文里认为：1.“在全球资讯年代（也就是全球化论述生产年代），中心/边缘甚至全球/本土的二分框架再不能解析新的经

① 朱耀伟：《本土神话：全球化年代的论述生产》，台北：台湾学生书局，2002年版，第278页。

② 朱耀伟：《本土神话：全球化年代的论述生产》，台北：台湾学生书局，2002年版，第272页。

③ 朱耀伟：《本土神话：全球化年代的论述生产》，台北：台湾学生书局，2002年版，第132页。

④ 朱耀伟：《本土神话：全球化年代的论述生产》，台北：台湾学生书局，2002年版，第278页。

济格局,‘国家’的观念也变得很有问题”①;2.“在全球化论述生产年代,文化边陲的抗衡早被纳入全球格局中,‘国界’再非划定中心和边缘的良方妙药。本来是边陲论述的‘中国性’因此早已跨越边界,变成全球化论述生产的共有课题”②。试想,香港人的身份难道真能跨越中国的存在而在全世界范围内定位和建构起来吗?这是否是一种有意区分“香港人”和“中国人”政治身份不同的表现?在回归已成事实的情况下,“香港人是中国人”这一政治身份是无法改变的,可不少香港人还未能彻底做好成为“中国人”的准备。如果一味拉开与国家民族认同的距离,那么香港人是难以确切定位好自己的身份,也必将再次失去发声的权利的。因此,认清和确立身份的第一步就需要正视自己的政治身份。其次,如何理解“本土/全球”中的“本土”?在我看来,朱耀伟理解的“本土”是指他最后将目光转移到的“第四世界”,即“在包括第一和第三世界在内的不同地方都共有的社会排除机制中的弱势社群”③。然而,这里有两点想与之进行商榷。其一,我相信朱耀伟是懂得“普遍性与特殊性”这一基本哲学原理的,但为什么谈到弱势社群时就如此急切地一概而论呢?当最后下结论时,他只是做了一个很简单的小结,并未对“社会排除机制中的弱势社群”这一概念做出阐释。事实上,不同时间不同地点对“弱势社群”的定义都会有所不同。中国法学会教授郭道晖曾对“弱势”概念做出如下分析:“‘弱势’是一个相对的概念,相对于‘强势’(也包括‘中势’)。其相对性随时空条件和衡量坐标的不同而有差别。在相对性中,又有相对中的绝对弱势和绝对强势的不同。就相对性而言,不只是一般地相对于强势,而是在不同领域中(如政治、经济、法律等领域)各有其弱势和强势。领域转换,其强弱地位也可能变换”④。若将此概念运用到分析香港的“弱势社群”同样可以得出如下结论:“英国殖民时期的弱势社群”和“回归中国后的弱势社群”指涉肯定各有不同,而且在香港本土内部也有其分别

---

① 朱耀伟:《本土神话:全球化年代的论述生产》,台北:台湾学生书局,2002 年版,第 274 页。

② 朱耀伟:《本土神话:全球化年代的论述生产》,台北:台湾学生书局,2002 年版,第 275 页。

③ 朱耀伟:《本土神话:全球化年代的论述生产》,台北:台湾学生书局,2002 年版,第 278 页。

④ 郭道晖:《关注社会弱势群体——法学视角的几点思考》,《河北法学》2005 年 7 期。

对应的“弱势社群”和“强势社群”。以英国殖民统治时期为例,从整体层面来看,如果将英国本土殖民者看作是强势社群,那么被殖民的英籍华人、香港人和内地人就是弱势社群。可如果以香港除英国本土殖民者之外的内部结构做分析,那么处于社会上层的英籍华人是强势社群,相应地,底层的香港原住民和移民来香港的内地居民就是弱势社群。同样,对“回归中国后的弱势社群”也可以做出类似的分析。比如说:在各领域有实力有名望的中国人是强势社群,而底层的蚁族居民或者未能取得香港人永久身份证的打工族就是弱势社群等。遗憾的是,朱耀伟为了实践他的“本土/全球”理论,就急于对此下结论而未能做出更进一步的阐释。如果在朱耀伟看来关于“弱势社群”的含义无论在何时何地都是一样的话,那么这是否有意忽视了英国殖民侵略给香港人所带来的不公平的现实?比如说,英殖民统治时期的华人上层精英群体在英殖民主义者看来也属于弱势社群,那么回归中国以后这个群体在朱耀伟看来是否还属于弱势社群呢?其二,由于朱耀伟注意到香港正利用自己的特殊位置在全球资本主义格局中谋利,所以他想超越国界而用全球化的眼光来重新审视香港人的身份,且用“弱势社群”作为香港本土发声的力量来抵抗当地的精英权力机制、中国内地以及全球各地的霸权机制,并由此得出如下结论:将香港与全球的关系定位为“弱势社群者/全球霸权者”,而不限于之前“本土/中国”的论述机制。然而,这是否还是落入了简单的“二元对立”的阐释窠臼?“本土/全球”论虽然初衷是想消除不同话语力量对“香港”阐释权激烈争夺的局面,从而把注意力转移至用更平等的眼光来关注全球霸权力量给弱势群体所造成的影响上,但实际上表现出抹平地区性身份差异的意图,成为其后殖民香港研究的学术缺陷。更为严重的是,把研究对象整合成“弱势社群者/全球霸权者”的做法为香港独立于中国之外提供了一个非常有利的理论支撑。可以这样说,回避讨论香港与中国内地之间的关系(尤其是忽略讨论香港人的政治身份问题)并未使他的初衷得以实现,也未能真正有效地缓解港人的身份认同焦虑。之所以出现这一问题,我认为与他同意周蕾对后殖民研究的看法有关。周蕾说:“我心中的‘后殖民研究’是一种有能力不断质疑体制化知识和随之而来的阶级和不平等的持续情况(面对种族、族群和文化差异)的学问……”①之前在第二

① 朱耀伟:《本土神话:全球化年代的论述生产》,台北:台湾学生书局,2002 年版,第 278 页。

节里我们已经知道周蕾产生把“香港”看作“杂种”和“孤儿”并以此对抗“中国性”的观点是建立在以香港与中国内地存有诸多方面的不平等这一前提之上进行讨论的。由于朱耀伟认可周蕾对后殖民研究的质疑态度，所以他说：“唯有对后殖民研究保持警觉，才能维持这种持续的质疑。”[①]由此可知，“本土/全球”论虽然表面上反思和弥补“边缘论”“夹缝论”和“北进想象论”的学术缺陷，但实际上与后三者并无本质上的区别，尤其因越过“中国性”所表现出来的意识形态色彩方面与后三者相比有过之而无不及。这不得不让我们有所警惕。朱耀伟虽然不愿意成为敌人（笔者按：话语霸权者）的影子，但最后还是不自觉地陷入之前所反对的试图在阐释“香港”时为自己夺取一席之位的泥潭中。

结语

无论是“边缘论”“夹缝论”“北进想象论”抑或是朱耀伟的“本土/全球”论，他们均从“本土”立场出发来探究香港与中国内地以及全球之间的关系，以求为香港人身份发声的努力是值得珍视的。只不过，在引用“第三空间”理论时学者们因带有强烈的意识形态评价色彩而未能客观全面地审视香港与中国内地之间既融合又摩擦的关系，并把香港人一直以来处于弱势地位的原因归结于中国这一本质中心的存在。因此，“第三空间”理论并未在香港实现本土化和语境化，也就是说以上所提及的四个理论不能有效缓解香港人建构身份的焦虑感。诚然，香港学术界发表属于他们的区域性观点无可厚非，但一切的讨论（包括理论引进）仍需建立在正视“香港人是中国人”这一政治身份的前提之下。否则，回避政治身份的讨论无论在学理还是现实上都无法让人信服。

（作者单位：广东技术师范学院文学院）

① 朱耀伟：《本土神话：全球化年代的论述生产》，台北：台湾学生书局，2002 年版，第 278 页。

日据时期台湾小说“反殖民”质素考辨

——以三个选本为中心[①]

▶李竹筠

自二战胜利，日本结束侵占中国台湾的历史迄今已有70余年，其间台湾文学历经“反共”文学（含怀乡文学）、现代文学、乡土文学以及20世纪80年代之后文学多元化的阶段[②]，文学作品的价值、品格、内涵、形式的衡量尺度几经变迁。但总体看来，是指向挣脱政治附庸和意气之争的外在负累、确立自身独特的审美价值与存在地位的道路[③]；换言之，文学空前地回归了自身的本原状态。在这样较为宽松的文学和学术环境下，隔着70年的时光回望、审视日据时期的台湾文学，理应具备一种绚烂归于平淡的冷静、客观同时也相对超脱的眼光。日据时期台湾文学的选本也相应给予我们这样一种期待：在作品的文学价值、史学价值乃至意识形态的价值之间应做出侧重至少是平衡。

而以选本切入日据时期的台湾文学源于如是的考量：同时兼具大陆学人与台湾学者的双重视角，相较直接考察增加了观照的距离感和层次感，“视点”之外另有“视点”，对了解历史和现实、此岸和对岸，不失为一个以管窥豹的选择。为纠正选者个人审美和意识形态的偏差，现以三个选本互相参照，据以辨证。事实上，三个选本分别收录十三篇、十三篇、十六篇作品，

---

① 施淑：《日据时代台湾小说选》，台北：麦田出版，2007年版；向阳：《二十世纪台湾文学金典·小说卷·日治时期》，台北：联合文学出版社有限公司，2006年版；许俊雅：《日治时期台湾小说选读》，台北：万卷楼图书股份有限公司，2003年版。

② 陈芳明：《台湾新文学史》，台北：联经出版事业股份有限公司，2011年版。

③ 其中亦不乏杂音，如叶石涛《台湾乡土文学史导论》以“台湾意识”作为文学作品的评价维度之一，即是对文学自身的偏离。

其中《阉鸡》《一杆秤仔》《送报夫》《牛车》《秋信》《植有木瓜树的小镇》《奔流》七篇三个选本均有收录,《瑞生》《荣归》《首与体》《没落》《花开时节》《天亮前的恋爱故事》六篇收录两个选本中,《先生妈》《流氓》《兴兄》《爱的结晶》《新兴的悲哀》《决裂》《残雪》《欲》《神秘的自制岛》九篇仅为一个选本收录。排除施淑本容量较余二者稍大的误差,这样的高复选率差可说明入选作品某种意义上的代表性和经典化;同时选本的差异也彰明选者毕竟各有其偏好和倾向。虽然如此,三个选者都不约而同极力称扬入选作品的反殖民反封建的色彩:

> 他们虽然出身各异,使用的书写语文有中文、台文和日文之殊,但在二〇、三〇年代社会主义思潮的浸润,左翼运动的勃兴下,因此形成反帝国反封建的书写主流……①
>
> 从发生和发展趋向来看,日据时代的台湾现代小说与二十世纪初世界弱小民族文学一样,一开始就具有强烈的反封建、反殖民帝国主义的基本性格。②
>
> 反映了台湾民众在日本统治下的血泪和挣扎,具有反帝国侵略、反封建的文学精神……③

因循"反帝反封"的"政治正确"的叙述话语,选者把入选作品纳入国族叙事及民族寓言的框架中进行解读,其中或有知识分子"忧患精神"的传统为底色,或出于"蓝绿"之间腾挪的处身智慧,以及"不触怒对岸"的现实考量;但无论如何,这种"反殖民反封建"的论调不能不说流于一种令人遗憾的历史或曰政治的成见,而文本的丰富性和多义性、历史的复杂性和暧昧性亦于焉被遮蔽。入选作品多在 1937 年之后发表,此时日本已在台湾深耕 30 余年,20 世纪 20 年代后更采取文官统治,并怀柔台湾士绅阶层,以致西来庵事件(1915)之后再无武装抗日,这是历史的背景;1938 年"皇民化运动"深入

---

① 向阳:《二十世纪台湾文学金典·小说卷·日治时期》,台北:联合文学出版社有限公司,2006 年版,第 5 页。

② 施淑:《日据时代台湾小说选》,台北:麦田出版,2007 年版,第 1 页。

③ 许俊雅:《日治时期台湾小说选读》,台北:万卷楼图书股份有限公司,2003 年版,第 29 页。

开展,中文报纸杂志殆被废止(通俗文学《风月》为仅见),在严密的审查制度和以日文创作的形势下,文学文本不能不表现出审慎的策略性,这是时代的语境。在尊重这种时代语境和历史背景的同时,笔者对日据时期台湾小说富有“反殖民”的质素这一分析是认同的,但对这一质素“基本性格”的“定性”分析与“书写主流”的“定量”分析是有疑问的。事实上,抛开概念先行的解读,在对文本的细读和比对过程中发现几个关键词,这些关键词难以整合到“反殖民反封建”的宏大话语体系中,反而彰显出民族叙事无法触及的罅隙。

一、“用功”与“成功”

“用功”这个关键词大而化之,适用于几乎每一篇文本,具体到下层人民,如《一杆秤仔》《阉鸡》《牛车》,固是努力挣扎求生;至于地位稍高的乡村士绅、小知识分子,则是努力出人头地。较前者而言,后者的“用功”意象更为突出和鲜明,“用功”的“过程”主要指向读书(日文书)、考试(律师考试、文官考试等),“用功”的“结果”也即“成功”,意指学成(考试录用)归国、荣归故里:

> 风儿卒业了,风儿学成要回乡来了,现在的风儿是不比昔时的风儿了……恰好像清朝时代的“状元游街抛绣球”,风儿这么艳福,谁也欣羡!就是兴兄能够得着以为大和姑娘来作媳妇,也是前世有烧好香点好灼!立志出乡修学很少的当地,能够像风儿这也可为后来立志的一个好标本吧!(《兴兄》)

风儿成为标本,自然因为他的学成回乡某种意义上是“用功”的结果和“成功”的标志,和大和媳妇结婚更是望外之喜,以至于自事业到家庭都堪为楷模。作为普通农夫的兴兄而言,在他的考量中没有政治、族群的概念,他关注的只是一家人眼下的生活和行有余力的前程。这种思想状态和生活状态在这一时期的文学中不为鲜见,如《荣归》里再福考中文官,一家人接到电报后的反应:

> “这比得起清朝的秀才吗?”

“不知咯,差不多是举人、进士咧。”

“当真吗,比你阿舍还要威风的吗?”她以惊异不相信的表情问。

“哎哟!你还在梦中吗,你以为这是小可吗,这要算是本地方第一有名誉的事情,通台湾也寥寥无几呢。”秀才以骄傲轻蔑的态度道。

“原来就是这么一个高贵的东西吗,在我们的地方还有谁?”

“除起小弟更没有别的了。这是日本全国的秀才争头角的,非十二分有本领的谁敢去讨没趣。”大儿子更趾高气扬地答。

秀才:“这,一年有多少钱可赚呢?”

大儿子:“初任官至少有二千以上,后日升至三千五千也不大难,要是内地人有背景可靠,一万八千也是这等的资格。”

“呀!到底还不及清朝时代好呀!功名一进了,做官发财,三妻四妾。”秀才露出了不满的叹气。

在通篇的对话里,围绕着再福高中文官这一喜事,全家人的议题无非是“名”和“利”,并进一步以自己的生活经验把名利量化——也进一步使得这一群体的“用功”方向、目的和人生目标显豁化。返家后士林乡绅的趋之若鹜都体现着时代的风潮。以前清的功名、地位来比拟时下高等文官的身家,以旧知识分子的价值观比对殖民教育下新知识分子的追求,以殖民地的中下层知识分子的群像与传统文学中干谒求进的禄蠹形象遥相呼应,多少给人一种时空错乱的感觉。

如果说《荣归》的批判基调于焉,表露出作者对殖民地这一现象的深入观察和深沉反思,《兴兄》和《植有木瓜树的小镇》则更多的是一种自然主义的呈现。三个文本参差对照,堪称互文,陈有三(《植有木瓜树的小镇》)“用功吧,努力吧,必能解决一切境遇”的自白不言而喻。或者说《荣归》《兴兄》为陈有三的人生提供了另一种可能,在苦读用功、考取文官之后夤缘际会,作为殖民地的精英分子被整合进殖民者的统治梯级中,亦是他“常穿和服,使用日语,力争上游”鸿鹄之志的所在。惜乎文本中的陈有三在“理想”破灭(认识到考中的概率较低,即使考中谋职的难度亦大)之后转向一条沉沦之路。三个文本中的主角在十字路口分道扬镳,但此前毕竟戮力奋斗、步伐一致:陈有三以及风儿的用功努力无关家国仇恨,但作为一种价值观与“扬名声、显父母”的中国民间成功学遥相呼应,“学成文武艺,货与帝王家”。以“用功”作为人生的最低要求和最高标准,以利禄加身作为终极追求和唯一价值尺度，与今之“精致的利己主义者”正相仿佛。

这种“用功”有两个前提：第一是对现行秩序的认同，“用功”实际上是在现行秩序的架构下谋求个人利益的最大化，极力跻身、融入现行秩序并成为经济、社会地位的既得利益者；第二是第一点的衍生品，即对现行文化的认同，具体到殖民地的情境中，即对统治文化亦即殖民文化的孺慕、师事、自我移植与自我改造，所谓“用功”实则是内化、吸收殖民文化并进行主体构造，从而获得上升空间的过程，洪天送（《植有木瓜树的小镇》）“在这世间唯一的希望是忍耐几年之后，升任一定的位置，住日本式房子，过日本式生活”的向往，自是出于对宗主国文化的欣羡；陈有三对同胞的认识：“吝啬、无教养、低俗而肮脏的集团，不正是他的同胞吗”“看着如同石罅中的杂草那般生命力的人们，想象着自己与他们之间有某种距离，一种优越感悄然而生”，则出于对本岛文化的疏离，二者实为一体两面：

> 过度认同殖民现代性的优越，就无形中默认了台湾文化从属的地位，从而也在贬抑本土性成为劣等，其悲剧之极就是“同化”。①

文化本是社会秩序的一个部分，又相对政治经济而言扮演着先导的角色，同时文化亦是民族身份最具识别性的标识——这就使得殖民者通过摧毁殖民地人民的文化身份和文化基础，重构宗主国文化的主导地位从而“同化”殖民地民众、建立统治的合法性。民众政治、经济地位的提升与对宗主国文化的归顺、认同时相错杂，上述人物“用功”之后的“成功”与“皇民化运动”中本岛人改换日式姓名后的种种便利（《先生妈》），便是在对宗主国文化的认同之外所获得的政治、经济方面的现实利益。有时情况正相反，乃是基于政治、经济地位的提升滋养出文化的归顺，如港人林凌瀚在评介《鹿鼎记》韦小宝对康熙的认同时指出：

> 简言之，既然鞑子皇帝比汉人更懂得勤政爱民，有什么理由要把他推翻？此便与六十年代、七十年代初（正值《鹿鼎记》写作时期）香港经济起飞、教育日趋普及，再加上经过天星小轮加价暴动、六七年“反英抗暴”等一连串骚乱后港英（尤其七一年麦浩理上任以还）大力推行社会

① 陈建忠：《日据时期台湾作家论》，台北：五南图书出版有限公司，2004年版。

福利,使香港迈入了现代时期,从而培养出香港人对港英的归属感等诸般情况,有着隐约的呼应的关系。……我们最后才瞥见隐匿在满清里面的港英殖民者的影子。[①]

对民族的认同让位于对文化的认同,基于物质利益的考量做出个人利益最大化的选择,在殖民地人民中不为鲜见。

值得注意的是,并非所有的"用功"都有着明确的功利性指向。《送报夫》里的"母亲"在"我"去东京之前嘱咐"我""好好地用功",两次书信中都对于"我"提出"用功"与"成功"的要求:"好好地用功,成功了以后才回来","希望你成功,能够替像我们一样苦的村子底人们出力"。结合"我"的人生经历——田地被制糖公司强行征用,"父亲"抗争无果被迫身亡,"母亲"与做了巡察的长子划清界限——这里的"用功"和"成功"的意涵是暧昧不明的,"母亲"对次子的寄望非前述基于"名利"的考量。但"我"既生活在殖民者的土地上,使用殖民者的语言和文字,在殖民者圈定的社会秩序与生存空间里,"用功"即便不是趋向于对殖民者的认同,其背离、乖违的可能性和尺度也大成疑问。遗书中屡次申明"努力做到能够替村子底人们出力罢",但"要做什么才好我(即'母亲'—— 笔者)不知道",因此"我"最后认识到的阶级之间的压迫以及继之而起的反抗,与"母亲"的初始期待恐怕大有出入;对现行社会秩序基于民本、民生意义上的改良可能更符合母亲的期待。换言之,"母亲"对于"我""用功"和"成功"的厚望,恐怕仍不免于凭借进入殖民者的统治序列以获得相应的权力和能力拯救村人。因此相对现行秩序而言,这种"用功"的姿态与其说是反叛的毋宁说是融入的,"用功"的目的与其说是破坏性的毋宁说是修正性的,"用功"的动机与其说是利"己"的不如说是利"人"的,差别仅此而已。

二、"日本女性"的意象

选本的另外一个母题是异族婚恋,特别指涉本岛男子和日本女子之间的关系。这里的异族婚恋包括未竟的和完成的两种:未竟的即并未以婚姻

---

① 转引自林凌瀚:《文化工业与文化认同》,陈清侨编:《文化想象与意识形成》,香港:牛津大学出版社,1997 年版。

作结的情感关系，其中又有单向度的，如《植有木瓜树的小镇》陈有三，恋慕对象更指向模糊的群体而非具体的个体："运气好的话，跟日本人的姑娘恋爱进而结婚吧……只要能跟那绝对顺从、高度教养、如花艳丽的日本姑娘结婚，即使缩短十年、二十年寿命都无话可说"；双向度的如"我"与邻居女同学（《天亮前的恋爱故事》），虽然双方互有好感但鉴于种种原因交臂失之。成功与日本女子缔结姻缘的如《兴兄》里的风儿，《奔流》里的伊东。联系这一时期《亚细亚的孤儿》中胡太明对内滕久子的念念不忘，《父亲的要求》里的阿义对贺津子"死也不足惧"的热烈，这种异族异性间的情感联结绝非偶然。

在日本占据台湾初期，在台日本人由于婚配选择余地较小，乃至不得不在艺妓甚至娼妓中间择配，因这类女子普遍在台湾操贱业而出现了所谓"湾妻"①的说法，不为当世所乐见。随着殖民关系的稳固，开始出现零星的日本男子与原住民女子的婚配。但台湾男性与日本女性的结合相较更为普遍，"优秀的台湾青年到日本留学，返台时带着日本妻子回来的例子很多"②，而在"上海事变发生后，与中国人结婚的日本女性，以及被介绍与中国人认识的日本女性明显增加"③。庄司总一成书于20世纪40年代的《陈夫人》即以"日本人与台湾人通婚"为题材，并获得1943年大东亚文学奖之次奖（正奖从缺），显见随着殖民关系的深化，异族通婚已不再是个案而成为一种较为常见的现象。这不仅是对"内台融合""内台平等"政策的呼应④，同时也表征着日本殖民化进程进入一个新阶段。

中国传统社会的婚姻家庭，通常意义上由男子居主导地位，夫妻关系中的支配、被支配，主动、被动关系与宗主国、殖民地的关系差可类比。事实上，殖民者男子、殖民地女子与殖民者、殖民地的对位关系在文学作品中更为常见："在殖民者的眼中，殖民统治下的地区历来就是欲望和征服的对象，

---

① 竹中信子：《日治台湾生活史·明治篇》，台北：时报文化出版企业股份有限公司，2009年版，第100页。

② 竹中信子：《日治台湾生活史·昭和篇·上》，台北：时报文化出版企业股份有限公司，2009年版，第209页。

③ 竹中信子《日治台湾生活史·昭和篇·下》，台北：时报文化出版企业股份有限公司，2009年版，第317页。

④ 1932年台湾总督府敕令第三六零号改正增列，即所谓"内台共婚法"。据黄静嘉：《春帆楼下晚涛急》，北京：商务印书馆，2003年版，第135页。

小说中史密斯对黄得云的征服、玩弄,本身是殖民关系的一个象征。"[①]这种关系的错位配置——即来自宗主国的女性与来自殖民地的男性的婚恋在这一时期小说中的密集出现值得探讨。

承上所述,异族婚姻亦是"用功"的指向之一。对于本岛男性而言,既是夤缘附会的晋身之阶与登龙之术,更是"用功"有成的有力表征与额外奖赏。陈有三之念兹在兹,正在于此。而对于志得意满的本岛男子,如《兴兄》里的风儿与《奔流》里的伊东,二人通过文官考试从而实现社会地位的跃升,某种意义上缩短了和日本女子经济、社会地位的落差,也从而使婚姻——本质上实为一种交换——具备了现实可能。异族联姻因而不仅彰明了本岛男子的"成功",亦对"成功"成果提供了后续的保障和提升:在婚后的生活里,日本妻子在饮食起居、生活方式方面确保了本岛丈夫日式生活的纯正,加深与巩固了本岛男子在语言上(如伊东坚持与生身母亲用日语对话)、行为方式上(如伊东对父母的离弃、风儿对传统习俗的疏离)与本岛人的差距,也事实上巩固了本岛男子在现行秩序中被认可与接纳的地位。这样的婚姻序列并未延续传统男强女弱的格局,而是凸显了女性的"主体"地位乃至"主导"地位,实现了征服与被征服的隐秘逆转:

> 我能了解插花与茶道,也能喜爱和服和高岛田式发髻,更能陶醉于能乐和歌舞伎,完全是靠这个人培养起来的……满头密厚的黑发盘成舒适的结,非常柔美的动作线条等,都对出生于南方的我,投来一种不可思议的魅力……予我的心灵无限启发的她,是我的老师,朋友,也是心目中的恋人。每碰上她的视线偶然碰向自己时,我就感觉难以形容的温暖的血潮在体内奔流。(《奔流》)

宗主国女性和宗主国文化符号(插花、茶道、和服、歌舞伎、能乐)的相提并论,在二者之间建立了一种对应乃至隐喻的关系。宗主国女性的形象、趣味、生活习惯,既是宗主国文化的组成部分,也比附和象征着整体的宗主国文化,对殖民地男性/殖民地进行润物无声的召唤、启蒙,无意/刻意营造着"近者悦,远者来"的纷然局面,本岛男子也在异族婚恋中获得身份的合法性

---

① 赵稀方:《香港的文化身份》,《历史与理论》,广州:花城出版社,2014年版,第37页。

和正统性(归化)。是以,表面上看异族联姻呼应着日本"内台融合"的"政策",实际上却暗中接引着"和番"的传统,与这一传统的异族想象、文明归化、华夷一家的内蕴一脉相承。而殖民者与中原王朝、大和女性与中国公主、本岛男子与夷狄的对位关系,重新定义了中央和边陲、华和夷、正朔和附庸的概念。这样,频频出现的异族联姻的意象,又无意识间呼应、表征、成就了"大东亚共存共荣"的、由殖民者一手缔造的"神话"。不妨回顾如下的论断:

> 统治阶级的思想在每一时代都是占统治地位的思想。这就是说,一个阶级是社会上占统治地位的物质力量,同时也是社会上占统治地位的精神力量。支配着物质生产资料的阶级,同时也支配着精神生产的资料,那些没有精神生产资料的人的思想,一般的是受统治阶级支配的。[①]

"占统治地位的思想"听来稍有拗口,但若把"占统治地位的思想"置换成"主流思想"或"主流文化",对许多历史的断片、理论乃至今时今日的乱象有豁然贯通之概:鲁迅之"任个人而排众数",萨义德所谓知识分子"其处境就是公开提出令人尴尬的问题,对抗正统与教条,不能轻易被政府或集团收编"[②]的论述,正是对"占统治地位的思想"保有的审慎和警觉的心态。而对于位列"众数"的大多数人而言,未必具有能力或意愿与"占统治地位的思想"——不管这思想来自于同根同族还是异族——保持可能的距离甚至是界限,毕竟"占统治地位的思想"亦即主导、主流和拥有强势话语权的思想,而大多数人并不能自外于时代。在以民族认同构建吾道不孤、民心所向的神话话语下,一些信息的披露或会带来理解的困扰与认同的困惑,如一位台湾精英女性在战时的两则日记:

> 真正难以置信的是,在六十日之内攻陷新加坡,本岛人活跃的世界也会变得更为宽广。[③]

---

① 《马克思恩格斯选集》第1卷,北京:人民出版社,1995年版,第98页。
② 萨义德:《知识分子论》,上海:生活·读书·新知三联书店,2002年版,第17页。
③ 转引自《阮木笔日记》。

从九时开始，拿国旗的市民游行队伍前进着；在游行中，对于大东亚战争战殁者，在胸中强烈地回荡着一股涌自心底的感谢之念。①

再如：

爷爷和一群老友，常聚在一起喝酒、唱歌，一唱就是日本军歌，而且还互相抄着歌词，极为认真陶醉地唱。他在国民党的教育下长大，看见自己的爷爷唱日本军歌，那是多么让人瞧不起的事情，简直就是亡国奴。校对（笔者注：即校对《大江大海一九四九》）时，读了书中关于台籍日本兵的历史，才知道爷爷那一辈台湾青年是怎么走过来的，读书涕泣，是感受到，“爷爷一辈子太寂寞了”。②

在政权迭代的乱世，传统文化被连根拔起，殖民文化则来势汹汹；在此情势下大言民族、血脉的认同不仅失之空洞，亦不免流于苛刻：“台湾作家经过战争期的‘断裂’，尤其在面对坚决的翼赞态势以及皇国思想的灌输下，其对‘皇国’的暧昧认同是值得考察的一个面向……从另一方面而言，受到殖民统治近五十年的台湾人民，在教育、习惯、信仰、语言的全面改造之下，其在国族意识上的倾斜是可以想见的。”③今时今日的回望、审视，更没有必要讳言这种伤痛和体验。

三、乱世中的爱欲

从社会学的角度来讲，人有自然属性和社会属性两个层次，人性亦因之有了动物性、人性、神性的分野；就心理学的角度而言，对于温饱、安全、尊重、社交、自我实现等的需要构成了人类自低至高、循序渐进的追求层次。人既是个体意义（衣、食、住、行）、家庭意义（饮食男女、婚丧嫁娶）上的人，也是集体意义（业缘、趣缘、地缘）、国族意义上的人（国族观念、国族认同）。人

① 转引自《阮木笔日记》。

② 龙应台：《谁欠了他们的人生》，《南方周末》2010年6月3日。

③ 李文卿：《八紘一宇到东亚共荣圈》，张锦忠、黄锦树：《重写台湾文学史》，台北：麦田出版社，2006年版，第265页。

的身份、属性、情感、价值的多重性、交叠性使得任何执其一端的描写都不免失之简化。但在“民族属性是我们这个时代的政治生活中最具普遍合法性的价值”[①]的遮蔽下，尤其在民族战争期间这一特殊的历史语境下，个体的“人”被隐藏在集体的“民族”背后失去各自面貌，更加丧失了喜怒哀乐、爱欲生死的个人经验。在大历史观的叙述、阐释和把持下，文学几乎除了国族之外别无聚焦。事实上，选本里一些作品的选材和大时代保有相当的距离，甚至时代背景的设置十分模糊，而主要反映、凸显着自然意义、家庭意义上的“小我”，在艺术手法上也多有突破。

《天亮前的恋爱故事》破题便是“想谈恋爱，想得都昏头昏脑了。为了恋爱，决心不惜抛弃身上最后一滴血，最后一片肉”，整篇独白是以对酒家女倾诉的口吻写出，回忆旧时情爱片段，表达“愿得一人心，白首不相离”的怨念。文中叙述者自道读书期间会同同学每日吃甜不辣，“一天也没有缺席过”，恋爱与美食相映生色，遥遥呼应着“食色，性也”的命题。题材并无殊胜之处，但虚设对白、纯然独白的文体自有其艺术上的感染力，而“我”的孤独感、与社会的疏离感这一主题无论就当时还是现世，无论在现实意义上还是现代意义上也都有着言人人殊的解读。换言之，文本体现了夏志清所谓“永恒的人性”，在今天仍有其文学意义而不仅是外部意义上的价值。

《花开时节》叙述了一个女校学生毕业两年的经历，在周边的朋友纷纷订婚、结婚乃至生子时，“我”对这样的人生规划有不足之感，抗拒家人的订婚建议，仍延续读书时代的习惯，与女友约会、读杂志、看电影，悠游度日。后来由于偶然的因素“我”成为一个职业女性，又很快因兴致辞职，回到了家人规划的人生正轨里。全篇以“我”对人生的期待和困惑起始，以迎接新生命的诞生终结，结构圆整，象征着“我”对人生的全新认识和接受。《花开时节》表现的显然是衣食无忧的富家女子的人生体验，无论结婚还是工作，完全兴之所至；人生中虽有母亲早逝、父女关系隔膜的遗憾，但更多的是生命绽放的喜悦、友谊的甜美和青春的欢畅，且看文章开篇：“南国的太阳，还只是三月天呢，已经那么强烈地照在青青校庭的草地上。诵读莫洛亚的‘结婚、友情、幸福’的琅琅声音和从礼堂里传出来的钢琴声，融合成一支优美的旋律，荡漾在校园里的每一个角落。”这种独立于大时代之外的个人经验给

① 本尼迪克特·安德森：《想象的共同体》，上海：上海人民出版社，2003 年版，第 2 页。

熟悉了三十年代普罗文学的读者无疑带来一种别样的阅读体验。

《阉鸡》就叙事线索而言双线并行，就故事情节而言也可以划分为两个互有联系而相对独立的故事。第一条叙事线索指向阿勇的父亲经营失败，不得不将家传药店转手他人，继之以房产投资失败，家境由小康渐次衰落至赤贫。其中阿勇父亲与其儿女亲家亦即月里父亲之间的争斗代表了农村有产者的裂变：前者思维停滞在农耕社会未能应时而动，乃至出现对潮流的臆测和盲动导致投机失败；后者则顺应时势，抓住了农耕社会向工业社会转型的机会实现了财富的聚敛。第二条线索则围绕着月里的情感和经历。月里的父亲基于利益的考量，处心积虑地把月里嫁给阿勇。经历了一段短暂的、尚称甜蜜的新婚生活后，阿勇因无法面对一系列的家变而精神失常，迫于生计月里沦为一名暗娼。在精神和物质的双重窘困中，月里爱上了同村的残疾男子阿凛，因不容于世，二人投水而死。贯穿全篇的是药店原来的招牌——一只木头阉鸡的意象。这只阉鸡既象征着阿勇精神上的阉割，也可谓是对传统文化、农耕社会——“中药店”本是表征传统文化的符号——的阉割，亦传达着农村人情社会的“阉割”病态：男性对月里的消费和意淫，女性对月里的围攻和嫉恨，恋爱、婚姻的不自主是压死一对殉情男女的最后的稻草。

他如《流氓》《瑞生》《牛车》《一杆秤仔》《送报夫》，在经济不景气的大环境中，为了家庭的温饱生存奔走，而各种生计均难以为继，或陷于绝境，迷惘堕落（《流氓》《瑞生》《牛车》），或愤而觉醒，试图以暴制暴（《一杆秤仔》《送报夫》）。其出发点和归宿不过求一饱腹的最低要求。在这样朴素的、人的基本要求之外，“我是只有阶级观念，没有什么家庭不家庭，妻子不妻子，要是你想享乐的话，那么，就请到资本家的面前当古董去吧”（《决裂》）的观念不无突兀。未入选本的作品，如吕赫若的《财子寿》《合家平安》《风水》《庙庭》《月夜》，对恶的暴露有类于大陆同时期的“国民性批判”；龙瑛宗的《黄家》《黄昏月》聚焦于失败的“知识者”，从创作系年上看堪称沉沦的陈有三“后传”；张文环的《辣薤罐》《论语与鸡》《夜猿》则注重描绘乡村的日常生活，家长里短，纡徐舒缓。无论就数量还是成就而言，这些题材的作品可谓这一时期之荦荦大者。

这一时期的作品对殖民地人民日常生活的呈现，对我们的启示应该是多方面的。赵稀方教授在评价赖和作品的时候曾经说：“较之百姓，知识者是容易受到殖民教化的团体，因为日本殖民者会经由知识教化的途径提高部分台湾人的地位……让我们看到了台湾的知识者与百姓的分野”①,这并不是“仗义每从屠狗辈,负心多是读书人”的老调重弹,不妨自两个层次进行理解:无论顺应还是违逆、趋奉还是反抗,知识者更易于进入殖民者的视野②,也因此“在‘言’与‘不言’两方面都处于不自由的状态”③,任何对他们的事后评判和追认是显失公平的;自另一个角度而言,进入殖民者视野之后的知识者,具备在利诱之下做出有违民族大义之举的“可能性”——而对于那些不曾“失足”的人,或许只是欠缺被教化和被拣选的“可能性”而已。因此,对于这些底层人士生活表现中的时代前景的缺失,部分源于殖民者对这部分民众的介入程度和影响程度的不够。

在另外的意义上,如前所述,文学即人学,人的复杂性、多面性甚至多变性决定了文学的面貌,维度的多元、暧昧。无论居于多么严酷的政治斗争和生存环境,人之为人的复杂性都决定了人的思想与行为的多元向度,正如刘俊教授在分析吕赫若作品时谈到的:“在对日本(日本人)认同还是背离之间,心态极为复杂。一方面,作为殖民地人民的一分子,在感情上对日本人怀有一种本能的排斥(背离)几乎是不言而喻的,然而另一方面,日本人虽然代表着殖民统治者,但几十年的不断交往,是可能在普通日本人和台湾人之间产生超越殖民者与被殖民者关系的深厚感情的”④,家国之外尚有日常生活,“大时代”之下尚有“小儿女”,个人的爱欲生死未必完全与时代同步。日据时期台湾小说题材的斑斓多姿,在在说明“反殖民”品性不足以统摄、化约全部作品乃至单一作品的全部特质。任何执其一端的解读不免于简单化、片面化甚至碎片化的倾向,从而成为某种意义上的误读。从文本细读的角

① 赵稀方:《在殖民地台湾,“启蒙”如何可能》,《历史与理论》,广州:花城出版社,2014 年版,第 118 页。

② “更易于”只是相对而言。1945 年 9 月 1 日,台湾人在台湾总督府就职者为 75216 人,其中判任官及更高阶人员 8902 人(第 276 页)。而据另一项统计,“高文”考试合格的“有资格者”进入台湾总督府者仅为三分之一,余者或进入日本本土各官厅或从事律师等专业行业(第 293 页),仅这一部分知识者数量已十分可观。见冈本真希子所著的《1940 年代前半期之台湾总督府官吏》一文,收录于石婉舜等编的《帝国里的“地方文化”》。

③ 钱理群:《“言”与“不言”之间——〈中国沦陷区文学大系〉总序》,《中国现代文学研究丛刊》1996 年第 2 期。

④ 刘俊:《挣扎在认同与背离之间——吕赫若论》,《复合互渗的世界华文文学》,广州:花城出版社,2014 年版,第 147 页。

度出发,摒弃概念先行的做法,把文学作品还原到殖民地的现实情境,对世道人心另有一番认识,对梳理、认识、理解当今台湾喧腾不已的各种意识形态亦不无助益——毕竟,大多数人并非生活在“主义”里,而是生活在柴米油盐的现世人生。

需要说明的是,本文仅就选本中“反殖民”意味较不彰明的篇章进行解读,意在阐释这一时期文本旨向的多元和丰富,而对于激进言说“反抗”①姿态的,无论是“自发”的反抗如《一杆秤仔》,还是“自觉”的反抗如《送报夫》均解读从略。对文本的细读和阐释绝非是为了摒弃文本中内含的“反殖民”的质素,事实上,跳脱出统/独、日/台、归化/反抗等纯然的二元分立视野,一个时期的文学呈现的多元面向很难被一两个关键词来盖棺论定。今时今日不同政治立场的学者对这一时期文学仍然采用“主流”为“反殖民”的论断②,并非是基于陈陈相因的叙述话语的惯性沿用,而是在论证、建构无论“民族意识”还是“台湾意识”的过程中,“反殖民”都已跃升为(或沦落为)各派争相加身的护身符,以其不言自明的合法性佐证、坐实自身的正统地位。

---

① 这里的“反抗”与“反殖民”仍不是同义词,前者与其说是民族意义上的,毋宁说是阶级意义上的;与其说是“反殖民”,毋宁说是“反压迫”。日本学者亦指出,“对‘日本人’抗争的‘抗日’,以及谋求身为‘日本人’权利的‘亲日’,两者之间的界限是很难判明的”(小熊英二:《“异身同体”之梦》,薛化元:《近代化与殖民》,台北:台湾大学出版中心,2012年版,第277页)。

② 叶石涛提出“台湾新文学运动始终是反殖民、反封建的文学,是台湾民族解放运动中的一环”(《台湾新闻报》,2001年3月5日至7日)。前文所引许俊雅在导论中的“反殖民”论断,而“(许俊雅的)台湾文学研究之‘台独’倾向,在台湾是众所周知的”(曾庆瑞、赵遐秋:《‘台独’派的台湾文学论批判》,台北:人间出版社,2003年版,第6页)。陈芳明认为“(日据时期)台湾文学,是以台湾人作家为主体,文学作品内容则充满了抗议,甚至是抗争的声音”(《‘台独’派的台湾文学论批判》,第29页)。

而独派的“殖民”焦虑症与“殖民”扩大化①症候，更使其对“反殖民”的热衷程度相对统派学者有过之而无不及。“殖民”与“压迫”、“反殖民”与“反压迫”的混同，改变也掏空了语汇内含的“异族统治”的意义，重塑亦深化了族群之间的对抗和伤口。“反殖民”是否必然是殖民地文学内在的品格和最高衡量尺度，以及是否是言及殖民地文学即无法逾越的标杆值得商榷②，但借“反殖民”之名强行归纳、统合台湾多元的族群形象并建构“台湾意识”“台湾立场”的做法也值得检讨。当然，抛开历史谈现实，强行剥离文学不可避免承担的历史负累，对于文学作品的衡量或会陷于价值混乱和道德虚无主义，此亦值得进一步辨析。

通过选本审视日据时期的台湾文学，为我们提供了三个视点：“真实”的、“选者”目下的以及“读者”观感的情状。这三重视点参差交错，构成了一个别有意味的隐喻：人们看到的历史和现实是被不完整——即使不是别有用心地呈现在他们面前的，但对于这种呈现他们又各取所需地看到自己“愿意”看到的和“愿意”言说的。争夺历史解释权和话语主导权的场域亦波及文学现场——尤其日据时期的台湾文学，各个学派（党派）都能在其中按图

① 陈芳明把台湾新文学史划分为三个历史时期：殖民时期、再殖民时期、后殖民时期，把“解严”之前国民党对台湾的统治认定为殖民统治（陈芳明：《台湾新文学史》，台北：联经出版事业股份有限公司，2011年版）。游胜冠提出“对台湾这样在历史上曾被荷兰、中国及日本多重殖民的社会来说，在朝向本土化、主体化的历史进程中，亟须面对、处理的解殖民化问题，恐怕不只限于日本”（游胜冠：《殖民主义与文化抗争》，台北：群学出版有限公司，2012年版，第3页），同样认为国民党对台湾的威权统治为殖民统治。而廖朝阳、刘亮雅等人则认为汉语是外来语、殖民者的语言（刘亮雅：《跨族群翻译与历史书写：以李昂〈彩妆血祭〉与赖香吟〈翻译者〉为例》，柳书琴等：《后殖民地东亚在地化思考：台湾文学场域》，新竹：国家台湾文学馆筹备处，2006年版）。当然，台湾学界对“殖民”概念的扩大化亦有反思，邱贵芬认为“‘殖民’一旦被用来指涉任何的权力压迫结构，只要有权力关系存在，就有殖民者和被殖民者。这样把‘殖民’概念无限上扬和扩散的结果，并无助于厘清问题”（邱贵芬：《后殖民之外》，《后殖民及其外》，台北：麦田出版，2003年版，第119页）。

② 张良泽被陈映真批判为“对皇民文学无分析、无区别地全面免罪和正当化”的译介“皇民文学”的行为，即是对这种整一话语的反弹，“显然不完全在正视‘皇民文学’的存在，而是有意透过这些‘皇民文学’的翻译，揭露战后被反抗史观经典化的反抗作家，他们被研究者刻意遮掩的另一面”（游胜冠：《日据时期台湾解殖文学》，《殖民主义与文化抗争》，台北：群学出版有限公司，2012年版，第2页）。

索骥地找到为我所用的材料。而任何对文本意义的生发、建构、拆解、阐释一旦沦为某种政见或者党见的图解，都会使“文学”更加远离文学。这个隐喻不妨大而化之：对于今日大陆对台湾文学的研究，以及台湾人对台湾文学的研究，乃至两地心目中的对岸，无不充满了鸡同鸭讲与自说自话的预设和先入之见。缺乏具体历史情境的代入和对世道人心的悲悯情怀，任何研究、认识、洞见都可能流于理念的甚至意识形态的图解，这，岂非是缔造了另一莫衷一是而殊途同归的整一神话？

（作者单位：南京大学中国新文学研究中心、河南牧业经济学院）

"亚裔感性"之悖论:兼谈任璧莲的叙事策略

▶陈　永①

20世纪70年代初期,在美国民权运动的影响下,美籍华人民族意识不断增强,这样的社会大氛围促进了美国华裔文学的蓬勃发展。在参考非裔争取权利的方式和考察主流社会的游戏规则允许的空间后,越来越多的美国华裔人士认识到运用写作形式争取族群权益和积极参与美国社会生活的重要性。1976年,汤亭亭发表了《女勇士》,一举打破华美文坛的沉寂,该书获得美国国家图书评论奖。她的第二部小说《中国佬》又获得了美国国家图书奖和美国国家书评界奖。但这两部作品中对中国文化经典的改写遭到华裔文化斗士赵健秀的激烈批评,从而引发旷日持久的美国华裔文化界的所谓"赵汤之争"大论战,赵、汤二人之间以作品形式不断回应对方的奇特论战时间跨度之大在美国文学界实属罕见,迄今很难说扩大至整个亚裔美国文学界和批评界的此场论争已然结束。本文试图梳理赵健秀在与汤亭亭论战中发展丰富"亚裔感性"的努力和由此产生的似乎悖论式困境,探讨华裔文学作家任璧莲如何以其作品参与了这场有关亚裔美国人身份认同的讨论。

一、争论与共谋

"赵汤之争"源于1976年汤亭亭发表的处女作《女勇士》中改写中国文化经典"花木兰",使之成了"美国神话故事",与中国原版"花木兰"大相径庭。前者塑造了一个女权主义者形象,她要复仇,要革命,要建功立业;后者则宣扬了淡泊名利,遵守孝道、妇道的儒家思想。赵健秀阅读了书稿清样时

① 陈永,南京大学外国语学院博士生,南京晓庄学院外国语学院讲师。

就建议汤亭亭不要听从出版社将该书作为非小说类图书出版的要求，他认为汤亭亭篡改和歪曲中国经典有迎合主流出版市场之嫌，赵健秀如此建议的深层原因是该书的非小说文类划分与其主编的亚裔文学选集《哎呀！》序言中倡导的“亚裔感性”（Asian American sensibility）建构理念严重冲突。赵健秀针对主流社会认为亚裔没有文化完整性，他们要么永远是亚洲人要么成为美国人（白人）的 论调提出的“亚裔感性”，在他看来应该建构一种“可以与亚洲（文化）和主流（文化）关联但与二者均有本质区别的文化”①，而不应该去附和主流论调。汤亭亭没有听从赵健秀的建议，但该书出版后正如赵健秀所料白人主流读者普遍将该书内容从社会历史角度解读。面对亚裔文化界的质疑和主流读者的误读，汤亭亭被迫于 1982 年以《美国书评家的文化误读》②一文作了回应，归纳了美国主流批评界对她的作品的三大误读。③

其实由赵健秀挑起的“赵汤之争”有一较长的酝酿过程，它循着“亚裔感性”理念发展轨迹而延续。先是上述因《女勇士》文类归属问题使二人意见分歧。《女勇士》出版后主流批评界好评如潮，他们再次看到了作品中反映的异国情调和中华文化的诡秘，更加深了白人社会所乐见的亚裔刻板形象。赵健秀等声称，“汤亭亭最关心的是读者市场，她的《女勇士》就是利用女权主义风潮大捞一笔”④。华裔心理学家兼作家唐锦荣批评汤亭亭，说她“出卖自己的族群，迎合白人读者，重新包装有关中国和华裔的陈词滥调，从

---

① Chin, Frank, Jeffrey Paul Chan, Lawson Fusao Inada, and Shawn Wong, eds. *Aiiieeeee!: An Anthology of Asian American Writers.* New York: Mentor, 1991, xiii.

② Hong Kingston, Maxine. "Cultural Misreadings by *American Reviewers.*" *Asian and Western Writers in Dialogue: New Cultural Identities*, ed. Guy Amirthanayagam. London: Macmillan, 1982, p55 -65.

③ 肖画在 2012 年第 4 期《华文文学》上发表的论文《重读美国华裔文学中的‘赵汤之争’》中对林涧“从来就没有过‘赵汤之争’”的观点的反驳是正确的（参见肖画：《重读美国华裔文学中的“赵汤之争”》，《华文文学》2012 年第 4 期）。汤亭亭曾于 1976 年《女勇士》出版前就评阅人赵健秀提出的文类划分质疑有过一次书面辩解，那次书面回答在纪录片《赵健秀怎么啦？》（*What's Wrong With Frank Chin?*）有明确说明。真正引发亚裔学界“赵汤之争”的导火索是 1991 年赵健秀等在他们编撰的第二部亚裔文学选集《大哎呀！》中发表的长篇檄文式序言《真真假假亚裔作家一起来吧！》中的“真伪亚裔作家”论。

④ Kim, Elaine H. *Asian American Literature: An Introduction to the Writings and Their Social Context.* Beijing: Foreign Language Teaching and Research Press, 2006, p198.

而进一步掩盖了华裔并非具有异国情调的老外、他们的生活深深扎根于美国社会的事实"①。1984 年,赵健秀在《被子》杂志(*Quilt*)第 4 卷上发表杂文体文章《中国最受欢迎的书》通过塑造史密斯·梅晶(Smith Meijing)这个女作家来戏仿汤亭亭,抨击她的《女勇士》严重失真,扭曲中国历史和文化,一味迎合白人读者的口味。文章前部一直只用故事中的人物名史密斯·梅晶,但文章中故事讲完后直接指名道姓批评汤亭亭和华裔剧作家黄哲伦强化了白人读者和观众对华裔形象完全变态的东方主义想象。② 1990 年,汤亭亭在其出版的小说《孙行者:他的伪书》(*Tripmaster Monkey: His Fake Book*)中塑造的主人公是一位美国土生土长的年轻华裔剧作家惠特曼·阿新,被公认为是赵健秀翻版的阿新最后悟出了"美国人"的真正含义:自己处于一种介于美国与中国之间的美国华裔的第三空间,只有和其他群体和平共处,才能求得发展。汤亭亭借小说女性叙述者之口叫赵健秀闭嘴,因为他不知道什么当讲什么不当讲。"叙述者不仅责备惠特曼叫他闭嘴,她爱他,听他讲,对他表示理解。"③

赵、汤二人这种奇特的争辩方式极大地丰富了亚美知识生产。1991 年赵健秀在其参与编辑的《大哎呀!》中以一篇九十多页的长篇檄文《真真假假亚裔作家一起来吧!》(*Come, All Ye Real and Fake Asian American Writers*)作前言,认为传记文体是西方基督教传统,赵言辞激烈地斥责撰写过传记的作家汤亭亭和黄玉雪为"伪"华美作家。"自黄玉雪和汤亭亭的作品开始,我们就失去了真实世界,只存在于白人的想象界,那里不存在真实,真实缺场。"④

汤亭亭在 1991 年接受采访时,把论战提高到少数族裔男性与女性对立

---

① Kim, Elaine H. Asian *American Literature: An Introduction to the Writings and Their Social Context.* Beijing: Foreign Language Teaching and Research Press, 2006, p198.

② Chin, Frank. "The Most Popular Book in China." *Maxine Hong Kingston's The Woman Warrior: A Casebook.* New York: Oxford University Press, 1999. p23 – 28. 该文最早发表在《被子》杂志(*Quilt*)1984 年第 4 卷,亦曾收录于赵健秀 1988 年出版的短篇小说集《华人太平洋和旧金山铁路公司》(*The Chinaman Pacific & Frisco RR Co: Short Stories*)作为"后记"。

③ Kim, Elaine H. "'Such Opposite Creatures': Men and Women in Asian American Literature." *Michigan Quarterly Review*, VolumeXXIX, Issue:1, Winter 1990, p90.

④ Chan, Jeffery Paul. *The Big Aiiieeeee!: An Anthology of Chinese American and Japanese American Literature.* Plume, 1991. p29.

的层面。在她看来,少数族裔女性优于男性,因为“与主流文化的男性相比,少数族裔男性在成为男子汉的过程中必须经历更多的磨难”①。1993 年,汤亭亭针对赵健秀对她中国神话失真的指责回击:神话属于全人类,而继承与发扬神话的最好方式是将其世代相传。② 因此,她认为可以通过误读、误释中国神话创造出新语境中的另类神话。2004 年 3 月,汤亭亭在上海发表的演讲中说,中国文化一旦用英语讲述就会发生变化。几乎同时,赵健秀在接受中国大陆学者采访时,批评汤亭亭、谭恩美等人的创作,并声称自己“不是为灭绝中国文化而写作”③。赵健秀在 1994 年出版的长篇小说《甘加丁之路》中以小说人物作家潘朵拉·托伊影射汤亭亭,调侃式地声称“第一位华裔美国剧作家与神经质的、富有异国情调的色情作家之间没有竞争——我们是兄妹”④。华裔主人公尤利西斯在父亲去世后在家族众人的力劝下也不愿意当家长,更表明了赵健秀并不是真正毫不妥协的民粹主义分子。

时间跨度已达三十年之久的这场论战若仅仅是为了辨明如何在创作文本中使用中国传统经典则很难讲得通,因为单从文本层面就很容易看出汤亭亭的中国故事已经改头换面,不再是原来的中国版本,这对于了解中国文化也知道文化嬗变理念的赵健秀而言更不是难事。此外,赵健秀也应该知道这种互文手法在后现代文风风靡文坛的情况下是很常见的。那么,赵健秀为何要如此大动干戈,甚至不惜“触犯众怒”呢?

早在 20 世纪 70 年代初亚裔文学的先驱赵健秀等人就挟民权运动之余威,对亚裔文学进行历史挖掘。但由于编撰者立场过于偏激,所编撰的《哎呀!》直到 1974 年才得以出版。如果编撰者为了宣扬亚裔文学提高其知名度,应该对美国的华文文学作品兼收并蓄,但《哎呀!》的编者们提出“亚裔感性”(Asian American sensibility)理念,并以此为标准对已往的亚裔作品进行清理,他们把黎锦扬、林语堂和黄玉雪等几个仅有的在美国读者中知名的华

---

① Skenazy, Paul and *Terra Martin*. *Conversations with Maxine Hong Kingston*. *Jackson*: *University* Press of Mississippi, 1998. p184.

② Seshachari, Neila C. "Reinventing Peace: Conversations with Tripmaster Maxine Hong Kingston." *Conversations with Maxine Hong Kingston*. Jackson: University Press of Mississippi, 1998. p192 – 214.

③ 徐颖果:《跨文化视野下的美国华裔文学:赵健秀作品研究》,天津:南开大学出版社,2008 版,第 134 页。

④ 赵健秀著,赵文书译:《甘加丁之路》,南京:译林出版社,2004 年版,第 308 页。

人作家摈弃在亚裔文学传统之外。提出“亚裔感性”而不是“华美感性”是因为白人主流社会忽略亚裔族群内部的差别,而只是因为他们的肤色与白人不同、信仰不同,就把“不可同化的寄居者”“奸诈的异教徒”“模范少数族裔”等九种体现了“种族主义之爱”和“种族主义之恨”的完全不同、亦非此即彼的刻板形象通过传媒等途径强加到同一肤色的少数族群身上。[①] 由此可见,赵健秀等提出“亚裔感性”是对主流社会的对抗,反其道而行之,积极参与亚美(同盟)运动,并通过文学形式来呐喊抗争,旨在建构“既非亚洲人亦非白人主流社会”的独特族裔文化。他们试图通过挖掘历史和自己的文学创作,消解华人在白人社会中的被阉割的亚裔男子和“荣誉白人”两种貌似完全对立其实本质一致的亚裔刻板形象。了解了当初赵健秀等人提出的“亚裔感性”概念的内涵后就不难理解为什么赵健秀要向汤亭亭发难。

可以说以赵健秀为代表的一批华裔文化界人士向汤亭亭等作家发难,实际上是为了阐明建构“亚裔感性”和创造美国华文文学传统时应该明确反对的对象。双方争论的只是如何创造华美文学传统和建构“亚裔感性”,而对于最终的目的即发出抗争的呐喊、争取平等地位的认识则是基本趋同,这也是笔者将“赵汤之争”界定为文化表演的重要依据。

赵健秀树起“亚裔感性”这面族裔同盟大旗为的是引起美国主流社会的尊重和关注。从这个角度反观美国华文文学近三十年来的发展,可以看出这个目标基本实现,一大批美国华裔作家的作品纷纷出版并受到好评,像汤亭亭、任璧莲等人的作品还进入了多元文化主义思潮下新编的文学典律并进入学校课堂。为了一个似乎无须大动干戈的经典改写争论了近三十年,比较合理的解释是争论双方其实是结成共谋关系,这种争论更准确地讲是一种文化表演,通过制造声音来刺激美国的亚裔文化生产。这种共谋除了目的一致外,手段也有许多相似之处。汤亭亭出版《中国佬》是对《女勇士》的拨正,也是对赵健秀建构“亚裔感性”在很大程度上的肯定和呼应,赵、汤二人都是在美国政治和文化游戏规则允许的范围内试图将亚裔历史写入社会流通话语中。金惠经曾说:“汤亭亭与赵健秀共性很多,只不过赵健秀不

---

① Kim, Elaine H. *Asian American Literature: An Introduction to the Writings and Their Social Context.* Beijing: Foreign Language Teaching and Research Press, 2006, p175 - 180, p199.

愿意承认此点。”①再比如赵健秀和汤亭亭在“还我美国”(Claiming America)文化运动中均反对使用街头武力。《鸡笼中国佬》(*The Chickencoop Chinaman*)中泰姆说:“海伦·凯勒能无须通过暴乱就克服残疾！她也没有靠打劫就克服残疾！她没有诉诸武力就克服了残疾！你们中国佬和日本佬也能啊。喔,孩子们,我感到了这种力量。感觉真好！我感到了它的力量!”②文本中赵健秀借人物之口表达自己的战斗性,但这种斗争是使用言语而非暴力。在1992年针对亚裔的洛杉矶种族骚乱发生后,他将参与骚乱的黑人青年称为“暴徒”,并公开发表自己的看法,认为美国人“不能通过爆炸和枪击使彼此结合为一个整体”。同样,汤亭亭在谈到《女勇士》中小女孩如何解决思想、情感冲突时说,“值得一提的是她的解决方法不是武力,这也说明用和平的方法解决问题与争端是贯穿我作品的一条主线”③。

“亚裔感性”归根结底不是理论而是斯皮瓦克意义上的“策略本质主义”口号,在《哎呀!》序言中赵健秀只是将他们倡导建构的独特族裔文化描述为“既非亚洲人亦非白人主流社会”,却未能给出明确的定义,到了《大哎呀!》序言中选择“关公”这一男性阳刚英雄主义形象也只是一种临时性建构策略,他的第二部长篇小说《甘加丁之路》中华裔主人公尤利西斯在父亲去世后坚决拒绝家人推举他为家长的情节说明赵健秀在不断思考和变通,所以“亚裔感性”并不是本质主义的。汤亭亭也许并不认同“亚裔感性”的提法,但她主要用文学创作的形式回应赵健秀的批评却“不谋而合”地丰富了“亚裔感性”的内涵,或者说她促使其他华裔作家和研究美国华文文学的学者不断思考,其中包括美国华文文学界的后来者任璧莲。

二、任璧莲的“美国故事”

任璧莲作为赵、汤之后的新生代华裔作家,借多元文化主义劲风,努力探寻“赵汤之争”视域之外的道路,可以说她的艰苦探寻和文学贡献是对争

---

① Kim, Elaine H. *Asian American Literature: An Introduction to the Writings and Their Social Context*. Beijing: Foreign Language Teaching and Research Press, 2006, p199.

② Chin, Frank. *The "Chickencoop Chinaman" and The "Year of the Dragon": Two Plays*. Seattle: The University of Washington Press, 1981, p11.

③ 方红:《华裔经验与阈界艺术:汤亭亭小说研究》,天津:南开大学出版社,2007年版,第169页。

论双方观点的扬弃和发展。任璧莲说,“我这个人受到很多、很多、很多不同文化的影响,而我拥抱这一切”,此乃典型的多元文化主义观点。任反对本质论,她说,“在文学领域我们忘记什么叫作亚裔美国人,可以随心所欲做自己喜欢的事”①。她的小说中没有特别有关华人的故事或者中国故事,也没有宣扬男子阳刚之气的因素,她讲的是“美国故事”,走的是第三条建构并丰富“亚裔感性”的道路,这种道路也许最终将有消解“亚裔感性”的“危险”,但如能同时消解“亚裔感性”提出之前主流社会中长期存在的几成二元对立的两种华裔刻板形象,那么,任的这种探索将使赵健秀提出“亚裔感性”的消解刻板形象的初衷最终实现。然而任璧莲担心多元文化思潮目前处于鼎盛时期,但这个鼎盛时期会很快结束。②

任璧莲在接受单德兴采访时就其第二部作品《梦娜在应许之地》提出自己对“华裔美国人”的意义的看法,“在某些方面我想我跨越了那条界线,但并不是说每个华裔美国人在那种情况下都必然是犹太人,而是以某种方式去看跨越了那条线后发生了些什么事,去思考那条界线、去思考族裔、去思考其他民族有可能成为犹太人此一事实、去思考华裔美国人在何种情况下该成为犹太人,因为他们有自己的认同——那就是我的意思。你认为自己的认同是固定的,而别人的认同是浮动的、多重的。这很好玩”③。最后两句话间接批评了赵健秀所代表的所谓“文化本质主义”,表达了对“亚裔感性”的概念的疑虑。

跨越界线的理念同样也很好地体现在任璧莲的长篇处女作《典型的美国佬》中。主人公之一的张意峰(后改名拉尔夫·张)的移民经历与一般自由选择移民的人不同,他于20世纪40年代去美国留学,因国共之争滞留美国而后加入美国国籍。以留学生身份进入美国的拉尔夫·张与早期华人“苦力”不同,他受到来自主流社会的排斥程度要小得多,这也是他日后时来运转时迫切向往完全融入主流社会,甚至比“典型美国人”还要典型、疯狂的前提条件。从文本结构上看,《典型的美国佬》围绕拉尔夫·张追寻“美国

① 单德兴:《“开疆”与“辟土”:美国华裔文学与文化》,天津:南开大学出版社,2006年版,第237页。

② 单德兴:《“开疆”与“辟土”:美国华裔文学与文化》,天津:南开大学出版社,2006年版,第246页。

③ 单德兴:《“开疆”与“辟土”:美国华裔文学与文化》,天津:南开大学出版社,2006年版,第250页。

梦”而险致家破人亡的线索展开,作者可能想让读者领会笃信消费社会中白人核心价值观念的“美国梦”对移民家庭可能带来的危害。小说没有采用汤亭亭和赵健秀爱用的中国神话和文学经典进行改编,也没有像谭恩美一样讲唐人街的成长故事,而是选择了讲地道的“美国故事”。菲利普斯(Jayne Anne Philips)称赞道:“《典型的美国佬》实际上是美国故事。任璧莲这本极为机智、有趣和真正令人心酸的小说,也许是为我们的文学增光、描写当代移民经历的最佳作品。”因为主人公受过美国高等教育,工作以后一直与主流社会交往,但他从鄙夷美国佬的作派到拥抱“美国梦”仍然是一个艰难的跨越界线的举动。

正当拉尔夫 · 张一家人为成功加入美国国籍欢呼时,却遭到棒球场白人的当头棒喝,叫他们滚回洗衣房。他们选择了隐忍,“还是在家看电视好。更舒服。更方便。看得更清楚”①。但是,他们内心还是抵挡不了外面世界的诱惑,拉尔夫采取的越界行动是全身心拥抱美国主流“美国梦”的价值观,希望借此成为真正的美国人。虽然为此付出了很大的代价,但小说结果是悲喜参半,前途似乎并不彻底灰暗。少数族裔常用的口头禅“典型的美国佬!”是广大移民适应美国生活之前对主流文化排斥异己的应激性自我保护反应,但在如今多元文化主义盛行的美国,个人身份认同具有流变性、多重性。作者“让她书中的华裔美国人以美国人自居,如同欧裔美国白人以美国人自居一样”②,用作者自己的话说就是“我想挑战典型的美国人的观点,并提出张家人就是美国人,跟其他人完全一样”③。

最初任璧莲准备给她的第一部长篇小说起名为《生活在美国》(*In the American Society*),后来在编辑的建议下改为《典型的美国佬》(*Typical American*)。如同其他华裔作家一样,任璧莲起书名时颇费脑筋。“典型的美国佬!”是非主流社会家庭对主流社会的嘲弄,在对主流社会的种种蠢行的嘲讽的同时,不得不承认自己不是美国人的社会现实,因为天天把它挂在嘴上,反而因为太熟悉反而变得陌生。任璧莲将“典型的美国佬”前景化和陌

---

① Jen, Gish. *Typical American.* New York: Penguin Books, 1991, p128.

② 张子清:《与亚裔美国文学共生共荣的华裔美国文学》,载饶芃子主编:《流散与回望:比较文学视野中的海外华人文学》,天津:南开大学出版社,2007 年版,第 236 页。

③ Matsukawa, Yuko. " Melus Interview: Gish Jen. " *MELUS* 18. 4 (Winter 1993/1994), p111 -121.

生化处理,试图引起读者思考当今社会语境下"什么是美国人"。

《梦娜在应许之地》的主人公梦娜是拉尔夫·张的女儿,主人公的表现多多少少是作者本人学生生活的折射。该书中的拉尔夫已成为纽约上州一间美式煎饼店的店主,并在犹太富人社区史卡斯丘(Scarshill)置业。张家两姐妹中老大凯莉勤学上进考入哈佛。老二梦娜则是典型的"香蕉人",视华人父母为专制家长,称其家庭为"张家堡垒"(Fort Chang)。梦娜厌倦了做华人,为了融入犹太社交圈,她决定皈依犹太教,这成了她与母亲海伦两代人冲突的导火索。拉尔夫和海伦夫妇对待子女的教育观念事实上相当西化,他们并不要求子女说汉语,拉尔夫甚至认为学汉语纯粹是浪费时间。中国记忆在他们的家庭生活中渐行渐远,但让他们完全丢弃中国文化传统断然行不通。他们还希望子女吸收中国文化传统精髓,在此基础上再"向上流动"(upward mobility),说到底他们希望子女成为一等白人。所以当梦娜提出要做犹太人时,海伦大感意外并表示坚决反对,在她的脑海中犹太人与白种盎格鲁-撒克逊新教徒(WASP)还是有很大差距的。书中梦娜一直在挑战父母代表的中国文化中家长式霸权,在与海伦的历次争辩中,梦娜站在完全白化者的角度无情批判中国传统文化中僵化的方方面面,甚至不惜矫枉过正。

任璧莲笔下的新移民已经走出唐人街,但主流社会的歧视并没有消失。任碧莲作品中的政治寓意往往比较隐晦。梦娜皈依犹太教是因为"犹太教的要义就是问、问、问,而不是一味服从"①。20世纪60年代族群间关系在该书中得到较多反映,如在《古格斯坦营》(*Camp Gugelstein*)一章中这种关系被理想化处理。梦娜、塞斯和芭芭拉趁芭芭拉父母外出度假时邀请黑人厨师艾尔弗雷德及其黑人弟兄住进芭芭拉家,成立"乌托邦"式多元族裔"公社":"古营"。"古营"这种理想化的联盟基础脆弱。银瓶丢失事件发生时黑人旋即成为理所当然的疑犯,原因在于他们是黑人。短寿的"古营"随后土崩瓦解。芭芭拉坦言,"我们愿意在一定程度上帮助他(艾尔弗雷德),但我们不愿帮助他到使我们失去一些特权的地步"。作者借芭芭拉之口一语道破了白人对黑人以及其他少数族裔的实质性态度。任璧莲探讨族群关系的目的在于思考作为少数族裔应该如何生存、共存,这与"赵汤之争"双方的思考毫

① Jen, Gish. *Mona in the Promised Land*. New York: Vintage Books, 1997, p34, p62.

无二致。

三、混血儿身份书写

如前所述,赵健秀提出"亚裔感性"是考虑到20世纪70年代的社会氛围而提出的策略性本质主义口号,为的是亚裔族群将来能达到与白人平起平坐的目的,亚裔女权主义文学家和批评家对此并无异议,两方争执的焦点是英雄主义建构中是否缺少了女性关怀,使之回归男性霸权主义和族裔女权主义文学话语建构中是否破坏亚裔内部同盟基础。置言之,亚裔种族内部对于建构什么样的"想象的共同体"产生争议,赵健秀等民族主义者意欲建构的是基于亚裔种族的反种族歧视文化联盟,而亚裔女权主义者意欲建构的是包括主流女权主义者在内的女权主义同盟,反对的是一切形式的父权制。细察之可见,双方都赞成平等权利,虽然反对对象既有交叉又有不同,甚至双方有时可能成为对抗主体。曾经,"作为白人的犹太人、爱尔兰人、波兰人、俄国和意大利人并不能同作为白人的日耳曼人和盎格鲁-撒克逊人平起平坐,更不用谈华人、东南亚人、阿拉伯人和伊斯班尼克人了"①。自20世纪八九十年代以来,多元文化主义使美国社会最起码在公共场合越来越显得"政治上正确"(politically correct),种族矛盾趋缓。一个明显的例证是不同种族之间的通婚比例比以往有所增加,这种跨界婚姻使得原来意义上的族裔身份认同成了难题。如果说华裔美国人与其他亚裔族群通婚则仍可按赵健秀的"亚裔感性"来界定他们的后代文化属性,那么,如果华裔女性与爱尔兰裔男子通婚后生养的混血儿的身份认同则成为一棘手问题。而就这样的问题进行探讨成了任璧莲短篇小说集《谁是爱尔兰人?》的主题。也可以说任璧莲混血儿身份的书写使得"亚裔感性"问题复杂化,甚至有消解的可能。由于1965年新移民法的实施使得美国亚裔人口构成急剧变化,加之美国种族关系发展迫使赵健秀对早年提出的"亚裔感性"这一并不完善的文化建构策略不断思考和修正,也许这是任璧莲未受赵健秀重磅炸弹轰

---

① 陈致远:《多元文化的美国社会》,成都:四川人民出版社,2003年版,第357页。

炸的原因所在。[①]

短篇小说《谁是爱尔兰人?》揭示了东西方文化在异族通婚家庭中的混杂性。小说叙述者是一位六十八岁的华人老太太,她讲述了女儿和爱尔兰小伙儿结婚生下混血儿外孙女后的家庭生活。老太太在女儿的要求下来照料外孙女,但老太太按照中国传统教养方式对待外孙女,与女婿发生冲突,受到驱逐,最后应爱尔兰亲家母之邀与其一起居住,使老太太对待爱尔兰种族的态度发生巨大转变。小说中充满政治隐喻和幽默。

叙述者华人老太太是第一代移民,跟丈夫一起来美后开饭馆,丈夫去世前就还清了所有贷款,她很骄傲于华人肯吃苦的精神,因此对爱尔兰女婿及其兄弟游手好闲却显示出无厘头的白人优越感很是反感。但可笑的是长期以来爱尔兰裔美国人在美国白人中属二等欧洲移民,并受到白人的歧视。暂且不论作品中的爱尔兰女婿是否具有代表性,但老太太的叙述却印证了白人主流媒体中的爱尔兰男子刻板形象。女婿失业了因此情绪低落天天去健身馆锻炼身体以排解压力,但就是不愿意带小孩。在他重新找到工作后老太太的女儿说:“真高兴你又开始工作,一切重回正轨。你在家的作派有些吓人。”女婿立即回答道:“最起码我不喝酒啊!也不是我一个人这样。”[②]主流媒体中爱尔兰男子的刻板形象是酗酒兼大男子主义者。虽然爱尔兰人是二等白人但他们也充满种族优越感,瞧不起有色人种。亲家母说:“我从来不认为约翰屈就,我总认为纳娣跟白人女孩一样好。”[③]亲家母贝丝曾是一家大公司的行政秘书,很能干,但这一爱尔兰妇女形象又反衬出家中男性的负面形象,也再次印证了主流媒体宣传的正确性。华人老太太曾经开过饭馆,她的女儿是一家银行的副行长,她们两人的成功在华人老太太看来是源于她勤劳的性格和对女儿的言传身教。这样一来,他们一家子又暗合了“模范少数族裔”的形象,而这种形象是主流社会刻意转移视线制造少数族裔间矛盾的手段,它很容易使华裔受到其他族群的攻击和排斥。

老太太一开始看不惯女婿,但到后来却被女婿逐出家门,被逐出女儿家

---

① 赵文书:《华裔美国文学与中国文化传统:解析华美文学中的“真”“伪”之争》,载饶芃子主编:《流散与回望:比较文学视野中的海外华人文学论文集》,天津:南开大学出版社,2007 年版,第 380 页。

② Jen, Gish. *Who's Irish*? New York: Vintage Books, p10.

③ Jen, Gish. *Who's Irish*? New York: Vintage Books, p7.

门的原因是老太太一直想用传统严厉的中国教育方式训教外孙女,她潜意识中或许认为女儿是在她的言传身教下终致事业成功,如果放任外孙女野性发展,最后的结果必然是长大后像女婿及其兄弟一样游手好闲,靠他人养活。而她自认为有效的教育方式与主流社会宣扬的也为爱尔兰女婿完全接受的极端纵容的教育子女的方式格格不入,但应该采用何种教育方式的话语权在白人女婿手上,老太太纵然再坚信自己的教育方法的正确性也无法避免因用棍子误伤外孙女而遭驱逐的命运。

小说结束时,老太太在亲家母的热情相邀下与其住在同一屋檐下的寓意是,在美国这样一个移民国家各种族就像一个大家庭的成员一样应该学会共处,首先是被歧视的少数族裔要学会和谐相处,要与来自主流社会的受歧视者结盟,共同反抗。老太太戏称自己是"荣誉爱尔兰人"①,这实际上是对"荣誉白人"的戏仿。老太太从亲家母身上悟出使用言语发出声音的道理。"我不知道贝丝·希怎样学会使用话语,但时不时我耳畔总响起她那天说的话:永久居民,哪儿也不去。我反复听到贝丝说的这两句话"②。"永久居民"和"哪儿也不去"是双关语,意指华人跟白人一样是永久居民,这就是"我们"的家,哪儿也不去,别老威胁说"把你们送回中国去!""回去!"(Go home!)。同样,"谁是爱尔兰人?"③也是政治隐喻,一语双关,意指"不要老说爱尔兰人这么不好那么不好的!大家都一样,都是美国人!"④小说结局是戏剧性的,也是喜剧性的,作者安排老太太成了"荣誉爱尔兰人",跟《梦娜在应许之乡》中梦娜成为犹太人是一脉相承的。任璧莲把"如今身为美国公民却不是美国人"的问题提出来让各族群加以深刻反思,她的"想象的共同体"文化建构跨越了白人/非白人的二元对立界限,消解了主流种族歧视的同时,毋庸置疑,也对亚裔民族主义者基于种族概念来建构族裔文化身份的努力产生了很大程度上的瓦解作用。

---

① Jen, Gish. Who's Irish? New York: Vintage Books, p16.

② Jen, Gish. Who's Irish? New York: Vintage Books, p16.

③ 美国主流社会习惯将爱尔兰裔美国人(Irish American)简称为爱尔兰人(Irish),同样也会将Chinese American或者Asian American简化为Chinese或Asian,这种语言使用隐含了种族歧视,暗含这些弱势族裔永远不是美国人之意。

④ 张子清在《与亚裔美国文学共生共荣的华裔美国文学》一文中称小说主人公"连自己的族裔属性也搞不清了,分不清自己究竟是华人还是爱尔兰人"系误读。参见《外国文学评论》2000年第1期。

赵健秀当年提出"亚裔感性"概念，并据此挖掘亚裔/华裔文学传统，就当时的社会氛围而言，它对瓦解"要么成为美国人要么就永远是亚洲人/华人"的主流同化思想有其积极意义。"亚裔感性"思考的是亚裔理所当然就是美国人而无须内化白人价值观后才能成为美国人，从这个意义上讲，赵健秀、汤亭亭和任璧莲的认识完全一致。"亚裔感性"意义内涵随着"赵汤之争"和亚裔美国文学的长足发展而不断丰富，但随着多元文化主义的盛行，它的缺陷也很明显。当年是因为白人主流社会不加区别地将黄皮肤的亚裔视为同一异己群体，而亚裔内部文化传统区别很大，"亚裔感性"至多只是一面"临时统一战线"大旗。要建构既认同"亚裔文化同一性"又尊重亚裔族群内部差异包括性别差异的"亚裔感性"实属不易，这最早在赵健秀等为《哎呀！》第一版撰写的序言中犹疑于该术语的单复数时就已显现。加之，由于其他种族与亚裔种族的通婚使此概念甚或有被消解的危险。现今，"亚裔感性"几乎成了一个悖论。反过来乐观地讲，如果美国不再存在种族歧视的话，"亚裔感性"也就完成了其历史使命，这恰恰是赵健秀等人提出的平权初衷。也就是说，"亚裔感性"的悖论在于它是临时性的"策略性本质主义"口号，它是种族歧视的对抗话语，它的提出最终目的却是为了取消其本身。

本文为2011年度"江苏省研究生培养创新工程"课题"美国华人华裔文学研究领域中美学者研究范式之异同"（项目编号:CXLX11_0016）、江苏省教育厅2011年度高校哲社研究指导项目"美国华人华裔文学研究中中美学者视域的交汇与偏差"（项目编号:2011SJD750029）阶段性研究成果。

（作者单位：南京大学外国语学院、南京晓庄学院外国语学院）

史海钩沉

残雪作品海外传播研究

▶王文强

残雪是当代文坛中的“另类存在”,她以奇诡的想象力与另类的书写风格撑起了中国文学界里的一片独特风景。她的小说善于不断地发掘人物的深层精神世界,叙述人常,以精神变异者的冷峻眼光创造出一个个怪异的世界,这个世界充斥着假、恶、丑的意象,人物不断发出怪诞的呓语与谵语。在书写的思维模式上,她以迷宫似的结构、晦涩难懂的意象、阴冷的基调、诡谲的情节、荒谬的环境来表现人类的生存体验,在精神与物质、灵魂与肉体的困惑中,探索人性的本质。她创作的《苍老的浮云》《五香街》《最后的情人》等小说以其怪异的语言、充满诱惑而又坚实的思想,大大丰富了汉语言文学的创作。然而残雪的创作方式常使国内读者抱怨她的作品难以理解,可是她的作品传播到国外后却引起了强烈的反响,用“墙内开花墙外香”形容她的创作是非常恰当的。2015 年,经过自己的不懈努力,由她创作、安纳莉丝翻译的长篇小说《最后的情人》荣膺美国 2015 年度“最佳翻译图书奖”,由此残雪成为首位荣膺此奖项的中国作家。同时,她还凭借这部小说得到有“美国的诺贝尔文学奖”之称的“纽斯塔特文学奖”(Neustadt Prize)的提名。虽说最终该奖项于 2015 年 10 月份颁给了杜布拉芙卡 · 乌格雷希奇(Dubravka Ugresic),但作为处于世界文学边缘地位的中国当代作家能在英语世界受到如此推崇实属不易。本文首先考察残雪作品的外译情况,然后探讨海外学者对残雪作品的评价,最后分析其作品在海外受到关注的原因,为中国文学“走出去”提供有益的启示。

一、残雪作品的海外译介情况

残雪作品传播到海外主要通过三种渠道:一是中外译者合作将其短篇小说译成英语,然后刊登在国内外的文学杂志上。这类作品按照时间顺序包括:《公牛》(*The Ox*, 1987)、《布谷鸟叫的那一瞬间》(*The Instant When the Cuckoo Sings*, 1987)、《山上的小屋》(*Hut on the Mountain*, 1987)、《天窗》(*Skylight*, 1988)、《饲养毒蛇的小孩》(*The Child Who Raised Poisonous Snakes*, 1992)、《绣花鞋及袁四老娘的烦恼》(*The Embroidered Shoes and The Vexation of Old Lady Si*, 1992)、《两个身世不明的人》(*Two Unidentifiable Persons*, 1993)《种在走廊上的苹果树》(节译)(*Apple Tree in the Corridor*, 1997)、《归途》(*Homecoming*, 1997)、《一种奇怪的大脑损伤》(*A Strange Kind of Brain Damage*, 1997)、《蚊子与山歌》(*Mosquitoes and Folk Songs*, 2001)、《断垣残壁里的风景》(*Scenes Inside the Ruined Walls*, 2004)、《天空里的蓝光》(*Blue Light in the Sky*, 2005)、《长发的遭遇》(*Changfa's Ordeal*, 2005)、《山乡之夜》(*Night in the Mountain Village*, 2005)、《索债者》(*The Bane of My Existence*, 2007)、《月光之舞》(*Moonlight Dance*, 2008)、《雨景》(*Rainscape*, 2009)、《红叶》(*Red Leaves*, 2011)、《老蝉》(*The Old Cicada*, 2013)、《影族》(*Shadow People*, 2013)、《顶层》(*Top Floor*,2015)。第二种渠道则是由海外汉学家挑选篇目,将其短篇小说英文版收录于当代中国作品选集之中,并由海外出版社出版发行。杜迈克(Michael S. Duke)编选的《当代中国小说选》、王晶编选的《中国先锋小说选》以及葛浩文(Howard Goldblatt)与刘绍铭编选的《哥伦比亚现代中国文学作品选》都收录了她的《山上的小屋》①。2003 年,由弗兰克·斯蒂沃德(*Frank Steward*)和赫伯特·拜特(*Herbert J.*

---

① "The Hut on the Hill". Tr. Michael S. Duke. In Duke, ed., Worlds of Modern Chinese Fiction. Armonk, NY: M. E. Sharpe, Inc., 1991, p41 – 44. Also as "The Hut on the Mountain." Trs. Jian Zhang and Ronald R. Janssen. In Jing Wang, ed., *China's Avant-garde Fiction.* Durham: Duke UP, 1998, p212 – 216. Also as "Hut on the Mountain." In Howard Goldblatt, ed., *The Columbia Anthology of Modern Chinese Literature*, Columbia University Press; 2nd edition, 2007, p383 – 386.

Batt)编选的《迷舟与中国新小说选》选录了她的《世外桃源》①。第三种渠道则是国外的出版社与残雪本人直接联系,购买作品的版权,然后翻译成外文,以单行本的形式传入英语世界。这些作品包括:《天堂里的对话》(*Dialogues in Paradise*, 1991)、《苍老的浮云》(*Old Floating Cloud: Two Novellas*, 1991)、《绣花鞋》(*The Embroidered Shoes*, 1997)、《天空里的蓝光和其他故事》(*Blue Light in the Sky and Other Stories*, 2006)、《五香街》(*Five Spice Street*, 2009)、《垂直运动》(*Vertical Motion*, 2011)、《最后的情人》(*The Last Lover*, 2014)。迄今,残雪已经在美国出版了上述七部小说,另有两部长篇小说将于2016年推出,分别是《新世纪爱情故事》(将由耶鲁大学出版社出版)与《边疆》(将由公开信出版社出版)。除英语之外,残雪也有很多作品被译成日、法、意、德等语种。如翻译成日语的作品包括《苍老的浮云》(蒼老たる浮雲,1989,日本河出书房社)、《布谷鸟叫的那一瞬间》(カッコウが鳴くあの一瞬,1991,日本河出书房社)、《黄泥街》(1992,日本河出书房社)、《种在走廊上的苹果树》(廊下に植えた林檎の木,1995,日本河出书房社)、《突围表演》(突囲表演,1997,日本文艺春秋出版社)、《灵魂的城堡》(魂の城 カフカ解読,2005,日本平凡社)、《从未描述过的梦境:残雪短篇小说全集》(かつて描かれたことのない境地:傑作短篇集,2013,日本河出书房社)以及《最后的情人》(最後の恋人,2014,日本河出书房社)。翻译成法语的作品则包括《天堂里的对话》(*Dialogues en Paradis*, 1992)与《黄泥街》(*La Rue de la Boue Jaune*, 2001)。

二、海外学者视域中的残雪及其作品

通过以上三种渠道,残雪的小说开始在国外传播。并随着时间的推移,她的作品逐渐形成了强大的影响力,同时引发了海外评论界对其作品的关注与研究的热情。目前,海外学者对残雪作品的研究主要集中在《苍老的浮云》《黄泥街》《五香街》以及《最后的情人》这四部小说上。

《苍老的浮云》(包括《苍老的浮云》与《黄泥街》两个中篇小说)英译本

① "The Land of Peach Blossoms". *The Mystified Boat and Other New Stories from China*. Eds. Frank Stewart and Herbert J. Batt. Special issue of Manoa: A Pacific Journal of International Writing 15, 2 (Winter 2003). Honolulu: University of Hawaii Press, p125 – 134.

于1991年由美国西北大学出版社(Northwestern University Press)出版。美国学者夏洛特·英尼斯(Charlotte Innes)在此小说英译本前言中写道:“部分政治隐喻,部分诗情,部分文学的隐喻,部分真实的人类冲突的分析——这种冲突以从黄昏到幽暗的排列出现于文中,《黄泥街》和《苍老的浮云》远远地脱离了典型的中国的现实主义,与欧洲和美国的超现实主义以及古典中国文学有着更多的共同点。残雪的创作展示了一种阅读方面的综合的口味。”①他提醒西方读者,如果读完这本小说,脑海里产生对中国当前事件的直接阐述,那是错误的。为此,夏洛特·英尼斯打了一个形象的比喻:“就像伏在一本历史书上入睡,梦见你刚刚读过的东西的恐惧而歪曲的描述。那些角色搞阴谋、恋爱、自欺、受苦,但仍然盼望着更美好的事情。接触到残雪作品的读者都毫无例外地被挑战、被吸引、被激发。”②这就是夏洛特·英尼斯眼中的残雪的魅力。约翰·道米尼(John Domini)在《纽约时报》(*The New York Times*)上刊文指出:“如同她的其他作品一样,《苍老的浮云》与《黄泥街》展现出中国强权制度下的噩梦图景。”“残雪的创作风格容易让人想起化腐朽为神奇的文学大师卡夫卡,与他一样,残雪善于借用充满想象力的语言意象来描摹那个一度处于病入膏肓的世界。她精雕细琢的文学艺术品能从极端恶劣的环境中脱颖而出,这本身就是让人叹为观止的‘奇迹’。在残雪看来,文学创作本身所蕴含的价值比作品出版所带来的经济收益更为重要。”③弗朗西斯·拉弗勒尔(Frances Lafleur)在《今日世界文学》(*World Literature Today*)上发表评论,他认为“残雪似乎决心通过各种古怪的意向,发掘值得珍视和追求的东西。正是残雪作品中那些变幻莫测的东西吸引着读者去从噩梦和不合逻辑的事物中寻找逻辑”④。美国汉学家金介甫(Jeffrey C. Kinkley)也评价了她的这部作品:“残雪的某些作品在描写骇人听闻的堕落和暴力方面,比起苏童的小说有过之而无不及。罗纳德·简森(Roland Janssen)和张济安(Jiang Zhang)英译以流畅的译笔翻译了她的《天堂对话》

---

① 萧元:《圣殿的倾圮——残雪之谜》,贵阳:贵州人民出版社,1993年版,第369页。

② 萧元:《圣殿的倾圮——残雪之谜》,贵阳:贵州人民出版社,1993年版,第369页。

③ 卓今:《残雪研究》,长沙:湖南文艺出版社,2012年版,第458页。

④ Frances Lafleur, “Rev. of Old Floating Cloud: Two Novellas, by Can Xue”, World Literature Today, Vol. 67, No.1, (Winter, 1993).

(*Dialogues in Paradise*)和《苍老的浮云》(*Old Floating Cloud*),译本保留了原著中的那些令人不快的内容。然而,残雪为人所知的,是她超现实小说中先锋派式的玄思。这些玄思与中国当代生活的关系并不明显。"①

《五香街》描写了在五香街发生的一次"莫须有的奸情",X女士因为特立独行的性观念而引起街道居民轩然大波。小说中存在着大量精彩绝伦的议论与推理以及貌似缜密完整的归纳与演绎,这些因素让小说对事件的陈述变得不再重要。对于残雪的小说《五香街》,英语届的评论指出:"这是中国二十年来最别具一格的小说,它探索了这条街普通人的集体意识。残雪洞悉到当今人们——不管是中国人还是西方人,最深层次的生存困境。它既是一个政治寓言,也是一个超现实的幻想曲。"并指出"残雪是中国近年来最具创新性的作家之一"②。布勒丹·休斯(Brendan Hughes)在《语言无国界》(*Words without Borders*)上对这部作品表达了自己的看法:"《五香街》探索了个体与群体的关系问题,并思索了个人与公众之所以在看法上存在差异的原因,同时她批判了这样一种陋习:'任何人凭空臆想的言论都可以被人们不假思索地接受,然后当作至理名言而肆意议论和传播。'这部作品拒绝通过理性思考的模式构建小说结构,凡是读者从五香街所听到的、看到的、摸到的、闻到的、尝到的,都是极其主观、不足为信的,而作者对小说中提到的各种问题并不加以阐释,这让读者费劲心神却又百思不得其解。"③罗斯玛丽·哈登(Rosemary Haddon)在《今日世界文学》(*World Literature Today*)上这样评价《五香街》:"这部作品建立在作者实践女权主义的理想之上,残雪更为重要的创作目的在于通过对语言的精妙使用来构建'自我',这造就了作家创作与读者阅读的崭新模式。从这个角度讲,《五香街》重新构建了语言本身的基础。"④艾利·爱波斯坦(Eli Epstein)在《乡村之声》(*The Village Voice*)上指出:"在对超自然色彩闹剧般的使用天赋上,残雪的写作风格

① 金介甫著,查明建译:《中国文学(一九四九——一九九九)的英译本出版情况述评(续)》,《当代作家评论》2006年第4期。

② Can Xue, Five Spice Street, trans. By Karen Gernant and Chen Zeping. New Haven: Yale University Press, 2009, inside back cover.

③ Hughes, Brendan Patrick. "Can Xue's *Five Spice Street.*" *Words without Borders*: The Online Magazine for International Literature, 2009.

④ Haddon, Rosemary. Review of Can Xue's *Five Spice Street.* MCLC Resource Center Publication, August, 2011.

立刻让人想起了卡夫卡。然而《五香街》却属于另外一种东欧现代书写风格:这部作品让读者想到了波兰短篇小说家布鲁诺·舒尔茨,《五香街》中的一些拟人化表达手法'一颗绿色的流星在天际放出一股烟雾,山坡震惊地颤动了几下,四周又恢复了神奇的静谧'可以与舒尔茨小说中的'黑暗之美'相媲美,同时两位作家都有绝妙的能力将当地迷信与现实恐惧描写得栩栩如生。这部小说蕴含的政治主题不容忽视,但这并不影响《五香街》世界级艺术作品的地位。"①英籍巴勒斯坦裔作家阿莫·侯赛因(Aamer Hussein)撰文指出:"小说的散文化风格通过作者对'文革'时期以及后'文革'时代的宣传口号以戏仿和反讽的语调表现出来,这些口号被作者运用到具体的章节中,包括'一次改造的失败''寡妇的历史功绩与地位之合理性''我们怎样化不利因素为有利因素'与'选举X女士做我们的代表'。这些章节穿插在小说中,虽说文中的叙述如迷宫般让人捉摸不透,然而这部小说的构思依旧精妙,它时而像本探讨哲学主题的小说,时而又像是对共产主义宣传口号的戏仿,因此它并不像本真正的小说,或许这正是作者真正的写作意图。"②近藤直子也对《五香街》做出了评论:"这部小说在残雪写作生涯中具有重要的意义,它标志着残雪的文学创作进入到了第二个阶段,这个阶段的特点是:她用丰富的语言和巧妙的叙述代替了之前创作时常用的神秘色彩意象,作品中精致绝伦的语言瓦解了长期呆板、停滞的汉语言文字,而巧妙的叙述方式则推动了人们交谈与生活的欲望,二者将人的精神世界描写推到了极致。这部绚丽多姿的小说以幽默且不失冷静的笔调描写了'五香街'居民的性心理和日常生活的议论,并将这两者完美地融合在一起。"③

美国2015年度"最佳翻译图书奖"于2016年5月27日揭晓,残雪《最后的情人》成为获奖作品。评审团这样评价这部作品:"残雪(tsan shway,注:残雪的音译)的《最后的情人》(由耶鲁大学出版社出版)是今年进入终审的作品中最激进、最不妥协的作品,它勇敢地将小说的形式推进到一个崭新的领域。书中所描绘的人物角色在梦幻世界中的旅行如同卡夫卡的长篇小说

---

① Epstein - Deutsch, Eli. "Is Can Xue the Bruno Schultz of Modern China?" *The Village Voice*, April 24, 2009.

② Aamer Hussein: "Two Reviews of Chinese Writers." Review of Can Xue's *Five Spice Street* and Han Dong's Banished. Paper Republic website in January 2010.

③ http://web.mit.edu/ccw/can-xue/appreciations-kondo-naoko.shtml.

Amerika(中文译名《美国》)一样奇特,同时也让人感到不安,这些因素赋予这部小说辉煌的独创性。如果说东方学学者们所描绘的东方只存在于西方世界的想象之中,而残雪则描绘出了西方的幽灵,给读者提供了一幅中国人所想象的西方图景,它宛如一个令人陶醉的迷梦。"[①]鲍德·唐肯(Boyd Tonkin)在《独立报》(*The Independent*)上撰文指出:"在社会现实主义与讽刺现实主义方面,残雪小说所探索的深度超过同辈作家余华、苏童以及 2012 年诺贝尔文学奖得主——莫言。我们可以把《最后的情人》解读为东西方文化混杂的荒诞镜像,东方人视域中的西方得到细致描述,而西方则通过对东方的想象看到了自己的影子。小说中出现的各种动物,如青花蛇、黑猫、白鼠、马蜂、鹦鹉,它们给这部小说增添了另外一层神秘奇幻的色彩。如果读者阅读《最后的情人》,村上春树小说中对超现实世界的描写会浮现在他们脑海之中。然而在创作方面,残雪承认对自己影响最大的作家是卡夫卡、博尔赫斯、卡尔维诺,如果拿英国作家比较的话,残雪的写作方法与石黑一雄(日裔英国作家,笔者注)与 J·G 巴拉德(J·G Ballard)十分相似。残雪将自己的创作融入'主观与客观''个体与他者'的二元世界之中。"[②]《出版者周刊》(*Publishers Weekly*)刊文评价了这部小说:"《最后的情人》中的各种意象交织在一起,残雪将小说的大部分内容都用于书写'异乎强烈的虚幻状态',她巧妙地将寓言与意象交织在一起,并借助于反复出现的拟声词(比如嗡嗡)表达了主题思想,从而成功创造了一个光怪陆离的'梦'。"[③]大卫·伊万斯(David Evans)在《金融时报》(*The Financial Times*)上撰文指出:"虽说出版商给残雪贴了'卡夫卡传人'的标签,但是把这部作品与《聊斋志异》相比更为恰当,因为这两部小说都存在会说话的动物以及梦一般的迷情。残雪并非把这部新实验小说当作批判社会的工具,主人公乔对书籍的迷恋告诉我们这样一个事实:《最后的情人》更注重阅读行为本身,更注重文学本身的功能,即文学可以唤起我们脑海中转瞬即逝的意象,让我们在时间和空间里流

---

① http://www.rochester.edu/college/translation/threepercent/index.php? s = btb

② Tonkin, Boyd. "*The Last Lover* by Can Xue." Review of Can Xue's *The Last Lover*. The Independent, July 17, 2014.

③ Review of Can Xue's *The Last Lover*. *Publisher's Weekly*. August 18, 2014.

连忘返。”①

三、残雪作品在海外受关注的原因探索

残雪的作品在海外产生了较大的影响，受到了海外读者与学者的高度评价：“从某种意义上说，残雪是当代中国文学史上，唯一一个几乎毫无保留地被欧美世界所至诚接受的中国作家。”②她的小说被选为哈佛、哥伦比亚、康奈尔、东京中央大学等世界一流学府的文学教材。2007 年她的八部作品被日本编选的《世界文学全集》收录，残雪作为唯一入选的中国作家而声名远播。残雪在海外受到青睐的原因是多方面的，笔者认为有以下三点：

（一）赞助人的影响

对于翻译活动的走向、翻译文学的兴衰以及译者的地位，赞助人都起着至关重要的作用。残雪之所有长期受到海外世界的关注，与其背后的赞助力量有着密切的联系。勒菲弗尔认为：“翻译内部的控制因素是译者，翻译外部的控制因素则是赞助人。所谓赞助人，是指某种权利（个人或者机构），它能促进或者阻碍文学作品的阅读、创作以及改写，它既可以是个人、群体、宗教团体、政党、社会阶层、皇室、出版商、媒体（包括报纸、杂志、有影响力的电视台），又包括规范文学和文艺思想流通的机构，如国家学术机构、学术期刊，特别是教育机构。”③残雪的“赞助人”可以归纳为三类：一是对残雪极力推崇且具有强大影响力的海外作家、学者；二是对其作品持大加赞誉的海外主流媒体；三是将其作品作为大学教材的高等教育机构。残雪之所以受到海外读者的欢迎，这与极具影响力的海外作家、学者的推崇是密不可分的。被誉为“美国良心”的美国著名作家兼文艺评论家苏珊·桑塔格对残雪推崇至极，她说：“如果要我说出谁是中国最好的作家，我会毫不犹豫地说：‘残

---

① Evans, David. "*The Last Lover*, by Can Xue. East meets west in a phantsmagorical from an avant - garde Chinese author." Review of Can Xue´s *The Last Lover*. *The Financial Times*, October 17, 2014.

② 戴锦华：《涉渡之舟：新时期中国女性写作与女性文化》，北京：北京大学出版社，2010 年版，第 299 页。

③ Lefevere, André. *Translation*, *Rewritings and the Manipulation of Literary Fame*. Shanghai: Shanghai Foreign Language Education Press, 2007, p15.

雪'。"[①]2009 年残雪在美期间曾与哈佛大学教授哈罗德·布鲁姆作了一个小时的对谈,哈罗德盛赞残雪是当今世界文坛最伟大的作家之一。[②] 哈罗德作为"耶鲁学派"的代表人物,以其远见卓识的文艺批评和卓尔不群的理论构思而蜚声西方文学批评界,他的《西方正典》《影响的焦虑》等著作在当今批评界享有极高的声誉。他们凭借自己的影响力和公信力深刻影响着公众的阅读习惯与价值判断。残雪自出道以来一直受到海外大家的正面评价,为自己的作品走向世界铺平了道路。海外主流媒体主导着欧美文化语境中与阅读翻译作品相关的舆论,影响并塑造着目标读者的阅读选择、阐释策略以及价值判断,他们对残雪及其作品的正面评价与解析时常见诸《纽约时报》《泰晤士报》《独立报》等主流媒体上。如《纽约时报》曾刊文指出:"她的小说令人想起的是,艾略特的寓言、卡夫卡的妄想、马蒂斯噩梦般的绘画。"[③]《泰晤士报》这样评论残雪的作品:"残雪写的小说,是中国近年来最革新性的——她的小说不能放进任何单一的范畴。"[④]海外主流媒体的正面评价大大提升了残雪在西方世界的声誉。而作品能否进入大学课堂成为教科书对于推动作品在海外传播有着深远的意义。"高等教育的普及使文学经典化以最有力的形式表现出来。当出版机构与高等教育机构紧密而有力的合作时,经典化就是其最富有表现的典范。"[⑤]残雪作品作为美国哈佛、康奈尔、哥伦比亚大学及日本东京中央大学的文学教材,理所应当地成了最明显,也是最有效的经典建构形式,同时这让更多的读者接触到了"不同寻常"的残雪,大大提高了她的知名度。

(二)作品所蕴含的中西文学"双剑合璧"观

残雪在创作方面深受西方文学、文化的影响,残雪曾表示,在她所受益的文学作品中,西方文学占据 90%,"我的思想感情像从西方文化传统里长

---

① http://web.mit.edu/ccw/index.html

② 卓今:《残雪研究》,长沙:湖南文艺出版社,2012 年版,第 458 页。

③ Inns, charlotte. A Book Review of *Dialogues in Paradise*. *The New York Times*, Sep24, 1989.

④ 此处引自《残雪文集》第 2 卷,长沙:湖南文艺出版社,1998 年版,封三上的海外评语。

⑤ Lefevere, André. *Translation, Rewritings and the Manipulation of Literary Fame*. Shanghai: Shanghai Foreign Language Education Press, 2007, p22.

出的植物，我把它发掘出来栽到中国的土壤里，这株移栽的植物就是我的作品。”[①]戴锦华教授曾指出：“关于残雪，人们所可能提供的，是其作品所引发的‘联想’：关于弗洛伊德和创伤，关于迫害妄想和施虐、受虐，关于达利和超现实主义的，关于卡夫卡和变形与审判，关于贝克特和等待戈多，关于拉美文学和魔幻现实主义……毫无疑问，残雪并非外星异物或天外来客；她是中国文学对20世纪七八十年代之交的欧美文学破堤而入的最初反馈。”[②]对于西方读者来讲，他们“享受文字游戏的乐趣和将生命视为旅行的感觉，喜欢阅读那些能够从中发现世界，发现自我的小说”[③]。而残雪在小说中善于吸收西方文学的幻想传统，对潜意识空间的挖掘和探寻符合西方读者的阅读兴趣。欧美文学评论界倾向于将残雪置于自身的文艺传统之中，残雪这个名字经常与卡夫卡、卡尔维诺、博尔赫斯、贝克特列在一起，这些海外评论界对她的溢美之词为残雪开启了西方世界的大门。她的作品带有浓厚的西方现代主义色彩，这使得她的语言风格在翻译层面有着高度的共通性与可译性，因此残雪的作品经过翻译传播到英语世界很容易被西方读者所接受与理解。同时，在西方读者看来，残雪作品中的东方情调也使他们着迷。残雪曾说：“对于外国人来说，我的作品具有东西方两种风味。我将东方文化丰富的色彩美同西方的层次感糅合在一起，既激发人的冥想又给人带来形式逻辑思维的愉悦……在西方人看来，其东方式的深奥背景可以令他们遐想联翩。”[④]一个世界级作家需要为世界读者写作，他首先得思考所写的题材是否为原创，这样才能写出具有世界性意义和价值的作品，假如不是这样的话，即使他没有抄袭别人的风格，也不存在独创性。如哈罗德·布鲁姆所说：“一部文学作品能够赢得经典地位的原创性标志是某种陌生性。”[⑤]残雪在创作中一方面汲取了西方现代的创作技巧和审美因素，另一方面与东方文化的异国情调融合在一起，确保了自己作品的“原创性”。小说中蕴含的

---

① 舒晋瑜：《十问残雪》，《中华读书报》2007年8月29日。

② 戴锦华：《残雪：梦魇萦绕的小屋》，《南方文坛》2000年第5期。

③ Jenner, W. J. F. *Insuperable Barriers? Some Thoughts on the Receptions of Chinese Writing in English.* In Howard Goldblatt(eds). *Worlds Apart: Recent Chinese Writing and its Audience.* New York: M. E. Sharpe, Inc., 1990.

④ 林舟：《走向纯净的虚无——对残雪的书面访谈》，《花城》2001年2期。

⑤ 哈罗德·布鲁姆著，江宁康译：《西方正典——伟大作家和不朽作品》，南京：译林出版社，2014年版，第3页。

“世界文学”共通的特性与“中国文学”特有的异国情调完美融合在一起,得到世界性的关注也是理所应当的。

(三)优质的翻译与对“纯文学”的坚守

从“中国文学”走向“世界文学”,翻译起着至关重要的作用。王宁教授曾对翻译的重要性做了以下阐释:“优秀的翻译可以促进一部文学作品在不同的语言文化中的经典化过程,反之,拙劣的翻译则有可能使得本来已列入经典的优秀作品在另一种语言文化中黯然失色甚至被排除在经典之外。”① 残雪的作品深受海外读者的欢迎,这与其作品良好的翻译有莫大的关系。残雪在接受美国北卡罗来纳州大学学生劳拉的采访时曾说:“译者之一詹森的文学感觉相当好;另一个译者张健也很不错,竭力忠于原著。”②《最后的情人》荣膺美国2015年度“最佳翻译图书奖”,残雪也成为第一位获得该奖项的中国作家。评审团这样评价译文:“残雪非凡的想象力与敏锐的洞察力在安纳莉丝·芬尼根·瓦斯曼精巧的译文中得到了充分的体现,译文成功地发出了强有力的英语声音。”③《出版者周刊》(*Publishers Weekly*)对《五香街》的英译本这样评价:“残雪对小说中虚荣自负、思维奇怪的五香街居民的细致刻画让人印象深刻,同时小说中的各色人物的偏执个性也通过翻译得以完美地展现。译者在保留原著散文般的抒情方式基础上,通过精妙的译文将原著的超现实主义场景表现得栩栩如生,现实中五香街日常生活的点点滴滴如同一幅画卷一样展现在读者面前。”④就其作品的日语翻译来说,她所有的作品都由日本著名汉学家近藤直子翻译。残雪说:“我的作品之所以在日本介绍得多,是因为我遇到了一位文学上的知音——近藤直子。她的评论为日本读者打开了一条理解我的作品的通道。”⑤残雪作品在海外受到关注的另一个原因则是自己对“纯文学”的坚守。残雪一直致力于“纯文学”的创作,她认为:“我将我写的作品称为纯文学,这是我的领域,是我的内部的

---

① 王宁:《翻译研究的文化转向》,北京:清华大学出版社,2009年版,第51页。

② 残雪:《中国人不重精神》,《残雪文学观》,桂林:广西师范大学出版社,2007年版,第14页。

③ http://www.rochester.edu/college/translation/threepercent/index.php? s = btb

④ Can Xue, *Five Spice Street*, trans. By Karen Gernant and Chen Zeping. New Haven: Yale University Press, 2009, back cover.

⑤ 张佳妮:《迷宫中的阳光——在北大与残雪和近藤直子对话》,《民族文学》2005年第1期。

精神得以成型的方式。按照我的理解，在文学这个领域里，纯即意味着深，意味着向核心的突进。”[①]译者出于对纯文学的兴趣与热爱，并没有从功利的角度去考虑译本的销售情况，因为像残雪这类纯文学作家的作品，在市场的反应并不会火热，但仍不乏海外读者的追捧以及评论者的研究，对于其中的原因，残雪这样解释：“在西方人看来，纯文学同通俗文学是分得很清的，而我的作品，属于在纯文学小众阅读圈子里受到青睐的作品。近年来，国际上我这个门类的文学优秀作品并不多，所以我的作品受到学者和出版社的重视是很自然的。”[②]

结语

作为当代文坛的著名作家，残雪作品在海外引起了极大的反响。推动其作品海外传播与接受的主要因素包括：赞助人的影响、作品内容所体现的中西文学“双剑合璧”、优质的翻译与残雪对“纯文学”的坚守。我们有理由相信，在不久的将来，残雪会代表中国文学创作者赢得更多的国际大奖，她的作品会走入更多海外读者的心中，为中国文学走向世界贡献出自己的力量。

（作者单位：上海外国语大学）

① 《自述》，《小说评论》2004 年第 4 期。

② 湖南佬：《残雪访谈》，《延安文学》2007 年第 4 期。

跨文化视域下的新加坡华文旧体诗的创作特质

▶赵　颖

全球化进程必然导致民族文化与文化全球化的冲突。对于处与东西方文化交汇处的新加坡华文旧体诗的创作和传播而言，既要坚持古典文学样式的写作，又要面对新加坡多元社会的文化洗礼。对于这一文学现象的研究，即中国古典文学种类的海外生存现状，以及在中外的对话、交流中反观我们中国古典诗词在当代的生存的问题，是具有现代意识与前瞻性的论题。

本文之所以以“跨文化”作为研究语境，一方面，充分注意到古典诗词在当代跨文化语境下所面临的一种普遍境况，也看到了“跨文化”对人类思想生产包括对文学生产所产生的深刻而复杂的影响，故具有重要的理论价值与现实意义。另一方面，本文意图以跨文化为切入点探讨新加坡华文旧体诗，彰显一些潜隐在中国古典文学精神和南洋文化传统中的因素，呈现两国文学的多元内涵，为全球化语境中的中国文化的海外传播发展提供文化资源。

旧体诗在中国的发展和演变是建立在相对稳定的农耕文化基础之上的，形成很强的艺术规范，这种极为苛刻的艺术规范形成的基础是几千年来相对稳定的创作规律以及文学传统。在倡导自由化快餐创作的今天，旧体诗创作的藩篱限制了其在中国本土的发展和繁荣，却在新加坡这样的异质文化土壤中仍然得以生存，这是与新加坡社会的文化心理、生活方式和接受者的艺术审美紧密联系的。但是，不可否认的是，旧体诗这种传统文体传播到海外，面对新土地、新生活累计的新经验后同样受到冲击，但是这种冲击亦是对中国古典诗词的拓展，为海外华人带来新的生命体验，为中国古典文学带来多元化探索。

一、新加坡华文旧体诗的跨文化特质

面对多元化的文化背景和全球化语境的现实，新加坡华文旧体诗表现出丰富的跨文化特质。这不仅仅在于相同语言的创作与传承消解了文化隔离的藩篱，更是在于旧体诗这样的文学样式至今依然在海外能够得以生存的机制与文化环境的适应，为研究中国文化在海外的传播交流提供新的思路。

事实上，海外华文旧体诗的跨文化传播的意义，是伴随着中国国际地位的提高与汉语在世界语言中的崛起而凸显的。一定数量的旧体诗创作群体在新加坡甚至整个东南亚地区坚持创作，不仅在新加坡华人中传播中国古典文学的独特魅力与深邃底蕴，亦是通过与中国旧体诗的创作群体向中国人传播新加坡的社会发展与自然地理风貌。自然而然地，远在新加坡却坚持用旧体诗这样的文学样式进行创作的行为本身就具有跨文化传播的意义。

首先，就创作活动本身而言，华文旧体诗在海外的创作活动中最显著的特点就是所有的创作群体将旧体诗作为沟通华人群体社会关系、反映海外社会生活和传情达意的共同工具。这一特征使之明显地区别于其他海外华文文学的其他样式，它在继承发扬汉语艺术的博大精深与格调雅致的基础上，或回思故国，或感慨生活，由于共同的文学创作要求和生活经验，使之成为所在地华人社群交往的工具。如王赓武所言："如果将来这些华人的后代得到所属国的完全接受并发展出对所属国的坚定忠诚，那他们的态度就会改变，而文化同化就会随之发生。但是，如果在全球化下能继续对多元性和多元文化社区给予突出地位，那么与传统文化的认同也就将在各国的海外散居人群的心目中保持其价值，无论他们是华人、印度人、日本人、泰国人、爪哇人、阿拉伯人或撒哈拉以南的非洲人。果然如此的话，一种文化传统就应该非政治化，并与种族、民族和部落忠诚远远脱钩。如果那时海外华人还有保持其文化的愿望，他们可以自行选择依靠首要、次级或者第三级的文化中心去获得激励。无论事情怎样发生都将证实一个信念，即无论你怎样看待，文化都永远重要。"①旧体诗这一传统的中国文学样式在海外的发展亦是

① 王赓武：《王赓武自选集》，上海：上海教育出版社，2002年版，第242页。

如此，正如新加坡华文旧体诗，其南洋色彩不会导致中华文化的日渐削弱与新加坡城市文化特色日益增强，更不会阻碍两种文化进一步互相融合的可能与趋势。与之相反，旧体诗在新加坡的存在从总体上会丰富其所在国的国家文学。

其次，就语言方面而言，一方面，华文旧体诗的创作以中国古典诗词为媒介，不可避免地在创作和文化构成中带有中国古典文化的特质。这就决定了旧体诗在新加坡的生产和消费、创作和传播是在同一种文化类型中展开的。因此旧体诗这一文学范式的创作者和接受者之间的文化壁垒就不自觉地被消解了。所谓同文同源，受历史、血缘等方面千丝万缕的影响，新加坡华文旧体诗作者必然要从中国文学吸取养分。如《潘受诗集》中的第一首《紫金山梅花》："孙陵路接孝陵斜，间代英豪起汉家。千古春风香不断，紫金山下万梅花。"其中，"孙陵"即孙中山陵墓，"孝陵"即明太祖朱元璋陵墓。此诗写于 1937 年，同年发生的"七七卢沟桥事变"和"南京大屠杀"，使得潘受希望以此诗激励国人勇敢抗敌，奋发图强，亟盼有像孙中山、朱元璋这样的领袖出来领导人民，强调中华民族"千古春风香不断"，民族精神永存，应该万众一心共同抗敌。再如当代新加坡华文旧体诗诗人郭先楫的《黄鹤楼》："黄鹤飞回楼已换，江边新起黄鹤楼。江西水接江东水，中华历史长悠悠。"诗文中"中华历史长悠悠"一句指代的恰恰是新加坡华文旧体诗不可避免地受到中华文化的影响，摆脱不了"中国性"的影子。因而，不可否认新加坡华文旧体诗和中国古典诗词一样具有非常传统的思想感情，其述怀明志、感时书愤、抒悲遣愁等情感对于华文读者而言，在思想情感上具有相似性和一贯性。

另一方面，无论是途经新加坡的中国文人如斌椿的"片帆天际认归途，入峡旋收十幅蒲。异域也如回故里，中华风景记桃符"[①]，还是浸淫中国传统文化漂泊南洋的寓客如"南洋才子"邱菽园临终前的《梦中送人回国醒后记》中"送子归程万里长，报君一语足眉扬。满船都是同声客，才踏余皇见故乡"[②]，尽管他们在新加坡创作的是中国传统的文学样式，但他们都是在有别于中国的异域生存，包括如当代诗人郑元豪的《星洲春望》中"自昔垦荒劳众

① 斌椿：《天外归帆草》，《走向世界丛书》，长沙：岳麓出版社，1985 年版，第 198－199 页。

② 邱菽园：《邱菽园居士诗集》，1949 年印于新加坡，三编，第 70 页。

庶,如今立国赖群公。四民合作无猜忌,亚太区中树好风”①,这些创作活动所带来的心灵的浸染与感官的刺激会以不同的方式作用于其创作群体,尤其是后两种创作群体,他们对于新加坡文化的认同早已超越了地理空间的差异。可见,新加坡华文旧体诗首先表现出的就是相同的创作范式和相异的文化环境相生相成的特质。

再次,就创作心理与文化而言,旧体诗的创作必然将诗人在初次接触异域生活时的惊诧好奇、流寓南洋的困顿离愁以及不同文化之间碰撞的震撼融入作品,这里隐喻着不同的社会价值观的体验和异质文化之间形成的生活感悟。所谓“一切历史都是当代史”,正如新加坡华文旧体诗对中国历史想象本质上是历史与现实在新加坡特定时空交汇的多元图景。作为中华民族集体记忆的一部分中国历史,伴随早期南来文人的脚步被叠加在这片土地上。无论是黄遵宪、郁达夫、丘逢甲、邱菽园还是当代诗人,他们的旧体诗创作中,对中国历史的想象更多的是身在海外的华人关于中华文化的积淀在新加坡的文化场域内的重塑。新加坡华文旧体诗的创作者远离中国本土文化,于是在特定的时空下,促使他们对中国本土文化有了一种新的认识。如德国美学家立普斯的“距离说”认为间隔一定的时空距离反而促使创作者更好地审视对象。与此同时,就新加坡华文旧体诗的发展而言,是两种异质文化从冲突对抗到相互融合的过程。无论是“过客”诗人所要面对的不同文化所引起的文化冲突、认同与抉择等一系列文化现象,还是“流寓”诗人面对故土和南洋的文化纠葛产生的对南洋文化的认同和审视,都对于旧体诗创作地新加坡和中国的文化传统有自己的认知。值得关注的是,海外华文文学所关注的文化杂合理论(霍米·巴巴提出“文化杂合”[cultural hybridity]概念,即“不同种族、种群、意识形态、文化和语言互相混合的过程”②。)却无法解释新加坡华文旧体诗的发生和传播,正是由于这种理论追求的是多元文化的并存,而非不同文化之间的差异。新加坡华文旧体诗的创作者们不可避免地栖居于两种文化系统之间,必须承认差异、尊重异质文化。

---

① 《新加坡新声诗社诗词选集》,新加坡新声诗社,1985年版,第53页。

② 韩子满:《文学翻译与杂合》,《中国翻译》2002年第2期。

二、特殊形式的"异族叙事"

所谓异族叙事,"是指作为少数族裔的华人作家在'族裔杂居'的语境中,对复杂、微妙的'杂居经验'的感受、想象与表达方式,和他们利用文学方式,与各种异己话语进行交流的一种积极努力和追求,也是指他们期望通过或者是利用文学方式实现对作为少数族裔之一的自我的一种言说策略与方式"①。

新加坡华文旧体诗的创作群体按照其过境时间和文化认同分为三类:

第一类是那些传统文化思想积淀深厚的中国本土公民,这些人由于各种原因短期驻扎或途径新加坡,此类诗人的创作高峰集中于明清时期。如19世纪60年代至20世纪初,清政府组织的三次大规模集体出洋活动,其间晚清官员途径新加坡了留存旧体诗,再如曾被派往新加坡任职的左秉隆、黄遵宪,还有流亡至此的革命者如康有为、郁达夫;出访南洋的文人诸如丘逢甲、潘飞声、许南英;出使海外的晚清政客如王芝、何藻翔、斌春等人,在新加坡都有大量的旧体诗词留存。今天我们大致可以在以下文献中寻觅到关于新加坡华文旧体诗的踪迹:王韬《弢园文录外编》、陈宝琛《沧趣楼诗集》、曾继泽《归朴斋诗集》、斌椿《海国胜游草》、杨云史《江山万里楼诗词钞》、丘逢甲《岭云海日楼诗钞》、徐英南《窥园留草》、康有为《大庇阁诗集》《明夷阁诗集》、梁启超《饮冰室诗集》、郁达夫《郁达夫全集》、陈乃玉《葛喇吧赋》、潘飞声《说剑堂集》、袁志祖《海外吟》、尤侗《外国竹枝词》、何藻翔《邦崖诗集》、林豪《南游诗》、蒋玉棱《蕃女怨词》等等。

第二类诗人大都是出生于中国本土成年后却侨居海外的中国近代知识分子,由于青少年时期接受正统儒家传统教育,因此有深厚的中国诗词的根基与积淀,此类诗人历经社会沉浮又坚守心系天下的儒家忧国忧民的情怀。这类诗人最杰出的代表分别是"南洋才子"邱菽园和"国宝诗人"潘受。邱菽园主要诗作有《丘菽园居士诗集》《啸虹生诗钞》及《庚寅偶存》,其中,《丘菽园居士诗集》收录1045首诗作,《啸虹生诗钞》及《庚寅偶存》收录340余首诗作,合计约为1400首。此外还有大量散见于各类报章的不计入在内,其诗

① 王列耀:《东南亚华文文学的"异族叙事"——以菲律宾、马来西亚、印度尼西亚和泰国为例》,《文学评论》2007年第6期。

无论数量还是质量,在新加坡确确属独一无二的了。潘受自19岁福建南渡流寓星洲后,穷其一生创作千首诗作,收录在其诗集《潘受诗集》中。此类诗人的作品不仅保留浓厚的中国古典诗词韵味,更见证了新加坡历史文化的沧海桑田,表现出心系两地的特点,对中华传统文化在域外的传播起到推波助澜的作用。

第三类作品主要是当代新加坡诗人创作的旧体诗,此类创作面对民族文化与文化全球化的冲突,在新加坡多元社会的文化冲击下坚持古典诗词的创作,表现出与中国现当代文学明显的差异性,成为中国现当代文学的"他者"。

以上所陈述的三类作者,在杂居的族群环境中,都面临主流与边缘之分。新加坡华文旧体诗的创作者相对于新加坡的主流社会族群,旧体诗相对于其他文学样式而言都是有"异"的,作为边缘族群的创作方式——华文旧体诗以其独特的书写方式,一方面表达的不仅仅是诗人自身的艺术追求,这种带有中国古典文学色彩的书写策略,实质上也向特定的接受者显示着创作者自身的言说背景与生活姿态;另一方面,对旧体诗的创作者而言,他们的创作不同于其他华文文学样式需要以对内在的自我和"他人眼中之我"同时观照的方式来言说微妙的异域生活并折射其背后的文化。因此,旧体诗这种华文文学样式在"自我"和"他者"之间可以表现出更多的开放性和可能性。这种异质文化在相互制衡的过程中互相认同,成为华文文学繁荣的重要趋向。

这种文化的双重经验要求研究者更清醒地认识到异族交往与杂居体验的双向性和平等性,在平等对话的跨文化创作和研究中,在对不同类型旧体诗的创作者心态比较中,反观旧体诗创作者的创作策略和移植生命的丰富心灵轨迹,从而把握和展现旧体诗这种华文文学样式的独特性。

在创作姿态方面,华文文学的"异族叙事"更多地表达了华人与所在地主要族群之间的互补、互动关系,"以文学的方式消解和驳斥对华人不利的种种负面话语"①。但是华文旧体诗却是以中国古典文学的样式出现在海外的异质文化中,在用典、语言方面发生变异的同时,更多地保持了旧体诗创作样式的独立性。在面对其他族群及其文化时,无论是早期"过客"诗人俯

---

① 王列耀:《东南亚华文文学的"异族叙事"——以菲律宾、马来西亚、印度尼西亚和泰国为例》,《文学评论》2007年第6期。

瞰新奇，还是新移民浪子"流寓"诗人的自我反思与心系两地，直到当代新加坡华文旧体诗创作者为写诗而写诗，他们都以高度精练的语言和对格律的追求，对中国古典诗词的传承多于变异，使之形成了和其他文学样式不同的独立的文学态势。

此外，就华文旧体诗所承载的民族记忆而言，在新加坡的社会历史和文化环境中所产生的文学作品，必然含有多元化的文化元素。华人的历史文化和民族意义被逐步淡化，面对逐渐丧失的民族记忆，华文旧体诗创作者在审视和判断周遭事物时，也是在不自觉地以旧体诗的文学样式强化民族记忆。当然，这也是为新加坡学者所诟病的"后殖民视角"，即如何看待中国古典文学对新加坡以及周边国家产生的影响问题。

三、追求平等意识的创作与对后殖民主义的悖反

纵观整个新加坡华文旧体诗的发展轨迹，异质的族群交往体验是一个逐渐深化的过程。面对异质文化环境，不同类型的旧体诗创作者的创作心态也是一个冲突与融合相互缠绕发展的过程，这种复杂的社会心理发展轨迹也会相应地投射到旧体诗的创作之中。晚清伊始的旧体诗创作，无论是八大臣出洋还是康有为、郁达夫的南遁，直至邱菽园、潘受等移民作家生活、杂居体验的深入与成熟，以及旧体诗创作本身的发展需求，诗人的创作以自身经历的南洋生活为创作题材，在融入陌生的南洋社会之前，文化的隔阂、心灵的困顿和对故土的眷恋，使他们对这一陌生的社会生活产生特殊的敏感性，自觉不自觉地与在中国本土形成的文化素养进行比较，对新生活、新土地以中国古典诗词的形式进行倾诉。

如丘逢甲所见所闻的南洋社会迥异于国内，反映在诗作中亦有别样的风情。用旧体诗表现新生活、新土地、新经验是这些旧体诗创作者的共同选择。丘逢甲的诗作《自题南洋行教图》中："莽莽群山海气青，华风远被到南溟，万人围坐齐倾耳，椰子林中说圣经。两千五百余年后，浮海居然道可行，独向斗南楼上望，春风回处紫澜生"①，"莽莽群山海气青"是诗人建构的南洋经验，他描述的情境"南溟"即南洋，在依山傍海的椰子林中，万人围坐听"圣经"——中国儒家典籍的场面，诗中流露出强烈的文化优越感，所谓"圣经"

① 丘逢甲：《岭云海日楼诗钞》，上海：上海古籍出版社，2009年版，第169页。

二字更是旧体诗重组了新的空间经验后对文化景观的描写。

在第二类诗人那里，新加坡华文旧体诗创作达到了巅峰，从数量到质量都有了很大的发展。他们创作中体现出的文化视野和“比较意识”也得到拓展。因此，无论是对中国故土和南洋生活体验的双重经验的跨越，还是在作品中展现出的“跨文化”的美学品质和艺术力量，在邱菽园的作品中贯穿始终的是对于故土中国的观照与热爱，如《闽乡新客抵坡相访为言内地流亡之痛诗以志慨》中回想故国“册载魂梦怯经过，话到乡园涕泪多”，惊闻国内苛捐杂税繁重时，更有“猛虎原情输恶税，穹龟阻望乏长柯”的感慨。再如《甲戌长夏星洲侨次题洪宽孙画梅》一诗的“南岛无梅苦热尘，椒畦椰圃杂甘辛。劳君打个圈儿画，笔底能回瘴海春”，梅花原是故土中原产物，远在星洲却要为人题梅，表现出诗人面对中国和新加坡双重关怀的语境。

当代新加坡华文旧体诗创作者大多定居新加坡，不似前两代诗人，他们的移民身份被弱化，确定的社会角色、相对稳定的生活、逐渐融入当地社会使得文化冲突缓和。当代诗人朱添寿的《议胡姬正名一事》提出当代华人对文化认同的看法：“何必纷争正名风，过淮橘枳本相通”“于斯生死全腰领，文物南洋早认同”。

如白先勇所说：“出国之后，最重要的变化是我对中国传统文化的重新发现。”海外的生活经历反而给了这些诗人向传统文化靠拢的欲望。由于华文旧体诗诗人中有很大一部分具有在中国本土的生活经验，因而对中国传统文化和古典诗词的接受根深蒂固。南洋的生活历程不仅没有消解反而加强了他们对于中国文化的认同。他们用“最中国”的文学形态进行人生感悟。

一方面，华文旧体诗的创作者夹杂在东西方文化、马来文化与现代化的城市文化之间，并受到果园文化的冲击，促使他们对自身的反思，形成对自我和异质文化的理性判断，这种文化间隔更多的是深受多种文化影响的海外华人自觉保持的文化心理距离。另一方面，这些不同类型的旧体诗人，有着相同的南洋生活体验，把这些生活经验融入旧体诗的创作中，自然而然地会形成本土的文学传统。这种承载双重文学传统的旧体诗人，要写出意味深长、典雅凝练的古典诗词，不可避免地要从中国古典文学中汲取养分。因此旧体诗的创作不可能避免中国文化传统的影响。但是就凭此断定中国文学是新加坡文学的殖民者，不免是狭隘的民族主义视角。至少在旧体诗创作者眼中，汉语和古典诗词的创作是不可分割的，选择汉语进行创作就不自觉地实现了中国文化的海外传承,但是这种文化自觉的指向只是观念上的中国、文化上的中国,而非实体意义、政治意义上的中国。因此,即便坚持旧体诗的创作,也依然谈不上中国文学对新加坡文学的文化殖民。

结语

近年来,伴随着世界多元化的发展和跨文化交流的日渐频繁,华文文学成为一组渐成规模的流动符号,不同文化之间的互动得到增强。海外华文文学也在向多元化和多样性发展,在开放的文学视野下,旧体诗创作者突破以往的文学格局,展示古典诗词在海外的独特魅力以及平等和谐相待的从容自信。这种跨越文学边界的张力,反映出海外华文文学崭新的历史文化观。

参考文献:

1. 朱崇科. 考古文学"南洋":新马华文文学与本土性[M]. 上海:上海三联书店,2008:89.

2. 李庆年. 马来西亚华人旧体诗演进史 [M]. 上海:古籍出版社,1998:535.

3. 邱新民. 邱菽园生平[M]. 新加坡:新加坡胜友书局出版,1993:13.

4. 潘受. 潘受诗集[M]. 新加坡:新加坡胜友书局出版,2004:309.

5. 高嘉谦. 邱菽园与新马文学史现场(中). 文人品味与流寓经验[N]. 新加坡:星洲日报,2003:2.

6. 郭惠芬. 战前马华新诗的承传与流变:20 世纪中国文学关联研究[M]. 云南:云南人民出版社,2007:156.

本文为教育部社科基金项目"跨文化语境下的新加坡华文旧体诗研究"(项目编号:13YJC751082)的阶段性成果、陕西师范大学中央高校基本科研业务费专项资金项目"东南亚华文旧体诗的跨文化研究暨史料整理"(项目编号:14SZYB19)的阶段性成果。

(作者单位:陕西师范大学文学院)

浙江省中国当代文学研究会第十届年会暨“当代文学文化地理与域外空间的拓展”学术研讨会会议综述

▶陈蘅瑾

2016年5月13日至15日,浙江省中国当代文学研究会第十届年会暨“当代文学文化地理与域外空间的拓展”学术研讨会在古城绍兴顺利召开,来自省内外的学者130余人参加了此次学术研讨会,此次研讨会也被列为浙江省社科联第三届学术年会分论坛,共收到学术论文52篇。浙江省中国当代文学研究会会长、浙江大学吴秀明教授,中国当代文学研究会副会长、中国人民大学程光炜教授,中国现代文学研究会副会长、北京师范大学刘勇教授,中国文艺理论学会副会长、华东师范大学殷国明教授,浙江省社科联学会处王三炼处长,绍兴市社科联副主席柳巨波,绍兴市文联副主席、市作家协会主席马炜,浙江越秀外国语学院副校长朱文斌教授出席本次学术研讨会,浙江越秀外国语学院中国语言文化学院院长刘家思教授主持开幕式。吴秀明教授在开幕致辞中表示,本次会议的关键词是“空间”,而在前面加上“域外”两个字,既是考虑承办单位浙江越秀外国语学院中国语言文化学院的学科特色和优势,同时,也意味着中国当代文学研究有必要将目光投向大陆以外的跨区域、跨文化、甚至是跨语际的第三文化空间;他从福柯的“异托邦”理论切入,就世界华文文学与大陆当代文学,包括近年来兴起的民国文学与海峡两岸文学关联问题作了别有见地的阐述。王三炼、柳巨波和马炜在开幕式上分别致辞。浙江越秀外国语学院副校长朱文斌教授代表学校致欢迎辞,他希望以举办此次学术研讨会为契机,浙江省中国当代文学研究会及各位专家学者能在科学研究、平台搭建、人才培养等方面给越秀外国语学院提供更多的指导和帮助。

本次年会以“当代文学文化地理与域外空间的拓展”为主题,就“当代文学文化的域外传播与华文文学研究”“文化地理学视域下的当代文学与思潮流派研究”“当代重要作家作品研究”和“当代文学与西方文学思潮”等议题进行交流与研讨,另外,本次年会还专设了博硕研究生论坛,浙江大学、华东师范大学、宁波大学、温州大学、绍兴文理学院等高校的博硕士 34 人参加了本次研讨。

一、文学空间拓展与文学史梳理的意义

空间和时间是事物存在的基本形式,空间是本次研讨会的主题。而与空间相关联的是时间,它是文学史意义与价值显现的另一重要维度。中国人民大学程光炜教授以《重返八十年代:史料发掘》为题作了大会主题发言,程教授认为,目前 80 年代文学矿层留下来的历史隐秘,是一处不被问津的荒废的领域,这导致了史料发掘的难度和寂寞程度,但是也增大了它自身存在的价值。从这个角度看,史料发掘显然是对“重返八十年代”的历史性清理工作的又一次纵深性发展,是对前者的进一步细化和具体化。北京师范大学刘勇教授在《现当代文学融通互动的学理基础》大会主题发言中指出,目前,中国现代文学和当代文学因两者缺乏共同的学理基础而使一体化停留在口号层面,强调现当代文学应该共同继承重视史料的传统,史料的研究工作应该有效对接,研究成果应该及时共享。华东师范大学殷国明教授在大会主题发言中指出,中国 20 世纪以来学术发展是一个“空间拓展的时代”,中国传统文化及文学、外国文化及学术的影响与中国的当代生活和意识,构成了中国 20 世纪以来学术生成和发展的历史潮流和精神动因,它们之间的交流、碰撞和融合,造就了中国学术探索与理论创新丰富多样的景观。

大会上,浙江财经大学周保欣教授在《“天下”与“列国”:中国文学古今演进的空间逻辑》中指出,以空间转换视角观察现代中国由天下体制向列国体制转变,不仅重构了中国文学的内外关系,同时还因世界感知的改变而推动了其内部美学经验与价值系统的变革,并迫使我们重新去反省诸多现代文学的内部命题。浙江工业大学张勐副教授以《论“思想改造”的主题对知识分子叙事的规训——以 1950 年代小说为例》为题作了小组发言,他指出 50 年代小说中的知识分子叙事,大都被收编、整合进“思想改造”的主题中,借此换取新政权下知识分子叙事合法化的话语动力。浙江越秀外国语学院刘家思教授在《建国十七年小说创作的艺术策略与体制突围——以魏金枝

的创作为例》一文中认为，魏金枝当代小说创作既努力凸显自己的政治立场，又以民间风情和地域色彩冲淡作品的政治色彩，尽力保持作品一定的艺术性，增强了作品的审美感染力。浙江师范大学俞敏华副教授《行走于“现实主义”的期待与慎行之轨上——论“新写实小说”的出场》一文指出了文坛艺术革命的热情和对“现实主义”这一名称命名的急迫性和谨慎性，文章了发掘80年代末期批评界的现实主义想象内涵，阐述了在市场力量控制下，“新写实小说”文本的存在形态与批判家期待间的罅隙。华东师范大学李定通博士在其论文《“80后文学”：符号化建构的尴尬》中指出，“80后文学”成了一个可操作被恣意赋予意义的符号，并已逐渐成为少数具有最终解释权的小圈子的话语游戏。

宁波大学毛海莹教授在其《当代女性文学的“人学”思考与构建》中指出，从民俗批评角度去关注女性文学形象，从“女性与民俗”的内在互动关系上去创作女性文学典型、解读女性民俗内涵，是对“文学是人学”命题的本土化、经典化、时代化的解读。绍兴文理学院李红霞副教授的《〈论“文学是人学”〉与新时期以来的中国文学》，以20世纪80年代上海文学评论为中心，对新时期以来“文学是人学”观点进行拨乱反正的线索进行探寻；湖州师范学院刘树元教授在其论文《当代小说发展与批评的有效性》中指出，文学批判有效性的缺失在某种程度上造成了当下文学繁荣的表象之下小说创作的困境和危机。

二、文化地理学视域下的当代文学与文化

文学与地理、文化与地理的关系越来越受到学者们的关注，文化地理学不仅为传统的研究提供了一个全新的视角和方法，也极大地丰富了对文学作品、文学家和各种文学理论的认识与理解。会上，学者们从文化地理学视角或对作家作品进行了独特视角的分析，或对文学地理学视角下的著作进行了评述。杭州科技职业技术学院吕丹副教授的论文《江南文化的植入与超越——叶文玲创作浅论》，从江南文化的视角对叶文玲的创作进行了解读，认为江南文化从题材选择、主题内涵和文学资源上对叶文玲创作产生了积极的影响，而叶文玲创作文本亦是对江南文化的新传承与超越，地域文化与作家创作之间实现了一种双向互动的关系。嘉兴学院汪娟副教授的《文化地理视域下的西部散文图绘》一文认为西部散文的文化地理书写映照出

西部的文化地理空间形态,从西部散文的空间背景来看,“边地”在作家笔下是现实的表现对象,也是作家精神的求索地。浙江传媒学院蔺春华教授则从文学地理学视角对当代作家范稳的少数民族叙事进行了较好的分析与解读。其在论文《文学地理学视镜下的范稳少数民族写作》中指出,作家范稳的“双世界视景”赋予了作品新的精神境界和思想深度,其民族叙事文本对自然地理的文学呈现,既是一种少数民族空间的建构,也在峡谷、雪山和树木等的自然意象中凝聚着主体的情感和价值取向。

浙江工商大学范家进教授《当代乡村意义符号的重组——周立波〈山乡巨变〉重读谈片》一文通过对周立波的《山乡巨变》的重读,认为小说所描写的不仅仅是当代中国农村外在生产组织方式的“巨变”,而且较多地留下了对乡村人进行思想改造的具体而丰富的细节和场景。华东师范大学陈丽军博士以贾平凹长篇新作《极花》为研究对象,对乡村世界的罪与美作了细致的分析与解读。认为小说《极花》是一个与时代对话的沉重故事,小说让读者看到了乡村生活与文化沉重阴郁的一面,同时也展示了农村温暖和轻盈的另一面,悲剧中渗透的是乡村的暖意,显示了乡土世界的复杂。绍兴文理学院上虞分院钟小安副教授的《许寿裳与台湾文化的复兴》一文通过对史料的梳理,对许寿裳在台湾文化的复兴中的作用与贡献给予了极大的肯定。

华东师范大学陈勤建教授和海宁静安国学院王学海教授对区域文学与文化专著作了评论。陈勤建教授的《国内第一本江南女性民俗的研究专著》一文认为,该书作者从江南女性民俗这一文化视角展开系统探究,在女性、民俗、文学的三维结构中,建构女性民俗文学批评理论,给当代女性文学批评提供了新的理论增长点。王学海教授在《文学本位研究中的审美视野——王泉〈中国当代文学的西藏书写〉述评》中指出,此书作者把西藏书写放到文化大背景下进行考察,汇聚了中国当代文学西藏书写独特的文学力量与审美品性。

三、多元文学空间的审美

当代文学的范畴已由单向的时间渐渐转向多元的空间,大陆、港澳台和海外华文文坛已然形成了丰富而多元的文学审美空间,而网络文学的盛行,亦是对当下文学空间的一种极大的拓展。在本次研讨会上,南治国教授在其《新加坡华文文坛现状及研究策略》的发言中,对新加坡华文文坛现状作了深入的分析与探讨,并对新加坡华文文学研究提出了精选文本、本土视角、独立观点和专业情怀的研究策略。宁波大学胡苏珍副教授在《〈今天〉海外诗歌创作的文化空间》的发言中认为,《今天》流散海外的不少诗人选择回归,其实质是因为他们心中难遣的乡愁、异域知音的稀缺和诗人生存的无依无定,他们的"流散"写作,一方面丰富了诗歌本身,另一方面也拓展了中国当代文学的文化地理空间。浙江越秀外国语学院朱文斌教授在《东南亚华文诗歌的"乡愁"衍变》一文中认为,二战以后东南亚华文诗歌中的乡愁由确有所指的地缘性乡愁转向抽象的文化性乡愁,文化乡愁诗在某种程度上满足了东南亚华文诗人对于"中国"的情感、想象与向往。杭州科技职业技术学院的刘鹤教授对台湾文学中的"乡愁"叙事作解读,在《台湾文学"乡愁"叙事的遗民意识论》一文中,他认为台湾乡愁文学经历了从作者个体"怀乡"经验的投射,到追求政治理想、政治诉求,到历史意识的觉醒,再到追求精神家园的哲学世界的过程,这是台湾遗民文学精神从现实境遇到精神追寻的升华之路,折射了文学"乡愁"的遗民文化属性。华东师范大学中文系博士周文波的《"知音"主题与诗艺辨析——论张枣诗作》认为"知音"主题是理解张枣诗歌的对话方式、评析方法与语言结构流变以及写作主题的核心所在,其实质是诗人孤悬海外失去知音的孤独。

在研讨会上,也有学者对海外华人作家和具体的文学作品作深入的分析。浙江越秀外国语学院刘红英博士和王慧开老师针对新移民作家虹影的《英国情人》和严歌苓的《金陵十三钗》中提出了新的观点和看法,刘红英博士认为虹影的《英国情人》通过对"革命+恋爱"的旧式小说进行重新构想,肯定了欲望本能与生命能力,彰显的是女性主体意识和现代个体的价值立场;王慧开老师指出《金陵十三钗》中严歌苓的历史讲述与妖女、烈女、圣女融为一体的妓女形象塑造,是一种超越历史和跨越国界的永恒真诚的人性书写。浙江传媒学院赵思运教授在《一个"败德"的身体测绘学家——华语诗人陈克华论》中认为诗人陈克华以身体的"在场"为基点,从"个体化生存"拓向"社会化生存",意欲在更大的场域中建构起诗人的自我形象。温州大学王旺和孙良好教授则把研究视角投向了海外华人张翎笔下的外国人,他们认为张翎以一个局外人的姿态审视东西方文化,并提供合理的审美空间,指出张翎笔下的外国人有着较为强烈的中国情结。

嘉兴学院马琳老师在其《"双性同体"思维与金庸小说的叙事艺术》一文中认为,金庸武侠小说呈现出一种"双性同体"思维之下的和谐与冲突。绍兴越城区作协戴珏老师从版本学视角对金庸作品集版本进行了较为细致的考查,从历史研究和地域性研究两个范畴对金庸作品集版本作了梳理,为金庸研究提供了较好的参考。

在本次年上,有两位学者对当下网络空间的文学给予了极大的关注。杭州师范大学刘克敌教授和谈霜瑜老师在《在另一空间翱翔——论中文网络玄幻文学》一文中认为,目前对网络玄幻小说的研究大体上呈现出了从本体论到价值论的转向,并提出网络玄幻小说中"文青"派作家的创作理念与价值关怀将玄幻小说研究推向学理化的一大突破点。浙江传媒学院葛娟副教授的《论网络历史小说的文本范式和诗性建构》一文,认为网络历史小说体现了小说与历史之间的"互文性",网络历史小说的虚构和想象没有完全放逐历史,而是拓展了历史可能性的空间,闪烁着乌托邦式的理想和精神。

四、中外文学对话与当代文学批评

当代文学无论是文学创作还是文学批评,都在自觉与不自觉中进入了中外文学对话与交流的空间之中。浙江大学张慧伦博士在其论文《集中的复杂与复杂的单一——〈百年孤独〉与〈炸裂志〉的历史叙述比较》中认为,马尔克斯用一个村庄的历史折射出拉丁美洲百年历史兴衰,而阎连科以地方志的形式记录了"炸裂村"由村发展为直辖市的乡村城市化进程,并指出了前者将西方文明冲击下拉美复杂的社会面貌浓缩到一个村庄之中,而后者是将城市化出现的种种问题归结为对"权力至上"原则的推崇。绍兴文理学院卓光平博士和方桂林老师在论文《"寻找刘子骥"与"等待戈多"——〈暗恋桃花源〉与〈等待戈多〉的主题比较》中指出,两者形象各取材于中西文化语境中的文化原型,两者作为剧中未曾露面的"幕后人物",都对"人类存在意义"进行了探索与反思。浙江越秀外国语学院李卓然博士《论冰心笔下泰戈尔形象之变迁》一文指出,冰心笔下的泰戈尔形象在"神"与"魔"的两极中折射出文学的体制化生成和历史真实的缺失,而"人"的形象的重现显现了现代文学的内在生命力和作家对于内心真实感受表达自由的重拾。

浙江师范大学黄江苏副教授的《文学的加法——从〈第七天〉反观余华的创作历程与症结 》一文认为,小说《第七天》提供了反观余华创作的绝佳视角,集中了余华在"先锋"时期的实验性写作、《活着》时期的温情写作、《兄弟》时期的强攻现实写作的特色,作品在艺术探索、情感体感和现实关怀方面，都维系了很高的水准。绍兴文理学院王芳副教授的论文《艰难的破茧——读张悦然新作〈茧〉》认为，《茧》尽管并未从根本上超越张悦然早期创作的模式化倾向，但从人物性格和行动逻辑、丰富真实的生活细节、相当严谨的物质环境与人文历史背景而言，仍是一部比较成功的转型之作。华东师范大学张高领、李朝平和蔡超博士的《从受害者到"荡妇——如何塑造田小娥的形象》一文认为，陈忠实成功绕开压迫/被压迫的阶级叙述模式，并重构欲望故事，在赋予田小娥人性解放色彩的同时，通过其"放荡性"描写，为保守的传统伦理出场铺平道路。浙江警官职业学院魏庆培副教授的论文《文化记忆与身份焦虑——读胡永生的长篇小说〈汶水汤汤〉》指出，胡永生的长篇小说《汶水汤汤》追踪了汶水两岸百年风云变幻的历史景象和文化线索，复活了"商族后裔"世俗生活与精神挣扎的鲜活面容。浙江越秀外国语学院潘海军博士在《论〈铁木前传〉的"文化守成"主题》一文中认为，作家孙犁在小说中表达了对失落乡土情感的缅怀，透露出文化守成者的价值忧虑。

浙江大学于海燕博士在《"日脚"到"仪式"：范小青短篇小说中的人生书写》一文中认为，范小青从对苏州小巷"日脚"有滋有味的描绘到将"寻找"上升为人生的"仪式"，传递出一种人生的样态，蕴含着事关存在的全部意义。本人拙作《阎连科小说的身体寓言与反讽锋芒》认为，身体成了作家阎连科笔下乡土世界的重要意象，寓言化的书写流露出了反讽的锋芒，也表达了作家内心对传统乡土世界的守护。杭州电子科技大学齐童巍老师在《传统观念与现代性逻辑的交织——王安忆新世纪小说中的命运意识》一文中认为，命运意识是研究和理解王安忆新世纪小说创作之路的新途径。宁波大学南志刚教授和赵敏老师的论文《归来的叙述：真实与清白——丁玲的〈意外集〉与〈魍魉世界〉》认为，《魍魉世界》是丁玲晚年"归来"的一种政治上的"自证清白"，并非历史真相的主动还原，这是与《意外集》产生叙述冲突的原因所在。台州职业技术学院周仲强教授的《长歌当哭——亲情指向的永恒记忆与作家温暖——评金岳清的长篇散文〈呼愁〉》一文指出，散文《呼愁》表达了作者对人的精神与情感等"形而上"领域的某种深刻思考和诗意眷恋。海宁市文联任少云的论文《诗性与智慧之树永不凋——穆旦诗论》认为，穆旦以对生命苦难的真切认知实现了其诗性人生的理想表达。浙江工商大学郭剑敏副教授的论文《划为右派后作家的收入及生活水平考 ——以丁玲、刘绍棠、傅雷、王蒙为研究个案》认为，被划为右派后作家收入与生活水平的差异性，形成了右派作家不同的生活体验、历史记忆和政治心态，这使得右派作家在复出后表现出了不同的历史反思意识与文学书写形态。浙江大学丁晋博士的《〈老舍五则〉对老舍"小说体戏剧"传统的延承与发展》一文认为,林兆华改编的话剧《老舍五则》的成功为进一步理解老舍"小说—戏剧"的跨文体创作以及探索其文学作品的舞台改编提供了有益经验。

本次年会是浙江省当代文学研究会近年来参会学者和提交论文最多的一次学术会议,从文学史、空间拓展和中外文学交流等多个层面展开了"当代文学文化地理与域外空间的拓展"这一主题的研讨,与会代表通过相互沟通,有效促进了学术的交流。

(作者单位:浙江越秀外国语学院中文学院)

新书快评

跨文化视野下不同自我观的碰撞与融合

——评任碧莲的《虎书:艺术、文化与互依型自我》

▶陈爱华

引言

《虎书:艺术、文化与互依型自我》(*Tiger Writing*: *Art*, *Culture*, *and the Interdependent Self* 以下简称《虎书》)是美国当代华裔作家任碧莲(Gish Jen)的最新力作,于2013年3月由哈佛大学出版社出版。该书系以任碧莲在哈佛大学先后举行的三次系列讲座为蓝本演绎而成,是一部充满睿智思考的思想性自传体著作。她从跨文化比较视角探讨了东西方文化下“自我”概念的差异,“互依型”自我和“独立型”自我——两种“自我”建构在艺术与文学方面的不同体现,以及这两种不同的自我观在对身为第二代华裔作家的自己进行小说创作时的影响。《虎书》全书由引言和三个独立章节构成:引言部分对出版这部自传的缘起与目的进行了说明:“应美国文明史项目部主任、哈佛大学英文系教授约翰·史托弗之邀写一部思想性自传”①;三个独立章节中第一章以作者八十五岁父亲的回忆录为例,分析了父亲的回忆录与西方自传叙事文体的差异;第二章引用跨文化心理学的研究成果来阐明这些差异产生的原因、这些差异在东西方文化生活和艺术方面的不同体现,以及如何影响作者本人最初的创作经历;第三章以作者本人的作品为例,着重分析了自己如何平衡两种自我观及把握这种平衡对自己创作的影响。《虎

① Gish Jen, *Tiger Writing*: *Art*, *Culture and the Interdependent Self*, Massachusetts: Harvard University Press, 2013, pix.

书》是一部分析客观冷静、内容具有独特见解的著作。尽管这部著作是关于文化意识对身份、叙事和创作影响的论著，但作者将家族回忆录、认知研究、文学分析以及对自己创作道路的反思巧妙地融合在一起，让人读起来丝毫不觉晦涩，倒像欣赏她的小说一样生动有趣。《虎书》这部书为我们深入了解任碧莲的创作历程、研究其小说人物与主题的关系提供了一个视野开阔的窗口，同时也对探寻分析中西方叙事文化的异同及其根源有着重要的参考价值。

一、跨文化视野下的东西方文学、文化与艺术差异探析

任碧莲在《虎书》开篇并未直接谈及自己的作品，而是先与读者分享了她父亲于八十五岁时所写的回忆录。这部回忆录"明显地不以自己为中心"，并未像狄更斯的《大卫·科波菲尔》那样直白地以"我出生于……"[①]的方式介绍自己，而是直至第8页，父亲才提及自己的出生年月。父亲的回忆录先行记述的是长达4000多年的"家族史"和有着400多扇门的老屋，对家族谱系、长辈和多代同堂的世居老屋的结构及父亲的社会角色着墨多，而较少谈及个人的性格、能力和喜好等。显然，父亲的回忆录好像重点不是在他自己身上，而是在他所处的社会环境和人际关系上。回望历史，父亲的回忆录令任碧莲回想起清朝作家沈复的自传体散文《浮生六记》。如同父亲的回忆录一样，沈复在《浮生六记》中对社会环境和他人的描述要远远多于对自身的记叙。

任碧莲对父亲的回忆录既熟悉又倍感困惑。父亲的回忆录与西方回忆录在自我叙述方面的明显不同，激发了任碧莲去思考东西方文化下"自我"概念的差异以及由于这种差异而导致不同主体与风格的自传体回忆录出现的理由及根源。通过多年进行的"个人与社会""文化与自我"等方面的观察与研究，她似乎释然了存于心中不解的困惑：是东方文化中的"互依型"自我观影响、决定了父亲的自传体叙事方式。原来，心理学家分析人类存在着两种建构自我的方式——"独立型"自我和"互依型"自我。前者将自我看作是一个有边界的、独特的和不受环境约束的实体，后者则把自我看成是社会关

---

① Gish Jen, *Tiger Writing: Art, Culture and the Interdependent Self*, Massachusetts: Harvard University Press, 2013, p11.

系网络中的一分子,个人存在的价值要通过与他人的相互关联来实现。尽管这两种自我观在人们的头脑中是同时存在的,但是在不同的文化中,两种自我观中由谁占主导支配地位是明显不同的。亚洲集体主义文化氛围浓厚,“互依型”自我观常占主导地位;而西方个体主义文化强烈,自然“独立型”自我观处于支配位置。[①] 为考察不同文化因素对自传体记忆的影响,华裔心理学家王琪做了大量研究,如区分了个体层面文化因素如何改变自传体记忆的信息加工、人际层面文化因素如何产生与自传体记忆有关的社会互动。在记忆提取实验中,她发现在记忆提取、编码的时候,西方人更多的是提供一次性事件,侧重于对事件的主观评价和情感反应,更注重于表现独立自我;而东方人提及的更多的是经常性事件,在描述过去的经历时多数谈及自己扮演的社会角色以及与他人的互动情况。[②] 任碧莲认为,王琪教授关于自我建构与叙述方面的研究对自己有较好的启发,“尽管王琪的研究没有直接涉及小说,但她从80年代晚期开始的一系列实验已证明,亚洲人,特别是美国亚裔移民,甚至像我这样的第二代华裔美国人,在自我叙述方式上与美国欧洲移民存在显著差异,这种差异与自我建构方面的不同有着直接的关联”[③]。任碧莲父亲的回忆录为何不以他本人为主角也就顺理成章了。因为在她父亲看来,自我是情境化的,认识自我只能从自己与他人的相互关系中才能得到正确理解与判断。任碧莲也开始懂得变换视角去重新解读父亲的回忆录,她也似乎逐渐地感觉到“互依型”自我意识或许是自己内心深处不可或缺的部分。

受王琪教授的影响,任碧莲对东西方文化下的两种不同自我建构方式在文学创作、日常生活行为和绘画方面的不同体现进行了深入分析,不乏真知灼见和辩证性思维。如她强调区分两种不同自我建构方式能更好地理解东西方在文学、文化艺术和家庭关系方面的差异,不过她也坦承这种简单的二分法也会带来强化刻板印象和本质化倾向的副反应。在比较东西方自传的不同风格时,任碧莲指出由于西方人重视自己作为个体的独特性,因此他

---

① 参见 H. Markus,& S. Kitayama. *Culture and the Self: Implications for Cognition, Emotion, and Motivation.* Psychological Review , 98:2(1991), p224 -253.

② 参见 Wang Qi, *The Autobiographical Self in Time and Culture*, Oxford: Oxford University Press, 2013.

③ Gish Jen, *Tiger Writing: Art, Culture and the Interdependent Self*, Massachusetts: Harvard University Press, 2013, p59.

们的自传关注自我、关注个人意识;东方人却倾向于根据周围环境确定自己适宜扮演的社会角色,而非以内在的自主意识来界定自己。她援引美国心理学家理查德·尼斯比特的评论对此作了说明:“西方人是他们自传性小说中的主角,亚裔却好像是电影中的配角,自己的存在微乎其微。”①当然,她对这种评论可能导致的刻板印象也十分警觉,即“互依型”自我是一种消极的自我,亚裔人因“互依型”自我观而可能更趋近于“机器人”或“温顺的小绵羊”②。当然,任碧莲有足够的证据表明具有“互依型”自我意识的人仍然能够成为“非常上进的、领航型的人物”③。在谈到绘画艺术时,任碧莲指出东方艺术家十分关注人物与背景的和谐统一,而西方艺术家则更加关注突出人物的形象。如在中国传统山水画中,风景是主体,渺小的人悠游其间。以宋代画家范宽的《溪山行旅图》为例,尽管在气势恢宏的背景映衬下,图画中人物显得有些无足轻重,但与周围的环境却又是那么和谐融洽,仿佛浑然天成一般,这也许是受到了“道法自然”“天人合一”的道家思想潜移默化的影响。可这幅有“中国艺术《蒙娜丽莎》”之称的作品却很难让西方人将其与达·芬奇的《蒙娜丽莎》联系起来④,因为后者整个画面都是在突出人物形象。若以西方人的“独立型”自我视角来看东方绘画,任碧莲认为,会做出东方绘画艺术主题不够鲜明的错误评判,如同以西方自传体的标尺来衡量她父亲的回忆录会带来文本中心主辅错位的误读一样。

尽管任碧莲深深认识到东西方文化下“自我”概念的差异,以及由于这种差异产生的东西方在文学、艺术创作和日常行为方面的不同表现,但她强调这些差异与分歧只是程度上的区分,并无绝对性、本质性之差别,不存在孰优孰劣、孰高孰低的价值评判标准,而只能从不同的历史文化、风土人情、自然环境等方面来进行比较分析,以便叩开作者的心扉,领会作品的深层意义。当然只有有效吸收这两种自我观的精华,才能够更好地进行继承、创

---

① Gish Jen, *Tiger Writing*: *Art*, *Culture and the Interdependent Self*, Massachusetts: Harvard University Press, 2013, p60.

② Gish Jen, *Tiger Writing*: *Art*, *Culture and the Interdependent Self*, Massachusetts: Harvard University Press, 2013, p97.

③ Gish Jen, *Tiger Writing*: *Art*, *Culture and the Interdependent Self*, Massachusetts: Harvard University Press, 2013, p60.

④ Gish Jen, *Tiger Writing*: *Art*, *Culture and the Interdependent Self*, Massachusetts: Harvard University Press, 2013, p87.

新，才能创作出同时被东西方文化共同接受的、更加动人的作品。任碧莲分析了由于东西方文化、心理和美学欣赏等方面的差异，使得“互依型”与“独立型”这两种自我观在东西方不同的土壤上生根发芽，由此产生的观察与记述世界的不同方式，丰富了文学艺术的创作形式。任碧莲充满思辨的论述和机智幽默的文风，如同一份思想的盛宴，开阔了读者的视野，让他们在理解和尊重东西文化差异的同时，启发他们反思自己的思维模式，以突破过往思维定式的窠臼。

二、跨文化视野下的创作道路审视与反思

当然，在《虎书》中任碧莲着重是以她自己创作的小说为例，分析了“独立型”自我和“互依型”自我两种自我观在表达文本主题时各自的优势，以及这两种自我观对她在创作实践中逐步形成自己的创作风格与特色的影响，从而较好地从跨文化视角对自己的创作道路进行审视和反思。由于耳濡目染，父亲回忆录的独特叙事方式让她在自己的小说创作中明显感受到两种不同文化带给自己剪不断、理还乱的繁杂心绪。“尽管我的创作经历已达三十年，但我深切感到内心深处还有些东西未被言说，那就是我的亚裔文化背景与我要从事的美国文学创作在历史、人文及现实文化之间存在的分歧、冲突乃至说不清道不明欲说还休的窘迫与迷茫。”[①]作为第二代华裔美国作家，任碧莲的创作道路充满了困惑、迷茫与曲折，这种起伏不平的心境也给她自己作品中的人物以冲突与矛盾。不过，“众里寻她千百度，蓦然回首，那人却在灯火阑珊处”，辛苦的耕耘终于迎来了春华秋实般的喜悦，让我们一起品味两种不同的“自我观”在她的作品中发生碰撞与融合的心路历程。

作为具有浓厚民族文化底蕴的华裔美国人，任碧莲身上自然存在着如社会学家罗恩·伯特所言的两种文化的交织——既不可能完全照搬父母的生活方式，当然也不会草率地接受美国文化。处在这两种文化形成的对接漏洞中，人们在成长过程中会对两种文化进行选择性地吸收。[②] 尽管任碧莲

---

① Gish Jen, *Tiger Writing*: *Art*, *Culture and the Interdependent Self*, Massachusetts: Harvard University Press, 2013, pix.

② Gish Jen, Tiger Writing: *Art*, *Culture and the Interdependent Self*, Massachusetts: Harvard University Press, 2013, p110.

认为伯特所言不差,就自己而言,如何在创作道路上有效平衡东西方不同文化下的自我观对文本主题的影响,实践起来却并非易事。父母通过言传身教带给她的中国文化影响和对她带有儒家色彩的家庭教育,让“互依型”自我观念潜移默化地植根于她的心中,而西方小说中强调个人主义文化、突出个人独特品质与魅力、维持个体独立性的思想方式,让她明显地感受到另一个不同的自我——“独立型”自我在对自己呐喊、呼唤。西方叙事方式对人物的自我描述令任碧莲十分着迷,她从图书馆借阅了大量西方小说,如《贵妇人画像》《鸽翼》《米德尔马契》《白鲸》与《战争与和平》等。这些个性鲜活、特征突出及百折不挠的主人公形象,让她内心情感的天平好像更倾向于“独立型”自我观。在谈到自己如何走上小说创作之路时,任碧莲似乎自己也不明白一个在“相互依赖的环境中”长大的人——身为两个具有浓厚儒家礼让文化色彩的中国移民的女儿——怎么会以小说创作为业,因为她清楚美国文化中的小说创作方式——那可是“独立自我的圣地”①。由于潜意识里固有的“互依型”自我观的影响,她觉得“自己一直比很多同辈人对环境更加敏感”②。不过,这种对周遭事物敏锐的观察心境与感知能力,也许更能激发她的创作灵感,让她的描写更加细腻入微。

在总结充满困惑与抉择的创作之路时,任碧莲说:“当然,我摸索着前行,最终成了今天的我——一位小说家,既关注个人经历,关注爱情、亲情、友情与目标等问题,也极其关注人与环境相关的问题……”③人物是小说的灵魂,人物情感表现与置身其中的社会关系也水乳交融,《虎书》这本自传就是很好的例证。较之纯粹的西方式自传,《虎书》对作者的家庭背景和社会关系着墨较多,“这部自传中的背景故事比我父亲回忆录中的要少,但比约翰·史托弗期待的要多”④。《虎书》开篇也不是直接讲述任碧莲自己的创作思想,而是从她父亲的回忆录谈起。全书有很多内容涉及她父亲和他人的

---

① Gish Jen, *Tiger Writing: Art, Culture and the Interdependent Self*, Massachusetts: Harvard University Press, 2013, p113.

② Gish Jen, *Tiger Writing: Art, Culture and the Interdependent Self*, Massachusetts: Harvard University Press, 2013, p114.

③ Gish Jen, *Tiger Writing: Art, Culture and the Interdependent Self*, Massachusetts: Harvard University Press, 2013, p134.

④ Gish Jen, *Tiger Writing: Art, Culture and the Interdependent Self*, Massachusetts: Harvard University Press, 2013, p156.

故事。任碧莲在接受美国专栏作家苏珊娜·科文(Suzanne Koven)的访谈时说:“你会意识到,没有这些背景,我无法讲述我自己的故事。”①

“我们既需要‘互依型’自我,也需要‘独立型’自我。我把它们看作是人类经历中不可分割的两部分,不过对于一个美国作家来说,我的‘互依型’自我观还是相当明显啊!”②任碧莲总结道。虽然主张对两种自我观要相互理解、相互借鉴,不过她暗示也许相互依赖的个体更习惯于寻求平衡,这就利于在明显的分歧中找到共同点,从而有助于更快地实现不同文化的沟通与融合。面对东西方不同的文化,在兼收并蓄的前提下,任碧莲提倡个体应该创造性地处理不同文化的影响,以便探索出最适合自身的、独具特色的创作道路来,如“文化并不是宿命。它只是为我们提供了一些标准,而个体可对这些标准作最终决定,或接受,或拒绝,或调试”③。对任碧莲本人而言,小说创作为她架起了一座有效沟通“独立型”自我和“互依型”自我两种不同自我观念的桥梁,描绘了原属东西方不同文化的两种自我观念在她身上由碰撞到融合的曲折历程。王琪教授在给任碧莲的邮件中说,她的小说《典型的美国人》预示了接下来的二十年里,“独立型”和“互依型”自我两种不同自我在心理学方面的研究方向④,因为她的小说创作有效地平衡了两种不同的自我观对表达文本主题的影响。

三、书名的多重含义

《虎书》,乍看书名,就感觉别具一格。书名是一种艺术,是作品艺术构思的高度浓缩与概括。书名作为文眼,是“正文的心灵窗户”,是揭示作品内涵的点睛之笔。那么,洞悉《虎书》书名蕴藏的真正含义对于理解这部作品和了解任碧莲的创作思想就十分必要。

---

① 引自 Koven,S. *The Big Idea#3*:Gish Jen[J/ OL]. *The Rumpus*. (2013 - 04 - 17)[2014 - 04 - 25]. http://therumpus. net/ 2013/04/the - big - idea - 3 - gish - gen/

② Gish Jen, *Tiger Writing: Art, Culture and the Interdependent Self*, Massachusetts: Harvard University Press, 2013, p158.

③ Gish Jen, *Tiger Writing: Art, Culture and the Interdependent Self*, Massachusetts: Harvard University Press, 2013, p7.

④ Gish Jen, *Tiger Writing: Art, Culture and the Interdependent Self*, Massachusetts: Harvard University Press, 2013, p159.

首先,虎是东方特有的大型猫科动物。在东方,虎,不仅是一个自然物种,也是一种文化符号。中国虎文化源自古老的虎图腾崇拜。虎是力量强悍、勇猛威严、权力制度的象征,拥有至高无上的权威,是人们崇拜并畏惧的对象。

所以,见到《虎书》书名,你就很容易联想起同是华裔的耶鲁大学女教授蔡美儿的自传《虎妈战歌》(*Battle Hymn of the Tiger Mother*) 。蔡美儿在书中揭示了由于自己的亚裔文化背景令她在抚养两个孩子的过程中十分注重管教,要求趋于苛刻,与西方倡导的提供自由环境、尊重个性发展的教育理念相去甚远,因而在社会上引起强烈反响和广泛关注。尽管出现在蔡美儿身上的东西方不同教育模式、教育思想的碰撞,也曾让她迷茫困惑,但由于她的义无反顾、坚定不屈的强势个性,加上两个孩子的优异表现,蔡美儿因而被昵称为"虎妈"。任碧莲在《虎书》中两次提及蔡美儿的《虎妈战歌》,那么,这两部作品又有什么相通之处呢?任碧莲的《虎书》论述的是亚洲集体主义文化背景下的"互依型"自我观,如何促成了她迥异于美国白人作家的叙事方式,以及如何有效平衡"互依型"自我和"独立型"自我两种自我观对自己创作的影响;"虎妈"记叙的则是深受东方教育思想诸如"玉不琢,不成器""教不严,师之惰"等强调外界施加影响的高标准、严要求的教育方式,如何在崇尚个性自由发展的、在美国成长的两个孩子身上发生碰撞、得到理解与执行的发展历程。尽管文学创作与子女教育分属两个不同的范畴,但从她们能够从容面对两种不同文化的分歧,"择其善者而从之",有效找到平衡点,由迷茫困惑直至水乳交融的经历看,确有异曲同工之妙。

其次,虎是独居动物,领地意识非常强烈,一旦有虎盘踞,其他动物如狼、熊、豹等只能望风而逃,因而虎有"百兽之王"之美称。虎还是中国人的十二生肖之一,属虎的人常被寄予英勇无畏、能力非凡、出人头地的厚望。《虎书》的结尾处,再次提到了"虎"。任碧莲引用了诺贝尔文学奖获得者、波兰诗人米沃什(Czeslaw Milosz 1911—2004)的诗歌(Ars Poetica?) 中的句子:

> 在诗歌的本质里,一些事物是粗鄙的:
> 一件我们从不知道的存在于自身之中
> 的事物被带上前来。
> 于是,我们眨着眼,犹如一只老虎一跃而出,

站立在光线之中，抽打着尾巴。[①]

在这里，"虎"就代表了英勇无畏、敢于突破传统藩篱束缚的勇气与力量，这种藐视一切艰险、唯我独尊的非凡气势与王者风范，展现了具有强烈的独立自我意识和开拓进取精神者的无限魅力。任碧莲以这样的诗句结尾，其实表明了她对"独立型"自我观的认同与赞赏。

《虎书》书名，实际上在这部自传中具有多重意义，体现了任碧莲对待不同文化采取的一贯态度，"我不得不承认我身上最好最真实的东西应该是继承和发展的结果"[②]。"独立型"自我观影响下的西方叙事方式重视个体独特的经历和创新性，"互依型"自我观影响下的东方叙事模式则更加关注文化传承、道德伦理、平常生活和循环往复的事情。作为一个华裔美国作家来说，由于不同寻常的出身背景，任碧莲不可避免地要接受两种不同文化的洗礼。"海纳百川，有容乃大"，所幸的是，任碧莲的探索与艰辛没有白费，东西方不同文化的影响在她的小说创作中得到了很好的交织和融合。

结语

迄今，任碧莲已出版四部长篇小说《典型的美国人》(*Typical American*)、《爱妻》(*The Love Wife*)、《梦娜在希望之乡》(*Mona in the Promised Land*)和《世界与小镇》(*World and Town*)，一部短篇小说集《谁是爱尔兰人?》(*Who's Irish?*)。在这些作品中，她探讨了涉及移民安居、种族融合、伦理道德等文化差异的诸多问题，思考着亚裔流散者在异国他乡的身份建构，以期发掘出既保持原有文化根基又能适应新环境的文化伦理新思想、新出路。《虎书》则是从整体上就跨文化视野下东西方不同文化的"自我观"对叙事影响的一次大胆分析与探索。任碧莲在这部思想性自传中将家族回忆录、认知研究、文学分析以及对自己创作道路的反思编织在一起，织就了一幅精美的画卷。这部自传文字风趣幽默，在平凡朴实的叙述中不时闪烁着睿智的光芒，具有

① Gish Jen, *Tiger Writing: Art, Culture and the Interdependent Self*, Massachusetts: Harvard University Press, 2013, p160.

② 任碧莲:《多元文化主义语境下的当代华裔美国文学：美籍华裔作家任碧莲访谈录》,《国外文学》1997 年第 4 期。

深刻的洞察力;全书视野宽广,逻辑清晰,追求理性,不走极端。如同她在引言部分指出的,文化差异这个话题非常棘手,一是因为它本身的复杂性,二是因为它会固化种族差异。因此,她反对任何简单化地夸大与某一群体相关的信念或态度的认知方式。她想尝试一种既不强化刻板印象,又不拒绝有意义区分的辩证思维的新思想。看来,任碧莲在《虎书》中得偿所愿。当然,任碧莲在论述两种不同自我观对东西方小说叙事的不同影响时,引用了许多西方名著进行阐述,却缺少以适量的中国小说为例进行对照分析,这也许是本书略显不足的地方。但瑕不掩瑜,《虎书》这部充满思辨性的"思想性自传"仍可称得上东西方比较文化研究领域的一朵奇葩。

(作者单位:华中科技大学外国语学院)